新移民女性的語文教育

——讀報讀書會的運用與實例

匡惠敏 著

序

出書，是我人生中的意外。

因緣際會，來到風光明媚的臺東念語文教育研究所，畢業論文在指導教授周慶華先生的穿針引線下，終於一嚐成為作者的滋味，而為自己的人生篇章多了一段插曲。

這本書主要的內容是在訴說新移民女性在臺灣的種種現象，為了幫助她們能藉由教育的力量儘早融入臺灣的生活，於是以就讀國小補校的新移民女性為研究對象，用讀書會讀報的運作模式引領新移民女性養成讀報的習慣，吸收報紙中的資訊，來幫助她們加快適應臺灣的新生活，以改善因為「功能性文盲」而造成生活上的不方便。希望能以此研究成果，提供給從事補校教育的教師們，能重視成人的學習心理，設計符合新移民女性的學習課程，以利她們學習。現行補校正規教育中只重視識字教學，缺乏培養閱讀習慣的養成教育，藉由讀書會的過程實施多元的活動來激發新移民女性的讀報興趣，期望透過多元的教學方式，來教導她們學會閱讀策略以達成閱讀理解的歷程，養成閱報的習慣。

目前新臺灣之子的學習能力，整體而言有較遲緩的現象，這個問題顯現於學校而起因於家庭，期能培養新移民女性養成讀報習慣而將閱讀的動能帶入家庭，讓隨處閱讀的習慣移植進入新移民女性所生養的下一代，閱讀風景能發生在家中的每一個角落。從小養成閱讀習慣、培養閱讀力，對新臺灣之子的學習能力必將有實質的幫助；如此，臺灣在國際間的競爭力也必能有所提升。

這本書能夠完成，最要感謝的是我的那一群姊妹淘，打從她們知道我以她們為研究對象後，她們就一直盡全力的來達到我的要求，努力完成每次的作業；還不時主動詢問我論文的進度是否順利，假如沒有她們的配合、加油，這本論文是不可能會如期完成的。

最後，感謝支持我的父母、任勞任怨的先生和三個乖巧聽話的女兒，你們是我精神最大的依靠。在家庭、工作、學業三重壓力下，有了你們的激勵與關懷，才讓我願意快馬加鞭、全力以赴。

當你翻開扉頁，便注定了我們今生的緣分，衷心希望這本書對「新移民女性的語文教育」能有所幫助！

惠敏於臺東大學 2009.08.08

目次

表目次

圖目次

第一章　緒論

第一節　研究背景與動機

語言是一種溝通學習的媒介，生活中許多看得到、感覺得到、經驗得到的事物，都須透過語言才得以傳達，語言的重要性可想而知。自從政府放寬外籍配偶政策，因為婚姻關係而來到臺灣的外籍配偶人數從 2004 年的 336,483 人到 2009 年 4 月達到 417,749 人，可知臺灣外籍配偶的人數一直持續的增加中。（內政部，2009）這些新移民女性是臺灣的新興族群，在我們的周圍常可以看到她們的身影，現在她們和我們一樣，在這塊土地上落地生根、結婚生子。每次想到她們因為語言上的隔閡，在生活上可能產生的不方便，研究者就會想到自己到非華語系的國家旅遊時，語言方面的隔閡常常讓自己為之怯步；想像自己將置身在一個完全無法聽得懂的國度裡，心中的緊張可想而知。隨著旅遊得到的滿足，沖淡了不少必須與人溝通時的恐懼情緒。當旅行結束返抵國門時，回到熟悉的地方，看著熟悉的景物，最大的感動是聽到了聽得懂的語言，並且可以使用這種語言流利的與他人溝通，心中的憂慮才能夠放下。因為研究者本身在國小服務，這幾年也開始接觸到學生的媽媽是新移民女性，她們對老師都很有禮貌，也可以進行簡單的對話，一旦想請她們幫忙指導孩子的功課時，她們都會羞赧的說：「我不會，我會告訴老公，要老公教！」望著她們離去的背影，心中不捨之情油然而生，看不懂孩子功課的無奈，想幫忙也幫不上忙的痛，研究者常思考還能為她們做什麼？

自從 1994 年起，在政府「南下政策」的影響下，仲介外勞帶動仲介外籍配偶的民間事業進入高峰期，近年來嫁到臺灣的外籍女性逐漸增加，這樣的婚姻生育出許多新的一代，而這群「新臺灣之子」也開始進入學齡期時代。根據內政部最新統計，依目前在臺外籍配偶人口數來看儼然已經成為臺灣的「第五大族群」。（梁玉芳，2004）國民中小學的「新臺灣之子」人數也已經突破八萬人，且每年以百分之二十的速度成長。教育部預估到 2011 年，每四個學生中就有一位是新臺灣之子。另外比較值得注意的是，2003 學年至 2006 學年，全臺國中、小學生人數減少了十二萬人，但同時間新臺灣之子人數，卻足足成長了一・八倍。（陳美文，2007）由此可見，這些新移民媽媽不僅身負傳宗接代的責任，更成為教養臺灣未來主人翁的重要關鍵者。而這些「新臺灣之子」是否得到良好的教育與照護，也深深影響著臺灣未來的競爭力。政府及民間團體，勢必要正視這個社會問題，並且建立妥善的制度與規畫。我們都知道，成功的學校教育來自親、師、生三方面的互相配合，缺一不可，新移民女性所產生的社會問題是不容忽視的。藉由教育新移民女性，培養她們在語文領域中聽、說、讀、寫、作的能力，讓她們也有本事去教養她們的下一代，參與孩子的學習，對急遽增加的「新臺灣之子」所產生的教養課題，該會有極大的助益吧！

由於新移民女性的文化背景不同，語言環境差異大，所以如何適應以華語為生活重心的社會，是新移民女性在臺灣生活的重大難題。在 2004 年內政部主導的「外籍及大陸配偶生活狀況調查計畫」中，實際訪查新移民女性的生活輔導需求，在接受訪問的 101,615 人中，有 69.4%的新移民女性將「語文訓練、識字教育」列為希望接受訓練課程的第一選擇。（陳心怡，2007）雖然國內有許多學習管道提供外籍配偶繼續進修，不過礙於夫家環境的不支持且態度也反對的情形下，使得她們無法前往學習，因此不少新移民女性來臺時間已久但是仍不識字；不識字的新移民女性遇到的教育及生活適應的種種問題，更值得社會關注。

這幾年來，開始有機會接觸到「新臺灣之子」，經觀察後發現這些學童普遍學業成績較低落，社經地位也多屬於中、低階層。根據研究發現許多娶外籍新娘的男子其平均年齡大約 30 到 40 歲，已過了生物學基因遺傳的較佳年齡 20 到 30 歲，且其中還包括身心障礙族群；又加上嫁來臺灣的新移民女性大都「不會說流利的中文、不會寫簡單的國字」，使得這群新移民女性常面臨語言不通、文化不同所帶來的適應問題。（周美珍，2001）在跨國婚姻的新移民浪潮下，這群新移民女性多是來自低度開發、經濟較落後的國家，更使得她們處於種族、階級和性別的三重弱勢，造成其社會、經濟地位被邊緣化，對生活造成許多不利的影響而出現各種困難。新移民女性在本國所受的文化及教育並不完全，又來到不同文化和語言的地方，因此極易產生適應上的困擾；而先生又是社經、身心處於弱勢的族群，隨著子女的出生，這樣的家庭組合產生的教養問題，該怎麼辦？

教育部每年九月於學校開學時，都會函令各縣市教育局調查跨國婚姻子女的學習情形。調查的內容包括學生的父母國籍、家庭的經濟狀況、學習概況及學校的輔導辦法等，但校內輔導機制並未去了解這一族群學生的特有現象，給予其所需要的輔導支持。這些學生因其父母教育程度都不高，且母親多不會讀、寫中文，在聯絡簿的簽閱、親師溝通與孩子課業的督促方面，是無法有適切的幫助。事實上，家庭教育與學校教育是密不可分的，這些新移民女性的家庭確實比較弱勢已是有目共睹的事實，而這樣的家庭該怎樣去教養下一代？學校教育環境又可以給她們什麼幫助？身處教育崗位的工作者，不只應該關心新移民女性子女的教育問題，最重要的是新移民女性的生活適應問題；這一群新臺灣人的母親，在扮演母職角色時，會遇到什麼困擾的問題。深感新移民女性在親職教育上面臨的困境與無力感，研究者期許能在補校的教學活動中，為這群新移民女性多做點事，讓她們從這些教學活動中，真正獲得有助於她們的知識。

新移民女性初嫁到臺灣，語言及識字能力對她們而言是認識環境、適應環境的重要媒介，有些新移民女性學歷雖然不低，但是因為有中文識字的障礙，也使得她們不能將自身的能力，轉為力量與行動來參與子女的學習。新移民女性除了識字障礙外，自我角色定位也會產生障礙，她們認為這裡不是她們的國家，她們不知道如何用臺灣的教育方式來教導孩子；她們只知道用母國的教育方式來教導孩子，由於對臺灣文化背景不了解的情形下，在教育子女方面也出現了心理上的障礙。（蔡奇璋，2004）尤其是現在九年一貫課程作業強調親子共同設計，也造成新移民女性在教導子女的課業上更具困難性。

三年前研究者開始有機會擔任學校補校教育的教師，看著許多因為婚姻關係來到臺灣的新移民女性，為了能快速融入臺灣社會，常常在忙完工作後，晚上還要到補校進修語文課程、認識國字。研究者除了佩服這群新移民女性的求知精神外，也不捨這群遠道而來的新移民女性，她們離鄉背井來到新的國家生活，心中一定也有像研究者一樣的出國恐懼症吧！想來只有協助她們趕快融入這個地方的生活，有能力與他人溝通；藉著打破語言的隔閡，這群新移民女性遇到生活上的不適應，也能透過語言去尋求解決辦法，甚至可以運用文字閱讀來幫自己解惑，不必事事問人，此外還有能力參與孩子的教育問題。研究者認為強迫教育的手段是快而有效的方式，加上這群來讀補教的新移民女性都有自願學習的強烈動機，掌握了這兩個優勢後，研究者反問自己，要教什麼、怎麼教，這個問題就不停在腦海盤旋。直到看到國語日報社在各地國小推動的讀報教育活動後，研究者也想嘗試將讀報教育帶入補校的教學場域中，除了正規的補校課程外，讓已經在各地國小推行的讀報教育進入補校的教學現場，希望對這群新移民女性能有幫助，研究者深深的期待著。

目前我國補校對新移民女性所採用的識字教材的來源各有不同，大多是教學者自行研發或選用國小教科書版本；教育部社教司也開發了一系列新移民女性學習教材——「快樂學習新生活」，提供新移民女性專班及國民小學附設補習學校參考應用，或提供新移民女性自修使用，所以對於新移民女性的課程教材並沒有固定版本。在課程的安排方面，也是由規畫者或教學者研擬，並無一定的模式；多數以教學者自身的學習經驗來教學，是否適用於新移民女性，一直沒有進一步的研究。新移民女性的識字教育為我國成人教育的一環，目前已有不少新移民女性在識字方面的研究報告，多數是參照大陸施行的集中識字法來教學，強調在短時間內，以有系統、有組織的方式讓新移民女性能大量識字，研究成果也確有其成效。原本研究者的研究方向，也想以大量識字法為內容，但是當研究者在教學現場實際應用時，常聽見新移民女性反應說：「字形太相近了，都記不起來！」這句話引起了研究者的反思，研究者的立意良好，但對新移民女性這群受教者而言，是否合適？研究者是否考量到她們的先備知識了？一個能有效達成教學目標的教材，必定要從了解學習者的先備知識開始，並從學習者的需求來考量。

新移民女性雖不諳華文，但她們在母國並非完全不識字，絕大多數是因為跨海來臺導致的「功能性文盲」。「功能性文盲」是由功能性識字衍生出來，通常用以泛指在現代社會中，不具有扮演適當社會角色所必須的知識與技能者。文盲對個人而言是一項嚴重負擔，而國際成人教育會議主席丹・尼特（Dame Nito）女士在接受訪問時曾表示：「識字的確為社會不利者開發了一個新世界；他們因此能閱讀報紙，藉由閱讀了解屬於自己的權利……許多人之所以難求溫飽、四處飄泊、居無定所，大半是因為他們不識字；不識字者不但沒有謀職的基本技能，甚至連求職廣告都看不懂」（張國珍，1991）。因此，識字的重要性和識字教育的必要性十分明顯，近年來世界各國對識字教育均十分重視，聯合國更將 1990 年訂為國際識字年，針對全球的文盲人口，將展開為期十年的掃盲工作。

臺灣面臨社會的快速變遷、經濟的發展、知識的爆增、科技的迅速發展，我國也積極推動成人基本教育。人們必須不斷的學習新知識、新技能，以因應學習社會的來臨。目前社會的生活多元且複雜，為順應生活的變動性，要吸收的各類資訊十分繁雜，如果不隨時代而充實自己，昔日的學者在現代，也可能因為所會的知能已無法應付日常生活所需而成為「功能性文盲」人口之一。另外，參加過識字課程的成人學生，如果不在學習之後經常利用機會練習，其習得的讀寫技能也會在一段時間之後退化，而有重回文盲的可能。對新移民女性而言，她們也是心智成熟，有文化、母語非華語的成年人。她們學習的目的，多以實用性為主要依歸。因此，對於以華語作為第二語言的新移民女性而言，除了考量「怎麼教」和「如何教」，以學習為主體的「怎麼學」更為重要。所以教材的活潑性要夠，才足以吸引學習者願意繼續學習。

根據 1964 年「美國經濟機會法案中，所訂的「成人基本教育法」，其目標在於：提供無法讀寫的成人學會識字和職業訓練，提升其能力，以使其能不需依賴旁人，而負擔本身的生活和公民責任。其主要內容包括獲得基本的語言、書寫、閱讀、計算及溝通的技巧。識字分為二類：一是傳統的識字，是個人具備的讀、寫、算能力，以順應生活環境；一是功能性識字，是指個人擁有某些特定的技能，並依自我所定的目標，以適應家庭、工作、社區等社會生活的角色扮演。（同上）識字的定義由最初的「能讀、寫自己的名字」，到近年來走向應用的本質，識字不但是有讀寫技能，更重要的是能「用」。

補校教育目前仍停留在過去傳統成人教育的框架中，成人教育主要的目的是識字教育，讓早年因為某些因素失學的民眾能接受識字教育，以降低國家文盲的比例，提高臺灣的競爭力。如今隨著時代的變遷，補校教育的施教對象早已轉換成這群新移民女性，教學者無視於新移民女性豐富的人生經驗與文化背景的差異，讓她們坐在小學的教室裡，使用小學生的教材，進行機械式識字教學，她們早已經不是孩子，制式化的教材實用性又不足，補校教師卻又一直用這樣的教材反覆的教她們，可以嗎？研究者發現多數的新移民女性年紀還很輕就為人妻、為人母，人生歷練相當的單純，無論是人生閱歷或是處理事物的能力較缺乏經驗和純熟的思考；再加上文化背景的差異、語言溝通的障礙、夫家家庭的種種約束，在生活上勢必受到相當大的煎熬與壓力。透過學習的方法，可以幫助她們更加認識新的文化與環境，有助於壓力的解除。新移民女性參與學習的目的在於學習語文與生活常識，使她們能夠儘速融入臺灣的社會文化，身為教導新移民女性的教師們，應該思考怎麼樣的教材內容適合她們，能為她們打開新的視野，協助她們早日適應新的生活。

讀書會一直是研究者熱衷參加的活動，與讀書會結緣也將近十年了，只要不影響到上班時間，研究者都會踴躍出席。在參與讀書會的過程中，因緣際會認識了許多有志一同的朋友們，大家毫不藏私，盡心盡力表達彼此的心得、收穫，慷慨地將所知、所能廣為傳播。讀書會不同於傳統說教的學習，它創造了一個思考空間，提供多元的對話的情境，使參與者可以自在的與作者、成員、自己、生命互相交流、激盪，不只是純然接受，更可以經由消化、理解，進而驗證、質疑與反省。讀書會是一種開放學習的典範，在讀書會裡可以聽到多元的聲音、是一塊可以自由對話的園地，在其中資訊、知識、經驗，活絡豐富的交流，不但充實知識，增廣見聞，而且活力十足。在每次參加讀書會都不知道會發現或發生什麼，只要用心走一遭，抱持一顆期待、欣賞的心，總會有驚喜、讚嘆與豐碩的成果出現。

讀書會裡人人有舞臺，透過團體討論、分享，改變自己看事情的角度，在讀書會閱讀、消化與研討的過程中，使得知識經由吸收、交流，產生激盪、衝擊，達到充電的效果，並進而發生觀念移轉或實踐後的頓悟，可以提升智慧之光的能量。讀書會成員彼此以單純、真誠、純樸的心交往，在沒有利害關係下，彼此的感情是建立在真心的基礎上。因此，在互動中培養出來的友誼，是可靠而長久。讀書會中以名字相稱，感覺親切，在彼此真心的關懷與互動中，得到溫暖的支持。於是，研究者也興起了為新移民女性組一個讀書會的念頭，她們的同質性高、共同需求是識字、教室就是讀書會的場所、時間就是補校上課的其中一個時段。透過讀書會的運作，培養新移民女性主動閱讀與思考，並積極參與意見發表，而非只是被動的聆聽；大家為共同目標彼此激勵，一起經歷解惑、釐清、質疑、驗證的互動過程，產生新的收穫，經由知性學習，培養彼此關係。新移民女性讀書會不只是一個學習的團體，也是一個互相扶持、關懷的團體，大家一起學習、一起分享生活上的喜怒哀樂，讓彼此心靈有個寄託。但是讀什麼？繪本、小說嗎？這個問題又讓研究者陷入思考中。

平日研究者就喜歡從《國語日報》上蒐集有益於教學的教材，近幾年來看見《國語日報》上一直有推行讀報教育的報導，各地第一線的老師也都一直在《國語日上》發表推動讀報教育的心得、學生讀報後的收穫。每每在閱讀完後，總是想對新移民女性作嘗試，於是觸動了研究者也想對新移民女性做做看的動機。倘若新移民女性懂得讀報，那她們的視野必能拓展開來，相信讀報是通向世界的一扇門；倘若新移民女性能將讀報的習慣帶入家庭，那對新臺灣之子閱讀能力的培養也必定有很大的幫助吧！閱讀能力的培養應該從小開始，如果父母親能親身示範，帶頭讀報，一定會有加分的效果。一份《國語日報》才十元，相對於動輒一、兩百元的書籍而言，算是便宜的；對社經地位普遍處於弱勢的新移民女性家庭而言，也應該不會造成負擔。

《國語日報》的內容多元，活潑性也夠，又有針對許多語文教學內容作深入的介紹；而它最大的優點是有注音輔助識字，對想要自學的新移民女性不會太困難；此外《國語日報》的取得也很容易，可以透過訂閱或到商店購買。在臺灣每天都會發行許多供成人閱讀的報紙，但是成人報紙沒有注音，對新移民女性在閱讀時會產生比較多的困難；而且成人報紙的內容也比較艱澀，《國語日報》的內容對於新移民女性來說，應該是有許多優勢的。基於多方面的考慮，研究者決定以《國語日報》作為讀報的主要教材，並以其他報紙及新移民女性母國的報紙作為補充教材。當新移民女性能將母國的報紙轉譯成華語並且寫成文字，這對新移民女性而言，是多大的鼓勵！研究者嘗試將此議題形塑出一套理論架構，並輔以實務印證的方式，提供關心此類議題的人士參考。就在這一研究動機的驅策下，研究者決定展開以讀報教育為主軸，以讀書會的運作模式來對新移民女性進行語文教育的相關研究。

第二節　研究目的與方法

研究者常反覆思索，想從事此次研究的目的是什麼？想解決什麼問題？經過不停地反問自己，也慢慢地釐清自己心中的疑惑。研究者想從事本研究的目的，可以分成主要目的與次要目的兩項，主要目的就是想要解決新移民女性語文教育教材上的不足，補強補校教材的完整性；次要目的是想要推廣讀報教育在新移民女性語文教育上的應用。雖然要幫助新移民女性語文能力提升的方式很多，但是經研究者個人評估後，還是認為讀報教育是最有效且最容易推廣的一種。

倘若補校教學能以讀報教育作主軸，必能為補校教材開展出更多元的面向。希望藉此提供關心新移民女性教育的人士，也能從不同的角度去思考，研發出更多適合新移民女性語文教育的學習教材，以利新移民女性的學習，讓她們能及早適應臺灣的風土民情，加強她們對臺灣這塊土地的認同感，讓原本生活在臺灣這塊土地上的我們真心接納她們。新移民女性常常感到孤獨，受到歧視等不平等待遇，主要就是因為在跨文化交流中，由於文化背景的不同，造成認知上的差距，加上臺灣人民對「跨國婚姻」的負面刻板印象，以及先生和夫家的自我中心主義，習慣以自己的價值觀去衡量對方，造成新移民女性對跨文化的不適應症。由於她們在文化適應上遇到的問題最多，以至於她們必須先學習一套符號、行為模式來調適原生國文化與新文化的不斷衝突。為了幫助新移民女性在新文化、新環境中順利的生活，語言的學習是必要且重要的一項技能。

報紙的內容多元，涵蓋面又廣，對新移民女性文化適應方面，必能有直接的助益。研究者希望藉由研究本身目的的達成所形塑出的一套理論，可以被推廣，回饋給有關的人士去改進補校教材的封閉性，為補校教育注入新活力，並促成正規教育的革新，以提供其他社會教育的改善途徑，也期許藉由這個研究的完成，提升研究者自我的覺察力，有助於研究者日後對新移民女性教材的敏感性，能深入了解新移民女性的學習困境，實際在教學方面幫助她們。

為了能順利達到這些目的，研究者必須使用一些相應的方法，而這得先說明本研究的性質：本研究基本上屬於理論建構的範疇；而為了使論述更形綿密，還會搭配以實務印證。其中最重要的理論建構，有關它的體例，周慶華《語文研究法》一書有提出看法：

> 理論建構，講究創新。大致上從概念的設定開始，經由命題的建立到命題的演繹及相關條件的配置等程序而完成一套具體系且有創意的論說。（周慶華，2004：329）

依此論點，可以先將研究中所涉及的概念整理出來。從論題開始，第一級次的概念有：讀書會、新移民女性語文教育、讀報互動。接著內文，第二級次的概念，主要有：朗讀、討論、讀者劇場、故事劇場、探究、心得寫作、創造思考、合作編報。概念一與概念二設定清楚後，接著要建立命題和演繹以確定所要論述的方向。研究者發現只要是新移民女性就會有社會文化適應的問題（命題一）；讀報互動可以培養新移民女性的閱讀興趣（命題二）；讀報互動有助於新移民女性學習內容更多元化（命題三）。經由研究者的研究解決後，可以推廣為補校注入新活力（演繹一）；可以推廣促成正規教育的革新（演繹二）；可以推廣提供其他社會教育的改善途徑（演繹三）。

茲將「概念設定」、「命題建立」、「命題演繹」的發展進程圖示如下：

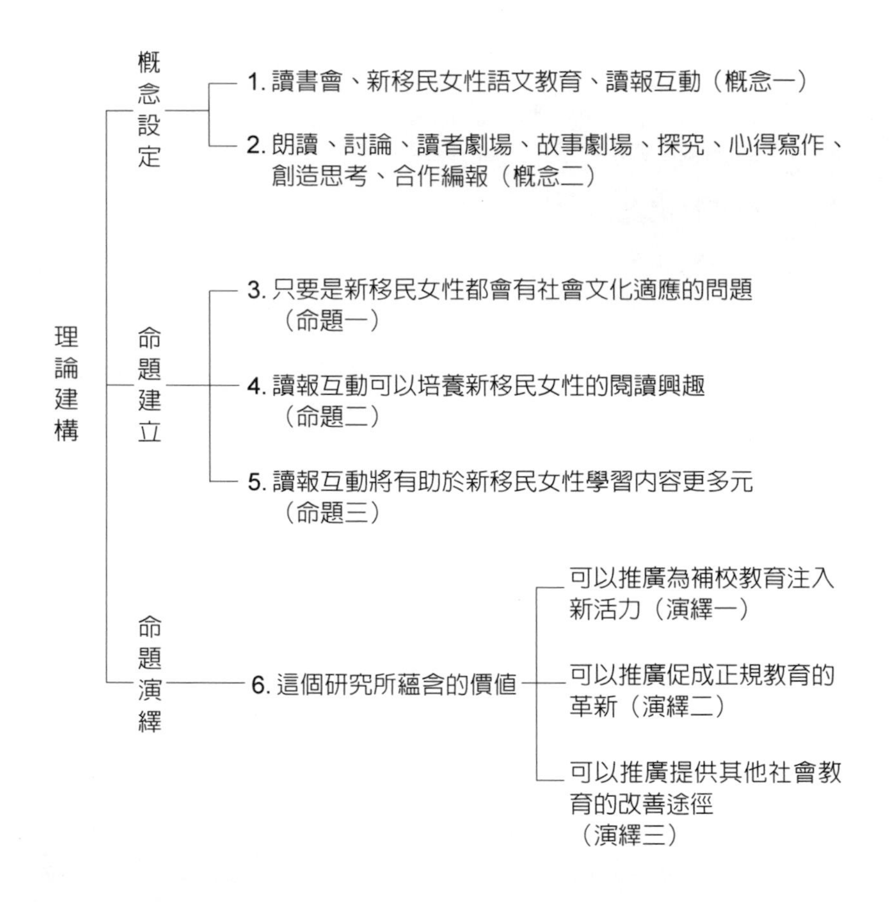

圖 1-2-1　本研究的理論建構示意圖

至於研究方法，指的是處理問題的程序或方式；必須先把問題解決，目的才能達成。本研究經由理論架構的鋪陳，並輔以實務印證，期望以讀報教育為主軸，運用讀書會的模式對新移民女性進行語文教育的相關論述。研究問題及研究目的都確立後，現在要將研究方法擇定陳述出來，好讓讀者對整個論述的脈絡更加清楚。本研究以讀報互動為主軸，勢必要蒐集許多報紙的報導內容。但因報紙新聞每日更新，內容涵蓋面多元，由於能力上的限制，只能從諸多報導內容上加以取捨；此外，研究中還會涉及相關經驗的整理，所以仍有賴各種相應的方法。

在本研究第二章文獻探討，將用現象主義方法來檢討相關的成果。現象主義方法，是指探討所經驗的語文現象的方法。（周慶華，2004：94-95）在本研究中，研究者將使用「現象主義方法」下的「現象觀」，利用五官、心靈去感受現實社會中的事物，將他人的著作、研究，就研究者所能經驗到的部分加以整理、分析和檢討，但是相關於此論點的著作、研究很多，研究者無法全部讀完，只能依研究者自己的經驗、能力範圍，儘可能將資料蒐集完整後進行整理、分析和檢討，以導出研究者所要論述的東西。

第三章以讀報為主的讀書會運作模式、第五章讀報互動在新移民女性語文教育上的運用方向等議題，都會運用到社會學方法與符號互動論。第七章相關研究成果的推廣，期望能為補校教育注入新活力、促進正規教育的革新、提供其他社會教育的改善途徑，所運用到的研究法也是社會學方法。所謂社會學方法，「是指研究語文現象或以語文形式存在的事物所內蘊的社會背景的方法……大體上有兩個層面：一是解析語文現象或以語文形式存在的事物是如何的被社會現象所促成；一個是解析語文現象或以語文形式存在的事物又是如何的反應了社會的現實。這二者都可以稱為『文本社會學』；差別只在前者可能需要用到觀察和調查等輔助性的手段，而後者只須逕自去解析就行了。」（周慶華，2004：87-94）本研究將納入此方法。但本研究在第三章、第五章與第七章裡所論述的僅約略涉及前者的層面。至於第三章及第五章還會運用到符號互動論，「所謂象徵互動論（符號互動論）此理論關注人們如何從『互動』得到意義，並以凸顯人們的語言、行為符號的『意義』結構，發展象徵互動的原則為宗旨。」（胡幼慧，1996：14）符號互動論奠基於三個基本的前提：第一個前提認為人們對事物的感受、舉止、形為表現等，是根據這些事情對他們所具有的意義而來行動的；第二個前提則是意義的產生是經由社會互動過程而來的；第三個前提則是當個人要根據事情的意義來行動時，是經過一詮釋過程。（同上，17-18）如果我們觀察人的互動，會發現人們藉著語言來賦與事情具有意義，並經由建立起具有共同意義的語言符碼，使得人與人的互動得以持續進行。藉著語言的運用，人與人之間的互動不斷產生豐富的意義。

第四章讀報運動對新移民女性語文教育的重要性評估所關聯的課題，對於「強化心理認同上的重要性」會用到心理學方法，「所謂心理學方法，在這裡是特指研究語文現象或以語文形式存在的事物內蘊的心理因素的方法……而該方法所蘊含的語文現象或以語文形式存在的事物無從脫離心理機制而自行存在。」（周慶華，2004：80-87）此外，「心理學中的『觀察法』是指在自然條件下，對一個人的行動、言說、表情、動作等進行有目的、有系統的觀察，了解他心理活動的方法。」（王海山主編，1998：233-234）以上兩種方法都將納入本研究，來解析新移民女性心理層面的問題。「融入社會塑造新公民上的重要性」與社會學有關。「參與文化運作繁衍上的重要性」涉及文化層面則與文化學有關，「所謂文化學方法，是指評估語文現象或以語文形式存在的事物所具有的文化特徵（價值）的方法……語文現象或以語文形式存在的事物無法脫離歷史文化背景而獨立自主。」（周慶華，2004：120-131）

第六章讀報運動在新移民女性語文教育上運用的活動設計及其驗證，因涉及實務印證的活動設計等課題，除了運用社會學方法與符號互動論等，還將運用質性的方法來研究。質性研究方法是實證研究的模式之一，特別重視參與觀察和深度訪談。質性研究的方法在總體上是指任何不經由統計程序或其他量化手續而產生研究結果的方法；質性研究的過程中非常重視研究對象個別經驗的特殊性，所以研究結果無法被複製或進一步推論到類似的情境或現象。（周慶華，2004：203）質性研究的模式約略是「經驗→介入設計→發現／資料蒐集→解釋／分析→形成理論→回到經驗」。（胡幼慧，1996：8-10；周慶華，2004：204）

以上各種研究方法除了少數別引，其餘都是依據周慶華在《語文研究法》一書中所列舉的各項研究方法，書中提到任一種研究方法「只要有它能夠發揮的功能，相對的就會有它所受到的侷限。」（周慶華，2004：164）因為有所侷限，所以運用各種研究法互相搭配論述，以期研究能更臻於完善。每一個人都有他獨特的經驗、背景、觀點和價值觀，也有自我觀看事情的獨特思考脈絡；這些獨特的思考脈絡，影響著每一個人觀看事情的角度，為了避免以偏概全，最好是採取多學科的觀點來研究，以避免掉入「慣性思維」的窠臼中。

第三節　研究範圍及其限制

根據上節所提的研究方法，可以概括出本研究所能討論的範圍為：對讀書會、新移民女性、讀報互動相關文獻分析、探討（第二章）；以讀報為主的讀書會運作模式的實施（第三章）；讀報互動對新移民女性語文教育的重要性評估（第四章），擬由新移民女性的心理認同、融入社會的重要性與參與文化運作三個範圍進行探究，以了解本研究對新移民女性實際上的幫助有多大；讀報互動對新移民女性語文教育上的運用方向（第五章）和運用的活動設計及其驗證（第六章），將設計以讀報互動為主的教學活動進到教學現場，透過研究者的教學觀察、學生的課後作業、學習單、訪談新移民女性的心得感想及研究者的省思札記，隨時進行讀報互動課程的修正與檢討，提供多元化的教學模式給新移民女性參考，以促進她們的學習成效，進而提高她們的學習興趣，也期許透過創新的教學方式強化研究者教學活動的設計能力，讓有機會來讀書的新移民女性能從讀報互動的教學活動中，擴大學習視野、增加生活適應能力。而在相關研究的推廣方面（第七章），希望以此研究成果能為補校教育注入新活力、促成正規教育的革新、提供其他社會教育的改善途徑。

本研究的主軸是以讀書會的運作模式對新移民女性進行語文教育上的教學活動，教材內容以報紙為主。研究的對象為新移民女性，利用她們來補校上課的時間，每週抽出四十分鐘進行讀報互動的教學活動。為了研究上的方便，研究對象以就讀研究者服務學校的補校新移民女性學生為主要對象，本國籍學生為次要對象，但本國籍學生的學習成效將不在本研究的討論範圍內。這群新移民女性最少已經接受過前十週注音符號的正規教育學程，基本上對注音符號的認讀已經稍有基礎了，教學者將由此研究中，嘗試了解以讀報為主的讀書會運作模式，在進行讀報互動的教學活動時，對新移民女性語文能力的提升究竟能發揮多少的功效。

研究範圍已經設定，對研究限制而言，本研究的限制之一，是讀報互動時間方面的限制。這群新移民女性利用晚上來讀補校，最大的希望就是能識字，所以正規的識字教育課程仍是她們的最愛。讀報互動的課程每星期只有短短的四十分鐘，在有限的時間裡，想讀的內容卻太多，所以教材的取捨受到時間的壓迫必有許多的遺珠之憾，只能期許透過讀報互動課程的進行，真的帶領這群新移民女性讀出興趣，讓她們在家自學，有問題時再與研究者對談，釐清疑惑，這才是研究者進行此研究的最大目的。

本研究的限制之二是在選擇讀報教育的教材時，並不是每一種教材都可以，選材上一定要是新移民女性感興趣的、與她們切身有關的新聞最好，而且最大的考量點是新聞的教育功能。我們都知道報紙的內容相當多元，每個人看報紙的訴求重點也會有所不同，有的人把焦點鎖定在政治性議題、有的人會注意財經報導、有的人喜歡看娛樂消息、更有人只看副刊的文藝訊息，每個人會依自我需求，選擇自己喜歡的版面專心研讀。但對新移民女性而言，研究者無法滿足每個人的需求，一一根據她們喜歡的新聞逐一設計教學活動，教材內容的取捨只能由研究者自行規畫，所以讀報的內容是具有統一性的。教材的選定多以《國語日報》為主，因為有注音可以輔助學習，其他報為輔。報紙並不是每一版都用，研讀時事新聞將會列入本研究的重點，因為可以了解國內、國外的大事；而且每一種報紙都會有時事新聞，讀熟後再參考其他家的時事新聞作配合，比較相同的新聞事件因敘事手法的不同而產生了哪些的差異性，必要時再輔以新移民女性母國的報紙相對應。本研究除了進行讀報教育外，還期待這群新移民女性能讀出對這個團體的向心力，對這塊土地的認同感，這個目的不是一蹴可及的，但是相信在努力的過程中，必能有刻骨銘心的感受，因為凡走過的必能留下足跡。

讀報互動可以預期的是對這群新女性的語文教育必有很大的助益，但是否就以此發展出一套完整的課程取代現有的補校教材統一實施，這不是本研究要探究的重點，研究者只是提供給新移民女性一個新的學習面向，將讀報互動納入新移民女性的學習課程內。大家都知道許多單位辦理的新移民女性成長團體都會以讀繪本來教新移民女性識字，但以讀報的方式進入新移民女性的教育課程裡，應該也算是創新的吧！因為在許多人的想法中，讀報對大人而言是一件再平常不過的事。讀報的時間隨意、地點自由，大人讀報時一派輕鬆，生活中讀報的場景也隨時可見。對新移民女性的學習教材而言，這樣熟悉又常見的教材卻被教學者忽略，只因為讀報對大人來說是件簡單的事，需要教嗎？透過本研究的論述，希望提供給補校教育的教學者更多元的面向，也能將讀報互動納入教學活動中；而且讀報活動的進行不是泛泛的讀報紙報導的內容，而是配合朗讀與討論、讀者劇場與故事劇場、探究與心得寫作、創造思考與合作編報的嘗試，希望能讀出報紙的深度與廣度，引領新移民女性愛上讀報，時時利用生活中隨手可得的語文教材自我充電，才不至於離開學校後就與讀書脫節。利用讀報這個觸媒，啟動新移民女性學習的興趣，將會是從事補校的教學者所樂見的情形吧！但讀報課程畢竟不包含在補校的正規課程內，倘若是因為教學者個人對讀報教材的接受程度而未將讀報教材納入新移民女性的學習範圍，使得新移民女性無法領略到讀報對她們的好處，這其中的癥結是研究者無法一併去探討的，此乃本研究的限制之三。雖然如此，本研究成果的推廣期望能為補校教育注入新活力、促成正規教育的革新與提供其他社會教育的改善途徑，讓對新移民女性教育有興趣的教學者、編寫者、推動者都能將讀報教材納入進來，為新移民女性的語文教育開展更多元的面向。

1998 年曾志朗在嘉義民雄所進行的田野調查中發現，用不同年齡層受試者的認知剖面圖，以檢測他們的圖形搜尋能力、語文流暢的程度、選擇性注意的決策速率，以及長短期記憶、情節的記憶和語意的記憶，作為他們認知能量的指標。首先發現五十歲以後的受試者隨著年齡的增加，認知的能力指標將逐漸下降。另一個更讓人震驚的結果是，這些能量衰減的惡化情況會因為經常閱讀而有所扭轉；可怕的是在另一端——完全不識字的那一群人，不但上述的能力都會偏低，連他們的壽命與健康情形也都為之縮減或不良。（洪蘭、曾志朗，2006：213-214）醫學研究也發現，人的大腦是愈用愈靈光，有一個義大利的研究報告發現，七十歲以上的老人只要讀過五年書，得到阿茲海默症（老人痴呆症）的機率就比同齡的文盲少十四倍，這是一個驚人的數目。我們臺灣也有類似的報導，1989 年榮總在全省八個地區對 5300 名四十一歲以上的榮民作抽樣檢查發現，沒有受教育者得阿茲海默症的機率是受教育者的兩倍；2004 年榮總對金門地區 1736 名六十五歲以上老人的調查，也發現沒有受教育者得病率比受教育者來的高。（洪蘭，2006：220）這兩則報告對新移民女性而言是一則警訊，可悲的是她們卻無從得知。新移民女性的家庭多屬於社會中的弱勢家庭，不識字的不便，難道只叫她們默默承受嗎？從認知能量而言，識字與不識字的人們，宛如經歷了兩個不同的世界，前者抗拒衰老，而後者竟然屈從於自然的老化規律。（洪蘭、曾志朗，2006：214）

相信透過教育的力量是可以扭轉局面的。倘若新移民女性能養成每日讀報的習慣，那她們就不會與學習脫節，原本習得的字也就不容易遺忘；孩子小的時候看媽媽讀報，長大後也比較會喜歡讀報。當孩子有能力當媽媽的老師時，指導媽媽不認得的國字，新移民女性就不會因為離開學校後就停止學習，親子共同讀報該是件多麼溫馨又美好的事！如何推動一個簡單又實用的學習活動，讓新移民女性不會停下學習的腳步，深信從生活中隨處可見的報紙著手，將會是最經濟又實惠的好辦法。雖然研究者的眼前橫亙著某些困難，但相信可以經由前面的構想和勉為實踐來盡力克服，以期讓讀報互動課程對新移民女性的語文教育能產生立竿見影的效果。

第二章　文獻探討

第一節　讀書會

依據《成人教育辭典》的說法，讀書會的定義為：由一群人定期地聚會，針對一個主題或問題進行有計畫的學習。讀書會是一種民主的非正式團體，成員沒有教育程度上的要求，彼此基於平等、合作、友誼、自由及自我決定。參與者彼此是平等與民主的，共同努力協助彼此自由地表達自己的意見，將自己的經驗給團體中的成員，課程或內容經常是先計畫，有持續性。（中華民國成人教育協會，1995）倘若將「讀書會」三個字拆開來解釋：「讀」是用心去接觸、了解、吸收材料；「書」是有主題、範圍、結構、系統的客體；「會」是以材料為中心的交流、討論、分享與領會。（陳淨怡，1999）目前臺灣各地都有讀書會的團體在運作，參加讀書會的成員多是以小團體的方式運作。透過讀書會的參與、成員們互相學習討論與溝通的技巧，以培養成員思考和尊重別人的意見和坦然接受失敗、分擔責任的態度，並且可以讓成員體會團結及共同生活體的感受，而成員所獲得的知識與其日常生活相關，這也是讀書會受歡迎的最大原因。

讀書會並非近代的產物，它源起於歐洲，其後風行於全世界。十七世紀，法國的沙龍、咖啡屋就具有讀書會的功能，這裡是文學和藝術的原創者、閱聽者和批評者聚集交流的地方。十八世紀後，讀書會更是德國公共領域的一部分，主要以閱讀為中介，交談為核心，進行文學、科學、社會和政治的理性批判。美國在1870年代，開始提倡一種強調討論、超越學校教育體系的學習活動「學托曠」（Chautauqua）集會的家庭讀書會理念。（簡靜惠，2001：邱天助序10-11）在美國，各地都有讀書會組織，為一純民間團體，多偏重名著的閱讀，強調參與者必須具備參與討論的能力與技巧，並能主動參加閱讀與討論；透過名著的閱讀與討論，了解當代社會的想法與觀點。（林美琴，1998）此運動也影響了瑞典讀書會的成立。在瑞典，幾乎每一個鄉村都有讀書會，每天晚上至少有一個讀書會在進行。他們學習的範圍很廣，幾乎包括生活中的任何事物，成員也沒有任何的限制。（邱天助，1997）瑞典讀書會強調自由與自願的學習本質，內容結合了生活與學習，是以小城鎮街坊鄰居面對面交談為基礎而成的學習活動。（張振成，1999）早期成立的宗旨是為了彌補學校教育的不足，後來成為成人教育、非正式學校教育的一種。某些讀書會甚至結合圖書館，運用其場地及資源，普及參與民眾。（繁運豐，1999）

臺灣地區的讀書會從「無」到「有」，歷經許多階段。這過程有許多起起伏伏，也在不同階段賦予「讀書會」不同的意義。二十世紀五、六〇年代白色恐怖時期，讀書會在臺灣往往被視為思想反動組織，隨時有可能被扣上叛亂的罪名。八〇年代臺灣讀書會再度萌芽，以婦女為主要成員的社區讀書會，確實發揮了開疆闢土的功效。（邱天助，1995）讀書會是自古就存在的一種以學習和社交互動為主的團體，但因社會思潮、政治環境與教育體制的差異，也孕育發展成不同時代的面貌。回顧臺灣讀書會的源起和發展如下：

一、啓蒙期

臺灣早期的讀書會是一種知識分子以文會友的聚合，更隱含一種社會批判的意識。讀書會組織在日據時代開始風行，在 1923 年左右，除了承襲傳統文會吟風弄月的組織「詩社」，接受新思想與新教育的年輕知識分子，為研討馬克斯思想而成立的「臺北青年讀書會」，首度以「讀書會」為名，暢談社會運動的改革理想，他們研習社會主義，批評時政，發表對社會國家的理想抱負。（林美琴，1998）這種強烈左翼色彩與反抗精神的讀書會形式，延續至光復以後。在戒嚴時期遭政府全面肅清，使臺灣讀書會的發展因而沒落。

二、萌芽期

在 1970 年以後，讀書會是思想禁錮下的產物，也是正規體制教育外知識滋養的秘密管道。在白色恐怖時代，讀書會在臺灣往往被視為思想反動組織，是被壓抑的非法組織，敢以讀書會為名的閱讀討論團體寥寥無幾。由於政治因素，當時臺灣尚未解嚴，所以讀書會多屬於文人間秘密組織，不可公開，以避免招惹禍端，毫無言論自由可言。（邱天助，1995）

三、成長期

1980 年代，讀書會是女性主義與社區意識崛起的象徵。在婦女自我成長的動機與社區理念的結合下，在 1985 年林來紅成立了臺灣的一個讀書會——「袋鼠媽媽讀書會」，這是有別於過去政治色彩濃厚的讀書會。1987 年接著高雄市立圖書館成立「知性書香會」，許多國中、國小也紛紛設立愛心媽媽讀書會、成長班讀書會、書香團體……使臺灣讀書會更富生命力。1988 年洪建全基金會也在此時成立「臺灣 PHP 素直友會」，並與日本 PHP 研究所交流合作，成為第一個跨國際的讀書會。（林美琴，1998）讀書會帶動了文化、教育、環保等議題，開啟了婦女學習的另一個新契機，並以活潑多元的方式經營，極力推動書香社會的願景。

四、蓬勃期

1990 年代以後，讀書會逐漸受到政府機關、學術單位的注意。政府遂於 1991 年開始，提出成人教育政策及社區家庭教育計畫，並編列預算補助並倡導讀書會。1992 年，省立臺中圖書館讀書會成立。次年，臺北市立圖書館也於各分館舉辦讀書會，政府開始加入讀書會推廣行列。1993 年，「國立臺灣師範大學成人教育中心」開始有計畫的培訓社區婦女讀書會領導人，首開學術單位推動讀書會的先例。高雄師範大學成人教育中心、各社教單位、文教基金會等不斷舉辦讀書會領導人種子培訓，希望讀書會在各地生根發芽。1994 年起，教育部將讀書會列為終身教育的具體措施，將讀書會列入社教工作重點。1996 年，文建會推行「書香滿寶島」計畫，也將讀書會的輔導列為主要工作，希望落實書香社會的願景。2000 年教育部提倡閱讀、親子共讀，定為兒童閱讀年。2002 年《天下雜誌》以閱讀新一代的知識革命為專題報導，引起社會極大的回響與共鳴。

臺灣近十年來讀書會的發展，在量的成長上有著顯著的變化，在民間團體與政府機關的推動下，臺灣地區的讀書會大量成長，無論社區、學校、企業組織、專業團體，處處可見讀書會的蹤跡。從1996 年七百多個團體，發展至今大約增加了三倍左右。中國民國讀書會發展協會甚至估計，全國大約有一萬個左右的讀書會在運作。讀書會是民眾意識覺醒的結果，與傳統教育體制的組織有所不同。讀書會是需要長期經營的文化活動，非一朝一夕蹴手可得的工程。政府推動的力量，加上民間龐大的參與熱能，使得臺灣讀書會的未來發展，具有令人期待的樂觀，希望在不久的將來，讀書會能成為一種全民運動，建立一個終身學習的社會。

發展到現在，讀書會的類形已相當多樣。倘若依成立的目的，可區分為休閒型、求知型、實踐型、心靈型；倘若依活動內容而言，可分為主題讀書會、單元讀書會、繪本讀書會、音樂讀書會及電影讀書會。倘若依組成人員區分，讀書會的類型包括：

（一）兒童讀書會：對象以兒童為主，由專業老師帶領，討論與交換生活經驗。

（二）青少年讀書會：對象是青少年，由專業老師帶領，討論與交換生活經驗。

（三）家庭讀書會：由家庭成員組成，可增加家庭成員的向心力、提升家庭生活品質。

（四）親子讀書會：由專業老師帶領，讓親子之間以平等的態度自然交談與討論。

（五）成人讀書會：由大人組成的讀書團體，研讀書籍的範圍沒有限制。

（六）親師讀書會：老師與家長共組的讀書會，研讀親子教養叢書，以提供家長親子的教養資訊。

（七）教師讀書會：研讀教育叢書，探討教育的本質及方法，學習教學技巧。

（八）故事媽媽讀書會：分組討論書籍，練習說故事的技巧，增強到學校說故事的能力。

（九）社區讀書會：以社區成員為主，研讀書籍的範圍以成員共同討論決定。

（十）社團讀書會：以社團成員為主，研讀書籍的範圍以成員共同討論決定。

（十一）義工讀書會：以加強服務信念，以化解服務時的挫折與倦怠為目的，可以凝聚團體的向心力。

（十二）企業讀書會：運用企業團體的動力，學習重點不在刻板知識的堆積，而是透過閱讀討論，改變員工的心智模式，提升公司的生產效能。

（十三）宗教讀書會：多以研讀經文為主，以追求心靈上的解脫為依歸。

（十四）網路讀書會：現代科技的產物，打破空間的界線，只要用 MSN 就可以線上討論、分享心得，相當方便。

辭書以外的讀書會的定義，各家說法大同小異。茲將各家說法整理如下：

表 2-1-1　各家的讀書會定義（研究者整理）

作者	讀書會的定義
郭進隆	讀書會是一個強調學習的成長團體，活動的重點在學習，活動的目的在成長。（郭進隆，1994）
邱天助	讀書會是一個自主、自助、自由、自願的非正式團體，透過成員閱讀共同材料、分享心得與討論觀點，以吸收新的知識，激發新的思考，進而擴大生命的空間。（邱天助，1998）

林美琴	讀書會是透過個人的閱讀與思考，與他人對話的過程；透過對話，使每個觀點充分激盪，尋找真理的各塊拼圖，共同建構圓滿的面相。（林美琴，1999）
王淑芬	讀書會應是一種以閱讀一本書為主軸的閱讀活動，此活動所有的流程與步驟，並非一成不變，而是彈性地依據成員的需求與特質來進行規畫。（王淑芬，1999）
何淑津	讀書會就是一群人在帶領人的引導及帶領下，透過共同材料的閱讀，進行分享與討論的學習活動。（何淑津，2000）
張嘉貞	讀書會乃是一個團體對事先同意的主題，以閱讀、討論、導讀、分享、觀展、欣賞、辯證等方式，作持續性、有系統的團隊學習。（張嘉貞，2000）
程良雄	讀書會是指一群志趣相投的人，主動聚會，共同參與閱讀活動。（程良雄，2001）
何青蓉	凡是藉由閱讀書籍等材料增長知識的團體就稱為讀書會。（何青蓉，2001）
林振春	讀書會是一種學習團體，從做中領悟、做中學習，並從團體的互動與回饋中進行自我深度的覺察與培養反思的能力。（林振春，2001）
許慧貞	讀書會指的是文學的閱讀、文本的閱讀，由一群人共讀一本書，並一起討論分享彼此的觀點。（許慧貞，2001）
林淑玟	讀書會就是一群人，針對同一本書或同一個「非書」資料，例如：一段影片、一處風景、一場音樂會或一場展覽、演講……彼此說出心得或討論。（林淑玟，2003）
俞名芳	讀書會就是指採用課本教材以外的閱讀文本為主的閱讀活動。（俞名芳，2003）
方彰隆	讀書會可說是一群人針對一客觀材料加以解讀、討論、分享的學習性組織。（方彰隆，2003）

綜合以上觀點，讀書會是一種有彈性、多樣化的閱讀聚會，在運作上依各個讀書會的團體目標差異而有不同，所能發揮的功能也會因為其實際運作方式的不同而有差異。讀書會雖然是一種非正規的教育形式，但成員很清楚知道這個團體是以學習為目的，透過成員間的互動、討論，激盪出不同的看法。因為沒有文憑，所以成員參與的主要動機是自我成長；而它也最能彰顯自願、自動、民主參與的學習精神，使成員在過程中養成自我導向的學習能力，並藉由讀書會的活動增進思考批判的能力、理念與觀念的交流與轉換以及人際關係的互動與成長，可以說是一種有方法、有系統的團隊學習。讀書會是一個學習成長團體，讀書會彈性、自主、平等與生活化的特性，更能符合現代化學習社會的需求。

本研究主題是以讀書會模式對新移民女性進行語文教育，基於提升新移民女性的閱讀需求，透過定期聚會，閱讀共同的讀報教材，以朗讀與討論、讀者劇場與故事劇場、探究與心得寫作、創造思考與合作編報的學習方式，擴展新移民女性學習視野與生活層面，幫助她們提早融入社會與提升生活適應力，解決不識字的困境。

新移民女性讀書會的成立，目前還沒有聽聞，碩博網可供參考的論文名稱，也看不到新移民女性讀書會的相關研究。多數以新移民女性為主題的研究內容，僅以識字教育或是與新移民女性子女有關的教育議題為主，尚未有以提升新移民女性閱讀力的方向去研究。識字教育是語文教育的一環，用大陸施行的字族識字法來教學確有其成效，短時間能大量識字，可是這種將同部件的字同時教導新移民女性的最大缺失就是會產生混淆，使學習者心理產生挫敗感。中國字是屬於方塊文字，對於新移民女性而言，原本就是陌生的，又將有相同部件的字同時教導，對不同文化背景的新移民女性確實學得吃力，也會對中國字產生「好難」的誤解。

讀書會的運作方式可以培養聽、說、讀、寫這四種能力，仔細聆聽別人的發表加強口語表達，說出看法學習溝通能力，讀懂文本增加識字量，寫出心得想法為自己的學習歷程作紀錄。語文學習的重點，主要在三個方面：一個是聽說讀寫的基本能力；一個是表情達意的溝通能力；一個是對文化習俗認識與了解的能力。相信在讀書會的運作中，新移民女性在不知不覺中培養了這三大能力來解決生活中發生的問題，考慮的面向已經不是只有識字這一個層面了。讀書會的成立可以提供求知的機會，補足正規教育體系的不足。

內政部為協助新移民女性融入臺灣社會，積極辦理許多輔導全臺外籍新娘生活適應及語文訓練班，在語文教材方面多選用市面發行的故事繪本，以繪本導讀來教她們識字，但是用繪本來作為新移民女性短期識字的教材適合嗎？研究者在教補校時，曾經遇到家庭教育服務機構的人員到校來邀請新移民女性參加該機構辦理有助於她們成長的相關活動，表面上這些新移民女性都很客氣的回答好，私底下卻告訴研究者說不想去，因為好無聊。當下研究者並沒有仔細去探究原因，還是鼓勵她們能去就去。現在想來，研究者才省悟到課程的設計不能只是教學者一廂情願的想法，應該考慮到學習者的需求。對新移民女性的識字教育應該要融入生活情境，教導字頻出現較高的字，報紙就是一個很好的補充教材。報紙的文字不艱澀，使用的文字也是較通俗的書面語，對於初學第二語言的新移民女性，應該比用繪本還要更合適。報紙在生活中隨處可見，比起繪本的取得容易許多；報紙的好處多多，更應該多加應用。記得研究者在高中學英文時，英文老師也提供我們英文報紙當作補充教材，所以報紙對於初學第二語言的新移民女生而言，的確是可以好好應用的極佳教材。

第二節　閱讀力與讀報

對所有關心臺灣第一線的教育工作者、決策領導者或學生家長來說，國際閱讀素養調查（PIRLS）2006年公布的結果，臺灣在四十五個參與的國家中排名二十二。在同樣參加評比的亞洲國家中，香港是第二名，新加坡是第四名。臺灣學生每天會進行課外閱讀的比率只有百分之二十四，排名最後，遠低於國際平均值的百分之四十一。（《天下雜誌》，2008）這項消息，對於長期努力推動閱讀的教育部來說，無疑是項殘酷的打擊，對於一直在第一線推動閱讀的教師們也是一項警訊，我們的方式究竟出了什麼問題？柯華葳建議：「臺灣的語文教育太重視字詞教學，建議應增加解釋歷程的教學。尤其閱讀不是只有字，也要靠上下文去推測，在文章的內容與形式上應該多深究一點。」另外就研究者本身的觀察，最重要的原因出在大人不閱讀，無法成為孩子的學習楷模，很多大人都是離開學校就停止閱讀了。

《遠見雜誌》針對超過十八歲以上的成年人進行閱讀大調查，調查結果顯示臺灣一個家庭一年平均只花1375元買書，而且這些錢還包括學生的參考書和八卦雜誌。倘若把這些書排除後，臺灣民眾平均一年買4.39本書，國人對於購書態度，傾向於「不買書者更不買書、會買書者買更多」。調查結果也顯示出收入與學歷高的人，閱讀頻率也越高，顯示出閱讀跟一個人的競爭力息息相關。（《遠見雜誌》，2007）雖然臺灣的出版業蓬勃發展，一年可以出版四萬多種圖書，但據統計，百分之九十以上賣不到兩千本。臺灣人可以一個晚上唱KTV花掉一千多元面不改色，吃一頓大餐花掉四、五千元也毫不吝惜，可是對於一本兩百多元的書卻買不下去，這種現象已給孩子做了不好的示範，不讀書的大人怎麼能養出愛看書的孩子？在國外，人們會將每個月的收入兩、三成用在文化開銷上，孩子們耳濡目染後自然會如法炮製。想想我們，在推動成人的閱讀活動上，教育部並沒有執行什麼推動的政策，只把重點集中在孩子身上，而忽略了成人閱讀的重要性；事實上在推展閱讀活動的成效上，成人平日是否有養成閱讀習慣、持續閱讀是佔有決定成敗的關鍵因素。「大人不讀書，光趕著孩子去讀，孩子怎麼會閱讀。」洪蘭指出這也是閱讀文化無法扎根臺灣的主因。

為什麼研究者會想對新移民女性推動讀報教育，也就是這個因素。每年新臺灣之子的出生率已經佔十分之一強，每十位新生兒中，就有一位是新臺灣之子。如果新移民女性在認字及讀寫中文的程度無法提升，那就像文盲一般，平日是不可能會在生活中表現閱讀行為讓孩子模仿學習，這種情況更會造成國家閱讀力的下降，對新臺灣之子閱讀力的培養也是一大隱憂。孩子要養成閱讀習慣，父母的示範很重要，父母喜歡閱讀，花時間閱讀，孩子就跟著閱讀。閱讀力更是國力的展現，要提升閱讀力，新移民女性族群更應該受到重視。在家庭裡，女人往往是最能夠影響家庭氣氛，最擅於營造家庭情境的，這是女性的特質，也是受了傳統文化的影響。倘若新移民女性藉由讀書會開始改變成為有思想、有見解、善於處理問題的女人後，那麼她們的家庭會起怎樣的變化？她們的社區和社會又會有什麼改變？她們生養的小孩成長以後，這個世界會有如何的風貌？太多人感嘆：臺灣沒救了！卻太少人採取行動。太多人批評：世風日下，人心不古！但太少人由心覺醒。從自身做起，臺灣還是處處有可為的。

以「富者愈富，貧者愈貧」觀點來說明閱讀歷程的增長（圖2-2-1）。這個在閱讀研究和文獻研究相當著名的「馬太效應」（Mattheweffect），在臺灣M形化社會中作用逐漸增強。讀得多不但增加知識，也增加閱讀能力，進而可以讀得更多。讀得更多，又再增加知識與閱讀的能力，可以讀得更多，這就是「富者愈富」的寫照。相對的，一開始沒有機會閱讀，看到書本不會閱讀的人，會變成不喜歡閱讀，進而造成無法透過閱讀增加閱讀能力。閱讀能力不好也就無法透過閱讀順利的吸收知識，形成了一個惡性循環「貧者愈貧」。（柯華葳，2006）在知識經濟的時代，廣泛閱讀是適應知識經濟時代的養成基礎。大環境的不景氣，不只讓社會經濟出現 M 型化現象，就連教育體制也是如此。經濟條件好的家長，可以帶孩子出國增廣見聞，豐富人生的閱歷，但對弱勢家庭的孩子卻是遙不可及的奢求。新移民女性的家庭多數身處弱勢族群，研究者應該為她們設身處地著想：要如何做，才能避免她們不要在閱讀方面也成為弱勢的一群。我們不算是一個喜歡閱讀的社會，許多成人從小就沒有養成閱讀習慣，實在是很可惜。閱讀也是一技之長，書是一身的伴侶，幫助新移民女性由讀報入手培養閱讀的習慣，從讀報中找到學習的自信，就是送給她們終身受用的最好禮物。

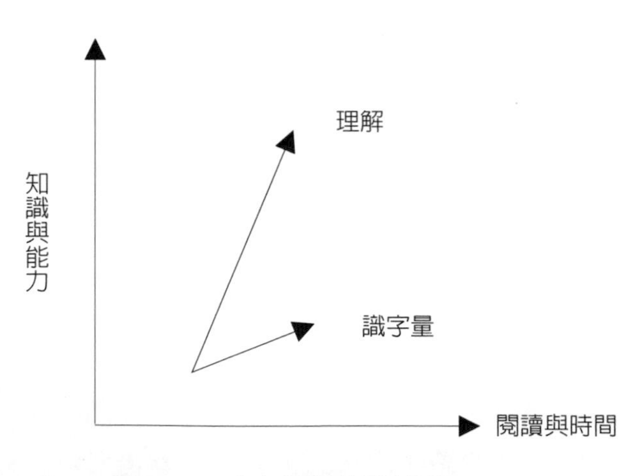

圖 2-2-1　富者愈富的閱讀曲線

英國哲人摩爾曾說：「一間沒有書的房子，猶如一個沒有窗戶的房間。」這說明了書本猶如我們的心靈之窗，透過閱讀可以讀天地、讀萬物、讀人生，也可以鑑古知來，讓生命的活水源源不絕，充滿生機。（段秀玲、張清珊，2001）一個喜愛閱讀的人，他會隨著閱讀書本所展開的思考、想像的羽翼、遨遊在浩瀚的宇宙中，生命因此而豐富、而無限。閱讀是一件美好的事，因為閱讀，讓許多人度過了人生的困境、人生也變得更有彈性、生命也變得多采多姿。要如何讓新移民女性體驗這種美好的經驗，讓她們也能一起享受閱讀的快樂，就從她們熟悉的生活事物開始吧！教科書太制式化，與生活經驗脫節；小說文本太複雜，無法與生活經驗相扣合，對於識字量不多的新移民女性，也難了點；繪本有圖文搭配，但新移民女性急於識字，對於圖象的訊息也不會仔細探究，更何況繪本的價錢也不便宜；為了減輕她們的負擔，並且能達到閱讀的效果，讀報是研究者最想推動的閱讀活動，讓新移民女性藉著讀報活動培養出閱讀的興趣，希望她們因為開始閱讀能走出孤立的處境、因為開始閱讀而生活得更美好。

新移民女性認得的字彙量少，也缺少背景知識，因而無法偵測到文章裡不一致的描述，使自己對文章的理解受到影響。透過閱讀，新移民女性增加的不只是書本內容的知識，還能增加閱讀理解的能力，但大前提是要有想讀的動機，當我們在翻閱一本書時，會去思考有必要讀嗎？讀起來會困難嗎？倘若發現讀起來會有困難但是有興趣就會繼續讀下去；倘若是相反，自然不會去讀。除了興趣的支持外，還得有足夠的字彙、文章理解的背景知識，而這些知識的獲得，也是靠不斷地閱讀產生的；在讀書的過程中，自然會形成與閱讀相關的知識。要提升新移民女性的閱讀能力，一定要從她們有興趣的讀物著手；報紙能引起她們的討論主題，也是她們能和鄰居共同話家常的好話題。新移民女性的語言學習教材倘若能從生活面切入，進而進行文字、語言的學習，效果必能事半功倍。帶領新移民女性閱讀報紙，是一種想像的旅行，透過不同的報導，想像不同的生活故事，讓她們能把閱讀當成是一種「看見」，讓她們能看見世界。閱讀的價值不再只是提供知識，而在能培養活用的知識，開拓新知識的能力。

目前，所有對新移民女性實施的語文教育都偏重識字教育，在閱讀這一領域上，還看不見有專書或研究論文的出現。不可否認的是認識國字確實是她們迫切想學習的課程，但機械式反覆的練習識字，脫離生活知識的文本，學習效果是有限的。對於這群白天工作，晚上來上課，下課回家後還要帶小孩、做家事的新移民女性，學習的時間已經所剩無幾，倘若能利用報紙學習，自己讀報紙時，也會運用學到的閱讀策略來增進自己的理解力，擴大自學的範圍，會比僵化的識字教學來的有效果。「與其釣一條魚給她們，不如教會她們釣魚和烹魚的本領」的觀念，從提供知識轉移到培養能力，對她們更有幫助。尤其報紙使用的字都是字頻出現高的字，這點對學習者而言更有利；遇到不會的字時，可以從先生、孩子得到協助，增進家庭的學習氣氛，共組學習型家庭。倘若這則新聞又是全家人關心的報導，那麼新移民女性的學習場域就不只侷限於學校，生活中處處是教室，能將所學的知識在生活中與家人互動，對家庭的學習氣氛的營造是會有所幫助的。

思考力的構成要素有四個；閱讀力、書寫力、溝通力和創造力。這四種能力通常是相輔相成的，首先必須閱讀。〔丹尼斯‧喬登（Denise Jordan），2006：62〕閱讀的時機，無處不在，最怕是根本不熱衷閱讀，即使閒暇之餘也不願意拿起書本；閱讀不需要特定條件，但無論如何少不了積極的心。要使新移民女性成為閱讀者，學會善用時間是很重要的。善用時間就是時間管理，很多人用忙碌當藉口，很久都沒時間讀書。會看書的多是大忙人，不看書的多是大閒人，越懶的人越有藉口不看書。懂得時間分配的人，會妥善利用時間來完成繁瑣的工作及額外的雜事，就能將部分時間抽出來閱讀。常聽新移民女性說：「好忙，忙到沒時間讀書、寫功課。」導致學了很久，進步的還是有限，因為一直很忙，所以無暇讀書，就不來了；有的讀不出興趣，讀沒多久就不來了。研究者很替她們難過，她們尚未能體會讀書識字對她們的重要性；即使能了解讀書識字的重要性，有時迫於生計的壓力，也只得放下讀書這件事。

美國心理學家亞伯拉罕・馬斯洛（Abraham Maslow）的需求層次理論，把需求分成生理需求、安全需求、社交需求、尊重需求和自我實現需求五類，依次由較低層次到較高層次。（張春興，2007）對食物、水、空氣和住房等需求都是生理需求，這類需求的級別最低，人們在轉向較高層次的需求之前，總是儘力滿足這類需求。一個人在飢餓時不會對其他任何事物感興趣，他的主要動力是得到食物。研究者很能體會她們的辛苦，常會去想要怎麼留住她們，不要讓她們的學習動機消失，於是改從教材的使用上作變化，讓讀報進入教學現場，如果她們學到的知識可以現學現賣，可以跟家人、朋友分享，大家在談論新聞時，自己也能說上一句，那種附加價值的成就感，一定能吸引她們不輕易放棄補校學業。使用讀報作為教材，不算是創舉，因為已經有很多國小老師使用了，小學生的反應都很熱絡，讀報的成效有目共睹。將讀報教材帶進補校的教學現場，研究者的野心很大，最大的希望是留住每個來讀補校讀書的學生，她們會來補校就讀代表有心想學習，報紙內容符合生活化、趣味化、多元化、在地化的原則，必定能引起她們的興趣。

文學閱讀是一切閱讀的基礎，閱讀這些作品，對於語文能力的提升，文學內涵的培養及思想的啟發，都很有助益。不過這些經過歲月洗禮的文學經典，似乎也給人一種沉重的歷史距離感，讓許多人望而怯步。為了滿足新移民女性的閱讀需求，改以讀報活動來增進她們的閱讀興趣，報紙內容淺顯易懂，沒有詰屈聱牙的繞口文字，很適合作為訓練新移民女性聽說讀寫的補充教材。倘若沒有教新移民女性讀報，她們只會以為那是可以包東西的紙，對報紙上的那些方塊文字，沒有親切感，甚至毫無感覺。她們的認知也會以為課本上的內容才是要學的東西，而忽略生活中處處都有學習的好教材。這樣的觀念將會限制她們學習的視野；更嚴重的是她們的子女，也跳不出這個框架中，畫地自限，使得學習的範圍永遠只在學校。更何況新移民女性嫁來臺灣兩、三年後，溝通方面都已經沒問題，只是在識讀與書寫方面進步緩慢；有的新移民女性在母國時學歷也不低，只是因為嫁來臺灣，必須再學習國字，倘若她們能在平日多讀報紙，隨文識字，當遇到不會的字時，可以依上下文線索臆測字音，或依字形猜測字音，真的還是不會，家人就是最好的老師，這樣會比學校老師一個字一個字教導認字的效果好太多了。能將學習的情境融入生活中，對老是被當成孩子來教認字的新移民女性而言，她們的心理也會比較舒服，因為她們真的不是孩子了。讀報紙和讀國小課本，對大人的心理層面來說，讀報紙是比較能被接受的。

語文教育最重要的就是要把聽說讀寫的基本能力培養好。聽說讀寫的基本能力就是國語文學力，它們之間的關係如下圖：

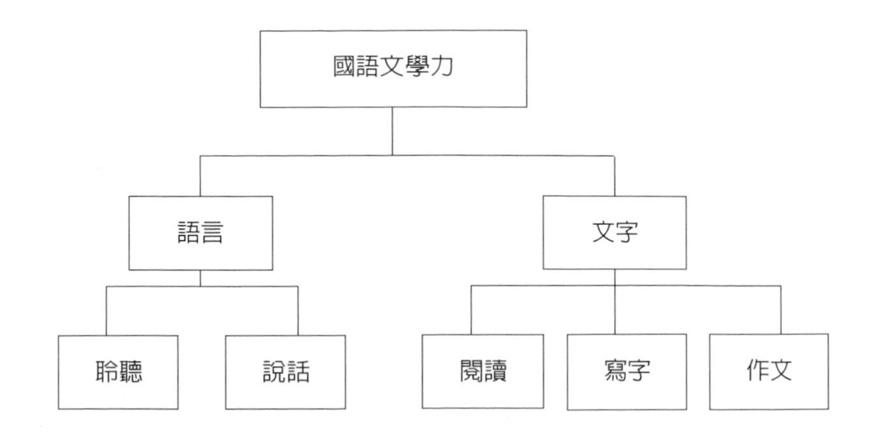

圖 2-2-2　國語文學力關係圖（鍾屏蘭，2007：85）

從上圖，我們可以看出聽說讀寫與國語文能力的關係。聆聽與說話是一組，語言是它們的媒介；閱讀與寫作這一組，文字是它們的媒介。聆聽與閱讀，是吸收管道，用來接收外在的訊息；其中聆聽是靠語言來接收，閱讀是靠文字來接收。說話與寫作是一組，表達溝通的工具，其中說話是用語言來表達，寫字是靠文字來表達。歸納來說，聆聽與說話是靠語言為媒介，接收訊息和自我表達；閱讀與寫作，則是靠文字為媒介，以閱讀接收訊息，以文字來表情達意。所以聽說讀寫都要有相當的能力，國語文的學力才算具備。（同上）因此，在新移民女性語文教育的教材選用上，是否該作檢討？如果只是以識字教學為主，而缺少了如何增進對文章的理解力，並從閱讀增加識字量，利用討論增加思考力的教學，對新移民女性的幫助是不大的。識字教學不應該只侷限在教室的學習，舉凡日常生活中的報紙、招牌、廣告單、菜單、收據、說明書……琳瑯滿目、不勝枚舉，怎樣才能引起學習者的動機，這就是教學者所要思考的。而以讀書會的方式教新移民女性讀報，透過互動的教學方式達成培養新移民女性聽說讀寫的能力，正是當中較好的途徑。報紙對本國人而言，只是消遣性的讀物，讀報時心情輕鬆沒有壓力；但對新移民女性而言，那是一份培養聽說讀寫的極佳教材。報紙多樣化的報導內容，和生活經驗貼近，尤其是新移民女性看到本國人看報紙的態度輕鬆隨興，對報紙就產生了好感，當看到密密麻麻的中國字時，至少就不會去排斥它。對教材不排斥，就比較容易產生學習的興趣。

小小的讀報活動，對新移民女性而言，它能發揮的效益不止是單單的識字而已。當新移民女性會去讀報時，她們對自我的認同度會提升，因為她們會想去知道這個社會發生了什麼事，代表她們已經開始關心生活環境的變化；同時，她們在家庭的地位也會提高，因為她們已經不是文盲了。以前很多事要靠家人幫助，要依賴家人，現在因為讀報累積的知識量已能夠應付日常生活的事物，家人對她們的態度自然會改變；最重要的是能夠參與孩子的教育，對新移民女性和孩子而言，是多麼喜悅的事。上課時，曾經因為急於要幫學生建立個人資料，要學生的媽媽寫自己的名字，她卻回答說不會寫，只好麻煩她帶回去寫好明天交回。下課時，無意聽到的對話，讓研究者很難過：

> 小明：「好奇怪，為什麼小花的媽媽不會寫字。」
>
> 小華：「一定是她小時候不用功讀書，我媽媽說不用功讀書的人是壞孩子，所以小花的媽媽是壞孩子。」
>
> 小明：「小花的媽媽是壞孩子，那小花也是壞孩子，我們不要跟小花玩。」
>
> 小華：「好，我們不要跟小花玩。」

一位不識字的媽媽，在學生的天真世界裡，被歸類成壞孩子，連她的孩子也遭到污名化，這對新移民女性和新臺灣之子都是極不公平的。

為了打破這錯誤的連結，研究者一定要教會新移民女性自立自強。閱讀最重要的功能是幫我們找到生命的座標，穩穩踏在自己的立足點上。其實，閱讀是人生中最大的饗宴，經過時間與空間篩選過的書籍，是協助我們尋找人生定位的指南。影響人一生中的關鍵因素是這個人的生命質量；生命質量的多寡與優劣，是肇因於一個人在生活中點點滴滴的澆灌，而閱讀就是澆灌生命中最重要的步驟。研究者親身經歷閱讀的美好感受，到現在也一直還在持續閱讀。對新移民女性而言，讀報只是一種培養閱讀力的方式，一種媒材，最終仍希望她們能讀文本。只是一開始就由文本著手，對新移民女性是有困難的。閱讀要在自願的、滿足的條件下實現。閱讀是一件快樂的事，是人生中最大的生命享受。一旦進入了閱讀的世界，生命中的疑惑都可自然找到出路，閱讀讓我們真正得到自由。閱讀是一件美好的事，是一個值得終身培養的好習慣，所以我將閱讀力與讀報相結合，對新移民女性而言，閱讀能力提升了，學習力、語文力及創造力自然增加，當她們能領略到閱讀的美好時，也就能為自己的生命找到出口。畢竟離鄉背井到異地生活，所要承載的苦不是我們常人所能理解的。

第三節　新移民女性的語文教育

新移民女性會到補校上課，主要的動機是為了能增加中文的能力，讓生活不會因為不識字而造成許多的不方便，在親子教養上也能盡一分母親的責任，可是她們常常會因為家庭經濟的需要而離開了學習的場域。她們喜歡上學，在學習的過程中，她們認識許多同鄉的朋友，心事得到了紓解；暫時離開了家務的羈絆，身心得到短暫的休息。來讀書也會有壓力，多數學生都能自我調適或同儕間彼此加油打氣，她們也會在意老師的態度，所以教補校的老師應多給她們溫暖的支持，多和她們聊天，在自然的情境中營造語文的教學環境學會第二種語言。

目前針對新移民女性學習需求的開設班級多以識字學習為主，這類的班級也很受新移民女性們的歡迎。因為語言及識字是她們進入本國所面臨的最大阻礙，由於她們在臺灣的語言與識字障礙，所以常常會害怕不敢單獨出門。（鄭雅雯，1999）因為語言的不同使她們出現了自我封閉的現象，限制她們發展人際互動的能力。新移民女性除了自己本身適應困難外，教養子女上更是難上加難，多重煎熬下常使她們心力交瘁。因為婚姻關係，她們必須離開母國，移居到語言、宗教、文化、價值觀、生活型態與婚前完全懸殊的新環境，常有生活適應困難與情緒無法宣洩的抑鬱問題。（呂美紅，2000）她們不只需要適應臺灣生活，也必須共同負擔家計及照養子女的責任，她們在生活適應、醫療、就業、教育、子女教養都遇到了難題，其中又以語言的使用是最大的困難點。也就是因為如此，所以大家的焦點都以識字為主要教學重點，就連和新移民女性相關語文教育研究也都鎖定在識字教學成效的探討。茲將蒐集到的相關學位論文研究，進行整理如下：

表 2-3-1　新移民女性相關語文教育研究學位論文

研究者	研究題目	研究結果
張雅琴（2003）	《外籍配偶識字教學方案發展之行動研究》	目前臺灣辦理外籍配偶教育班次分為公部門和民間單位兩大類，但開辦經費及營運的不確定性、學習者參與不足為其缺失。

蔡秀珠（2003）	《臺中縣外籍配偶識字障礙及其相關因素之研究》	外籍配偶識字學習障礙，以「個人因素」最高，其中「聽不懂中文」和「懷孕或生產過後，必須留在家中照顧幼兒」為最大的學習障礙。
李俊男（2003）	《東南亞外籍配偶識字教育方案學習障礙之研究》	東南亞外籍配偶識字教育方案學習障礙，以「語言溝通因素」最高，而以「教師教學素養」學習障礙最低。語言溝通因素中「寫」跟「讀」的障礙比「聽」更大。
黃正治（2003）	《臺北縣國民小學辦理外籍配偶識字教育之研究》	在教導外籍配偶識字時，教師常忽略教學策略，且學員輟學率高，家人支持的程度也不高。
葉淑慧（2004）	《東南亞外籍配偶生活適應與補校學習：以竹北市中正國小補校為例》	識字班的外籍配偶多具有語言困擾、到校就讀是為了學習寫字和認識國字，學歷高者及年紀輕者學習成果會較佳。
李素蓮（2004）	《臺南縣外籍配偶學習需求及其相關因素之研究》	外籍配偶的學習需求以語文識字為最高，書寫國字及聽說國臺語為最大的需求。
陳永成（2005）	《臺北縣外籍配偶識字教材學習成效之研究》	影響外籍配偶識字學習成效因素：識字教材、教師風格、個人因素、家庭因素、其他因素。學員重視讀、說的能力培養；教師重視聽、說的教導。
吳國松（2005）	《南投縣國民小學辦理外籍配偶識字教育實施現況之調查研究》	南投縣國民小學辦理外籍配偶識字教育，執行較好的有「識字教育的執行成效」，但「識字教育的課程及教學規畫情形」有待加強。

林妗鎂（2006）	《將識字教育是為一種賦權：以宜蘭縣東南亞新移民女性生活適應為例》	整體而言參與過識字教育班學員在認知、情意、技能方面都有十足的進展。
邱怡雯（2006）	《宜蘭縣外籍配偶識字專班現行使用之識字教材分析：多元文化教育觀》	積極辦理多元文化教育的師資培訓課程，辦理專業外籍配偶識字教育師資培訓，提供外籍配偶參與識字教育支持系統。
蔡文欽（2006）	《臺北市萬華區東南亞外籍配偶學習需求、識字教育實施現況與成效之研究》	該研究建議教育、學校行政機關應重新檢視補校識字教育教材，以切合外籍配偶現實生活需要。
王建凱（2006）	《彰化縣國小教師、外籍配偶對識字教育政策規畫覺知之研究》	不同背景變項受試者對於識字教育政策規畫的實務內涵的認知有差異。

由此可知，當她們充實國語文能力，對她們在臺的生活適應有正向的影響。因為她們不但能突破語言障礙，培養獨立的生活技能、擴展她們在臺灣的人際網絡，使她們在臺灣社會生存及適應的困境得以舒緩，同時也會鼓勵同樣處境的新移民女性參與識字教育。這象徵了她們只要穿透語言文字的迷障，本有的能力顯露出進而互相連線。整體而言，參與過識字教育班的學員在認知、情意、技能方面都有十足的進展。在教師方面，應提供外籍配偶補充教材，融入多元文化教學，採取多元的教學方式，建立適當的師生互動模式，營造出和諧的師生關係，以提升外籍配偶學習成效。對新移民女性實施識字教育確有其成效，但是新移民女性的語文教育，應該還能開展出更多元的面向。

目前國內針對新民女性提供的教育活動，官方有內政部和教育部兩個系統；民間則由義工、宗教團體或社區單位辦理。實施方式如下：

一、外籍配偶生活適應班

在內政部方面，係已辦理生活適應班為主。內政部 1999 年訂定的外籍新娘輔導實施計畫，目的在於「落實外籍新娘生活適應輔導工作，增進其語言及生活適應能力，使其能順利融入我國生活環境，與國人組成美滿家庭，避免因適應不良所衍生之各種家庭與社會問題」；其辦理項目「以提升外籍新娘在臺生活適應力為重點，施以語文訓練、居留與定居輔導、生活適應輔導、生育及優生保健及地方風俗民情等課程」。地方上由鄉鎮市公所的民政單位負責推動新移民女性的基本教育工作，衛生所辦理家庭計畫宣導、衛生教育講座及預防保健的宣導。

二、成教班

新移民女性就讀教育體系的成人基本教育研習班（成教班），是屬於臨時計畫性質，最早作法依據前臺灣省政府教育廳行政命令「受理外籍新娘就讀成人基本教育研習班」；目前的作法則依據「教育部補助辦理成人基本教育實施原則」。成教班的研習以三個月為一期，又分成初級班、中級班、高級班，研習期滿會頒發結業證書。

三、國小補校

係指縣市政府依據補習教育法與國民教育法所辦理，由國民小學附設的國民小學補習學校。其入學條件為年滿十二歲以上的不識字或施學民眾。學制分為初級部一年級、高級部一年級與高級部二年級，修習三年測驗合格，頒以畢業證書。現在因為新移民女性人口快速增加，補校已成為新移民女性學習中文的最佳管道。

四、民間方式

民間團體重視外籍配偶識字的需求乃多採自辦原則。例如：高雄美濃愛鄉協進會的「外籍新娘識字班」、賽珍珠基金會、南洋臺灣姐妹會、伊甸基金會、勵馨社會福利事業基金會、天主教善牧基金會、新事社會服務中心、婦女新知基金會，以及一些廟宇為新移民女性辦理的識字課程、成長團體、親子活動等。

五、社會教育工作站

社會教育工作站隸屬於國立社教館，每年都有固定經費辦理社會教育活動；有些活動是針對新移民女性來辦理的，如編織研習、美容研習、拼布藝術研習、健康系列講座等。

綜觀辦理新移民女性的教育單位，可以發現政府與民間機構對新移民女性議題的重視，不論是政府機構、宗教團體或民間單位也都熱心的參與，輔導並教育新移民女性，希望協助她們早日適應環境。各單位著重的課程也不盡相同，但類型多偏重強化家庭的功能與技藝的訓練，個人的自我成長課程與人文社會的博雅課程多被忽略。對於語文課程的教材教法缺乏適切的設計，仍有許多努力與成長的空間。

為新移民女性組讀書會的意義何在？新移民女性在母國的教育程度不一，有些已具有高中以上的學歷或專業能力，但卻因婚姻移民的影響而成了「功能性文盲」。（詳見第一章第二節）她們跟國內不識字的文盲不一樣，她們已經接受過基本教育，只是因文字的不同而變成不識字，倘若他們停止學習新的文字，她們將成為我們新一代的文盲人口。隨著與日俱增的婚姻移民現象，這些新移民女性將使得國內不識字的人口比例增加。（陳源湖，2003）對國家整體發展勢必有所影響，因為失去識字的能力，就像失去了世界。因此，新移民女性的識字教育不僅是基本人權的落實，同時也有助於人力資源的開發。讀書會可以培養新移民女性主動學習的精神，利用對話討論增強她們語文表達能力；透過合作思考，啟發她們閱讀興趣與解決事情的能力。在良性的互動中，體驗尊重、包容生命的價值，最終目的達成終身自我學習，不會因為離開補校而停止學習。

透過讀書會可以了解不同的生活背景；透過讀書會可以學習有關生活的知識與技能；透過讀書會讓彼此之間的語言文字得以傳遞、縮小想法上的差距；透過讀書會讓新移民女性學會語言的正確使用，增進人際間有效的溝通；透過讀書會讓她們將資訊應用在生活上；透過讀書會讓她們擁有教育下一代的能力；透過讀書會增進她們的自信；透過讀書會協助她們解決生活上的問題，進而提升生活的素養與品質，這是教育新移民女性的時代意義與使命。新移民女性教育的意義，是學習一種繼續生活的歷程，可以為生活而學習，可以為工作而學習，或為休閒而學習，或為教育下一代而學習，或為實現理想而學習。廣義而言就是教育本質的實現；狹義而言，則是提供新移民女性生命轉折的契機。

新移民女性的補校教師多由國小教師兼任，教師不該用師資培育機構中對國小學生使用的教材教法、原理原則套用在她們的身上，畢竟大人的教學方法和孩子間應該是有差異的；如果照教學生的方法完全移植到大人身上，對新移民女性是不公平的對待。實施語文教育的目的，必須植基於日常生活的脈絡中，並反省她們的個人經驗，也要協助學習者了解她們所學的，且能看到社會行動。新移民女性學習中文的重點應該是在社會互動（如：與人溝通）和工具性的用途上（如：買東西）；其次是取代口語的用途（留字條給家人）；再次是關於新聞性的（如：知道各種事情）、確定性的（如：能夠表達意思）、角色的功能性（如：給孩子做榜樣、找到好工作）。（何青蓉，1995）新移民女性參與學習中文的目的有五個原因：家庭溝通、親職教養、人力資源、文化傳遞及自我發展。尤其在「自我發展」這個部分，更強調由識字協助其發揮個人潛能，達到解放的層次，以所學的語言能力，重新詮釋世界，進而達到批判、創新的功能。（邱淑雯，2000）也就是說，學習中文不僅可以促進新移民女性拓展其生活視野，也希望幫助她們與社會互動，不要因為不識字受限在自己的世界中，缺乏外在刺激而與人日益疏離，自我封閉。

第四節　讀報互動與新移民女性語文教育

近年來推廣閱讀的活動風起雲湧，重點為什麼都以小學生為主要對象？因為閱讀習慣需要培養，越早形成習慣越穩固。柯華葳認為這個說法顯然是被大家贊同接受的，所以教育部跟各縣市政府教育局組織了綿密的兒童閱讀網，鼓勵兒童閱讀；各地的第一線教師，對於兒童閱讀的推動也不遺餘力。（柯華葳，2006）可是在一項國際閱讀素養的調查顯示，臺灣在四十五個參與的國家中排名二十二。臺灣學生每天會進行課外閱讀的比率只有百分之二十四，排名最後，遠低於國際平均值的百分之四十一。這項警訊，對長時間投入推動閱讀的政府教育單位及在教育現場的老師們，無疑是一項很重的打擊，我們的閱讀出了什麼問題？

在現今的M型化社會中，中階層的社會瓦解，而「馬太效應」正在全球發酵。所謂「馬太效應」（Matthew Effect），是 1968 年由美國科學史的研究者羅伯特・莫頓（Robert K. Merton）所提出，它是指任何個體、群體或地區，一旦在某一個方面（如金錢、名譽、地位等）獲得成功和進步，就會產生一種積累優勢，就會有更多的機會取得更大的成功和進步。（黃定國，2008）認為這一觀點是引用《聖經》在〈馬太福音〉第 25 章中的兩句話：「凡有的，還要加給他，叫他有餘；沒有的連他所有的也要搶奪過來」。「馬太效應」是十幾年來經濟學界經常借用，反映貧者愈貧、富者愈富、贏家通吃的經濟學中收入分配不公的現象；會造成這樣的「效應」，也凸顯出弱勢被邊緣化、強者恆強、弱者恆弱的態勢。「贏家」成了成功者的新名詞，窮人完全沒有機會翻身，因為在經濟競爭場所中，誰掌握的資源多，誰勝出的機會就越大。

在閱讀的世界裡，不也是這樣嗎？讀得多不但增加知識，也增加閱讀能力，進而可以讀得更多。一開始沒有機會閱讀，看到書本不會閱讀的人，會變成不喜歡閱讀，進而造成無法透過閱讀增加閱讀能力。注重孩子教養的家庭，都是屬於經濟的中上階層，從小爸媽的教養方式會被複製成為對下一代的教養方式。中上階層家庭的父母，了解閱讀的好處，一定會鼓勵孩子閱讀，自己也會閱讀，形成書香家庭，父母子女間彼此分享閱讀心情，閱讀對這樣的家庭而言是件再平常不過的事了；相對的，對於中低階層家庭的父母，每天忙著工作，圖的只是三餐的溫飽，怎麼有機會去領略閱讀的好處，即使孩子被老師教導後知道要閱讀，回到家後爸媽也無法給予支持、作表率，有時還會認為課本讀好就好了，不是課本的書讀了也沒用，這樣的觀念彷彿成了孩子的緊箍咒，讓孩子一輩子無法翻身，過著和父母一樣庸庸碌碌的生活，卻不知道問題出在哪裡。

新移民女性中，有不少人也有高中以上的學歷，要讓她們了解閱讀的好處應該不難，只是因為家庭經濟處於弱勢，有的又要負起養家活口的重擔，要有多餘的錢購置家庭藏書應該是困難的，孩子只能靠借閱書籍的方式來閱讀，遇到不會的問題只能請問老師，家庭中的支持系統無法發揮力量。這樣的情況，孩子的閱讀興趣也會慢慢消失，最後閱讀只成為是應付老師出的功課，對閱讀的美好感受完全無法啟迪，一輩子從離開學校後就與閱讀絕緣，這樣一代傳一代的戲碼，我們的政府看見了嗎？推動閱讀，最大的助力要回歸家庭，如果父母總是喊孩子去讀書而自己卻在看電視、聊天，孩子要養成閱讀習慣無異是緣木求魚，這一點應該是所有熱衷推動閱讀者該省思的課題。

對新移民女性的家庭而言，研究者覺得用報紙打造親子共讀的樂園，會比用文本、繪本來的容易許多；報紙的多元性、知識性、生活性、實用性、普及性，是它比文本與繪本具優勢的地方。除了報紙，沒有一種文本可以涵蓋這麼多元的面向。茲將報紙的優點逐一說明：

一、多元性

報紙的版面多元，包含政治新聞、時事報導、文化視野、鄉土關懷、環境保護、科技新知、社會議題、法律常識、藝文消息……舉凡民眾關心的，想知道的，報業人員無不努力蒐集，以給予讀者最新、最快的資訊。報紙的多元性提供家庭成員選擇的機會，大家可以根據自己喜愛的版面研讀、輪讀，因而有了共通性的話題，藉由討論增長知識。

二、知識性

報紙的消息是最新、最快的第一手資料，讀報可以增加新知識的容量。因為讀報，了解時代的脈動、現代社會的流行趨勢，父母與子女間的代溝可以消弭於無形；父母因為停止了閱讀，很多思想觀念仍存在於舊社會的思維中，致使親子間衝突不斷，造成家庭革命，讓原本溫暖的家成為孩子最不想要踏進的地方。從小，如果親子共同讀報，很多知識性的觀念逐漸累積，對整個家庭而言，將是與社會保持互動的好方法。

三、生活性

報紙早已成為國人生活的一部分，看報這件事也是多數人每天必做的，報紙的報導也以生活面的報導居多，用句遣詞為顧及閱報的大眾人口，自然會以生活化的用語居多，避免因艱澀的文字而降低了閱報人的興趣。因為強調生活面的報導，自然會成為大眾共同討論的話題。對新移民女性而言，是一個很好的練習語彙的教材，與家人、鄰居互動有了共同的話題，對新移民女性的學習是一大助力。

四、實用性

報紙內容的實用性是充實新知的好教材，尤其是臺灣鄉土民情的報導，是新移民女性了解臺灣社會的方法。如：大年初一的搶頭香、中元普渡祭拜好兄弟，食譜教學也可以讓新移民女性學習做臺灣傳統料理，這些實用性的知識是不可能在一本書裡涵蓋的，唯有報紙每天推陳出新，提供閱報者最實用的消息。

五、普及性

讀報人口佔閱讀人口的大宗，對國人而言，讀報是件再普通不過的事，大家也習以為常。不過，國人讀報都只是用來打發時間，消遣的成分多，這是很可惜的。就是因為報紙隨處可見，我們更可以利用報紙的普及性來發展成為親子共讀的好教材；深度的讀報，充分發揮報紙的效益。

報紙的好處這麼多，對新移民女性來說，讀報要不要教？如果要教的話，要教什麼？要怎麼教？經研究者的思考後，依照了國語日報社出版的讀報教育指南入門篇的分類方式，以能引起她們的興趣為最大考量，並將所有透過報紙傳遞的訊息分為「時事閱讀」、「新知閱讀」、「多元閱讀」三大區塊。「時事閱讀」的部分，提供「解構新聞」、「思辨新聞」的方法。引導新移民女性掌握新聞所提供的「社會參與」、「判斷思考」、「多元觀點」等功能。「新知閱讀」的部分，我將引導新移民女性了解及運用一份報紙具有的「建構公民素養所需的充分背景知識」，包括：國際觀、法治觀、文化視野、鄉土關懷、環境保護、科技新知等資訊。「多元閱讀」的部分，引導使用者運用語文學習素材和圖象閱讀，以養成新移民女性從事文本、繪本閱讀的相關能力。（國語日報社，2007：3）方法則是應用了現在最新的讀者劇場、故事劇場的教學理論與實作部分；另外還有朗讀與討論、探究與心得寫作、創作思考與合作編報的嘗試。希望透過這套讀報理論的建構，帶領新移民女性領略讀報的樂趣，進而培養她們的閱讀興趣，讓她們的人生因「擁報」而開啟不同的視野，讓她們的家庭因「擁報」而有了轉變的契機。

「讀報互動」的教學方法，目的是為了打破補校教師一成不變的講述式教學。新移民女性的語文教育與成人教育理論關係密切，要了解新移民女性的語文教育前，就得先從成人教育作探討。國內學者黃政傑認為成人教育的設計工作，有幾個重要課題必須加以把握：

（一）成人學習的特性一定要掌握。

（二）成人的學習時間有限。

（三）成人的學習是自願的。

（四）成人的學習需要較多的應用。

（五）成人學習的課程設計，宜兼顧國家社會發展和人格發展。

（六）課程均衡與否的判別，必須多由成人學習的角度觀察。

（七）成人學習的自我成長取向是重要的。

（八）自我引導的學習在成人教育是十分必要的。

（九）成人學習的目標應該是多樣的。

（十）成人學習者所需要的教材有異於傳統型態。

（十一）課程設計者應該注意課程的水準統整。

（十二）教學方法多元性。（黃政傑，1990）

綜觀上述，成人教學設計者應該了解成人學習者的學習特性、學習心理、學習特徵，並積極引導提高成人自我學習的動機、尊重學習者的個人意願、達到學習者的學習多樣化目標、教學活潑多樣化。教學乃是教師與學生不斷進行互動的過程，所以在新移民女性的語文教育上，該如何促使她們積極學習、引起學習的興趣和動機乃成為重要的課題。教師應先了解學習者的心理，才能在教材的設計上、課程的選擇上、教學活動的實施上，選擇最適合新移民女性的教學方法，以收事半功倍的成效。

透過自我省察，能了解到對新移民女性應採多樣化教學，以她們的興趣為依歸，喚起她們的自我反思力來進行個人化學習，或是採用實作法、同儕學習法、小組合作的方式，讓新移民女性利用自己本身的背景知識、專長、豐富的生活經驗來進行學習活動，以增加生活中實際運作解決問題的能力。新移民女性的語文教育以識字為主要的目的，在識字後她們會認為自己的生活空間與視野變得更寬廣，人際互動上也更有信心；同時，透過識字，也肯定了自己的能力，提供內在心理的自信與滿足感。對她們來說，識字不僅可以彌補心中的遺憾，進而為子孫追求更美好的生活。

在新移民女性的眼中，補校教育就是識字教育。就研究者的實務經驗，她們肯定「國語課」，學到的字對生活有幫助，出席率最高；最排斥「數學課」，因為生活中簡單的四則運算，她們都會了，還把她們當成孩子般的教導，無學習興趣，出席率最低。如果要改用其他的方法來進行識字教育的課程，首先一定要她們能接受，並且能與生活面結合。課本不是唯一的教材，報紙也是學習的好教材。夏曉鵑於 1996 年在高雄美濃採用巴西的社會運動家鮑爾（Boal）「受壓迫者劇場」來帶領新移民女性識字班的成員上課，試圖讓她們從自己的生命脈絡裡找到「發聲」的途徑，並打破識字班呆板、制式的氣氛，以打破「沉默文化」並進而「意識覺醒」的目的。但是學員卻難以接受，並私下表示：「小孩才玩這種遊戲。」為了學中文，她們得請家人帶孩子，她們不是來玩的。（夏曉鵑主編，2002：202）由此可見，新移民女性對補校教育的需求仍偏向識字教育，倘若教學者要採取不同於傳統的教學方式，很容易受到她們的反彈，而無法達到良好的教學效果；所以研究者以讀報互動扣緊教學主軸，透過不同的教學活動設計，讓新移民女性除了達到識字的最大需求外，還能拓展她們的學習視野，從讀報中養成持續閱讀的好習慣，將讀報的習慣帶回家庭，那麼用報紙打造親子共讀的樂園將不會是天方夜譚。

語文的學習關鍵在識字量，多讀課文可以多識字，要多識字就要多讀課文。現在補校用的國語教材多以國小教科書為主，以研究者的親身經驗來看，國小的課本在識字教學上，編輯的字彙量、難度對新移民女性而言還算適中，但在課文的內容上，多以孩子的角度出發，在進行內容深究的教學上，彷彿是矮化了她們的智商，要她們也像孩子一樣的思考，老實說「有些幼稚」。國小課文的內容與她們的生活經驗難以呼應，在生活中也少有機會實際應用，所以只為了識字才讀課文，文與字無法產生緊密的結合，如此一來，隨文識字的成效是會被打折扣的。

隨文識字最大的特點就是認字後，馬上就進行課文的閱讀，透過範讀、試讀、講解、提問、回答、朗讀等一系列的教學活動，讓學生熟悉生字、掌握詞，學生才能逐步掌握字詞的運用和字詞句的關係，因而能把課文中規範化的語言轉變為學生自己的語言，為培養學生良好的聽說讀寫能力打下基礎。分散識字教學法的最大特色是寓識字於閱讀，掌握住「字不離詞、詞不離句、句不離文的要領」，使生字新詞的出現都在具體的環境中發生。在本研究中，讀報互動的教學就是使用分散識字教學法，這也是臺灣地區現行的國語科課程的教學法。分散識字教學法的優點有：

（一）注重語言的實踐，為學生的讀寫能力打下基礎。

（二）充分利用識字與閱讀之間的關聯，提高了教學效率。

（三）符合學生的認知心理和漢字規律，有助於語言的發展與學習。

（四）引導學生掌握識字方法，優化識字方法，發揮識字要在語言環境中學習的整體功能，學生學得輕鬆，負擔不重。

整體而言，分散識字教學法就是傳統的識字方法，也是具有高度生命力的識字法，把識字寓於閱讀中，有利於聽說讀寫能力的訓練與培養，但課文的編選是首要解決的問題。研究者無力去改變現行補校使用的語文教材，但可以結合報紙進入教學場域，增強新移民女性對文章的感受力；更何況報紙的字詞都比較簡單，常用字出現率也高，經由反覆的複習形成強烈的連結，那麼隨文識字的教學策略才能發揮預期的效果。新移民女性學得有成就感，學習興趣自然而然就能提升。以讀報互動作為語文教育開展的核心，對新移民女性的語言學習將會是多采多姿的，讀報互動不只是單純的閱讀，它還包括許多有趣的學習方法。教學目的是藉由教學引導學生閱讀、討論、表演，讓閱讀成為她們的一種習慣，讓她們體認到報紙是她們自學的最佳材料。透過閱讀報紙，她們的閱讀力得以提升，問題解決能力得以加強；能覺知到閱讀報紙所獲得的知識遠比教科書來的豐盈、真切與自然。

第三章　以讀報為主的讀書會運作模式

第一節　讀報的教育性

讀報教育開始於 1930 年代的美國，近年來在日本也日益受到重視，成為學習課程的一部分。最近幾年來，政府和民間團體雖然發起了媒體視讀和媒體素養教育等運動，但大多偏重電子媒體的素養教育，而且著重在教育青少年辨識媒體資訊的良莠，對於平面媒體豐富的價值與功能，則較少關注。讀報教育，顧名思義就是閱讀報紙的教育，也就是以報紙當作教材，來教育學生學習新知。這樣的教育，在歐美先進國家被稱為「NIE」教育，當時是由美國《紐約時報》推動大學的活用新聞運動，目前全世界已經有五十多個國家，亞洲地區至少有十一個國家加入 NIE 運動。（國語日報社，2007：2）

日本推動讀報教育已經有二十年的歷史，日本報業很早就注意到日本兒童出現遠離文字閱讀的傾向，因此決定向歐美取經。《朝日新聞》是從 1989 年開始，響應美國新聞界發起的 NIE 運動，在每年春夏為小朋友編印特刊，而特刊的內容都以小朋友感興趣的題材為主，鼓勵小朋友閱讀報紙和寫新聞。日本也針對接受 NIE 教學的兒童，進行有規模的調查，確認 NIE 具有提升閱讀能力、思辨能力、溝通表達能力等成效。（同上）雖然我國的讀報教育是從 2005 年開始起跑，目前才在起步階段，但相信在有心人士的推動下，今天踏出的一小步，將會是國內讀報教育的一大步。

臺灣地區的讀報運動是由兒童報業的龍頭國語日報社於2005年開始發起的。國語日報社有感於近年來受到網路、影視媒體的影響，導致民眾閱讀習慣改變，以至於接觸文字的機會愈來愈少，因而閱讀報紙的人口也愈來愈少。這種現象如果不改善，長期的持續下去，必會影響到國民素質的提升，將不利於社會文化的多元發展，國家的競爭力也將受到拖累。國語日報社為善盡媒體的社會責任，這些年來一直在推動「兒童閱讀運動」，並努力尋求解決方法，期能「將兒童閱讀能力下降」危機消弭於無形，為了臺灣下一代的教育和國內報業的永續發展，推動讀報教育已經是刻不容緩的事了。

報紙是我們日常生活中獲取新聞的主要來源之一，閱讀報紙，可以跳脫課本的框架，接觸社會的脈動，更是眺望世界的重要學習窗口。然而，現代人生活忙碌，並沒有足夠的時間來詳細觀看報紙內容，一般人常常只閱讀新聞標題或是透過標題來選擇閱讀的內容，囫圇吞棗實在相當可惜。因此，報紙的標題便相當重要，搶眼又簡單明瞭的標題常常成為一則報導的核心關鍵。透過閱讀報紙的報導與新聞解讀，可以啟發人們對社會的認知與關懷，開拓眼界，更了解這個世界，具備比較寬廣的知識基礎。讀報，也提供了人與人之間相互理解、討論、表達的機會。

讀報的好處的確是不勝枚舉，國語日報社推動讀報教育的對象是以兒童為主，只是因為《國語日報》一直被定位為兒童報紙，閱報人口也以兒童為主。因為研究者自己是老師，所以會注意家庭版跟教育版的資訊，這兩版的內容對於家庭經營與班級經營幫助很大。讀《國語日報》時，心情也很輕鬆，能在悠閒中獲取想知道的訊息，感覺很棒。因此，也想讓同樣有媽媽身分的新移民女性喜歡讀報。讀報教育的對象是新移民女性，希望她們能透過讀《國語日報》來提升自己的語文能力，並以其他家的報紙作為補充資料、對應報導內容的相異處來增加自己的閱讀興趣。世界每天都在快速的推進，資訊瞬息萬變，新移民女性應該學習了解的許多事件、知識，是課本來不及收編成為教材內容的。如果只是教她們正規的識字課程，她們學習到的只是單純的識字，卻與真實生活世界脫軌，這將是件很可笑的事。人是群居的動物，不可能對周遭發生的事無動於衷，倘若教學者能善用這份報紙來擴充課程的涵蓋面，增加教學與生活訊息的互動與結合，相信這對對新移民女性多元閱讀能力的培養，會有很大的幫助。

「心」的視野、「新」的出發！強調的是：報紙提供我們每天新的訊息與知識；「從讀報出發」，鼓勵新移民女性與家人一起閱讀報紙，打開心靈的視野。讀報教育可以涵蓋許多學習的內涵，延伸在不同學習領域實施教學活動，語文領域、自然與生活科技、社會、藝術與人文、資訊教育……都可以發展出提升學生生活經驗與學習知識技能的教學活動，擴展學生們的學習範圍與學習知能，全方位解讀新聞，幫助她們認識世界！

讀報的功能性很多，本節擬從教育的功能面敘說，介紹為什麼研究者想以讀書會的運作模式來對新移民女性進行讀報互動的原因所在。依據教育部編製的國民小學九年一貫課程暫行綱要的基本理念，說明了教育的目的以培養人民的健全人格、民主素養、法治觀念、人文涵養、強健體魄和思考、判斷與創造能力，使其成為具有國家意識與國際視野的現代國民。（教育部，2001）本質上，教育是開展學生潛能、培養學生適應與改善生活環境的學習歷程。因此，跨世紀的九年一貫新課程應該培養具備人本情懷、統整能力、民主素養、鄉土與國際意識，以及能進行終身學習的健全國民。對國中、小學生而言，有九年的白天上課時間慢慢去培養達成，但對新移民女性而言，只有六年（國小三年、國中三年）的夜間上課時間去完成，倘若單靠補校課本的制式化教材要培養出如此的現代國民，無疑是空中樓閣、自欺欺人。該如何補強？此時讀報教育對新移民女性的重要性就表露無遺；它的綜合性教材，可以提供新移民女性多元學習的需求，把報紙當成課本的學習活動，可以擴大新移民女性的學習領域、了解真實世界的運作、把她們所需要的生活知識，清清楚楚的在課堂中傳授給她們。

記得一個讓研究者感動的傳說故事：一次深夜的漲潮，有許多海星被沖到岸邊，一大早，一位老人沿著岸邊拾起海星向大海扔去，一名小孩問老人說：「海星這麼多，中午太陽出來，牠們就會被曬死了，您別白費力氣了。」老人聽了，仍沒有停止手邊的工作，只是淡淡的說：「能救一個算一個。」在教育新移民女性的過程中，研究者也有許多的無力感，有時也會身心俱疲，她們常常為了想多賺些錢而輟學，因此停下學習的腳步；她們來上補校的原因，只是想多認識字，解決生活上因為不識字而產生的不方便。如果只是教她們識字卻忽略了人格培育的工程，這樣的教育嚴格說來是失敗的，這也是許多人認為目前我們的國家教育失敗的主因，從小到大只重視知識的傳遞，卻疏忽了品格的培養。

建國中學有位專帶數理資優班的老師感嘆的表示，他曾在上課時提及因為颱風豪雨挾帶的土石流，把山地的一個村落給埋掉了。他在感嘆生命無常時，一個學生說：「活該，誰教他們要住在那裡，為什麼不搬下來到安全的地方住！」一句話馬上令人想到我們的教育怎麼了？怎麼連第一流學校資優班的學生思想都如此幼稚？難道他們以為每個人都像他們一樣，要什麼有什麼，不知人間疾苦。（洪蘭，2008）報紙的報導，不乏見人危難、踴躍捐輸的正面報導，也有許多家庭遭變故而需要社會各界人士幫助的個案，還有殘而不廢的人如何努力闖出自己的一片天……從讀這些社會的真實消息來教她們，對她們會更有說服力。閱讀的好處是可以從他人的經驗中，建構自己的知識，從別人不幸的故事中，體察自己的幸福；凡事感恩，對於多數身處弱勢環境的新移民女性，環境雖然不能改變，但是心靈是可以超脫的。

再說，成人的學習與兒童、青少年學習的最大差異處，是成人學習具有主動性，他們對於學習內容與學習方法均會自行決定。這也是在面對補校教學時，教學者不能把教孩子的那一套方法如法炮製的用在學生的身上。新移民女性常因為忙而無法準時交出功課，研究者不僅不怪她們，反而還能體諒她們，但這也是造成她們怠惰的主因。是真的忙？還是教材的單一化，引不起她們的興趣，抄抄寫寫對她們有必要性嗎？成人的學習內容沒有一定，本來就不該限定在某一領域或範圍內，這與兒童或青少年的學習內容，是由老師事前加以規畫、設計完成不同。因此，成人學習的內容本應非常廣泛，種類多，複雜而多變。依據 1963 年詹斯東和雷弗洛（Johnstone, J. W. & Rivera, R. J.）的調查結果：「成人的學習強調實際而非學術；強調應用而非理論；強調技術而非知識和訊息。其教材均可直接應用於日常生活上。」此種學習與生活的密切相關正是成人教育的所在。（黃富順，1995：290 引述）

由上述可知，成人補校的制式化教材，是不足以應付新移民女性學習的具體需求，此時讀報互動就能充分發揮上述的需求。希望將讀報互動發展成為自我導向的學習計畫；此種學習方式，學習者可以對整個學習情境作完全的控制，學習者可以自行決定成就水準，決定是否要與別人商討或請教，他也可以在任何時間中進行學習。克羅斯（Cross, K. P.）認為對自己學習能力評價較低的人，可以選擇威脅性較低的學習活動，而對自己能力較有信心的，較能利用各種方式來滿足自己的需要。（同上，280引述）所以教師應該提供較不具威脅性的學習型態，建立學習者的信心，成人不願意參與學習，通常與自己對學習的信心有關。因此，要促使成人的參與學習，就應該使參與活動的威脅性減到最低，教學內容不但要能符合學習者需要，教材深淺也要符合學習者的程度；教師更要循循善誘，並給予適切的鼓勵，使學生獲得成功的經驗，重建學習的信心。

報紙的內容多元、資訊廣泛，學習者可以依據自己的程度選擇學習。目前市面上沒有像報紙這樣的教材能提供學習者多樣選擇的內容；教育的目的在能啟發學習者主動學習的欲望，能從學習中獲得滿足，報紙是一個很好的教材，它的功能絕對不僅是無聊時打發時間的讀物罷了。倘若能善加利用，相信它所內蘊的教育功能對許多的學生們，一定能獲益良多。為了能迎合新移民女性的期望，達成語文教育的學習目標，課程內容必須能適應學習者的需要，達成她們的期望，這樣的學習活動對學習者才具有吸引力，才能引起學習者的興趣，進而參與學習。在教材的選擇方面要考慮難易適中，又要兼顧到學習者的背景知識，說實在的報紙在這方面就可以發揮很大的功能，因為語文教育是不能和生活脫節的。研究者希望能善用報紙這份活教材，豐富這群「大」學生的學習與生活。

《國語日報》在教育專業領域上，具有一定的分量，格調、內容也受到廣大讀者的喜愛。與其說它是一份報紙，還不如說它是一份語文補充教材。《國語日報》一貫的主張，堅持用正確的語文使用方式來編報，也已經受到市場的肯定。因此，整份報紙，都是教學上可以運用的教材；每一個版面，都是很好的語文教材，研究者常思考如何能善用這份報紙，發揮它的教育性，擴充課程的涵蓋面，增添教學內容與生活訊息的互動及結合。

在研究者的教學中，讀報紙，不再只是單純的獲得訊息，更重要的是會思辨新聞，這也是現代公民重要的學習課題。透過討論教學法，我們一起學習當個聰明的讀者。新聞的呈現，不是每一則都是百分之百正確客觀，雖然新聞人員努力發揮專業，過濾不當的資訊，但是到最後呈現給讀者的新聞，多少都會有新聞失真的盲點。當許多事情同時間發生，媒體記者只能憑藉專業和經驗，選擇性的報導部分情況，這也影響了讀者訊息接收的面向。所以當我們透過媒體的報導了解事件時，應該進一步去思考，在報導的內容中，是不是還有更多未知的真相等待我們去關心；我們不能一味的依賴媒體報導來幫我們作決定，當我們自己學會思辨新聞，進而應用於生活中與生活經驗相結合，就可以激發學生多元的學習。

以讀報的內容扣緊現實的生活世界，將所學應用於生活中，這樣的教材對新移民女性的語文學習兼顧了認知、情意、技能三大面向。最重要的是學生可依自己的程度、興趣選擇自己想讀的內容，教師也可以因材施教，建立學生的信心。相信透過讀報教育，教學現場將變得更有活力。讀報教育可以補強制式化教材的不足，可以發揮的教育功能不勝枚舉。透過報紙重大國際新聞的報導能使新移民女性擴展國際視野；從文化、鄉土的角度切入，引領新移民女性關懷周遭環境。鼓勵新移民女性每天讀報，不僅能讓她們吸收新知，掌握社會的脈動和世界接軌，也能讓她們學習關心社會環境，樂於助人。在面對社會亂象、詐騙案頻傳、媒體八卦氾濫，培養她們的媒體視讀能力也將是件刻不容緩的事。藉著報紙，帶領著她們遨遊「報海」，期待透過讀報的分享，讓她們玩出讀報的樂趣，養成天天讀報的好習慣。

第二節　讀報進入讀書會的新契機

為因應全球化與知識經濟時代的來臨，閱讀教育已經在世界先進國家如火如荼展開，這些國家普遍得到一個共識：在全球化的時代，國民的知識水準代表國家的競爭力，而知識的汲取來自於國民的閱讀力，閱讀能力的不足，勢必造成國家競爭力衰退，因此閱讀力已成為檢驗世界各國競爭力的重要指標，也是國力評比的基模。（林美琴，2008）新移民女性生養的下一代早已經陸續進入國小就讀，預估到了 2011 年時，每四個學生就有一個是新臺灣之子，這些新臺灣之子的閱讀力，很快的即將影響國力的評比。（陳美文，2007）而我們都知道，閱讀開始於家庭，父母親的閱讀行為是影響孩子是否會閱讀的關鍵因素，所以培養新移民女性的閱讀習慣是很重要的一件事。況且「一個人讀書很寂寞，很多人讀書很快樂」，讀書可以讓她們沉浸於快樂之中，讓她們以聊天的方式輕鬆對談，利用讀書會中同儕的閱讀力量養成閱讀習慣。讀書會除了是用眼睛看、嘴巴說、頭腦記外，更強調用心感受、體會，融入生活的印證。（林美琴，2000）

閱讀是需要培養的行為和技能，興趣是引發學習動機的觸媒，提升閱讀的興趣才能養成主動閱讀的習慣。閱讀的結果不見得會立即產生作用，卻能潛移默化的影響我們判斷事物的價值，而且也是激發想像力和創造力源源不絕的泉源，所以研究者認為提升學生喜歡閱讀的樂趣，進而養成自發性閱讀的習慣是很重要的。孩子並不是天生就會閱讀，需要有人引導他們一起搭上想像力的船，而開啟這艘飛船的鑰匙就掌握在父母與教師身上。但絕大多數的孩子及其家人，並不是天生的閱讀者，面對以聲光取勝的電視節目，閱讀教學更有其必要性。為了讓學生喜歡閱讀，教師應該多費一些心思在引導閱讀的活動設計上；為了讓孩子喜歡閱讀，父母應該多營造閱讀環境並身體力行，讓每個孩子都能成為喜歡讀書的讀書人，也都能成為愛書的讀書人。而讀書會的運作，透過集體討論、對話、相互激盪，以激發學生思考的能力，提升學生閱讀興趣，培養閱讀的好習慣。

閱讀有非常多的優點，世界各國也非常重視培養國民閱讀力一事。但自行閱讀是較封閉的學習，讀書會的活動，恰可訓練群己關係、組織能力及口語表達能力，因此透過讀書會的學習歷程，參加的成員可以透過帶領人的導讀，小組的共同討論、分享經驗，提高學習效能，引導參與者學習與別人討論，分享個人的閱讀心得和詮釋，才能釐清意義，建構意義。讀書會是將個人閱讀所得進行一起討論的活動，討論的內容包括：「分享感動、解開疑惑、質疑觀點、生命對話」。而且讀書會也可以彌補成員閱讀量及閱讀範圍過少、過窄的缺陷，引導學生將閱讀的觸角延伸到真實的生活環境中。自己在與別人分享閱讀經驗時，可以享受「智慧碰撞」的樂趣，透過讀書會的心得發表，能培養成員的分析、組織及表達能力。（許慧貞，2001）

讀書會的組成需要周延的計畫與實施讀書會的閱讀材料，能否讓成員深度探討引發想像或創意，帶領者的閱讀策略能力是重要的因素。本研究的活動設計是讓新移民女性從報紙上多元新聞的報導中，認識世界各地的特色，培養國際觀，了解到地球村相互的緊密關係，以及一些國際新聞事件的始末及其影響，進而學會理性分析及多角度思考。透過本研究希望能培養新移民女性從眾多的標題中找出自己所想看的報導內容，從中獲得生活知識，協助新移民女性適應生活環境。最重要的是新移民女性的閱報行為能實際幫助孩子養成閱讀習慣，打造「閱讀家庭」，以提升臺灣的國際競爭力。

根據《讀賣新聞》2007 年 10 月的全國閱讀調查報告，約有五成以上日本民眾在過去一個月裡不曾閱讀過一本書，比二十年前提高了十四個百分點。臺灣也有同樣的問題，2006 年底公布的一項全球學生閱讀素養調查，臺灣在四十五個國家中排名第二十二。（《國語日報》，2008）因此，如何打造全民閱讀的社會，培養國民的閱讀習慣，新移民女性及其家人的這一區塊，更應該深耕。而在對新移民女性推動閱讀活動時，閱讀的文本不可以太難，要讓她們覺得閱讀的文章很有趣，所以在讀書會的活動中，我會從「讀報出發」，以讀報為主陸續加入相關的教學活動設計，透過不同學習領域的教學活動，提升新移民女性「心」的視野及「新」的出發！報紙在任何時間都可以閱讀，從標題下手，就可以快速尋找所需的資訊，同時又可以提供國內外最新訊息，真是一份物超所值的讀物。

報紙是以「日」為更新頻率，提供社會大眾所需資訊的讀物。為了滿足眾多的、不特定對象讀者的閱讀需求，報紙必須利用各種版面，將從世界蒐集而來的訊息，用最快速、最方便的閱讀方式，呈現給讀者看。一份報紙是由許多版面組成的，這些版面都是依讀者的閱讀需求，再分門別類編輯製作而成，讀者只需瀏覽新聞標題，就可以了解報紙要傳遞的訊息。報紙攜帶方便，任何時間地點都可以閱讀，不會受到時間、空間的限制，不管在什麼時間、地點，只要手上有報紙，讀者就可以根據自己的興趣，隨時吸取新知，隨時閱讀。這樣的一份讀物，倘若能用來帶領新移民女性閱讀，讓新移民女性藉由報紙來了解社會的脈動，與世界接軌，教育的效果一定會有所提升。

近來對新臺灣之子的學習落後，學校生活適應困難時有所聞，多肇因於母親不能讀寫中文、無法教導自己的孩子，致使子女教養有問題，進而不利於小孩的發展，這些不能消除的原罪，對新移民女性是不能承受的痛。為了幫助研究者的這群學生，希望用報紙這份讀物，來擴充她們的學習範圍，透過讀書會討論、發表、溝通、聆聽的過程，提供多元角度的思考，學會經過自己的整理來組織自己的學習心得，會比一味只聽老師單純講述而來的有收穫。在讀書會時，挑選一則適合共讀的新聞，開啟一扇想像世界的大門，大家此起彼落的討論聲迴盪；在活動進行間，串聯起每個心靈交會的時刻！這一則則的新聞，讓我彷彿化身為教學魔術師，擁有精采百變的魔法道具，吸引學生悠遊於跨領域學習，在已知與未知之間探索世界的遼闊！

每一個讀書會的成立都有其目的，因為深信一個人的成長，可以帶動一個家的成長，而協助個人成長則是首要目標。建構學習型家庭，家庭成員共同學習，透過溝通、對話與分享營造幸福的家庭型態，是研究者想為新移民女性成立讀書會的最大目的。本次研究的重點設定在協助學習者開展主體性所需學習的內涵，所擬的討論題綱儘量扣住學員的生命世界，以報紙的報導內容，鼓勵新移民女性自由閱讀與探究，透過背景與程度相異的學員間互相討論，開啟學員不同的生命與生活視野，所以以讀書會作為成人的學習策略，是很符合自主學習的精神。

如果我們每天只是上班下班，看看新聞，發發牢騷，過著安逸舒適的日子，這樣的生活有何意義？新移民女性的教育問題，今日不做，明日將會付出更大的社會成本。對新移民女性而言，如何適應我們的社會、了解與認識我們的文化、生活與期盼、為下一代營造一個幸福美滿的家庭，這些都必須透過教育的過程來完成。有了愛讀書的媽媽，孩子也會有樣學樣愛上閱讀，如此一來，新臺灣之子的素質將會提升，這對臺灣的競爭力和整個社會的發展都會有幫助的。

研究者一直為尋找適合新移民女性的課外補充教材而苦思許久，直到決定帶領她們讀報後，心中的問題彷彿都迎刃而解。最主要的原因就是報紙的親和力，這個生活中隨處可見的閱讀教材，早已經和我們的生活合為一體。讀書會以讀報為主，對研究者和新移民女性而言仍有很大的挑戰性。對研究者而言，脫離了教科書的制式化教材，反而要思考的面向更多了，如：活動的設計、討論的題目、冷場時的應變措施……對新移民女性而言，要討論、朗讀、玩讀者劇場和故事劇場、還要探究與心得寫作，最後還要創造思考和合作編報，這麼多元的學習活動，不僅豐富了新移民女性的學習內涵，也讓新移民女性除了學到識字，也嘗試到不同的學習方式，從中可以發現到自己不同的潛能，但基本的前提是她們不會排斥。

報紙當教材，臺北縣讀報教育起跑，《國語日報》是臺北縣師生票選出來最想讀的報紙，整份報紙都是正向報導，沒有負面新聞，是一份適合全家共同閱讀的報紙。（古文，2008）讀報教育已是世界潮流，在北歐與日本實施成效良好，臺北縣也將於 2008 年 4 月 1 日開始加入讀報教育的行列，希望這份報紙能帶動學生的閱讀風氣。報紙的內容包含了不同領域的資訊，語文科本是屬於跨領域的學習，語文教育應與其他學科結合。透過報紙這份綜合性教材，讓新移民女性在學習語文的同時，也能接受其他領域的知識。要讓新移民女性學會讀報，研究者確信教師是關鍵角色，如果教師能有系統的引導閱讀，推動新移民女性的讀報成果將會更豐碩。

《國語日報》是研究者讀報教材的首選，它是國內有注音的報紙中發行量最大，也最受歡迎的報紙，每個版面都是極佳的教材。焦點新聞是國內外大事的精華版，報導簡明扼要，不作過多的渲染，是了解時事、增廣見聞的好幫手。如 2008 年 10 月最夯的話題：

毒奶事件——三聚氰胺，研究者就以此為討論的主題，讓學生們提出問題、蒐集資料、發表意見：

她們比較想知道的是三聚氰胺（Melamine）是什麼？廠商為什麼要在奶粉中添加三聚氰胺？吃進三聚氰胺會怎麼樣？這些屬於知識層面的問題，其實是可以透過很多的管道去獲取資訊，報紙的報導反而沒有那麼清楚。報紙報導的部分多以哪些廠商的產品已經被驗出含有三聚氰胺，考量民眾健康因素，呼籲切勿再購買。倘若已購買的消費者，廠商也同意全額退費，民眾不必擔心。報紙報導的內容多與民生的議題息息相關，其實多數報導都未深入，這也是讀報教育可以發揮的地方。經過一星期的資料蒐集，透過課堂上意見的發表，大家才知道以體重 60 公斤的成人計算，一次要喝好幾十公斤的毒奶粉，才有急性致死的可能，所以三聚氰胺並不會對人的生命造成立即性傷害，除非食用過量，才會造成生命危險。而三聚氰胺也就是俗稱的蛋白精，是一種白色、無味的化工原料，常用於製造美耐皿餐具、建材、塗料等，具毒性，不可以添加於食品中。不肖廠商在產品中加入三聚氰胺是為了能節省原料成本又能通過奶粉中蛋白質含量的檢測，因為奶粉主要是以蛋白質含量高低作為品級的分類。

經過這次的討論活動，新移民女性能清楚了解到三聚氰胺對人體危害的程度是不具有立即性的危險，讓她們放心不少；也因這次讀報學習到和生活有關的知識，在和他人談到此話題時，可以作意見上的交流。課堂討論時，大家都興致勃勃，對這個發燒話題都表現出高度的學習興趣，唯獨希望研究者能將板書加上注音，以利她們抄寫和閱讀，可見她們仍然很依賴注音輔助學習，這點更是研究者想藉大量的讀報，讓她們脫離對注音的依賴。這次的課程，雖然仍多屬於知識性的灌輸，但因為能扣緊生活事件，所以在讀書會時大家都很踴躍發言，這是很成功的地方；但是未能將報紙沒觸及到的對國家政治面、經濟面與社會面的影響引導出來成為討論的議題，是研究者仍要學習的地方。在讀書會的進行中，研究者也要當個學習者，而不是老師的角色；讓她們運用同儕的力量一起學習，激起她們的學習欲，才是研究者所希望的。尤其在使用討論法的部份，它是一種由團體成員共同參與的活動，著重在雙向或多項的互動學習。補校制式化的識字教育，欠缺的就是如何去激發學習者的學習欲，讓學習更有效能；藉著討論法的實施，讓成員間彼此交換意見，由學習者主導自己的學習內容，這種互動式的學習方式，效果也十分不錯。

報紙的報導，為了能更客觀呈現事件的真相，同一事件必須採訪許多人，以便蒐集大家對同一事件的看法。有時同一事件，因為牽涉的層面廣泛，報紙還會在不同版面，根據不同的版面分類，進行不同視野的討論，呈現出各種觀點及看法，力求呈現角度的多元及完整，所以報紙的內容是很適合進行討論，因為即使是相同的事件，各家報紙的內容都有其考量的因素而有不同的報導，更何況是「閱報人」的解讀，其差異性必定存在。閱讀行為的差異源自於閱讀者各自不同的前結構、意識形態以及權力關係的預設，並沒所謂的「是非對錯」，也沒有所謂的「可以不可以」。（周慶華，2003：122）每個人可從不同的角度切入，所看到的面向就會不同，這裡沒有所謂答對與答錯的問題；藉由讀書會中的分享與學習，主要是引發參與者的思考力，並對客觀材料作進一步的解讀與判斷。這些能力的培養，對生活問題的解決能力都將有正面助益。

每次讀報教學時，我們一起分享報上有趣的議題，活絡學習的氣氛；根據報上的報導，共同發掘問題，一起討論。報紙進入教學現場，彌補了教科書生活知識量的不足，提供更豐富的教學素材。

每天閱讀報紙，可以讓新移民女性關心時事，強化公民素養，而報紙上的新聞報導有世界上最新的資訊，能補足閱讀書籍時無法獲得的新知。實施讀報教育最大的好處，就是讓新移民女性養成每天閱讀的好習慣。報紙每天都有許多版面介紹不同的主題，讓學生每天悠遊於報海中也不厭煩；一份十元的報紙，能豐富教學者教學生活，也將帶給學生不同的學習樂趣。

閱讀本是一個人面對一本書的單一互動歷程，是讀者單獨與文本或作者對話的過程。在這個過程中，我們學習閱讀同時也經由閱讀學習新知。在傳統的教育中，由於過度強調學習閱讀的基礎性與功能性，因而忽視了閱讀的社會性意義，致使閱讀教學多半鎖定在單純的認字識詞的解碼過程。另一方面，對於閱讀教學的教育意義又賦予了太多的教化功能。因此對大多數的人而言，成長過程中的閱讀經驗往往是痛苦的，是為了學習、為了考試而閱讀，對於所謂的閱讀樂趣，多半未曾真正領會過。隨著對閱讀的心智活動逐漸了解，也讓我們明白到閱讀不單是一種捕獲文本的自動過程，因此對學習閱讀有了新的取向，認為學習閱讀無論是從意義的觀點或從學習的觀點來看，都不應該把閱讀的學習獨立於藉閱讀來與生活、社會接觸的實用功能之外。一種鼓勵對個人的價值越高，那麼他採取行動取得此一鼓勵的可能越大。在某一假設情況下，閱讀者認為閱讀有很大的價值，所以他會採取行動來從事閱讀。（同上：94）閱讀行為的社會性意義是不容忽視的一環。

換句話說，個人閱讀能力的發展正是因著藉助閱讀與社會發生關聯，藉著閱讀學習新知的過程，一步一步建立起對閱讀有效運用的能力。在此觀點下，讀書會的閱讀形態獲得了教育上的意義，讀書會的閱讀形態改變了傳統一對一的閱讀形式，藉由互動式的討論，讓原本單向式的對話變成多元的交流，不論是議題的設定上，或是實質的內涵上，都會因為對話、討論的多元介入，而更形豐富、更具意義。沒有討論的閱讀是無趣的；沒有討論的閱讀是空泛的。讀書會的基本工就在於對閱讀討論的熟練與實踐。（趙鏡中，2004）

以讀報作為讀書會的讀物，對大人而言，似乎是難登大雅之堂。大人們都會自豪的說：「從小看報紙長大的我們，讀報還需要教嗎？又不是不認識字，太小看我們了。」事實並不盡然！報紙對於我們國人而言，只是被視為消遣性的讀物，打發時間，對於報紙內容報導的正確性，多缺乏思辨能力；大部分的人都是被媒體牽著走，仔細思索，報紙說的都是真的嗎？如果把閱讀報紙理解成一種單純認字識詞的解碼過程的話，那麼閱讀報紙似乎就不需要太多的討論，只需加強字、詞彙及句型的能力就夠了。但是許多閱讀研究告訴我們，閱讀不只是讀者被動接受作者所傳遞的訊息，而是讀者主動介入及詮釋文本的意義。〔肯尼士・古德曼（Kenneth S. Goodman），1998〕簡單的說就是：我們是用頭腦閱讀，不是用眼睛閱讀。閱讀的目的在於獲取意義，但意義並未固定在文本中，而是存於文本、讀者與作者間。文本的意義，會因為不同讀者的解讀、詮釋而產生不同的意義。閱讀討論可以幫助我們對意義的理解、創新與建構。最重要的是，透過討論使閱讀不再孤獨，使每個參與者可以在其中各盡所能與各取所需。

對新移民女性推行讀報教育，少了成人世界的質疑眼光，讀報需要教嗎？至少減少了許多阻力，報紙的報導內容仍有許多可以閱讀的方向，藉由讀書會成員間互相討論所激盪出的智慧火花，絕不是單向的聆聽學習與自行書寫心得報告所能替代的。用報紙帶領新移民女性進入閱讀之門，只是一個方法，閱讀能給人力量，如何讓新移民女性能藉著閱讀產生力量，是研究者一直要給予她們的必修功課。人生因閱讀而豐富，閱讀因分享而開闊，透過讀書會的運作，藉由成員間分享、討論的過程中，強調成員實際操作，親身體驗求知的歷程，學會如何學習，建構出自己的意義。期許能從讀報入手引領新移民女性進入閱讀的大門，進而帶動全家人一起閱讀，從閱讀中改變她們的人生，這股看不見影響力的重要性，也正是研究者想促成她們能感同身受、深信不移的信念所在。

第三節　機動性教材與多元關涉的啟智旅程

面對國內跨國婚姻比例日益增加，但國內教育機關對於跨國婚姻移民現象在認知與文化態度上並沒有太多的準備，所以急就章的將新移民女性的教育問題歸入成人教育中的補校教育。這麼多年來，就讀補校的學生人數中，也幾乎都是新移民女性了。新移民女性在其原來國家的教育程度不一，有些甚至已具有高中以上的學歷。這群「不識字」的女性是有別於國內的不識字人口，她們多受過基本教育，在不識字的背後，卻是擁有更高的學歷證書或專業能力，只是因為婚姻移民的關係成了「功能性文盲」；這些新移民女性將使得國內不識字人口的比例增加，這對國家整體經濟發展必有影響，因為失去了識字能力，就像是失去了世界。重視新移民女性的受教權，因為受教權為基本人權之一；受教育是新移民女性融入我國社會的重要管道，新移民女性的教育意義在於使她們認同自己的角色定位並且協助她們適應生活環境，能以不同的思維及行動回應外在的世界。

相信透過讀報教育可以讓她們了解不同的文化背景；透過讀報教育可以讓她們增進生活知識與技能；透過讀報教育可以讓她們學會語言的正確使用，增進人際間有效的溝通；透過讀報教育可以讓她們學會獲取資訊；最重要的是，透過讀報教育可以讓她們擁有教育下一代的能力，讓她們不只是單純的識字，還可以了解社會脈動，與世界接軌。用她們了解的社會文化來教育孩子，以協助孩子能認識社會，因為教育是不能脫離生活情境而單獨存在的；用她們學到的生活知識，協助她們解決生活上的問題，進而提升生活的素質與品質。但是現今多數的國小補校教材，因為補校老師對教材的熟悉度與和書商聯絡的方便性，選用的版本一般都以國小選用的版本為主，課文內容也多以兒童認知取向為中心，我們理所當然的將適用於兒童的教材，直接套用在成人識字的課程上，完全忽略學習者的心智年齡與興趣原則，而新移民女性也只有照單全收。令人十分感動的是臺北縣成人教育中心、桃園縣新移民學習中心對於教材研發投入相當多的心血，提供各縣市補校相當多的教材資源，可惜的是使用率並不普及，一般的補校教師仍以使用習慣為原則，繼續用小朋友的課本來教大人。

就識字的功能而言，或許依國小教材有計畫的編排的確能達成識字教育的目的，但新移民女性的受教權不是只單純給予識字教育就足夠的，她們還身負教育下一代的使命，課程的設計應該還要涵蓋更多的學習內容才能夠滿足她們。研究者深刻體會要突破此一困境，不妨從讀報教育著手，開展出有異於一般補校教育只強調識字為主的教育。報紙中的機動性教材，是擴大她們的學習視野的最佳選擇，讀報教育不是單純以識字為主的教育，它的內容以日為更新單位，報導的新聞緊抓住社會的脈動，每天讀報每天吸收新知，藉由讀報教育的推行來豐富新移民女性的學習天地；也因為每天的新鮮報導，持續養成她們的閱報興趣，進而培養出良好的閱讀習慣。

補校的制度設計含有很強的正規教育性質，教材教法仍以「字」「詞」為單位，是一種孤立於社會文化脈絡的識字教學型態。（何青蓉，1999）新移民女性來到臺灣後，無法使用母語，造成語言隔閡；聽不懂中文，也看不懂中國字，造成功能性文盲。在教學時，不應比照小學生一樣的看待，其學習需求與目的一定有異於小學生。而現今補校教師多由國小老師兼任，也缺乏教導外國學生的經驗，在編制教材上難以跳脫小學課本形式，造成教材內容仍多停留在以識字教育為主軸，教學方式也多以講述式的方式進行，很少有教師會去思考以教小學生的方式來教導新移民女性的適切性；以至於讓已經是大人的新移民女性接受像小學生一樣的識字教育，完全忽略大人的學習需求異於兒童，也沒有將大人已經有豐富的生活經驗這個優勢應用於教學中，實在是相當可惜。在教導新移民女性時，教師應該要具備敏銳的觀察力與洞悉力，隨時蒐集教材資料，有利教學時提供學生豐富的題材。因此，教師除了作教學準備之外，透過讀報的機動性教材，可以有效掌握社會時事與新知，建立教學資料庫，隨時為教學實施作準備。

新移民女性在教學活動的設計上及教材選擇上，更需要有多元的思維，提供活潑的教學方式及適合新移民生活的教材外，還要考慮新移民女性自我成長的學習需求，不應該只侷限在教養子女的主軸上。新移民女性來到臺灣除了被賦予傳宗接代的任務，教養子女的責任也是一大壓力，學習識字固然可幫助新移民女性教養子女，但最重要的還是要喚醒新移民女性的自我學習欲望。教育的功能不能只停留在教導新移民女性成為臺灣傳統社會中的好媽媽、好媳婦的觀念上；不熟悉中文的新移民女性一樣可以發揮母愛的光輝，給予子女溫暖的愛。我們應該要重視的是新移民女性將在臺灣長久生活，需要的協助不僅有生活上的適應與子女的教養問題，長久之道是要建立新移民女性終身學習的管道，更重要的是落實多元文化的教育目的，教育國人尊重多元文化，建構共存共榮的多元文化社會。

臺灣第一本《人口政策白皮書》提出了移民增加，新生兒之中，平均每九點八人就有一個是外籍配偶家庭的子女。因此政府或民間都應該以更開放的胸襟，迎向多元融和的社會。（《國語日報》，2008）以上這則報導，是教科書中學不到的，但對新移民女性卻是有知道的必要，她們知道在臺灣這塊土地上，她們所生養的下一代已經佔十分之一的比例，臺灣已經有許多像她們孩子一樣的孩子也一起在這塊土地上成長，所以她們的孩子將不孤單。以一個母親對孩子牽腸掛肚的心來看，至少像吃了一顆定心丸，比較不會害怕因為孩子是少數族群而受到欺負了。如此一來，也能強化新移民女性的心理認同，不要因有自悲情結而自我封閉。究竟怎樣的教學內容才能滿足新移民女性的需求？最重要的還是以幫助她們適應生活環境為主：初期有生活適應的問題和語言溝通的障礙，等到子女出生後，也會有臺灣一般婦女相同的子女教養問題，課程的設計應回到學習者中心，從其關心的課程出發，不斷地調整課程內容，以符合新移民女性學習的期待。

以當前新移民女性最容易接觸的國小補校而言，其辦學所根據的是一種匱乏模式（dificient model），目的在補充正規教育的不足，因此課程規畫所依據的是種學科中心的模式，明顯不符合有豐富經驗、特性各異的成人學習者所需。（何青蓉，2007）對新移民女性而言，怎麼樣的教材才能算是適合，每個人有不同的見解，希望藉由此次推動讀報的閱讀成果，能為新移民女性的學習教材開展出新的面向。雖然新移民女性只有基礎的注音符號拼讀的能力，但透過大量閱讀報紙的生活知識以及閱讀策略的教導，必能大幅提升她們的識字能力，並協助她們及早融入臺灣的社會，不要做一隻被人取笑的「青瞑牛」。

在這個經濟知識的時代裡，知識對一個人的生活影響層面很大，而吸收新知的管道中，就屬報紙是最方便的。雖然網路資訊發達，但架設網路的設備費用並不便宜，不適宜用在新移民女性的共學課程上。唯獨報紙，價錢便宜訊息量又大，閱讀一份報紙，可以讓她們增加各方面的知識。使用報紙來教學，研究者認為有下列好處：

（一）攜帶方便，可以隨時進行閱讀資料的補充。

（二）價錢便宜，不會造成學生經濟的負擔。

（三）生活中隨處可見，取得方便，可以在任何的時間、地點進行閱讀，吸收新知。

（四）提供語言技能之外的學習領域，報紙上的時事、評論、財經、廣告……都是閱讀的好教材，透過讀報，學生學習到的將會是更多元的知識。

（五）報紙是多元語料的最佳教材，如時下最夯的夯、劈腿、粉絲、達人、囧、宅男……都是最新的語言脈動，使用的都是真實語料，透過閱讀報紙吸收超越教科書上的語言形態，增加與人溝通的語彙。

（六）可依自己的程度，選擇自己有興趣與最關心的部分閱讀，因此學習動機大為提升，隨時享受自我閱讀的樂趣。

（七）延伸報紙的活教材成為有趣的教學活動，更可以幫助學生建立閱讀的興趣。

（八）真實語言的情境，幫助學生更快熟悉中文。

（九）主題豐富，內容包羅萬象，是蒐集資料，做成剪報的好選擇。親子一起剪報，在互動中增進親子關係。每一本依主題分門別類後的剪報，都是一本自製的百科全書，也是查詢資料的好幫手。

（十）適合不同程度的人共同學習，以合作學習為基礎的教學活動設計，可以滿足不同程度差異者的學習需求。

知識不分貴賤輕重，只要能有益於當事人，都是有用的知識。從報紙上蒐集來的國際新聞，可以讓新移民女性與世界接軌；時事報導，有助於新移民女性對社會動態的了解；鄉土文化的介紹，又利於新移民女性對風土民情的認識，幫助她們認識自己生長的土地，進而認同家鄉，關心鄉土；而親子教養的資訊，更是新移民女性必修的親子學分；其他方面，舉凡政治、經濟、民生的議題、短篇的小品文、藝文報導，甚至連廣告、漫畫都能成為另一種形式的閱讀。這些新聞，都能讓新移民女性打開視野，無論新聞的主角是鼎鼎有名的人或是默默無聞的市井小民，都能為平淡或苦悶的生活帶來一些刺激。當人生面臨困境，心情沮喪時，平時讀報的心得，就會像視窗一樣被開啟，從腦海中跳出來，馬上調整情緒，正向思考。閱讀習慣的養成，是從日常生活中點點滴滴的累積，報紙每日出刊，訊息量大，高字頻的字又常出現，並能與生活經驗相結合。倘若新移民女性養成了閱讀的好習慣，子女必會模仿學習，有樣學樣，那麼要讓新移民女性的家庭成為「書香家庭」，就有了好的開始。閱讀習慣始於家庭，父母親的身教是影響孩子習慣養成的重要關鍵因素，要提升新臺灣之子的學習能力，不應該只是單靠學校教育，更重要的是啟動家庭教育功能，這樣才能有事半功倍的成效。

關於報紙教材的選擇，當然要以學生的需求為最大的考量，讀報教育的推動，就是要讓學生提升閱讀力，隨機處理生活中的問題，藉由讀書會中的討論、劇場表演、寫作……讓閱讀變成一種習慣。相信經過讀報討論過程所獲得的知識，一定比從教科書所獲得的知識來的豐盈、真切與實用。鼓勵新移民女性利用報紙進行閱讀，目的就是讓她們有機會閱讀到包羅萬象的內容，吸取多元且豐富的知識，進而建構多元的知識架構及多角度的思考。最終希望達成的願景就是藉由新移民女性讀報習慣的養成，帶動成為家庭共學的學習型家庭；期待在歐洲地鐵車廂裡，乘客人手一份報紙、津津有味的讀著，如此常見的閱讀風景，也能在新移民女性的家庭中出現。要幫助新移民女性生活獨立，必須啟動閱讀機制，讓她們養成讀報的好習慣，好好善用這位一直陪在我們身邊的老朋友。

報紙，一份不起眼的刊物，對初學中文的新移民女性確是一份極佳的教材。任何人都會對生活周遭的人、事、物產生興趣，報紙上的新聞事件扣緊生活中的人、事、物，它的時效性是一般讀物無法比擬的，因為它的機動性教材，可以活化教學中單一教材的使用。每天閱讀報紙，可以讓人增加各方面的知識，更可以開闊眼界與擴大知識領域，無形中增加了閱讀力，日積月累後，對於寫作能力的提升和分析事情的能力都會有很大的助益。對研究者而言，帶領新移民女性讀報，就是看中報紙包羅萬象的資訊可以擴充新移民女性的生活知識，它能符合不同程度的學習者透過合作學習來共同學習，這份取之不盡、用之不竭的教學資源，是教學中最佳的活教材，相信新移民女性將因讀報而吸取更多元的知識，並透過讀報開啟智慧之門，能更具智慧的來面對人生中的每個挑戰。

第四節　閱讀法的落實試煉場域

二十一世紀是知識爆炸的時代，擁有知識且能靈活運用者，將成為日常生活的佼佼者，也將成為問題解決的高手。善用知識者除了在日常生活中能解決問題之外；當面對工作危機，常能化危機為轉機；在人生遭逢困境時，更能化險為夷，度過難關。這其中善用知識的能力，便是閱讀力的展現。閱讀讓我們能爬上巨人的肩膀，科學上的發明可以進步這麼快，最主要的是人們的知識可以累積，藉由文字，我們可以將前人一生研究的心血紀錄下來，流傳後世，使我們能夠站在他們的肩膀上看得更高、更遠。因此，面對二十一世紀資訊爆炸唯一的武器，便是閱讀，閱讀是目前所知唯一可以替代經驗使個體取得知識的方法。（洪蘭，2005）閱讀的好處不只是打開了一扇通往古今中外的門，讓我們依自己的時間、自己的步調在裡面遨遊，它同時可以刺激大腦神經元的發展，使我們的大腦不會退化。語文能力是學習的重要工具，閱讀又是提升語文能力最好的方法，但是閱讀教育一向是國內語文教育最易忽略的一環。教育部九年一貫課程綱要明白列出的十大基本能力如下：

（一）了解自我與發展潛能。
（二）欣賞表現與創新。
（三）生涯規畫與終身學習。
（四）表達溝通與分享。
（五）尊重關懷與團隊合作。
（六）文化學習與國際理解。
（七）規畫組織與實踐。
（八）運用科技與資訊。
（九）主動探究與研究。
（十）獨立思考與解決問題。（教育部，2003）

在這十大基本能力中，哪一項是靠課本就可以學得到的？要培養這十大基本能力，最重要的就是要靠「閱讀力」來達到。要給學生的應該是「帶得走的能力」，以取代「背不動的知識」。《天下雜誌》在 2002 年教育專刊〈閱讀——新一代知識革命〉，針對中小學教師進行閱讀大調查，並從調查中顯現出幾個非常值得思考的現象：

（一）有九成的老師都認為閱讀有助於激發學生創意、想像力，八成的老師認為可以提升學生自我學習能力，更有近六成的國中小老師認為閱讀有助於邏輯思考。

（二）但當老師在學校推動閱讀時，有八成五的國中老師和六成的國小老師，並不覺得順利。

（三）雖然國中小的閱讀環境不佳，尤其學校圖書館幾乎聊備一格，但是多達八成五的國小老師和六成七的國中老師仍將如何提升學生的閱讀力納入教學重點。

（四）在閱讀的相關教學上，老師最頭痛的是學生的學習精神不足；另外，教學負擔過大、學校資源硬體及經費不足，缺乏家長配合等三項緊追其後，顯示推廣閱讀有很多教育體制結構上的限制。

（五）從調查中顯示，老師在推動閱讀時的方法並不多元活潑。除了指定書本外，多數老師（66.4%）要求學生撰寫書面報告，或要求學生課堂上當面報告，並成立班級圖書館推動閱讀。（齊若蘭、游常山、李雪莉，2003）

從調查結果可以明白知道許多老師都是愛書人，也很重視閱讀，知道閱讀的重要性，但在閱讀教學方面，往往落入一成不變的教學模式，使閱讀教學的方法仍不離撰寫讀書心得的窠臼，弄的學生叫苦連天，因排斥寫心得而討厭閱讀。不可否認的是我們的閱讀教學真的出了問題，閱讀教學的方式需要再深入探究。

在九年一貫課程的十大基本能力中，學習的範圍已從教科書擴增至生活中的素材，更重視課外閱讀的擴充、應用。因為過去認為學生只要認得字，應該就會閱讀。但是真實的閱讀經驗告訴我們：有時看完整頁明明自己都懂得字的文章後，其實仍搞不懂書中說了什麼？閱讀經驗極少的孩子，對於翻開書閱讀這件事更有極大的恐懼。這些經驗都是研究者在教導新移民女性讀報時必須引以為戒的。閱讀教學對新移民女性而言是一種新的教學方式，因為她們的識字量少，所以不宜選用太艱深的教材，以避免無法提起她們的興趣，而達不到閱讀教學的目的。讀報教育現已在許多國小如火如荼的展開，以讀報的方法來推動閱讀教育，對新移民女性而言，不失為一個好方法。九年一貫課程的指標特別重視閱讀，並針對閱讀提出應建立的能力，包含：讀懂、了解、選擇、體會、分享、觀察、分析歸納、掌握、精讀、記取細節、思考、批判等部分。這些部分的達成，絕對無法只靠撰寫讀書心得一種單一的方式就可以達成。閱讀教學對新移民女性既然是一種新的嘗試，自然需要用心規畫，才能帶領她們進入閱讀的世界，培養閱讀的能力，進而影響家人也一起閱讀。

我們都知道閱讀是蒐集與儲存資訊最基本而踏實的方法，早期閱讀習慣的培養有助於日後的學習，更深深影響一生的成功。藉由閱讀，能培養我們思考與解決問題的能力。閱讀是一種主動而複雜的心智活動，這種心智活動包含溝通能力，在閱讀過程中，閱讀者須藉著理解、評論的能力，將讀物中作者的意義轉化，建構個人的意義。而這些個人的意義，日後就成為閱讀者問題解決的能力。閱讀是理解書寫文章的過程，讀者從文章讀懂的意義取決於讀者帶到文章中的意義。文章不僅只是字母與單字的組合，讀者與作者都必須能掌握複雜的語言運作以及文章構成的方式，讀者才有可能理解文章。因此，讀同一篇文章的兩個讀者永遠不會建構相同的意義，任何一位讀者的意義都不會與作者的完全一致。（肯尼士・古德曼，1998：3）

研究者也認為閱讀是一種主動而複雜的心智過程，這種心智過程包含溝通能力，在閱讀的過程中，閱讀者須憑藉理解、評論的能力，將讀物中作者的意義轉化，建構個人的意義。而這些個人意義，日後就成為閱讀者問題解決的能力。倘若閱讀的主要目的是在於文章意義的重新建構，那麼閱讀理解則是閱讀認知歷程中的重要階段。根據喀威爾（Carver，1973）的閱讀歷程理論，將閱讀理解分成四個層次：

（一）將字解碼，並決定該字在特殊句子中的意義。

（二）將個別字的意義聯合起來，以完全了解句子。

（三）了解段落和段落中隱含的主旨，以及原因與結果、假設、證明、含意、隱含的結論，以及與主旨相關但暫時離題的觀念。

（四）評價各種觀念，包括邏輯、證明、真實性與價值判斷等問題。

前兩種層次為基本閱讀技巧，後兩種層次為推理及理解歷程。閱讀的最後目的在於理解，學生的閱讀理解與教師教學有密切關係，教師若能依據學生需要提供背景知識的訓練，教導學生閱讀的策略，並且協助學生監控自己的理解程度，必當有助於提升學生的閱讀能力。（劉兆文、陳心怡，1999：80）

綜合喀威爾所述，研究者認為閱讀理解的第一層級為對字、句的理解；再則了解作者的想法，能同理作者觀點（內在理解），進而對文章中作者所為明示的潛藏想法，讀者能藉推敲方式，進行觀點理解；最後則是與作者對話，發展自己的意義，強化作者觀點或能提出不同於作者觀點的獨創見解（外在理解）。在閱讀理解的層次中，各層級間的位階關係是互動的，而非絕對的，讀者的監控理解位階並非高於文章理解，而是同時並存的。肯尼士‧古德曼則認為閱讀的歷程是一種循環模式，當讀者進行閱讀時，視覺感知的控制與語法結構的決定都根據這個文章。文章的結構與意義都是由讀者來建構的，如果有不對勁的地方，讀者重新建構他們腦中的文章以求意義通順。讀者的閱讀差異以及自我修正都能顯示這個建構以及再建構的過程。（肯尼士‧古德曼，1998：161）

教育部於近年來一直積極推動閱讀的學習活動，研究者該如何利用補校的教學時間來對新移民女性推動閱讀的學習活動？最後考量以配合學生經驗為範疇，設定的目標是學生有能力自行讀完文章，對於少許生字也能憑前後文的情境或藉著工具書的查閱了解。要能讓她們養成自學的能力，教材的選擇上先以讀報為主，再藉由課堂的指導，最後能達到喀威爾所說的閱讀理解的第三個層級。當每個讀者在從事閱讀理解時，都需有相當的策略來幫助自己建構出自己的意義，所以有效的閱讀理解策略是可以幫助讀者進行一場兼具效能與效率的理解過程。運用閱讀理解的目的，乃在幫助讀者作預測、引導注意、產生文章的內在理解與外在理解、並適時適度的修正閱讀者自己的閱讀策略，幫助閱讀者作更有效的閱讀。

所謂有效的閱讀，並非精確的辨認單字，而是了解意義，而高效的閱讀，是指依讀者現有的知識，使用剛好足夠的線索去讀懂文章。（肯尼士‧古德曼，1998：12）而且已經有許多人觀察到使用不同拼音和非拼音書寫系統語言的閱讀差異，提供了相當多的研究成果，支持不同語言有相同閱讀模式這個信念。閱讀歷程只有一個——即使語言和文字有所不同。（同上，15）這些信念，都是研究者決定推動讀報教學的學理依據，剛開始閱讀時，宜從小品文章入手，讓學生能從中獲取成就感，閱讀才能持續，等學生發生興趣，基礎工程便完成了，這就是研究者選擇以讀報為主的讀書會運作模式。不過，深度閱讀才是研究者最想要達到的目標；有興趣、想閱讀還不夠，能有技巧的深度閱讀，學生才能汲取閱讀的養分。

在人一生的學習生涯中，「閱讀」能突破空間、時間的限制，提供許多學習的先備知識，豐富個體的生命體驗。因此，「閱讀能力」是學科學習，將資訊化為知識的基本能力，也是終身學習的基礎工具。透過「閱讀」的歷程，培養學習者的「閱讀能力」，是終身的學習歷程中關鍵而必要的學習基本能力。近年來世界各國紛紛將「推廣閱讀風氣，提升閱讀能力」列為教育改革的重點。例如：英國透過打造讀書人的國度，讓全國沐浴在閱讀氛圍中，企圖提升學生讀寫能力；美國布希總統上任後提出「不讓任何一個孩子落後」的方案中，將「閱讀優先」作為教育改革政策的主軸。如此一來為因應世界潮流，二來為順應臺灣發展局勢，臺灣也把 2000 年訂為兒童閱讀年，編列相關預算，透過贈書、推動親子閱讀及閱讀種子教師的培訓……等相關活動推廣閱讀活動。（齊若蘭、游常山、李雪莉，2003）

在這一波九年一貫教改聲浪中，以「能力本位」為基本訴求。九年一貫綱要基本理念是以學生為本位，透過七大領域，開發學生潛能，以學生為學習的中心，培養十大「基本能力」，達成全人發展的教育目的。因此，九年一貫綱要中的「知識」不再是零碎的片段，而是統整連貫的有機體；而教師的專業自主也應該藉由課程、教材、活動的設計規畫主導來呈現，並且讓學生透過學習的歷程，一來學到統整連貫的知識體系，二來培養學生終身「自學」的能力。所以閱讀能力的養成，不僅有助於學生學習語言本身和語文相關的知識，並能透過閱讀來探究世界和自己的生活方式。而語文領域綱要設計中，教材的單元設計以「閱讀」教材為核心，兼顧聆聽、說話、作文、識字及寫字等教材的聯絡教學。因此，語文能力的發展

是透過「閱讀能力」為核心來聯絡聽、說、讀、寫能力的發展。（教育部，2003）

學習如何閱讀是一把探索世界的鑰匙，如何透過閱讀活動的推行，帶領著學生一探豐富而神秘的知識領域。藉由閱讀良好的作品，學生可以逐漸了解文字或圖象所欲傳達的訊息；另一方面也可以建構更為寬廣而深入的知識體，逐漸累積而潛移默化，為生命增添嶄新的視野。閱讀教學策略就是在於指導學生了解閱讀的內在心理歷程，協助學生掌握書本的內容，提升理解能力，也能進一步的累積閱讀者的自信與興趣，使閱讀成為學生的朋友，在成長的歷程中，陪伴學生探索更多元的世界。每天讀報十分鐘，激發她們學習興趣。十分鐘不夠讀完一本書，卻可以讀完兩三則新聞，獲得資訊，相信這會是在正規教育外，帶給她們更多元、更寬闊的學習視野。

洪蘭認為，學習需要背景知識，這是我們對於不熟悉的東西視若無睹的原因。閱讀可以激發想像力，而且想像力和背景知識有關，這就是無中生有是困難的，至少需要一點點背景知識方便想像創造。各種背景知識提供我們鷹架，讓後來的知識繼續疊上去，學習到某一程度時，忽然豁然貫通，已被提升到另一境界，心理學上的「頓悟」，真正的意義就在這裡。（林基興，2005：45引述）在本研究中，研究者所採取的閱讀策略為課堂中提供可幫助建立內外在連結的問題，並鼓勵學生產生問題，透過引導式的閱讀及教導學生作標示與畫底線等方式，進行同理作者的內在理解；再透過討論法中的問與答方式，找出文章主旨與重點、引出推論並產生個人獨到見解的外在理解。以朗讀——幫助閱讀理解，透過聲音的刺激，學生可以進行多重編碼，藉此提升對於字義的理解。在班級教學場域中，研究者可以彈性的調整朗讀的方式，一人讀一句、分組朗讀、全班朗讀等，都將有不錯的效果，朗讀時的抑、揚、頓、挫也能為閱讀增添更多的樂趣；最後以朗讀的流暢性來評鑑閱讀理解能力的層次。

以報紙中生活化事件的報導——提供討論的機會，生活化事件對於新移民女性的吸引力是強大的，研究者在選擇此類題材時，需要考量新移民女性的生活經驗，以生活方面的議題為主，討論時容易引起她們的共鳴，她們也容易回想起相關的經驗，而提供閱讀時所需要的先備知識。以肢體表演的結合——讀者劇場與故事劇場激發多元智慧，在閱讀報紙時，提供學生扮演故事角色的機會，練習模仿、角色扮演與解決問題，在結合肢體表演的過程中，發展學生的想像力與多元智慧，同時藉由小組的合作，可以幫助學生進一步的發展群性。以探究與心得寫作、創造思考與合作編報幫助學生隨時進行閱讀理解的監控。期望能透過多元的教學方式，教導學生學會閱讀策略以達成閱讀理解的歷程，增加閱讀動能。

現在全世界都體認到，閱讀能力是一切能力的基礎，各國教育都非常重視閱讀能力的培養。閱讀不止是識字，讀字與讀句子的能力是不同的，閱讀不是讀字而是讀句子，需要詞彙量、專注力、理解力、歸納能力、邏輯思考能力、推理能力、批判思考能力、創造力、想像力及解決問題的能力。（南美英，2007a）洪蘭說：「閱讀像是敲門磚，可以打開人類知識之門。當一個人有了健全的人格，又有閱讀的習慣，他就有了面對未來世界的必備條件；世界雖大，他可以任意遨翔，他的人生已經掌握在自己的手中」。（洪蘭，2008）

閱讀時，每一個字會激發其他的字，會聯想到過去的經驗，背景知識是智慧的鷹架。目前社會上充滿盲從、人云亦云的現象，主要原因就是我們國民的知識不夠，不足以作有智慧的判斷。這點是目前大力推動閱讀的最主要原因；要使臺灣的競爭力提高，國民的基本常識一定要提高，而閱讀便是提升這個能力最簡便、最快捷的方式。閱讀的好處是能夠增加個體的挫折忍受力，減少心理因無知而產生的恐懼感。讀書可以改變氣質，這是因為讀了很多書，視野變得很寬廣，不會再為芝麻綠豆小事煩心，眉頭不會深鎖。知識淵博，使我們對問題有了很多的解決方式，我們才能成竹在胸，談吐有物，進退得體，這便是風度與氣質。最後，閱讀帶給我們最大的好處是別人偷不走、搶不掉的知識。這個儲存在腦裡的豐富知識，讓我們隨時可以拿出來應用，它使我們在看山是山、看水是水，能夠進入更高的意境，使我們在任何時候、任何地方都能怡然自得。（洪蘭，2006）希望新移民女性也能領略閱讀的益處，能隨時抓住機會，快樂閱讀，同時也能帶領孩子走進閱讀的殿堂，享受閱讀的樂趣，營造出「書香家庭」閱讀願景。期望能在她們的心中埋下一顆閱讀的種子，日後就有機會開花結果。

當我們真正了解，新移民女性其實和臺灣的所有人一樣，除了生活需求的滿足外，也需要被尊重、被愛護；為了學習臺灣的語言、風俗、文化而到補校學習，她們也想要有所發揮或學習更多的一技之長。我們能不能一起協助這群新移民女性在適應新生活的同時，又可以透過閱讀發展出自己的能力與自信，發揮所長，讓她們找到適當的發展空間，表現出臺灣社會對不同文化的尊重與接受。至於所帶進的讀報活動，因為貼近生活和容易「發揮」以及同儕間「相互激盪」的頻密，新移民女性已知或所學得的各種閱讀法更有機會展現，使得讀書會成了她們試煉閱讀法的場域而無形中提升了功能，這又是我們所該樂見的。相信這也是以讀報為主的讀書會模式所可以連帶開啟的（總比她們只能採用教師所提供特定或單一方法來閱讀制式教材的呆板樣「刺激」得多），成效必當不同於往昔。

第四章　以讀報互動對新移民女性語文教育的重要性評估

第一節　強化心理認同上的重要性

在現今的社會中，新移民女性的子女人數，已形成臺灣的一股新勢力，而這股新勢力，正在慢慢的改變臺灣的族群結構，將臺灣原本的四大族群擴展成為五大族群，臺灣早已經是一個多元文化的社會。這些新移民女性考慮嫁入臺灣的原因可能不止於個人層面的因素，家庭社經、原生文化對性別的歧視和大至國家經濟困境等，在在交錯著影響她們的行動抉擇。從結構因素的分析來看，對移出國而言，將人民往外推的力量有可能是人口壓力、土地短缺、或是性別歧視；而對移入國而言，吸引移民的結構可能是人口萎縮、農務人手短缺、或需要居家傭僕。〔彼得・史托克（Peter Stalker），2002〕在新移民理論中，「推拉理論」（push-pull theory）是解釋人口遷移的典型理論。這一理論認為：移民的產生是原居地的推力或排斥力與新遷入地的拉力或吸引力之間互動或相互作用的結果。在遷移法則中指出遷移倘若是以經濟動機為主，多是為了改善物質生活。（宋鎮照，1997：589）此點說法，和近年來新移民女性大量湧入臺灣為改善生活的目的十分吻合。目前，推拉理論在世界人口學與社會學中仍然佔有優勢地位的理由，主要在於它設計出一個簡單靈活的大研究架構，使實證研究的學者具有相當自由的想像空間。

該理論引含的兩個基本假設是：（一）個人遷移行為是理性選擇的結果。（二）移民者對於原居住地與新遷入地有某種程度的了解，但最後是否遷移端視移民對客觀環境的認識與主觀感受和判斷而定。（廖正宏，1985）

推拉理論只能解釋國際所得差距所造成的移民，卻無法有效解釋跨國婚姻的移入國為何會被定在某個社會階層，即使跨國婚姻可能是國家與國家間所得不平等而造成。因此，跨國婚姻所形成的新移民女性現象，不只是國與國所得差距不平等造成的，也牽涉到移入者本身的國內社會階層化的問題。這些新移民女性都因婚嫁而移入臺灣，但其背後動機本身卻呈現出多元不同的面向。來臺後，多數身兼家務管理、生養後代、照顧老弱傷殘、或成為家庭勞動人力的角色，儘管應付的方式不同，但都凸顯出不同階層社經地位的差距。（王宏仁，2001）這種不平等的對待關係，將新移民女性「物化」為生育工具或廉價勞工的機器。跨國婚姻的現象，缺乏了以人為本的尊重觀念，反而在金錢花費上打轉，以新移民的實作表現來衡量對此婚姻的付出是否划算，從不問自己是否給予關愛。這些新移民女性來臺原本就抱持要改善原生家庭的經濟狀況，或想要從事其他活動的目的；到臺灣之後，幾年後就不見蹤影，這種缺乏以「愛」為出發點的婚姻，往往造成許多不幸福的家庭產生。家庭問題是整個社會惡性循環的結果，更是一種社會病態的顯現。

布萊克・馬登霍（Black Mendenhall）曾提出一個跨文化調整U型曲線適應的假設，其認為在進入一個不同的文化之旅，個體將有一段蜜月期，對於不同文化當中的各種事物感覺新鮮、滿意及興奮，但是很快地當一些生活上的困難或挫折產生時，就迅速進入文化震撼期。在此時期，個體將對新文化、新環境感到不滿，生活上的困難將令個體對原生文化或家鄉產生相當程度的懷念，然而個體對新環境事物逐漸進入學習階段時，及進入所謂調整期，個體終將慢慢調整而適應新的環境，而對新的文化環境產生認同感，最後進入熟練階段。（引自陳柏霖、陳書農，2007：193）新移民女性進入臺灣國度，由於文化背景遷移下的適應困難，她們將面臨跨文化適應的衝擊，諸如飲食習慣、親屬關係適應、生活適應、情緒困擾、人際互動及家人溝通等問題。這些適應上的困擾，往往都會造成更多情緒上的問題。這些情緒上的問題，包括認為先生冷漠、想家、想哭、睡不著、寂寞、焦慮、後悔……等。當媽媽的有情緒問題，致使家庭內部關係紛擾，孩子受其影響，似乎較會有負面行為的發生；等到這群新臺灣之子長大成人，又將成為社會問題的製造者。

再說，跨國聯姻的本國男子本身教育程度都不高，新移民女性的學歷更是參差不齊，即使少數學歷高的也不會說中文；待其子女進入學齡階段後，子女開始接受教育而與母親的差異更大，子女也將會面臨到認同問題。母親因文化差異、文化被壓抑而不能認同臺灣，小孩也可能因為受到母親的影響，對臺灣產生認同問題。因而造成孩子在學校不能融入學校生活，也可能遭受其他學童拒絕、排斥，缺少了同儕的互動而造成學習遲緩的現象。如同布赫迪厄（P.Bourdieu）的文化資本理論所說的：高社經地位家庭有較高程度文化資本的利用情形。階級地位不同，個體所具備的文化資本也不同。父母親所佔有的社會階級位置能提供其不同的文化資本及不同運用文化資本的程度，因而使其子女獲得教育之利也有不同，對其學業成就表現必然有異。（引自楊艾俐，2003）臺灣社會流動的情形已經不像三、四十年前，倘若缺乏對新臺灣之子的特別輔導，這些孩子有可能終身陷於貧窮的循環中，不斷複製其不利的社會地位。

為了幫助這群因婚姻關係而移民到臺灣的新移民女性，能對臺灣這塊土地產生心理上的認同是相當重要的。她們多數已在臺灣落地生根，組織家庭並生養自己的下一代，她們是否能完全融入臺灣這塊土地也深深影響著一個家庭的幸福和諧。所以臺灣的政府機關、民間團體都在積極開設各種教育班別提供協助，目的在於協助新移民女性更能適應臺灣的生活。這些教育班別的開設，確實提供新移民女性不少的幫助，讓她們覺得臺灣這塊土地上的人們很友善、很願意根留臺灣，對臺灣的文化、社會產生認同，對臺灣這個地方持高度評價。但是並不是所有的新移民女性都是一樣的想法，由於臺灣父權文化的助長，這群因婚姻移民的新移民女性儼然成為臺灣新興的弱勢族群。換句話說，這樣的婚姻移民已經成為一種符碼，而成為社會大眾予以污名化的目標，國人對她們的歧視行為不僅是針對性別、階級，也包含了對其種族的歧視。因為這種的不友善歧視，也使得這群新移民女性產生心理上的自卑，造成其心理認同上的危機，不喜歡這裡又要為了孩子勉強的留下來。

這樣的心理無奈，透過正規的補校識字教育只能提供新移民女性解決生活上的識字問題，是無法去探討到新移民女性內心層面的問題的。難道教會她們識字，解決她們生活上的不便，她們就自然而然會認同臺灣了嗎？讀報教育配合讀書會的方式推動是可以彌補這方面的缺憾的。讀報開啟了新移民女性的新視野，讀書會中小組成員的分享，讓她們彼此談心，大吐苦水後，自我修正負面想法，慢慢達成讓她們心理認同臺灣的目標，這是研究者深切想要的。如果她們一直像「失根的蘭花」一樣，人看似安定了，心卻一直在飄泊，是多令人不捨呀！強化新移民女性對這塊土地心理上的認同，不僅可以幫助新移民女性願意去適應在臺灣的新生活，也可以強化家庭教育的功能。一個對國家、社會不認同的母親，很難會教導孩子去認同國家、社會的。這群新臺灣之子長大後，缺乏認同感的危機，將對臺灣社會的族群對立問題更形惡化。如此嚴重的社會問題將由全民買單，所以對教育新移民女性增強心理認同的重要性，也是一個非常重要的議題。

2008 年 11 月 6 日，美國產生了第一位黑人總統。「改變已降臨美國！」在全球關注下，美國民眾攜手打破建國 232 年來的種族藩籬，選出史上第一位黑人總統歐巴馬（Barack Obama）。這位在選戰中主打「改變」主軸的非洲裔民主黨新手參議員，以 349 對 162 張選舉人票的壓倒性勝利，擊敗共和黨資深議員麥肯（John McCain），當選美國第 44 任總統。（蔡佳慧，2008）

歐巴馬出生於美國夏威夷的檀香山，父親老歐巴馬（Barack Obama Sr.）是肯亞黑人，母親安鄧漢（Ann Dunham）為出生在堪薩斯州的白人，父母是在夏威夷大學念書時相識結婚……這個消息研究者認為很適合作為讀書會中讀報的主題討論，於是印製了歐巴馬的生平大事記給成員閱讀，一方面可以讓新移民女性了解這位美國總統的生平事蹟及從政之路。因為美國在國際地位上屬於強國，任何舉動都牽動國際情勢的發展，讓新移民女性認識歐巴馬，對國際消息有更多一層的知曉，不是只有簡單知道他是美國的總統而已。另一方面歐巴馬的種族身分是一位黑人，這對在美國人口中，白人佔六成六，非裔僅佔一成三的人口結構而言，歐巴馬的勝選，顯示他獲各族群認同。歐巴馬的勝出，背後有很多的意涵，代表美國人想要從經濟的泥淖中逆轉的心態，更特別的是象徵美國「種族大熔爐」的稱號並非浪得虛名。只要是有能力，形象及操守端正，無論種族或膚色，黑人一樣有出頭天的機會。這對在臺灣總人口中也佔少數的新移民而言，歐巴馬的成功，也具有鼓舞的作用，只要肯努力，每個人都可以創造出自己的一片天。誠如 2004 年歐巴馬初次站上全國舞臺所喊出「希望！在困境中找希望，從不確定中找希望，大膽追逐希望吧！」的口號，讓這位「大膽追逐希望」的非裔美國人，傳奇般地挺進白宮。他的當選不只為美國政治寫下新頁，也為美國夢樹立最佳典範：只要努力不懈，任何人都能在此實踐理想。

心理學家艾瑞克森（E. Erikson）主張個人的心性發展是和社會發展同時發生的，個體出生後與社會環境接觸互動而成長，在個體與社會環境的互動中，一方面由於他的自我成長需求 希望從環境中獲得滿足；另一方面又不得不受到社會的要求與限制（遵守社會規範 VS.率性而為），使他在社會適應上產生一種心理困難，艾瑞克森稱這種心理困難為發展危機。（引自張春興，2007：130-134）艾瑞克森把人生全程的發展危機分為八個時期：

表 4-1-1　艾瑞克森理論的心理社會期
（引自張春興，2007：129）

期別	年齡	發展危機	發展順利者的心理特徵	發展障礙者的心理特徵
1	0-1 歲	信任 對不信任	對人信任，有安全感	面對新環境時會焦慮不安
2	1-3 歲	自主行動 對羞怯懷疑	能按社會要求表現目的性行為	缺乏信心，行動畏首畏尾
3	3-6 歲	自動自發 對退縮愧疚	主動好奇，行動有方向，開始有責任感	畏懼退縮，缺少自我價值感
4	6-青春期	勤奮進取 對自貶自卑	具有求學、做事、待人的基本能力	缺乏生活基本能力，充滿失敗感
5	青年期	自我統合 對角色混亂	有了明確的自我觀念與自我追尋的方向	生活無目的無方向，時而感到徬徨迷失
6	成年期	友愛親密 對孤癖疏離	與人相處有親密感	與社會疏離，時感寂寞孤獨

7	中年期	精力充沛 對頹廢遲滯	熱愛家庭關懷社會，有責任心有義務感	不關心別人與社會，缺少生活意義
8	老年期	完美無缺 對悲觀絕望	隨心所欲，安享餘年	悔恨舊事，徒呼負負

新移民女性的年齡大多介於 20 歲到 40 歲之間，正處於第六個時期的親密與孤離的發展中，這是屬於成年以後的社會發展，所以必須強化她們的支持網絡才能幫助她們度過此階段的發展危機。每一階段最佳的解決方式為發展出一正確的平衡點。當家人的支持網絡效果不彰時，人際的支持網絡更顯重要。新移民女性來補校讀書，主要動機是想認識國字，但有更多的原因是想來交些朋友，尤其是遇到「同鄉」時，思鄉之情可以從同儕的撫慰中得到紓解。每次補校下課休息時，就聽到嘰哩呱啦的吵雜聲，或笑或尖叫，也有的私下另闢角落密談……常常到了上課時間都欲罷不能，這也是研究者想為她們組讀書會的原因之一。透過讀書會主題式的意見討論、分享看法、溝通心得……讓她們知道自己其實並不孤單，周圍永遠有一群支持她們的朋友在關心著。因為閱讀而豐富人生，透過分享而使閱讀更開闊，一直是研究者對新移民女性組讀書會所意欲達成的目標。

在另一層面，研究者也注意到新移民女性母職角色的重要性，她們都身負傳宗接代的重責大任，往往來臺沒多久就懷孕生子，升格當了媽媽。在生命的早期，嬰兒發展的任務是獲得信任感。信任感讓人覺得世界是安全的，而個人的需要，也將會得到滿足。相對的，不信任感是覺得世界不安全、不可靠，也不值得信賴。而信任感，絕大部分是來自於兒童對父母親的「連結」或「依附」。依附和信任的建立，主要是由於父母的態度，以及他們表現出來的對孩子反應的接納程度。兒童發展專家特別強調依附的重要性，有一個更重要的理由——依附不只影響孩子的情緒發展，更對孩子日後的發展扮演決定性的角色。

出生大約八週左右的嬰孩，已經能分辨誰是他的媽媽，但在這之前，他會透過哭和笑來與眼前的每個人交流。出生八週後的孩子開始會比較常對著媽媽笑，一旦媽媽離開視線範圍，也會立刻不開心。6～8 個月大的孩子，開始對媽媽產生信賴與依附、會怕生、討厭與媽媽分開，這些都和孩子與媽媽之間的依附關係有關。在孩子 10～12 個月時，依附關係大致形成後，即使孩子正在玩，也會偶爾觀察一下媽媽的表情，好確定自己所處的狀況是不是安全。這時期的孩子將媽媽當做是一個探索世界的窗口、一個安全的基地，並漸漸發展自己的好奇心以及探索世界的動機。而這份安定的依附關係，在孩子滿兩歲之後，將成為他建立社會關係的基礎。令人遺憾的是，並不是所有孩子都能夠與媽媽形成這種安定的依附關係。透過孩子個別需要的敏銳關懷，以及在文化背景架構中給予個人可信賴的堅定形象，母親將使孩子產生一個信賴感。這點將形成孩子產生自我認同，以及達成別人期待的基礎。（玄順英，2008）而此階段所建立的信賴使得嬰兒願意讓母親走出視線範圍，因為母親已經成為內在的必然性及外在的可預測性，一旦信任與不信任達到了平衡後，孩子便會追求獨立。美國心理學家布魯姆（W. Bloom）透過研究指出，如果把人在 17 歲時測得的智商定為 100%，那麼其中 50%在 3 歲前發生，由此可見父母在對孩子進行早期教育時，抓住 3 歲前這一關鍵期十分重要。（引自張兵，2008）所以幫助新移民女性度過成年後的認同發展危機，不僅對新移民女性有重大的意義，更對新臺灣之子的人格與智力的發展有決定性的影響。

涂爾幹（E.Durkheim）認為，社會規範是透過某種心理機制，滲入一個羣體之內，使他們凝聚結合成為一個社會，有內聚力和集體意識。這種凝聚過程，使個人認同社會的集體意識，把集體的價值與身分內在化。「身分」概念與民族國家、民族主義或國民等概念產生緊密的關係。認同則被理解為「個人行為的動機是他對某個羣體組織的認同」。（引自郭少棠，2008）身分的形成，可以說是個人認同過程的產物。根據布魯姆（W. Bloom）的界定，認同理論相信為求取得心理上的安全感，每一個個人都有一股內在的衝動去「內在化」和認同他所處的環境的價值規範、習慣和重要人物的態度。簡單的說，個人需要尋找身分，此外每個人也有衝動去提高或保護他所作出的認同，或試圖主動地提高及保護他的身分。（引自郭少棠，2008）

現代人感到自我身分的複雜，正因為我們對自己的共同性和獨特性的認識愈來愈多元化；人的身分在多元化的趨勢下，便顯得含糊不清，因此也容易出現危機。究其原因，一方面是人的地位和價值不斷提升；另方面是社會組織與行為的發展趨向繁複，加深人對自我的醒覺。人對自我的醒覺往往存在於不同的層面，我們也可以從不同的角度來認識人的自覺。這些不同的層面和角度實際也反映出人跟生存的環境的各種關係。人很少離羣獨處，他的自覺也從個體的範圍擴展至社羣。他既自覺自己擁有持續的共同性和獨特性，同時也分擔社羣一些共同性和獨特性。文化可以界定成為社羣所持有的共同價值，分享的共同性質。價值包括道德範疇，共同性則包括價值和對價值的理解。傳統社會的價值觀比較單一，認同也比較簡單。現代社會趨向多元化，認同它相應地複雜。單一的認同比較穩定，認同也不會出現混亂。多元化的認同，本質上比較浮動、游離。現代人的身分危機，也由此而生。個人在不同的社會環境，因應不同的社會結構，產生不同的價值觀念，基於不同的價值觀，個人建立不同的身分。

社會結構之中最核心的是家庭，不可否認的是父母兄弟姊妹對個人的價值觀有深遠的影響，也是最原始與最基礎的。正規教育傳遞價值觀並協助、促進或塑造個人的成長，把個人從父母兄弟姊妹的核心單位，帶進一個更大的社會環境。家庭與學校是兩個最基本的社會化媒介，但二者並非經常能夠協調。例如社區、族群、街頭文化……可以形成不同的行為思想標準，形塑出更多元的文化。而當兩種文化間發生衝突時，自然就會產生認同危機。著名電影《夢斷城西》（West Side Story）的男女主角，身在兩個敵對的種族和街頭朋黨的陣營，個人愛情的認同與朋黨身分出現矛盾，結果造成悲劇。

現代化過程使社會結構趨向多元化和個體化，身分的形成更顯的千變萬化，每個人在一生的過程中都必需同時扮演很多的角色。新移民女性因「買賣婚姻」的污名化，遭受社會歧視，認為她們只是來臺的「淘金客」，或是臺灣社會問題的製造者，造成她們及其家人心理很受創傷。加上她們的先生多為臺灣的農工階級，或是身心障礙等的弱勢族群，因此在經濟方面也多需要她們工作養家，再加上年輕懷孕，心理尚未調適好就當了媽媽，家庭、工作兩頭忙，身心煎熬可想而知。為了能快速融入我們的生活環境以及能夠參與子女的教養工作，晚上又要花時間到補校學習識字，這樣的努力，也常因為大環境的不友善的而讓她們心力交瘁。在讀報活動中，研究者常蒐集一些正向、積極的小品文章，全班一起朗讀，就把自己當成故事中主角般地說出自己心裡的故事，以強化她們的心理認同。

有一次在讀書會中分享了走出家暴陰霾，印尼新娘組樂團的新聞。來到臺灣十年了，印尼原住民劉莎麗曾是個遭家暴的臺灣媳婦，她沒有逃回原鄉，反而花了六年時間走出陰影，還與喜愛音樂的同鄉組成 Bollo band 樂團，傳唱著故鄉的歌曲，紓解了南臺灣許多印尼外勞的鄉愁。在外勞仲介公司擔任翻譯，也曾是家暴受害者的印尼華僑許瑞麗是 Bollo band 的催生者，當年陪伴莎麗度過人生中最晦暗的歲月後，莎麗開始自食其力，當過看護、賣過便當及碗粿。一登上舞臺，莎麗血液中原住民能歌善舞的天性就自然流露。許瑞麗說很難想像她來臺的最初四年是「連睡覺都是睜一隻眼閉一隻眼」，害怕丈夫隨時會拳腳相向。Bollo band 的意思是「大家都是好朋友」，目前團員多達十五人，有人工作期滿返鄉，立即就有新人遞補，不必擔心因缺席而無法成團，就這樣靠著鄉親一棒接一棒的傳承，在印尼鄉親間建立口碑。（李義、林秀麗，2008）

朗讀完後，成員們都很欽佩劉莎麗勇敢面對生命的勇氣，其中一位來自印尼的成員希望能寫信去鼓勵她，傳遞溫暖的同胞愛，這種自發性的舉動，是研究者沒有預想到的。本來只是要她們學習文章中女主角堅毅的生命力，不要被環境打敗，只要自己不放棄，危機就是轉機。但是最後這位成員放棄了用中文書寫，而仍然使用印尼文，畢竟中文的書寫對識字不多的新移民女性還是有困難吧！幾次的讀書會下來，這群「大」學生們認為：她們會開始想去讀報，因為她們覺得讀比寫容易許多，而且遇到不會讀的字時還可以用前後文推測的辦法來猜一猜、或是忽略不管它。她們已經會開始去讀報了，而不會只依賴電視新聞的報導。生活中的活教材在每天的報紙中多的不可勝數，只要善加利用，在新移民女性的心中必定也能產生一些刺激，讓她們從讀報中學會自我引導的學習方式，研究的目的就算是達到了。

自我引導的學習方式在成人階段特別具有意義，因為成人在參與學習課程前已具有相當的社會經驗與先前的學習基礎。從建構論的觀點而言，成人較具備建構其知識的能力；即使這些成人學習者學歷不高，先前的生活歷練與專業背景仍然會是重要認知體系的基礎。再者，成人因有先前的經歷背景，所以同一班級裡不同成員的個別差異，不僅是智能或學習能力的差異，而且還有背景知識的差異；何況多年來的生活歷練，形成成人學習型態或認知型態的偏向。因此，成人的教學方式更需要個別化的適應，自我引導的學習方式也顯得更加重要。

第二節　融入社會塑造新公民上的重要性

近十多年來，因為婚姻移民的關係，臺灣新移民人數已經逐漸成為臺灣族群的一大區塊。新移民所衍生的相關問題包括文化認同、生活適應、就業問題、子女教養……均有賴中央各部會與地方政府的整合，提出完整的配套方案。因此，中央乃至地方政府本應該重視新移民學習體系的建立，規畫出有利於新移民的學習課程，以協助她們融入新環境，過更好的生活。但是目前政府所辦理的新移民教育，以識字教育為最主要的學習內容；此外以生活輔導適應、親子教養班等居多，偏重單一功能，缺乏多樣性。就社會教育和終身學習的觀點而言，這些課程的規畫明顯不足，政府方面也因為心有餘力不足而尚未有新的規畫，讓新移民的學習課程總是集中於識字教育，缺乏宏觀的視野，致使新移民的學習機會與選擇受限許多。

一般而言，新移民女性普遍存在的最初問題就是語言與識字能力的障礙。來臺之初，由於語言隔閡、民間生活習俗的不同，加上認識的人少，人際網路狹窄，欠缺了精神與情緒方面的支持，而成為社會邊緣人，和臺灣的社會顯得格格不入；加上經濟情況較困乏，導致社會適應不佳。我們都知道，跨國婚姻的形成主因，對男方而言，多數是為了延續後代，多數比例的本地男性在不易尋得適婚對象的情況下，才遠赴國外或透過仲介聘娶新移民女姓。根據研究指出，迎娶新移民女性的臺灣男性，約略有以下的背景：教育程度普遍較低、結婚年齡較高、較低的家庭收入、中下階層的職業、婚前認識時間短、婚後快速生育子女。（鍾重發，2004）而東南亞的女性會遠嫁他鄉的動機許多是以經濟因素為考量，面對社會存有「買賣婚姻」的刻板印象，加上語言及生活習慣的差異，一旦面臨經濟支持不順利，常會造成社會適應困難的問題。實證調查也發現跨國婚姻常因婚前缺乏認識與感情基礎，短期內基於經濟因素，暫時被當事人隱忍忽略，但長期的婚姻共處及在家庭所生的效應，則需社會給予輔導與關懷。臺灣迎娶外籍人士為配偶存有市場「供需」的買方與賣方的不平等關係，雙方在不平等的條件之下，日後的教育、生活與社會問題將會更多。（張芳全，2004）尤其許多老夫少妻的配對，當事人對婚姻與家庭的經營必須付出比一般人更多的努力。在親職教育方面，由於新移民女性不諳華語，所以能提供給子女的教育資源也較匱乏，致使這群新臺灣之子成為影響提升臺灣人口素質的代罪羔羊，顯示我們社會對新移民女性的誤解頗深。由此更可知新移民女性的處境實在需要我們的社會給予更多的關懷與幫助。

說實話，研究者和新移民女性接觸的這幾年來，很佩服她們生命的韌性。當初，不論是為什麼原因嫁來臺灣，嫁來臺灣後並非公主與王子從此就過著幸福與快樂的生活了，她們努力調整原有的期待來當個好媳婦，她們平時所面臨的生活難題，常常不是我們可以想像的，她們要付出加倍的努力才能慢慢獲得家人的認同。來補校讀書，是她們覺得能融入臺灣社會最快的辦法；但有幸出來讀書的人也只佔新移民女性人口的一小部份而已，其他無法來讀書的新移民女姓，仍然只能用她們自己摸索出來的方式來慢慢融入臺灣社會，辛苦的程度可想而知。而能出來讀書的人，也不見得輕鬆，常常是下班後買個便當就來了，下課回到家，還要繼續整理家務，十一、二點才睡的比比皆是。白天忙於工作、晚上忙於課業、回家後還要忙於家務，僅能利用零碎時間完成老師交待的功課，付出的努力要比土生土長的臺灣人還要加倍；她們求的就是在這塊讓她們安身立命的土地上，真正融入，成為這裡的一份子。

教了三年的成人補校，研究者也從教學摸索中了解新移民女性來讀書想要的就是識字。成人教學的班級跟一般未成年學生的中小學班級最大的不同，除了智能上的個別差異外，成人班級上有豐富的生活經驗及學習動機明確方面的差異。成人的自我認同與生活目標較成長中的兒童明確，知道自己為何要學？想學習些什麼？多數成人學習活動也都自發主動。所以成人教育必須有另一套教學方法來配合；更何況現代傳播資訊科技的日新月異，對成人教學方式帶來必然的衝擊。與其視而不見，不如就納入教學體系中，從每天都會看到的報紙著手，報紙必能成為新移民女性融入臺灣社會的好幫手。她們既然已經在此地生活，成為中華民國的國民，該如何善盡國民的義務、享受國民的權利，她們都已經不能置身事外；一位好公民要負的責任與義務，她們應該是要知道的。

雖然新移民女性常是為了追求更好的生活，或是希望自己或家人的生活更美好而離鄉背景來到臺灣。然而，什麼是生活？對凡夫俗子的我們而言，生活也不是只有自己本身那麼簡單。看看周遭，我們所以成為我們，乃是藉著周遭的人事物，來界定我們的地位與角色，來確定生活的意義與樂趣，所以我們會是某人的母親、女兒，也是某些人的同學、朋友。而某個街道所以會成為我們的記憶，乃是因為它曾經是我們每日上班必經的路；某個商店對我們而言是那麼熟稔熱情，因為它曾是供應我們日常用品與打發時間和約會場所。這些林林總總、好好壞壞的瑣碎事物，就是構成我們每一個人生活中不可或缺的成分。拋棄了這些，我們就不曉得自己是誰，我們的生活也就不成為生活。換句話說，唯有透過你我他的人際互動，並加上對周遭人事物的經歷與記憶，我們才能形成生活，也才能成就生命中一切的美好感覺。

然而，有很多新移民女性卻忘了這一點，以為只要自己的身體離開了母國，到了另一個更理想的國度，就可以很自然的擁有更理想的生活。殊不知，除非能在另一國度中，尋覓到可與自己發生密切關係的人事物，並且真正的認同那個社會的一切，否則生命就會像脫水的食物般缺乏活生生的韻味，而且心靈飄飄蕩蕩不知止於何處。就以那些已經能融入當地社會的親友而言，他們可以觀看著當地的電視喜劇而哈哈大笑，也會對政府某項社會措施而抱怨連連，母國的一切都被慢慢遺忘了。無論如何，新國度的一切已經影響著她們所有的生活層面，或喜或悲她們都已經與當地社會連成一體了，自然而然的也已經成為社會的一份子了。

其實新移民女性的移民選擇，都是一種個人的自由意志，無所謂對與錯、好與壞。只是當她們在考慮移民後，臺灣社會給予了多少的友善關懷，讓她們也可以在這裡找到生命中相同的記憶。其實，移民是需要極大的勇氣的，移民的人除了要適應新的環境外，還要移走那些會讓你魂牽夢繫的生活環境與萬般瑣碎的記憶，這是一件極為痛苦與不可能的事。所以我們的社會是否該多花點心思去了解她們，甚至多關心她們並試著去幫助她們？是移民？還是移命？想想新移民女性的處境，面對婚姻生活適應、婚後生育及母職角色的扮演、文化認同等問題，同時還必須面對種族歧視、階級剝奪、性別壓迫、刻板印象的不利現實環境；如此惡劣的生活處境和無形壓力，我們能為她們多做一點什麼嗎？

臺灣社會有一種很嚴重的「社會病理觀」的文化觀點，認為新移民女性多來自落後國家，她們的文化是一種落後文化，因此要她們放棄本身的文化來適應臺灣主流社會的需求。但試問：去主體、去歷史化後的新移民女性文化，真的就能融入臺灣社會當中嗎？一個失去自己文化的母親，如何能認同自己在臺灣社會的價值？又會拿什麼態度來教育未來的「臺灣之子」？除了教她們識字外，應該要有更宏觀的視野，藉由讀報教育，讓她們能多擴充些社會知識，讓她們能從報紙的報導中找到相同的記憶，用尊重的態度，讓她們不受壓抑的認同這塊土地上的人、事、物，早日融入社會，成為一位現代的新公民，一反歧視她們的不友善對待，因為她們的努力，讓臺灣人民敞開心胸接納她們！

依據教育部普通高級中學公民與社會課程暫行綱要的教學目標是在於提升學生具備適應現代社會生活應有的公民資質，使其成為健全的現代公民、優質公民，所欲達成的目標如下：

（一）充實了解現代社會現象的公民知識和現實感。

（二）提升適應現代社會生活的公民德行和關懷心。

（三）增進現代社會生活的公民參與能力和未來觀。

並希望學生學習後能培養的核心能力如下：

（一）了解心理、社會、文化、教育、倫理、法律、政治、經濟以及環境等社會科學領域相關的知識。

（二）提升對於個人、人際、社區、制度、國家以及全球等現代社會範疇互動應具有的公民素養。

（三）增進對人與己、人與人、人與社會、人與國家、人與自然以及人與世界等相關問題的解決能力。

（四）培養對自我的肯定、對鄉土的關懷、對國家的認同並具有地球村的意識。

（五）建立正確的生命觀、人生觀、道德觀、價值觀、國際觀和永續發展理理念。（教育部，2004）

參考了教育部的普通高級中學公民與社會課程暫行綱要後，在讀報教材的編選方面，研究者應該要注意的是：

（一）編寫教材時，應注意與國民中小學九年一貫課程的銜接，並注意教材內容應具時代性與前瞻性。

（二）教材內容的編寫應結合臺灣現實的社會脈動，從個人、家庭、社區、國家到國際社會等各不同的層次出發，在塑造新公民的基礎上，結合現實社會生活的素材為知識探討的起點，以培養學生的現實感，並學習解決現實生活可能遭遇的問題。

（三）教材的編寫應採多元化的理論觀點，避免單一觀點，以利學生發展多元的思考角度。

（四）教材的編寫應兼顧不同社群、族群的需求，提供所需的教材內容。

（五）教材的編寫宜注意和人的生存、生活、生命相關，多方納入有關生命教育、人權教育、法治教育、性別教育、環境教育、消費者保護教育、多元文化、生涯規畫、永續發展等相關議題的探討、思辨與關懷。

翻開國內每天出刊的各家報紙，資訊多元廣泛，令人眼花撩亂，倘若真的要仔細研究各大報的新聞，每天花上一個上午的時間也不夠。由於研究者白天仍有教學工作要執行，只能依據自己的教學經驗，選擇適合新移民女性閱讀的報導，以利她們融入社會、符合我們社會上好公民的素養，盡該盡的義務、享應有的權利，成為道地的臺灣新公民。一份報紙可以讓退休的老人，獲得一天的精神糧食，一份報紙可消除上班族一天的疲累，看報紙是一件很快樂的事！俗話說：「秀才不出門，能知天下事。」相同的一份好的報紙也可以擴展學生的生活視野，增加學生學習的廣度，當然也可以提升學生的語文能力，運用報紙每日提供的最新素材，養成學生天天閱讀的習慣；尤其報紙上有許多面向的資訊，能夠彌補教科書內容的不足，而且報紙上的各類新聞時事，可以刺激學生思辨能力，進而提升學生的公民素養。

現在平面媒體沒人看，新移民女性的讀報行為，也能影響孩子養成閱讀習慣，從小會看報紙，長大後就會習慣閱讀很多報紙。國內閱讀報紙的人口越來越少，對國民素質、社會文化發展有負面影響。面對國際社會，培育具有寬廣視野的現代國民與世界公民，是教育的重要目的；面對全球化，建立學生寬廣的國際公民視野及思辨的知能，培養具有普世價值的世界公民素養益顯重要。讀報教育課程內涵相當廣，包括心理、社會、文化、教育、倫理、法律、政治、經濟等社會科學領域基本知識，政治學、社會學、經濟學、法律學等範疇。推動「讀報教育」的目的，是希望能透過多元素材的閱讀，深化學生閱讀習慣，涵養認知時事、社會關懷等素養，培育會思考、會生活、會創造的現代公民，進而成為一位受歡迎的優質公民。

為了讓讀報教育能在新移民女性身上發生效用，研究者以能引起她們興趣的報導為首選，經過實際訪談後得知，她們很希望能知道母國的訊息與新移民女性有相關的報導，出發的角度多以自己為主，比較缺乏想要了解這塊土地上的人事物，涉及的面向過於狹隘。於是一方面要滿足她們的需求，另一方面也要達到研究者的教學目的，開始時先用報紙上有關新移民女性的新聞來作介紹，比如說：先自行閱讀新聞內容，透過範讀、試讀、講解、提問、討論、回答、朗讀等一系列的教學活動，讓她們熟悉生字、掌握詞，她們才能逐步掌握字詞的運用和字詞句的關係；隔週上課時請自願者上臺朗讀、糾正她們容易讀錯的音，如聲母中ㄉ、ㄋ、ㄓ、ㄔ、ㄕ、ㄖ、ㄗ、ㄘ、ㄙ和韻母ㄣ、ㄥ的發音，對她們來說就很困難，而調號的讀法第四聲也常會念成第一聲。這在每次朗讀活動完成時，也會請成員彼此給予回饋，相互切磋，讓她們從同儕的互動中，領略朗讀的美好，加強自信心。

在讀報互動中，討論教學法是研究者比較常用的。討論法是一種由團體的每一成員共同參與的活動，它不像講述法只由教師獨自扮演教學的角色。在討論法中，教師與學生共同就某一主題進行探討，以尋求答案或能為多數成員所接受的意見。因此，在討論的過程中，所有成員的不同意見可以充分溝通；而在討論的過程中成員更能針對問題仔細思考，提出不同的答案，有助於思考能力和價值判斷能力的發展。此外，在討論之中，成員也有機會養成接受不同觀點和意見的胸襟，這種經驗對於民主社會中未來公民的養成頗具價值。

討論教學法是能讓每一名學生共同參與討論的一種教學方式。討論過程中師生就既定的議題進行思辨性的探討，在熱烈的討論與意見分享中，團體成員將會更投入於所學概念與知識的探究。

因此許多相關研究指出此教學法如適當地運用，除了可達成預定的教學目標、培養獨立思考能力，還與技能訓練、態度養成、人格發展、社會調適及價值澄清有關。（王財印、吳百祿、周新富，2004）採用此教學法時，教學氣氛必須自由、開放、生動與活潑，老師且須具備精熟的發問、溝通、討論與課堂管理的知能，討論歷程中教師宜提出開放性的問題，來促進全體的學生熱烈的參與討論。

現在以 2008 年 11 月 2 日聯合報 C2 版的一篇報導〈外配演講賽，談公婆深情飆淚〉為例。（陳崑福，2008）主要內容是越南女子黃氏錦翠參加萬丹采風社舉辦的外配演講比賽時，說到公婆對待她像自己的女兒，讓她努力學臺語，想和公婆溝通。五年前婆婆不幸罹患重病，讓她很擔心，萬一婆婆走了，公公該怎麼辦？講到傷心處，不禁熱淚盈眶，感動了在場的所有人。以這篇作為教學素材，主要原因是內容淺顯易懂，主角又是新移民女性，很能夠引起共鳴。經過先默讀圈出不懂的字和不會唸的字，在範讀、試讀、講解後，再由大家提問，以下記錄她們的發表的內容：

S1：我很想自己也能有個好婆婆、好公公，像這個人一樣。

S2：我幸好沒跟公婆住在一起，我不喜歡她們會管我，很不自由。

S3：我的公公已經死了，只剩下婆婆，她會幫我看孩子，我比較輕鬆。

S4：我覺得我的婆婆對我很兇，常常會罵我，我有時候會哭，很想念自己在越南的母親，想打電話跟她訴苦，又怕她擔心；跟老公說，他又叫我要忍耐，有時我會很後悔嫁來臺灣，連說話的人都沒有。（發表 S1、S2、S3、S4 摘 2008.11.04）

接下來就是大家一陣的安慰，用自己的經驗來開導這位成員。這位成員也一直訴說自己嫁來臺灣的種種不適應，彷彿是有了生命的出口，愁容也慢慢轉緩了。雖然這不是研究者預期的討論內容，但是讀書會的可貴之處就是成員之間互相扶持的情誼，如果只是一味的傳遞知識，少了以人為本的尊重，這樣的讀書會也太缺少人情味。只是該如何讓她們適可而止，可就考驗著研究者的帶領功力了。當時研究者只在旁觀察，聽著她們的討論內容，仍圍繞著公公、婆婆的好壞，離研究者想傳達的中國孝道的精神相差甚遠；為了不破壞她們的興致，只好也一直當個聽眾，順便聽聽公婆在她們心中的地位。想來她們也太融入臺灣社會了，和許多臺灣女性一樣，希望婚後能擁有兩人世界，都不想和公婆同住。反觀這篇報導的女主角，談到生病的婆婆時會激動落淚，不捨婆婆的病苦和擔憂婆婆不幸辭世後公公的孤單。這種傳統的孝道美德，在現今的社會已少見了。由於現代人生活忙碌，一人身兼數職，許多人早已無暇去關心長者，這位外籍配偶的真情流露訴說著自己對公婆的愛，是很值得讓人學習的。於是研究者要在下次讀書會時，具備精熟的發問、溝通、討論與課堂管理的知能，在討論歷程中提出開放性的問題，促進全體的學生熱烈的參與討論，不要一直都是讓她們自由自在的談天說地。

隨著鐘聲的響起，終於能自然停止她們的隨性討論。幾次讀書會的討論下來，研究者終於發現，每次的讀書會與其說是討論教學還不如說是聊天比較貼切，雖然聊天也是一種訊息的交換，但是這與教學目標差距甚多。研究者原本想當旁觀者，希望她們透過團體的運作討論來產生要學的知識，這比只使用單一的講述法，直接告知她們會來的印象深刻。可惜實施幾次後，效果不佳。有時她們會自然使用家鄉話對談，對研究者而言，彷彿成了局外人，只能笑著說：老師也想知道你們在說什麼。她們總是笑而不答，讓研究者也摸不著頭緒，只能無奈的苦笑。（教札 T1 摘 2008.11.04）

討論教學法一直未受重視的原因，也是因為討論教學法需要學生有比較多的背景知識，所以不容易作深度的討論；另一方面，討論教學法的好處是教師可藉為指導學生說話的技巧，並隨時注意學生發言是否偏離主題太遠。研究者自我反省，因為對新移民女性並未做過如何提問的教學，想要她們能切中文章的中心議題提問討論，實在是強人所難。於是接著還是以研究者為主導，由研究者設計提問，讓她們有主題的討論下去。

對於這則新聞，研究者想讓新移民女性學習的教學目標有兩點：

第一，能見賢思齊，學習報導中的女主角疼惜公婆的孝心。孝道是一個人做人的基本，慈濟證嚴法師也常說：「世上有兩件事情不能等，一是行孝，二是行善。」（釋證嚴，1991）倘若新移民女性不能知孝道、明倫理，那麼要建立美滿和諧的家庭就會困難重重。倘若她們做不到孝順公婆，必定難立足於鄰里之間，也稱不上是一位受人歡迎的新公民；況且她們的行為一直被我們國人用放大鏡來檢視，更應該潔身自愛，用好的行為表現來破除媒體「污名化」的報導。

第二，學習女主角自我突破的精神，勇於將受挑戰，把握每個能夠成長的機會，每一次的付出都能有一次的收穫，這些人生經驗都將累積自己的社會閱歷，對於及早融入臺灣社會將會有很大的助益。

雖然如此，大多時候在討論教學的課堂中，研究者是整個討論過程的主持人，除非必要，不然應儘量少發言，把機會讓給成員；不但如此，成員間還應保持認真、接納、鼓勵與中立的態度，尊重他人的意見，不固執，並能保障他人隱私。如此一來，透過既定議題的討論與分享，教學過程將會變得生動、活潑，學生能更深入了解議題的內涵，對於獨立思考、自我概念及自我察覺的養成相當有助益。隨時讓溝通的管道保持流暢，確實傾聽別人所說的話，並且讓每位成員都能有發言的機會，不要將發言權只集中於少數人的身上。

研究者用 5W1H 設計問題，因為真實又有故事性的新聞，對新移民女性一定會有吸引力。但是每每在讀過、聽過之後，她們到底吸收了多少？當研究者請她們再複述一次時，往往就沒那麼順利了。常常說得支支吾吾或是斷斷續續。因此，研究者參考了《讀報教育指南——語文篇》的設計。藉由拉雅德・吉普林（Rudyard Kipling）於 1902 年提出的「5W1H」閱讀法來強化閱讀新聞的理念，並付諸實行於研究者的讀報互動中。（國語日報社，2008：60-65）

教學過程中，研究者依據維高斯基・芮什爾斯（Vygostky Resources）的社會認知理論中的「鷹架理論」設計分成示範期、引導期及獨立期三階段。「鷹架理論」是指個人的認知發展與後設認知技巧，是可以經由他人的社會層次與語言層次的互動而增進，這個理論在社會建構理論中是相當重要的。他認為學生同儕間互相的學習就如同鷹架一般可以促進介於「實際已發展的能力區」與「有待開發的潛能區」的「可能發展區」的發展。「鷹架理論」的重要特質有：鷹架是為了確保一個教學活動成功的暫時支撐；鷹架是可以延伸（跨學科）且可以用於學習者與其環境之互動上；一旦確定學生可獨立學習就應及時移除鷹架。〔Berk & Winsler（柏克、威斯樂），1998〕

一、示範期

如果一開始就生硬的介紹 5W1H，一定會令學生興趣缺缺。因此，研究者先將這篇報導〈外配演講賽，談公婆深情飆淚〉示範找出故事中的 Who（人）、When（時）、Where（地）、What（事）、Why（為什麼）和 How（發生經過）的問題，有時也邀請她們一起回答。

二、引導期：

首先，將學生分組，約 2～3 人一組，接著，把〈比爾蓋茲退休，投身公益〉的新聞發給各組。(《國語日報》2008）利用 5W1H 的學習單，讓她們一起討論並練習找出 5W1H。倘若有人不懂，研究者會藉由同組討論或再個別指導以釐清疑惑。每組都完成後，再帶領全班一起檢討答案，並分析比較各組的解答是否相同，或是哪一組的回答最清楚完備。最後再以剛才大家共同性的問題作解說，以加深印象。

表 4-2-1　5W1H 學習單

1. Who（人）：主角是誰？	比爾蓋茲
2. When（時）：發生的時間？	2008/06/27
3. Where（地）：發生的地點？	美國
4. What（事）：他做了什麼？	比爾蓋茲將 1.76 兆的財產，全部捐給名下的基金會，行善助人。
5. Why（為什麼）：他為什麼要這樣做？	比爾蓋茲和妻子都熱心於慈善事業，投身公益、不落人後。雖育有三名子女，但不留財產給他們，而以全球的社會公益為先。
6. How（發生經過）：事件發生的經過？	1. 曾名列全球首富十三年的比爾蓋茲於 2008 年 6 月 27 日引退。 2. 他將 1.76 兆的財產，全部捐給名下的基金會，行善助人，不留財產給三名子女。 3. 比爾蓋茲退休後，仍將繼續擔任微軟公司董事長，每週上班一天，其他時間做公益。

三、獨立期：

最後再發給學生每人一張學習單，其中有一則新聞和關於那則新聞的 5W1H 的問題，請每個學生獨立作答，並一起檢討答案。對於還有困難的學生，研究者再協助指導或補救教學。

以「鷹架理論」帶領學生踏實的學習，不但能協助學生對所閱讀的新聞作有規則的整理及分析，並且能結合說話及心得寫作課程，明顯增進學生的表達能力，讓以前漫無目標的談天說地有了比較明確可依循的方向。經過這次的讀報互動教學後，她們在討論活動時，開始會花腦筋思考，知道要去思辨新聞、解析新聞。

以下摘要對這篇報導成員的發表內容：

S2：我覺得比爾蓋茲的做法值得我們學習，雖然我還是會把我的錢留給我的孩子，但是等我將來有時間我也會想去服務社會。（發表 S2 摘 2008.11.11）

S5：比爾蓋茲很捨得捐這麼多錢，我覺得他很偉大。而且他要做的是全球的公益，不是指有限於美國一個國家。像我知道臺灣也有一個慈濟，我婆婆都會去他們的資源回收場做環保，他們環保賣的錢也是要幫助全球的人。（發表 S5 摘 2008.11.11）

S8：最近的電視新聞我都有看到臺灣首富王永慶死掉的新聞，那時上班的同事跟我說王永慶就像是美國的比爾蓋茲，我聽不懂，現在我才知道就是他們都是有錢的人，以後有人說比爾蓋茲時我就會聽懂了。（發表 S8 摘 2008.11.11）

S4：我也想有錢一點（此時大家發出一陣笑聲），我要更努力工作來讓我們家好過一點。（聽了很讓人鼻酸，因為 4 號同學要背負全家的經濟重擔又得不到婆婆的喜愛）（發表 S4 摘 2008.11.11）

這一次的討論除了 S4 同學比較從個人角度出發外，其他三位同學都有很精闢的見解；尤其 S5 同學竟能把聽到的慈濟作連結，讓其他同學也知道臺灣社會中的行善團體，無形中也擴展了她們的社會知識，這些好處都不是依照制式化的教科書來教學可以辦到的。新移民女性既然已經成為了我們的國民，將來有能力的時候，對社會公益也應該要有所回饋。現在取之於社會，將來也能用之於社會，是研究者想藉這篇報導傳達的中心思想。這樣的教學，相信對於將來要進行的心得寫作教學也是一大助力；經過這樣的過程，到時她們應該會知道寫文章要言之有物，研究者對她們深具信心。（教札 T1 摘 2008.11.11）

第三節　參與文化運作繁衍上的重要性

臺灣社會近十年來透過婚姻移民的新移民新娘已經增加到 42 萬人。（內政部，2009）國際聯姻促使臺灣多元文化社會的形成，新移民女性她們在海外展開新的生命歷程，融入新的臺灣社會文化。跨國婚姻移民所面臨的問題不只是識字與否的問題，而是文化內蘊的價值而產生的困擾或認知與情緒的衝突等問題，才是左右她們適應的關鍵。跨國婚姻由於雙方了解不足，加上文化差異，容易導致諸如生活適應不良、婚姻基礎薄弱、家庭暴力、子女教養等種種社會問題。面對這群逐漸龐大的族群，研究者是否已經具備多元文化的觀點來貼近、理解她們，協助她們融入臺灣社會的同時，也能找尋自我力量、建立自我認同？

新女性移民在社會、經濟、文化上，常常屬於弱勢族群的一員，但這不是因為她們的無能、不求上進。造成她們的弱勢，是因為東南亞國家政治經濟發展所致，包括：自二次大戰迄〇年代經常處於戰爭、政爭狀態，加上西方資本主義無孔不入的剝削利用，所導致的這些國家的貧窮與不穩定。新移民女性的勇氣與毅力，是十分令人敬佩的。設身處地想看看，如果換成我們自己一個人要嫁到國外去，面對一個陌生的文化、不熟悉的語言、全新的家庭關係，我們敢嗎？研究者絕對沒有這樣的勇氣。

新移民女性因婚姻來到臺灣，為了獲得家人與社會的認同，她們不得不加緊腳步，學習適應臺灣的語言與文化，卻往往令她們感到吃力。但有多少屬於她們原有的母國文化及社會脈絡是我們願意去了解的？新移民女性也將面臨臺灣文化及本國文化不同的衝擊，在社會不斷轉變的今天，面對臺灣多元族群融合的社會，拓展國人及新移民女性多元文化觀點已是刻不容緩的議題。讀報互動能提供不同文化脈絡的思維並增進不同領域的新知，期盼從多元文化的社會脈絡中，讓新移民了解臺灣的文化背景，進而習得處遇技巧，以提升生活適應的能力，早日融入臺灣社會，達成日久他鄉即故鄉的願景。

針對新移民女性的處境，媒體的報導助長了新移民女性受到污名化的過程，就養育、婚姻與生活壓力等面向，是真實的現象？抑或是社會建構？社會大眾常以偏概全，並且將新移民女性形象負面的呈現，導致在孩童健康與母親自身健康的統計數字上，出現病理污名的現象。每次只要是報紙有對新移民女性歧視的報導，她們都忿忿不平，會覺得媒體總是拿著放大鏡在檢視她們的行為。為了要破除污名（弱勢）化的迷思，研究者要新移民女性先從對自我的定義去省思，並要她們自立自強，並告知她們現今臺灣社會缺乏多元文化的觀點，也應對國人再行教育，建立正確的觀念與健康的心態，接納他國文化洗禮，才能進一步讓她們去除污名化。她們都很認同此說法，讓臺灣能成為適合新移民居住的環境，期待臺灣的社會文化有了新移民的加入而更多元。

從讀報互動的讀書會中可以探究許多社會議題，隨著工作環境的變遷及婚姻關係的連繫，臺灣的新移民女性人口逐漸增長，這些離鄉背景對臺灣有著憧憬的姊妹們，如何適應這初來乍到的陌生環境，藉由讀報，可以幫助新移民女性透過閱讀學習如何調適心態，以融入臺灣的生活文化。報紙上多元文化的報導，透過教學活動，教學者與學習者將會了解：移民帶來更豐富多元的價值觀與生活形態，可以讓「臺灣人」的定義更豐富，讓「臺灣精神」更充滿生機。尤其許多來自東南亞地區的新移民女姓，讓住在臺灣的居民，有著學習不同語言的機會，可以體驗不同的服裝、節慶與生活方式，這是多麼可貴的資產！臺灣人民應該學習了解文化的可變性，不該把「傳統」當作不變的元素，竭誠歡迎移民帶來的新成分。

「新住民家庭」應該打破由新移民單方面學習臺灣文化的觀念，以將心比心的態度，主動學習新住民的語言與文化，不僅體現新住民家庭學習外籍文化的重要，更為彼此創造和諧的家庭環境。多數臺灣男性都不願意讓自己的配偶再接受教育，卻又將孩子發展遲緩的責任，推卸到新移民女性的身上，這對她們是很不公平的。研究者將讀報互動帶進教學場域，就是希望提升新移民女性對於自我的認識、尋回自己，並充實精神內涵，肯定自我的價值，從文化層面生根。

另一方面，政府在多元文化上的政策與作法的努力也還不夠，還有我們國民的多元文化素養也有待提升，因此新住民文化仍未受到應有的尊重。有鑑於此，希望透過教育的方式，今後無論是政府或全體國人，都應從局內人的觀點，來充分地尊重新住民文化與其他文化之間的差異，而且不但不把這些差異當作負載，甚至應視其為文化的特色與資產。其次，實施多元文化教育，並落實於日常生活之中，使國人都能了解尊重多元與包容差異文化觀的重要性。這樣的轉變，都應以歡迎新住民的多元文化背景為準繩，並且積極提供新住民適應臺灣社會的機制（如語言學習），甚至致力於讓既有國民有機會去向外國人學習。為了讓臺灣的下一代適應多元文化的環境，如果能從國中、小學的營養午餐，讓學生嘗試體驗不同國家的菜色、節慶活動，而非單方面透過強制教育及考試讓新住民適應臺灣文化，才能打造更具國際觀的臺灣社會。

在臺灣的社會文化中，仍然有許多新移民女性的丈夫認為新移民女性必須要像在母國生活一般，不僅須對家庭犧牲奉獻，更要服從家人；而他們對新移民女性的錯誤觀念，更顯示出新移民女性丈夫須接受新住民文化教育的迫切性與必要性。雙方對文化的詮釋方式不同，難免會產生差異與誤會，往往迫使新移民女性放棄自己原生家庭的價值。現今新住民家庭常因雙方文化差異而產生衝突，倘若新住民家庭能主動學習對方的文化，不僅能讓家庭更趨和諧，也能創造出臺灣的多元文化。多元文化強調不同的文化各有其獨特性，思考多元文化潮流的問題，並非只是單獨性問題或事件，而是具有代表人類生存發展普遍性、一體化的特徵和現象。實質上，多元文化問題本身超越各國社會制度的差異性和意識型態的分歧性，彼此之間不但具有內在結構化的聯繫，同時互相依賴，而且外部之間形成不可分割的系統。

多元文化教育在歐美地區發展的時間已逾四十多年。1960 年代，美國各地掀起了一股「民族振興運動」及「民權運動」，訴求反抗優勢團體的宰制、主流文化的霸權，要求正視多元文化的實際，以解決少數民族文化潰散、制度壓迫及機會不均等的問題。其後至 1980 年代，多元文化教育黑白種族衝突主題，延伸對所有弱勢團體的關懷。至二十世紀後半葉，全球普遍出現的社會現象漸由一元走向多元的文化型態，少數族群或弱勢團體也發出需要被重視與尊重的聲音，這表示現在西方出現另一股後現代主義的思潮，隨著這一股風潮，臺灣社會也開始提倡多元文化的重要（謝幸芳，2001）。

「多元文化教育」意指學校提供學生各種機會，讓學生了解各種不同族群的文化內涵，培養學生欣賞其他族群文化的積極態度，避免種族的衝突與對立的一種教育。國內學者江雪齡將多元文化教育定義如下：

（一）多元文化是一種教育哲學，此種哲學植基於所有教育系統都要將文化的多歧概念當作基本的考量。

（二）多元文化教育關懷及代表全體國民，它並不是用來安撫少數族群，它是一種好的教學法。

（三）多元文化教育涵蓋了所有的科目。

（四）多元文化教育不只關切教師如何教，也包含教師教的內容。

（五）多元文化教育應被視為每一個學生對他們的受教育的經驗感到正向及良好，哪怕他們曾耳聞有關於族群負面的事情。

（六）多元文化教育鼓勵團結，卻不一定人人都一樣。

（七）多元文化教育對任何人都是重要的。

（八）多元文化的教育目標是再創造一個較美好的民主社會。

（九）多元文化教育是一個過程，因此必須發展出整體系統。（江雪齡，1996）

我國自 1987 年政治解嚴後，除了少數族群及弱勢團體不斷發聲以爭取更合理的對待外，社會的進步也使傳統一元中心的思考受到質疑，多元文化教育也受到國內外許多因素的推波助瀾下逐漸興起。「多元文化教育」可說是多元文化社會下的產物，它希望藉由教育的力量，肯定文化多樣性的價值，尊重文化多樣性下的人權，增加人民選擇生活方式的可能性，進而促進社會正義與公平機會的實現。（劉美慧、陳麗華，2000）

在行政院教育改革審議委員會提出的總諮議報告書中，指出「多元文化教育的理念，在於肯定人的價值，重視個人潛能的發展，使每個人不但珍惜自己族群的文化，也能欣賞並重視各族群文化與世界不同的文化。在社會正義的原則下，對於不同性別、弱勢族群、或身心障礙者的教育需求，應予以特別的考量，協助其發展。」（行政院教育改革審議委員會，1996）明白揭示了我國政府對於多元文化教育的理念、目標與實踐的原則。換句話說，「多元文化教育」是一種教育改革的理念和教育改革運動，透過持續不斷的課程改革和其他教育改革途徑，教導學生熟悉自己的文化，能夠自尊自信，教導學生去理解和欣賞其他文化，養成積極對待其他文化，消除各種偏見和歧見，使每個學生都具有同等的學習機會，都能體驗成功的學習經驗，使族群之間的關係和諧，促進人類共存共榮，達成世界一家的理想。

世界上有著許多不同的國家，隨著交通建設的發達，縮短了國與國之間的距離，透過彼此往來交流，使我們生活中充斥著許多外國的文物；另外，不同國家的人會因某些因素而遷移到另一個國家，隨著時代不斷地演進，一個國家內漸漸的住進了許多不同國籍的人，也因各國文化風俗習慣的差異，而有了許多不同風貌的文化。臺灣為亞洲地區的一個島嶼，四面環海，在海的另一邊可找到鄰近臺灣的許多國家：中國大陸、越南、泰國、柬埔寨、緬甸、馬來西亞、印尼、菲律賓、日本、韓國等。近年來移居至臺灣的外籍人士日益增多，其中有許多是因結婚因素而定居。

隨著新臺灣之子的出生，新移民女性與她們的下一代將成為繼閩南、客家、原住民後的新興族群，這種新住民不斷增加的情形，似乎已揭露出臺灣將發展成一個多元文化的社會。我們要學習尊重及包容不同的文化，進而欣賞自己和其他人的文化。倘若大家都能了解彼此文化的差異，各自的文化又得到尊重，那就易於消除許多歧見，而能創造出一個和諧融洽的社會。由於社會普遍充滿買賣婚姻的偏見影響，新移民女性及其子女在社區與校園中容易受到歧視與排擠，多元文化教育應落實在我們日常生活與校園裡，民眾需要學習從認知差異、理解差異，及至尊重多元與包容差異，對不同種族或膚色或不同文化背景的任何人都能平等對待。

多種文化的相遇，不僅是認識和欣賞，還應包括相互間以新的方式重新闡釋。就是以原來存在於一種文化中的思維方式去解讀另一種文化的文本，因而獲得對該文本全新的詮釋和理解。事實上，不同文化體系的相遇就是二者同時進入了同一個文化場域。在這個新的狀態中，二者都與原來不同而產生了新的性質，也就是說二者之間必然發生一種潛在的影響。這種跨文化的相互闡釋和參照必將為原有的文化理論帶來重大革新。其實，不同文化在交流的過程中，本來就會遇到很多共同的問題，不同文化的接觸必然是一個截長補短的過程。但這絕不是把對方變成和自己一樣，而是促成了新的發展。這種發展可以從兩方面來看：一方面是為對方文化注入了新的生命；另一方面，一種文化的文本在進入另一種文化之後，也有可能得到新的生長和發展。多元文化係指不同種族所產生的不同文化，而不同文化同時在同一地方出現並融入當地的生活中，便是多元文化。

在談及臺灣的拜拜文化時，S4 娓娓訴說出自己的心路歷程：「我和先生是因為工作而認識的，我們在越南結婚，相互間是用越語和英文交談。後來決定和先生到臺灣，剛來臺灣的時候，因為是新的環境，所以不懂要怎樣在臺灣生活，不知道怎麼出門，不知道怎麼跟人家講話，也看不懂路上的招牌和路標，每天只能在家裡做家事，感覺好像被關在家裡了。我做什麼事都希望可以了解所有的狀況，知道什麼時候要做什麼事，為什麼要做這件事。但是有時候先生一回家就說：『老婆，再過五分鐘我們要去高雄唷！』我也搞不清楚要去高雄做什麼，就被帶出門了；或者是他帶我去給朋友請客，我也不知道要去哪裡？為什麼要去？常常不知道狀況，就被先生帶著跑來跑去，讓我覺得很不舒服。而且對於臺灣的節日或拜拜的習俗也不懂，不知道哪一天是什麼節日，也不知道我的角色應該在哪個節日做些什麼事，所以常常要問夫家的人。感覺自己變成一個被動的人，不像在越南的時候可以自己主動，所以有時候會因為這樣對先生發脾氣，但不是氣他，是氣自己為什麼都不懂人家在說什麼。」（發表 S4 摘 2009.04.07）

S1 說：「她們傳統的坐月子文化和臺灣大不同，她不敢吃麻油雞，一度還和婆婆關係陷入緊張。剛來臺灣時，不只語言不通，連飲食都不習慣，能不吃就儘量不吃。生完小孩後，婆婆好心煮麻油雞給她吃，可是她一聞到酒和麻油的味道就非常害怕，跟婆婆說不敢吃，婆婆覺得好意被拒絕，一度還很不高興，幸好透過先生溝通，婆婆才釋懷。」（發表 S1 摘 2009.04.07）

S7 也說：「越南坐月子，吃的是魚湯，或是一種類似「三杯雞」的菜，把雞肉和薑、辣椒、醬油一起炒，再加入味精、鹽和胡椒。

麻油雞對不喝酒又沒吃過麻油的她來說，真是難以承受的食物。我們越南人坐月子還習慣吃「亞勾」補身子，亞勾是由胡椒、辣椒、老薑加上雞肉或豬肉一起快炒的食物，香香的很發汗，是越南媽媽坐月子一定要吃的好菜。」（發表 S7 摘 2009.04.07）

S5 接著也發表意見。她生了一個男孩，坐月子時婆婆剛好身體不適，無法幫她坐月子，她就回越南娘家，免去婆婆不了解越南風俗的麻煩。越南人坐月子，首重不能吹風，儘管天氣再熱，也要穿很多衣服把身體包起來，連耳朵都要塞棉花，防止風從耳朵跑進去，以免日後頭痛。所以看到臺灣人坐月子還吹冷氣，她覺得不可思議。（發表 S5 摘 2009.04.07）

S6 說：「我們坐月子時，會坐在一個挖洞的椅子上，下面用木柴生火，讓熱氣透過椅子上的洞口「薰子宮」，幫助子宮收縮。這些都是臺灣看不到的，這些傳統習俗倘若要在婆家做，也怕會被婆家責備，還是回越南坐月子比較自在。」（發表 S6 摘 2009.04.07）

嫁來臺灣已經七年的 S8 說：「在越南老家世代習俗凡是婦女坐月子、養小囡仔時，都會在床頭枕下放一把刀，長輩都認為這樣可以驅除壞東西，小囡仔才不會做惡夢哭鬧。而婦女坐月子時，也都在床下放一個小火爐點燃爐火，燒木炭直到坐月子結束，可以去煞避邪，但只需用少量木炭讓爐火持續即可，還不至於會一氧化碳中毒；不過在臺灣有些公婆不了解越南有這種古老習俗，越南婦女又未與家人溝通，沒講清楚而產生誤會，因此造成家庭糾紛。」（發表 S8 摘 2008.04.07）

S3 也接著說：「她的老家還有個習俗就是坐月子不能洗澡，而要用棉被塞進燻熱的藥草，再覆蓋全身直到汗流浹背全身濕透，再用乾布擦乾，且在越南坐月子不但不能喝湯，還要吃很辣很鹹很乾的魚肉；然而來臺後找不到老家的草藥，入境隨俗，公婆給啥吃啥，麻油雞湯當然也喝，但她會告訴公婆，在老家不能洗澡、喝湯，公婆聽了都笑呵呵，覺得我們越南坐月子的文化很有趣。」（發表 S3 摘 2009.04.07）

S2 也分享自己的親身經歷，自己在坐月子時，只想吃吃沁涼脾胃的冰、清爽的水果、令人懷念的家鄉酸辣口味，婆婆卻認為那些食物「太冷心」！而奉上滿心呵護的麻油雞，卻引來自己眉頭深鎖、暗生悶氣。而且臺灣熱心的左鄰右舍送來「小孩穿過的舊衣服」，也埋下心裡揮之不去的陰影，「她們幹嘛要觸我霉頭啊？為什麼不送新衣服，要送人家穿過的？」臺灣民間習俗「好腰飼」的祝福，在文化差異的衝突裡，直到一年過後，與臺灣年輕媽媽的聊天中，才讓自己解開誤解的疑惑。（發表 S2 摘 2009.04.07）

新移民女性紛紛表示，根據越南傳統，月子最好坐滿四個月，期間儘量不要提重物、太過勞累、不可以有性行為；有些禁忌像是一個月內儘量不要洗頭、外出吹風……跟臺灣人也很接近。聽了她們的分享，研究者常想：臺灣社會何其有幸，能夠注入這群帶著各式面貌的文化新動力，「有朋自遠方來，不亦樂乎！」因為她們，我們才能有機會學習到不同的飲食方式，知道原來坐月子這一種文化，不是本來就必須怎樣。我們在批評新移民女性與她們的婚姻時，可能要先想想所看到的是真的嗎？當我們戴上眼鏡時，我們看到的世界已經是另一種面貌；太陽眼鏡適合在陽光下戴，不見得適合在讀書時使用。或許，我們應該以多樣化的角度，利用這個千載難逢的好機會，學習別人的多元文化，開拓自己的豐富視野。而這則可以透過新移民女性「額外提點」的教育，讓她們反過來影響夫家對多元文化的接納。（教札 T1 摘 2009.04.07）

我們都知道文化的相互影響和吸收應該不是單純的「同化」或「合一」，而是一個不同環境中轉化為新物的過程，在新的基礎上產生新的差異（潘榮吉，2006：247-271）。在多元文化主義呼聲高漲的今日，一般社會的現實中，主流文化仍具有絕對的支配優勢，使多元文化教育面臨鉅大的挑戰。加強落實推動新住民及其子女教育，推展終身學習，建構多元文化教育學習社會，讓每一個人自由而有尊嚴的成長，社會多元而有秩序的進步。將臺灣建構成為一個符合世界潮流，兼顧社會發展與個人需求的學習環境，才是謀求個人全人發展和提升國家競爭力的原動力。

正當大家興致勃勃的討論並說出母國文化與臺灣文化間的差異，並一致認為臺灣人往往只要求新移民女性融入臺灣社會而不去欣賞東南亞文化的優點。在有關多元文化的討論中，研究者希望新移民女性說出她們所親身經歷的文化差異。大家七嘴八舌的發表極為踴躍，但是研究者想做的應該不是只想聽她們說而已，還想要她們將說的寫成文章，寫出她們因為文化差異而產生的心理感受。所以研究者必須先將她們的發表摘要整理如下，以作為她們寫作時的參考資料：

表 4-3-1　新移民女性眼中的文化差異

食的文化	1. 母國吃的比較辣；臺灣吃的比較清淡。 2. 臺灣的早餐種類多，有很多選擇。 3. 臺灣的麻油雞太油，吃不習慣。 4. 臺灣煎魚都會被要求要煎的酥酥的、吃起來很乾，不好吃。
衣的文化	1. 母國穿沙龍、參加典禮儀式時都有一定的服裝規定（南洋）。 2. 冬天時，臺灣需穿很多衣服；在母國時，不需要穿很多衣服（南洋）。
住的文化	1. 越南的房子比較有造形，不像臺灣的房子都是長長窄窄的。
行的文化	1. 母國的司機位置在左方、靠左走。 2. 母國的交通工具有三輪車和雙層公車，臺灣沒有。

喪禮	1. 只穿著黑衣或白衣，儀式上不太相同（南洋）。 2. 典禮結束，客家人會放鞭炮，喜事、喪事都要放鞭炮。 3. 參加完喪禮後，一定換洗衣服（南洋）。 4. 臺灣人很害怕喪禮，出殯時有些人要躲起來。
婚禮	1. 新娘可換穿許多套禮服，頭戴皇冠，吃蛋糕（柬埔）。 2. 婚禮前不發喜帖，直接公告在報紙上（印）。 3. 收紅包時，臺灣直接拆開；母國是都投到大箱子，新娘回家後再算帳。 4. 臺灣人參加時，服裝隨便。 5. 賓客沒有接受回禮的習慣（印）。
坐月子	1. 吃的補品不一樣。 2. 用藥草薰身體（南洋）。
拜拜	1. 臺灣每個月幾乎都要拜拜。 2. 母國只有重大節日才拜拜。
新居落成	1. 不可到喪家（柬埔）。
氣候	1. 臺灣太冷又多雨、四季分明，冬天比較冷。
蚊蟲	1. 臺灣蚊子又大又多。
洗澡方式	1. 在母國時，一天洗三到五次澡（南洋）；在臺灣會被說成浪費水。 2. 以前習慣直接拿水從頭淋下（南洋）；臺灣人是用毛巾洗臉。 3. 臺灣人喜歡洗熱水澡；在母國時洗冷水澡。
生病	1. 用草藥薰身體（南洋）。 2. 穿的少，喝的少（南洋）。
廁所方式	1. 上完廁所，需用水洗乾淨；臺灣只用衛生紙擦拭，感覺不乾淨。
教養方式	1. 小嬰兒被包緊緊，不許穿短袖（臺）。 2. 小孩不許玩水（臺）。

這些討論在歸納整理後，將成為新移民女性寫作的元素，其中在喪禮中的文化差異，新移民女性不明白為什麼出殯時有的人要躲起來。研究者利用機會向她們說明，某些生肖的人會與死者的生肖相沖，所以在移靈時要迴避，以免帶霉氣；結婚時也一樣，像屬虎的人，就不能進新娘房，避免幫新人帶來煞氣。她們聽了有點懂又不太懂，但是她們還是認為知道對她們是有幫助的。當問到她們如何處理文化差異所產生的衝突時，她們都是以夫家的主張為依歸，她們多數不敢發聲。問她們為什麼不想把母國的一些文化習俗帶進家庭中，她們認為既然嫁來臺灣了，就入境隨俗，為了家庭的和諧氣氛，爭執這些也毫無意義吧！面對這群因婚姻關係遠渡重洋來到這裡落地生根的女性，似乎為了融入臺灣社會，自己的一切都可以捨棄，研究者認為這也就是多元文化在臺灣推行不易的原因之一吧！

事實上，多元文化不易推動的原因，其關鍵在於教育的實施方法或目標上有尚待努力的空間，有些刻板印象以及狹隘的觀念一再於教育中複製給學生。多元文化教育的目的之一，是協助學生培養一個「既尊重社會共同價值，也尊重不同生活方式」的態度。這個目標暗示現代公民應具有寬大的胸襟，用民胞物與的態度看待各種文化差異。然而，這個目標卻有可能成為空洞的口號，因為如果沒有揭示文化價值的判準，尊重與包容就無法落實。但是哪些文化事物是有價值的？是否全都有價值而值得尊重？這些問題應有明確的判準，否則會使多元文化教育落空，或造成價值混亂。再加上社會多元文化教育專業素養和行動有待強化，多元文化教育推動的成功與否，學校本身負有重要的責任。但是目前學校的整體環境，對於多元文化教育而言並不有利。其中包括教師專業素養不足、教師專業態度消極、課程教學未能充分融入、學校環境未能調整配合、社區參與不足等。（譚光鼎、劉美慧、游美惠，2008）

經由這次的討論教學，研究者要她們去省思自己的角色地位，藉由寫作讓自己的內心發聲。研究者希望她們從幾個點出發：

（一）論述自己所經歷文化差異的內容重點。

（二）就自己所得到的啟示加以延伸發揮。

（三）說說個人對此文化差異的愛憎好惡。

透過這次的寫作活動，她們用說的多，寫的還是少，主要原因仍是國字的書寫能力不足。研究者鼓勵她們平時可以多用中文寫些小日記，增加中文書寫能力。她們認為平常忙都忙不過來了，很難有時間用母語再去寫些什麼，更何況要用中文，對她們而言真的很難。看到她們的學習情況，研究者也常想到自己想學好英文的心願，這麼多年了，心願仍舊還是心願，永遠的理由都是忙。對於新移民女性而言，學中文的最大阻力就是忙，沒有一個人是專職的學生，大家都身兼數職，加上生活的壓力也讓她們過的不輕鬆，對於文化議題她們並不是很關心，她們關心的還是生活議題，像消費券的發放方式、時間就會去注意。研究者想藉由讀報活動來開拓她們的視野，相信事在人為，希望她們在日常生活中多多宣揚母國的傳統文化，讓母國文化為臺灣文化注入新的生命力。多元族群為臺灣社會日漸明顯的特色，各種文化差異所衍生的對話或衝突也是生活在臺灣社會的人們並不陌生的日常生活經驗。因此，發展多元文化教育以促進各群體間的平等關係，已成為當前學校教育的重要任務。對促進臺灣多元文化的主角新移民女性而言，更肩負文化繁衍的使命。不可諱言的，以補校現行的教育方式及教學內容來看，透過讀報教育將會是讓她們了解多元文化的方法之一，希望她們能在了解多元文化的意涵後，也能看重自己的文化，進而將母國的文化帶入臺灣社會，也能為臺灣文化注入新的生命力。

新世紀的臺灣，正面臨一個大轉型的時代。這不是國民所得的量增，也不是民主政治形式的發展，而是在於生活、文化及社會層面的質變，只有將經濟發展和政治民主化的經營，轉化為提高生活品質及豐富的生活內涵，尊重多元文化的差異，進而促進文化、藝術、思想的提升，「臺灣文化」才有可能建立，而「臺灣人的尊嚴」才能隨之而來。唯有如此，臺灣的社會才會是一個高貴樸實、富而有禮，有文明、有文化、有尊嚴的社會，臺灣才是真正的現代文明的國家。（張燦鍙，2003：85）

第五章　讀報互動在新移民女性語文教育上的運用方向

第一節　朗讀與討論

在資訊汰換快速、競爭激烈的現代國際社會中，為了要讓新移民女性能跟上時代的脈動，在知識的洪流中站穩，必須建立她們的宏觀視野，培養高效能的聽說能力。更何況在國際地球村的新世紀中，人際交往更廣更頻繁，語文能力的提升是非常重要的課題。EQ是事業成功的重要關鍵之一，人際交往能力往往決定於語文能力，教導新移民女性善用文字的奧妙，培養好口才，溝通無障礙後，生活才能更自在。

但是補校課程的語文時數已經不足，如果還要在課堂中另外訓練語文能力，會讓課程進度更顯得侷促。為了解決這種兩難困境，研究者想要利用報紙來擴增她們的知識領域。透過各種活動、多方引導，報紙的內容是開闊她們心胸、提升她們聽說能力的補充教材，尤其是提供豐富知識訊息的各大報「焦點新聞」和「專題報導」，以及貼近她們生活經驗的「地方版」新聞，都是很好的語文教材。透過讀報多元化的活動，培養新移民女性讀報的興趣，主要的目的還是想增加她們的識字量，將向來補校學習的被動性轉為主動性，這樣才能達到成人教育自主學習的終極目的。

除了要讓新移民女性藉由讀報來擴充識字量外，為了增進新移民女性的口才及膽量，也決定在課程中加入朗讀與討論的活動。倘若要她們依題目自擬演講稿表演，鐵定會嚇跑一群人。因為擬演講稿還要牽涉到寫作這一層面，教學者應該考慮到她們的先備知識。於是研究者改用朗讀的方式來進行，為了免去她們自行摸索浪費的時間，研究者先把有關朗讀知識層面的內容當成一門學科教導給新移民女性知道，讓她們有概念後再進行。

朗讀是以文章為底本，結合聲音及感情，由朗讀者把文章讀出來，讓聽眾明白文章所表達的內容。系統化的朗讀訓練，可以有效地強化受訓者從無聲文字到有聲語言的轉換能力。朗讀能力強，可以忠實地再現原文稿作者的全部思想，還可以透過語言表述諸因素的調節，彌補原有文字底稿的某些不足，讓別人理解其內容。

朗讀時，需要注意的項目有：

（一）發音準確清晰：在選讀的篇章中，如果遇上讀音不清楚的字，必須要查字典弄清楚讀音；倘若某字屬破音字，必須按文意選讀正確的讀音。

（二）音量適度：在朗讀時，音量應按文意保持適中，不宜過大或過小。此外，朗讀時也不該對所有字詞都以同等聲量讀出，須因應內容而有輕重之分。

（三）停連恰當：停連，指的是朗讀語流中聲音的頓歇和連接。學會停連技巧，做到「停到好處，連到妙處」，以增強有聲語言的表達魅力。

（四）語速節奏緩急有致：朗讀所形成的節奏，可分為緊張、輕快、高亢、低沉、凝重、舒緩幾種類型。朗讀者宜按文章的內容及結構揣摩朗讀文章應有的節奏。在朗讀中，朗讀者由一定的思想感情的波瀾起伏所形成的，在有聲語言的表達上所顯

示的快與慢、抑與揚、輕與重、虛與實等種種回環交替的聲音形式，就是節奏。（孫海燕、劉伯奎，2004）

我們都知道在國語文教學中，朗讀是頗重要的一門課，因為聲音的優美容易吸引學生的注意力，並使學生更加了解文章內容及情意。那麼什麼是朗讀？簡單地說，朗讀就是以清晰響亮的聲音，正確標準的國語，把語文教材（多半是別人的作品）有感情地讀出來。透過朗讀，可以把文字透徹地表達，使書面、靜態的字句充滿立體動態感，是教學的最佳示範。學生透過朗讀可以增加語文的趣味性，並且學習正確的語音、語法、語調、語氣……充分欣賞文學的美。

成功的國語文教學應該涵蓋「聽、說、讀、寫」四大方面。其中讀是指美讀，是屬於朗讀的範圍。詩文節奏、聲音美感必須經過這道手續的洗禮，才能體會出個中的精髓，獲得品嚐的樂趣。（林葳葳，1995）在語文的天地中，朗讀是一件很重要的事，因為朗讀是訓練表達能力的重要方法。透過朗讀，除了能深入了解作者的想法，還可以藉著聲音的節奏，認識語文的優美。一段精采的朗讀，除了要注意發音是否正確、咬字是否清晰、聲調的高低起伏外，最重要的是一定要面帶表情。就研究者的讀報教學來說，如果能加強「讀」的功夫，養成學生優美生動的閱讀方式，講求雅致的口語表達技巧，讓原本生硬的國語文教學，必能注入一股清涼活水。可惜的是，很多學生「唸」書時，都毫無感情、變化，根本談不上是「讀」，當然更談不上能領略出文章的美感了。

然而在語言的應用方面，約略可分為「演講」、「朗讀」、「說話」三部分。

研究者也教她們區辨「演講」、「朗讀」和「說話」之間的差異性何在。說話、演說、朗讀，因為表達的目的不同，所以表達的方式也不一樣。說話和演說都是以表達意思為主，而朗讀不但要表達原作品的意思，更要進一步將原作者的情意表現出來，所以朗讀是屬於欣賞方面的，它靠著高度的語言技巧，藉音調的變化，把靜態的文字變為動態的情景，活生活現的，造成強烈的氣氛，以刺激聽者的情緒，是一種美妙的感受。

大致來說，演講就是向大眾講述自己對於某個問題的見解，也稱作演說。演講，是針對某種事物而發的一種專題說話。它是一種有目的、有計畫、有組織內容的說話。因此，演說不能像平常說話一樣，它必須注意說話的順序，先說什麼，後講什麼，都要事先加以安排，把要說的話，有條不紊的表達出來。遣詞用字，不但要推敲斟酌，不可隨便，就是語句在進行的時候，也得注意音調上的輕、重、快、慢，以吸引聽眾的注意力。因此，演說就比平常說話難多了。

至於朗讀，是朗誦他人的作品。朗讀者對朗誦的作品，沒有自己意見，也不可以有自己的主張，他只是原作者的代言人。因此，朗讀者必須按照原作者在作品裡所安排的內容，依據內容的段落、詞句所包含的主旨與情感，原原本本，運用語言的技巧，以優美的節奏及高、低、輕、重、強、弱、快、慢的音調，把原作品詞句的意態、語氣，生動的表現出來，使人聽後產生賞心悅耳的感受。朗讀是一種美讀，它的目的在刺激聽眾的情緒，引起共鳴作用。

說話，是發言，藉著語言的聲音，將心裡的意思表現出來。只要對方聽得懂，了解你的意思，就達成說話的目的了。每一個人都能說話，至於說話音調的快慢、語音是否完全正確，只要能達到溝通的目的，其他的就不必過於苛求。但是在研究者的讀書會活動中，利用了討論教學法來訓練新移民女性運用優美的節奏，了解語調高、低、輕、重、強、弱、快、慢的變化，把說話內容的語氣，生動的表現出來，使人聽了十分悅耳、清楚。討論教學法是指團體成員聚集在一起，經由說、聽和觀察的過程，彼此溝通意見，以達成某種教學目標。其實她們在討論發表時，就是在進行一場演說活動，只是她們不自覺罷了，所以壓力也減輕了不少。最重要的是要她們學習到說該說的話，不在背後重傷他人是說話的美德，往往一句說者無心、聽者有意的話，是會造成許多意想不到的後果，不可不慎。

為了要她們能謹言慎行，研究者分享了多年前報上刊載的一則報導：一對嘉義鄉下的老夫婦，三個兒子都成家立業移居臺北，好幾年過年都因為事業繁忙，無法帶孫兒回家過年，老先生是還看得開，自己會四處找鄰居聊天打發時間，老太太則鬱鬱寡歡，認為孩兒娶了媳婦就忘了爹娘，兩三年的年夜飯都是兩老自己吃。雖然平常孩子有空都會回來看看兩位老人家，但是老太太認為過年時是闔家團圓的大日子，老先生總是體恤孩子塞車之苦不勉強孩子回家過年，老太太只好隱忍自己的盼望，三年孤孤單單的看著別人闔家團圓，老淚往自己肚裡吞。由於鄉下都是親戚住在附近，好心的親戚就邀他們一起過年吃團圓飯，看看別人家子孫滿堂，心裡真是痛如刀割，在廁所偷哭時，卻聽到門外母女的對談：

> 女兒：「媽，伯父、伯母為什麼在我們家過年？」
> 媽媽：「他們的孩子都在臺北忙，沒空回來，媽媽看他們倆很孤單就要他們一起來家裡湊熱鬧。」
> 女兒：「哥哥他們也太不孝了，過年時一個也不回來，我看一定是陪老婆回娘家過年，不要伯父、伯母了！」
> 媽媽：「小孩子麥黑白猜，沒影的代誌麥黑白說。」

這對老夫妻吃完年夜飯後，回到家老太太一直打電話到臺北，可惜都沒人接，跟老先生抱怨孩子大了都不孝了，老先生也都罵她多想，看不開。當晚，老太太輾轉難眠，兒子不孝、老公又罵她多想、親戚又在閒言閒語，自己活了大半輩子真是白活了，於是就懸樑自盡。早起的老先生發現時，只剩一具冰涼的屍體，全家的人都趕了回來，只是再也無法闔家團圓了。

利用這則報導，研究者使用了美國密西根州立大學教授菲立（J.D.Phillips）所提倡的菲立普 66 方法，因為當時的小組成員剛好有六個人；小組在形成後在一分鐘內選出主持人和助理（學習者不必事先準備），而學習者針對所要討論的問題在六分鐘內獲得一致的解決策略。（林寶山，1998：159）

討論的問題：是誰害死了老太太？討論後的發表如下：

S1：那位老太太太傻了，那個女生說的話也沒有惡意，現在大家都很忙，真的要能全家聚在一起的時候很少了。（發表 S1 摘 2008.10.07）

S4：唉！這個悲劇好像不應該發生，如果老太太的家人能多關心一下老太太，老太太自己也學會堅強一點兒就好了。像我自己遇到困難，我都要自己面對，老公也不可靠，幸好來讀書，有來這裡交到一些朋友，心事才有地方訴苦。我覺得讀報很好，老師用活生生的教材來教我們，我們覺得很有用。像這個報導，我就知道說話要小心，不要害到別人了都不知道。（發表 S4 摘 2008.10.07）

S6：我好同情奶奶，她心裡的苦都沒有人知道，也許別人看是小問題，可是對自己來說真的好難過。記得自己剛嫁來臺灣，雖然吃穿已經不成問題，老公也很照顧我，但是心靈的空虛是沒人能體會的。有時看到大姑和婆婆說話，我好害怕是不是婆婆不喜歡我，向大姑訴苦。每天看著太陽升起、落下，我就像個遊魂一樣，生活一點意義也沒有。（發表 S6 摘 2008.10.07）

S3：我知道不要太在意別人的話，自己要多充實自己的知識。能來讀書我覺得很幸福，我喜歡老師、喜歡同學。（發表 S3 摘 2008.10.07）

S2：剛剛聽完老師說的新聞，我本來認為老太太是被那個女生害死的。在討論時，我才知道大家都有責任，連老太太自己都不對，讓家人承受這種痛苦，很不應該。（發表 S2 摘 2008.10.07）

S5：大家發表很踴躍，我發現大家進步很多，經過幾次討論下來，大家都越來越能說了（大夥一陣笑聲）。我們覺得老太太應該是個個性封閉的人，遇到事都不敢說出自己的看法、想法，最後才會讓自己走上絕路。所以我們要多培養自己樂觀的本性，凡事不要愛鑽牛角尖。那個女生無心的話其實是導火線，所以我們說話要多思考，不要害到別人。家人之間要多聯繫、關懷，要好好對待家人，能成為一家人是很難的緣分；就像我們能當同班同學也是很難得的，這種緣都要珍惜。（發表 S5 摘 2008.10.07）

研究者：順便教各位親戚間的稱謂，那個女生依輩份來說是奶奶的姪女。也謝謝主席做了很好的帶領，大家的討論內容十分精采。希望大家在說話時要多注意謹言慎行，多說好話。

在每次的討論活動中，新移民女性自己醞釀出來的東西比研究者想給她們的還要多。一次一次的討論中，大家從羞怯到能侃侃而談，研究者欣見她們的進步。她們能運用社會學方法連結社會現象，用心理學方法訴說自己心理層面的感受；在團體討論中培養團隊凝聚力，讓大家捨不得離開這個團體，減少了成員中途流失的可能。藉由討論教學，將一個人讀報這種枯燥的學習活動變成團體互動式的學習策略，運用生活中活生生的例子，利用討論教學方式將學習變得更活潑、更有趣。（教札 T1 摘 2008.10.07）

每次在進行讀書會的活動時，研究者都會利用時間，先朗讀一篇報紙的報導，先提出幾個開放性的問題與學生一起討論，再分享研究者自己的心得感想。實施步驟大致如下：

（一）朗讀前，為提升學生的聆聽效能，先指導學生記錄要點的學習策略，以摘錄教師讀報的內容。

（二）朗讀中，會先介紹報導內容的大意，再選擇其中關鍵的段落來朗讀。

（三）朗讀後，為了了解學生理解的程度，並促進學生主動思考，會提出幾個簡單的問題讓學生發表看法。例如，有一則關於大海吞噬土地，馬爾地夫擬買地遷國的報導。（《國語日報》，2008）大概內容是根據聯合國的估計，至本世紀末為止，全球海平面可能提高將近六十公分。馬爾地夫是全世界地勢最低的國家，全球暖化將導致海平面不斷升高，國土貼近海平面的馬爾地夫，恐難逃淹沒的命運，新總統已經決定將成立一筆基金，用來買地遷國……會選這篇報導，一方面這是屬於新知閱讀，另一方面是這則報導也牽涉到環保議題。根據這則報導研究者就設計了兩個簡單的問題：「根據報導，你認為造成地球暖化的原因是什麼？」「你覺得自己可以做哪些事來幫忙對抗地球暖化？」

學生日積月累的聆聽報紙的「焦點新聞」、「專題報導」及「地方新聞」等相關內容，不但增廣見聞，也培養了更開闊的國際觀。同時，教師朗讀時讓學生摘記重點，也訓練學生內容摘要能力，培養良好的聆聽態度與能力。另外，學生也藉由聆聽教師朗讀報紙的過程，學習正確的朗讀方式，培養良好的口語表達能力。

除了每次為學生朗讀新聞之外，也事先幫自願練習的學生排好次序。當天也會請輪到的學生在課餘時間先讀報，並設計題目，再利用十分鐘上臺讀報給全部成員聽。實施步驟如下：

（一）準備活動：鼓勵學生儘可能瀏覽過整份報紙，再仔細品味報紙的新聞內容，並檢核學生根據文章所設計的題目。

（二）朗讀前，為了提升學生的聆聽效能，再提醒學生使用記筆記的學習策略，來摘錄讀報的內容。

（三）朗讀後，讀報的學生提出問題，以點選自願者的方式回答問題。接下來就由學生給予讀報者回饋、建議，最後再由研究者作講評。

研究者發現學生在朗讀報紙一段時間之後，她們的口語表達技巧提升了，聆聽同學上臺報告時的專注力、理解力與記憶力也有明顯進步。請她們輪流上臺朗誦報紙的文章，一方面訓練她們的膽量；另一方面則可以加強正音練習。很多人都害怕上臺，不知道上臺後要說什麼，讓她們從讀報開始，可以減緩緊張的情緒，是不錯的選擇。大家輪流朗讀報紙，一方面可以觀摩別人的儀態，欣賞她人的音色表情，作為修正自己的參考；另一方面學會專心傾聽，還能將文章內容中得到的啟示運用於生活中。當師生共同參與讀報的活動，一同享受在琅琅的讀報聲中，不但讓讀報成為每天學習中重要的一環，更可藉由聆聽師長範讀、學生上臺朗讀、設計問題、摘記要點等活動，培養學生說話和聆聽的能力。讀報活動的最大附加價值，在於潛移默化的增長學生見聞，自然而然的誘發她們的語文能力。研究者相信，在每天的讀報活動中，學生一定能聞到文學花朵的馨香，嚐到知識果實的甜美。

第二節　讀者劇場與故事劇場

兩、三個月的讀報討論教學活動過去了，成員們彼此間都已經熟稔，團體也有了相當的默契與凝聚力。S8 認為：「在準備讀報朗讀時，心裡的確會害怕；還好有老師的鼓勵，老公也一直幫忙教我，經過這次讀報朗讀的活動，我覺得自己的自信心又找回來了。尤其成員給我回饋時，誇獎我的聲音很好聽，只是說話速度太快，現在我說話都會說的慢一點了，我覺得這是我最大的改變。」（訪談 S8 摘 2008.10.28）聽到她的分享，研究者的心裡比她更激動，當初邀請她們成為自願者，也是費盡一番苦心，先是給予心理建設，再來是說明這個團體很安全，大家都是來學習的，才讓她們願意試一試。在每次的朗讀活動後，也一直告知她們後續還要上臺演戲、寫心得、一起編報，每次她們都驚叫連連，研究者都微笑的說：「相信自己，我們一定可以做到的。」

經過朗讀與討論的教學活動後，在課堂中她們也不時給予研究者正增強，說這門課真有趣，我們笑得最多。還說要和兩節的生活課交換，讓生活變一節課，讀報互動變兩節課。這點因牽涉到課程安排與任課老師的問題，所以是無法有所改變的。常常連下課十分鐘也還在進行讀報活動，看著她們熱衷學習的心，研究者的心也暖和了起來，至少讀報互動進行到此，大家都很期待上課，同學和老師準備的讀報內容都讓她們知道更多的事情；倘若她們自己也有讀過那則新聞，哇！像中頭獎一樣，對同學的提問報告就會很有大的共鳴。

接下來的讀者劇場和故事劇場就要上場了。聽到要演戲，大家都抱質疑的態度，把報紙當劇本拿來演戲；但是大家也很期待，全身的戲劇細胞也彷彿活了起來。同樣的還是必需要先告訴她們什麼是讀者劇場和故事劇場，讓她們知道不如她們想像中的複雜，要她們放心的一起來玩吧！

什麼是讀者劇場？「讀者劇場」簡稱 RT 或讀劇，它是一種以文學為主的發聲閱讀，利用口語闡述故事或文學作品與觀眾交流，是最簡單的劇場形式。在讀者劇場的表演中，演員使用劇本，故事的情節是透過讀者劇場的旁白和其他角色呈現出來。臺詞是被「唸」出來的，而不是「背」出來的。故事是由讀者劇場讀者坐著或站在定點上直接唸給觀眾聽的。簡單來說，讀劇是一種應用戲劇詮釋文字的方式，它的表演內容可包括戲劇以及各類型的文學作品，例如：短篇故事、小說、詩文、信件、散文、札記、廣播、電視腳本和新聞專欄等。

讀者劇場可以增進學生閱讀流利度和對於高頻率單字的認識，提升閱讀理解度，提供學生有機會去分析對話以及溝通意義，更可以增加對以戲劇方式呈現的文學認知及欣賞能力。因為讀者劇場的執行需要不斷的劇本唸讀練習，因此學生的唸讀流利度、對內容的了解及詮釋方式，也會隨著唸讀次數的增加而提升。讀劇更提供學生在公開場合發表的機會，它給予學生一個容易而且動力強大的方式去練習閱讀，當其他學生聆聽讀劇讀者唸讀時，也同時提升聽的能力。

和一般傳統教學法相較，讀者劇場的特點為何？讀劇結合了聽、說、讀、寫等形式，而以文學為主的教學方式，透過同儕間的合作來學習，藉由溝通協調討論的過程，很自然地提供了社交的情境。此外讀劇的模式中，學生焦點會從老師身上轉移到學生，由學生自己負責、掌握學習的過程，並且主動積極參與，決定自己的學習過程。透過劇本的改寫與創作，孩子可以比較及觀察書寫文字和

口語文字中的差異及個別的特性，將由「聽說」為始，「讀寫」為終的過程完美地結合在一起。（鄒文莉，2006）

「讀者劇場」是讓學生練習講述故事、詩、笑話、劇本、演講或適當文本，直到學生能夠以流暢、有感情的閱讀方式來對觀眾表達。讀者劇場希望用最少的道具及動作，但重點是讓參與者藉由閱讀來傳達文本的意義。在「讀者劇場」學習現場，不需要用誇張華麗的戲服，沒有舞臺燈光的效果，就像說書人用生動的聲音，學生是帶著文本上臺單獨或集體朗讀。它能促進學生閱讀的流暢度，減少學習的焦慮；在短暫排練準備上臺發表的過程中，也增加學生之間的互動機會。

「讀者劇場」一方面重聽說，讓學生多講、多聽；另一方面重讀、寫，讓語文的學習自然而然的在生活中發生。在「讀者劇場」中，教師和學生都扮演著極為重要的角色。教師引導學生參與、指導學生創作、劇本修改與戲劇呈現，在活動中師生具有高度的互動性，活動中重視合作式的學習方式，同儕間的相互討論而激發學生間的創造力。當讀者劇場運用於教學上時，學生透過各種表達訓練讓學生的身心有更深一層的開發，並由於戲劇在語文表現方式的多樣性和豐富性，學生可以在學習的過程裡開啟新的視野，以不同的觀點了解自己與他人進一步的關係。「讀者劇場」是一種開放性並值得推廣重視的教學活動，讓學生們在快樂的環境中達到語文學習的目的。（張文龍，2004）

事實上「讀者劇場」就是戲劇的縮影。戲劇需要舞臺、道具和化粧的配合，演員需要背誦劇本、走位和粉墨登場；讀者劇場揉合戲劇的基本元素，但卻省略所有道具、化粧、走位等的配合。參與的學生只需要運用適當的聲調、面部表情和身體語言去朗讀劇本和表達劇情。因此，讀者劇場是極適合於課堂內和課室裡進行的語文活動。透過這項活動，學生們可以練習各種朗讀的技巧，認識不同的詞彙，加強閱讀理解的能力，而最重要的是讀者劇場可以提高學習語文的興趣和提升學習語文的能力。在讀者劇場中，觀眾必須在讀者的口頭朗讀表現中，去欣賞並鍛鍊他們的想像力和創造力。因此，讀者劇場的劇本朗讀，是使觀眾能夠想像出他們心中的影像而且經歷戲劇過程。

至於「故事劇場」，簡單的說，就是將廣播劇移到舞臺上演出，演出人員不可以拿劇本，須要背稿，只有負責旁白的人可以看著劇本念稿，演出難度比讀者劇場高，成員們就像真的在演戲。故事劇場是根據一個課程中的故事為基礎，延伸發揮並進行即興創作表演。學生在遊戲、角色扮演、啞劇的肢體表現和朗讀劇場的聲音練習後，逐步有能力組織一個故事來表演。（廖順約，2006：100）

故事劇場由保羅‧席爾斯（Paul Sills）所發明。這種方式是以一班或小團體，兼用敘述和對話的方式來呈現故事，而同時情結的行動便展開了。故事劇場有挑戰性的地方，是在於找出哪些是敘述的部分，在有效的基礎下做出選擇，把文中意義傳達出來。〔諾拉‧摩根、茱莉安娜‧薩克森（Norah Morgan , Juliana Saxton，1999）〕讀者劇場像故事劇場一樣，對白和敘述都被使用，但讀者劇場更像是一個心靈式的劇場。畫面在觀眾心中進行，因此肢體動作是非常有限的，其本質為抽象。它是一種經營班級戲劇活動的優良方式，可以在學生的表演技巧成熟前，在觀眾面前展示。它是要學生著中在意義上，而不是在肢體上。〔奈莉‧麥克瑟琳（Nellie McCaslin），1999〕

為了能引起新移民女性的讀報興趣，研究者運用了多樣化的學習方式，從朗讀到討論，欣見她們的進步。到現在，她們的確一直保有高度的興趣，我們從唸新聞到朗讀新聞到演出新聞，一步一步的慢慢進展，也可以說是一步一步的向自我挑戰。對她們而言，突破了過去的學習思維，學習不再是老師講、學生聽的單方面吸收的過程，而是強調互動（師生互動與同儕互動）的學習過程；對研究者而言，也看見自己的改變，在讀書會的運作過程中，修正了研究者呆板且制式化的語文教學方式。在進行讀者劇場和故事劇場時，為了達到學習效果，研究者必須要能放的開，雖然戲劇對研究者而言，只是個門外漢，但是研究者仍竭盡所能的和新移民女性一起學習，發揮教學相長的學習效果。教師必須放下身段融入團體，周全的設想，真誠的投入。如此，戲劇教學的實踐將會獲得學生有創意、熱心投入與快樂學習的回饋。

戲劇教學最重要的目的，在於刺激學生解決問題的創意能力以及個人挑戰對所處世界的感知能力。戲劇提供學生一扇表達情緒、思想和夢想的窗口。學生透過戲劇的角色扮演成為另一個人，在角色中解決問題、表達不同的情緒經驗、表現自己的想法，甚至完成個人的夢想；也可以從另一個人的文化或歷史觀點來經歷世界。最重要的是，在這個過程是安全的。（廖順約，2006：11）這就是研究者願意克服自己從小就怕在眾人前演戲的心理障礙，願意將讀者劇場和故事劇場帶入教學現場，因為研究者很清楚自己不是在培育專業演員，只是透過戲劇的表演來達成語文學習的主要目的。

好戲就要開鑼了！一開始選擇讓成員分成三組，每組 5 人，練習加入聲音和表情來播報新聞，活動步驟引導如下：

一、準備活動：研究者先準備好三則新聞。

二、暖身活動：要四組成員一起用喜、怒、哀、樂四種聲音、表情和動作詮釋「我中獎了！」這句話，並共同表演。

三、主題活動：

（一）研究者先發下新聞內容。

（二）小組先共讀。

（三）閱讀完畢後分配段落，每人唸一段新聞，唸時要注意聲調變化以及音量，必要時可搭配表情和動作。此時研究者會先作示範或請班上平時唸書唸的不錯的學生示範。待示範完畢，小組開始練習，研究者進入小組，指導學生如何唸書。

（四）練習完畢，各組上臺呈現。老師強調上臺時唸的音量要大聲些，請臺下觀眾注意聆聽，並記錄臺上同學表現的優缺點。

（五）分享與回饋：活動結束後，同儕間發表看法。哪一組報新聞時的聲音和表情、動作最棒？為什麼？

（六）總評：研究者鼓勵學生剛才的表現，並要她們多注意觀察新聞主播播報新聞時的聲音和表情！你喜歡嗎？說話時倘若能加入聲音和表情，必要時配上動作，相信更能吸引聽話人的注意力，達到溝通的效果。

經過這次活動，成員們了解聲音和表情的功用。S2 發表說：「小組共同表演時，還會互相幫忙教成員不會唸的部分，感覺比較不會緊張。當我們在唸新聞時，由於老師事前提醒要加入聲音和表情，我一邊唸，一邊融入新聞中，不自覺就會表演了起來。」（發表 S2 摘 2008.12.02）S8 接著說：「在小組練習時，會在文章上做上記號，上臺唸新聞時，就會注意聲調的變化，有認真想過，所以對這則新聞的報導比較有感受力。像我唸的新聞有載歌載舞這個詞，我不知道什麼是載歌載舞，當我一邊唱歌又一邊跳舞時，我就懂了，而且印象很深。這種方式讓我記得更久」（發表 S8 摘 2008.12.02）

教室內的戲劇教學，教師的教學方式，角色定位，都與一般講述單向的教學模式不同。教育戲劇是一種任課教師在課程內可以靈活運用的教學方法。它不拘泥於任何劇場形式，也無人數多寡的限制。它是以人性自然法則，自發性地與群體及外在接觸。在指導者有計畫與架構的引導下，以創作性戲劇、即興演出、角色扮演、模仿、遊戲等方式進行。將學習的內容置於其中，透過教師的引導，循序漸進，就某一議題進行互動發展性的學習，直到事件或情節的結束為止。讓參與者在互動關係中，能充分發揮想像，表達思想，由實作而學習。以期使學習者獲得美感經驗，增進智能與生活技能。這種模式的學習是以學習者為中心，透過學生的角色扮演及參與，拓展事件或情況，使學生學習到應有的認知。（林玫君，1994）

讀者劇場和故事劇場是運用戲劇與劇場的技巧，從事於學校課堂的一種教學方法。有了上次成功的唸新聞活動，這次研究者要她們以讀者劇場的形式將新聞呈現出來。步驟和上次的活動引導相同，只是多了要先將新聞編寫成為劇本。事前已經先告知在編寫劇本時，要在新聞中找到角色、時間、地點、主題、情節這五大要素。一開始她們的確遇到了困難，在小組討論時，研究者一一指導，大部分的擔心都是因為沒做過，才會不知所措，但當她們能抓出文章中的要素後，感覺就比較不那麼難了，所以小組討論的時間花費了一節課才把劇本編好，沒辦法在當天的課程裡表演讀者劇場，期待大家回家經過一個星期的準備後，會有更好的演出成果。

為了能讓劇本輪流給成員互相使用，也要求小組在劇本上圖上彩色筆，同一個人的劇本用同一色來區別。這也讓研究者回想起暑假在臺東大學語文教育研究所修習語文教學方法時，周教授也讓我們用讀者劇場和故事劇場的方式來感受它在語文教學的魅力。老實說：一開始害怕、放不開的障礙，因為小組成員的鼓勵、帶領，竟然也完成了這項使命。班上有位同學還欲罷不能，演戲的細胞完全活化，讓大家對他的看法完全改觀。那一堂課也是笑聲最多的一堂課，現在回想起來，心裡都還是甜甜的呢！

一個星期的等待中，有幾個同學還打電話來向研究者求救！她們想更了解要如何詮釋她的臺詞，看到她們好學的精神，研究者很感動。要她們不要緊張，我們不是演員訓練班，我們只是運用戲劇的方法在學語文。就像上次唸一段新聞時，適時加入聲音、表情和動作就好了，很期待看到大家的演出。上課表演時，大家笑聲不斷，穿幫也有穿幫的效果，表演完時，大家如釋重負。分享心得時，大家都覺得很有趣，也都一致認為這種方式對語文的學習很有幫助。S1 表示：在準備的過程中，透過自己對臺詞的反覆讀誦，印象就更加深了。為了和別人配合，也會去唸讀別人的內容，經過這樣的練習，不知不覺中對整則新聞的意思都明白了。（發表 S1 摘 2008.12.23）經過讀者劇場的演練後，故事劇場就不這麼困難了，少了對劇本的依賴，不用眼睛一直盯著劇本，肢體動作反而更能伸展開來，就像演戲一樣，感覺很過癮。

記得一開始，研究者跟新移民女性學員說要演戲時，有人躍躍欲試，但也有人愁眉苦臉。她們高興的是可以看戲，紓解上課時緊張的壓力；害怕的是要花時間背稿、做道具。但是後來當她們了解讀者劇場，既不用背稿也不用做道具，又可以看戲時，青春的臉龐露出了燦爛的微笑。當研究者詳細跟她們解釋聲音、語氣、表情、動作是讀者劇場的四大支柱，就要她們以小組合作的方式開始練習唸讀新聞、編劇本、一起分配角色、討論劇本中的關鍵詞、研究表情、動作……

沒想到第一次上臺表演，大家的反應就這麼好。因為可以拿稿子上臺，所以比較不會有壓力。況且經過大家的討論，做好了感情提示記號後，演出時就真正能帶著感情唸稿，而不是平鋪呆板的機器人聲調。而且透過欣賞別組的演出，讓她們在歡笑中學習語文。研究者發現，各組中一定會有幾個程度較好的學生，她們都會自然選擇難度較高的句子，排演的時候也自然而然的會當起導演，所以她們不會因為劇本簡單而感到無聊。而程度較差的學生，也會因為這樣的互動學習，學會了語文使用的方式，也是一樣有所收穫。讀者劇場不只訓練學生讀（排演時）、也同時訓練了說（上臺表演時）、聽（演戲時要接上一位的臺詞）、寫（將新聞編成劇本）。學生經過這個過程，大家的默契更好了，團體的凝聚力也更強了，接下來的故事劇場，也就不覺得可怕了。這也讓研究者明白了學生的能力是要依序培養的，在設計讀報教學活動時，由易而難，所以學生們都能接受，遇到的阻力也幾乎是微乎其微了。

依目前的教育體制來看，國民教育的戲劇教學目前仍然是一個相當值得開發、推廣與研究的學門。戲劇除了娛樂與藝術價值外，在國民教育中，更重要的是在教育使用上的價值。戲劇教學在教學上，基本技能的學習僅在於能夠運用語言與肢體適當的表達即可，但就社會化、知識化的學習卻可因戲劇的學習有無限的效益。人們常說：「戲劇反映人生」，從戲劇的學習中去理解作為「人」的價值，是任何階段學習所必須的。戲劇能讓我們從主觀的融入到客觀的認知，無論是用在課堂上的學習，或是學校的活動，都能提供人性化的學習。就每個學生的成長而言，是一個值得教師們所學習與應用的模式。（張曉華，1999）尤其讀者劇場、故事劇場的教學不需要特別經費和器材，也不需要特殊教室，這種教學方式只要教師有熱忱、愛心和認真的態度，它是教師們在學校裡非常容易進行的一種教學方式。正如維高思基・芮什爾斯（Vygostky Resources）的社會建構理論所強調的，主張學習是一個文化傳承的社會過程，在學習中人際間的互動和其相關的環境是緊密地交織在一起，並且學習者學習的來源包括了社區資源、專家及同儕。這樣的學習鼓勵一起分享、探索，以及成為一個學習網絡，所以人所處的「社會互動及文化」深深影響其智能的建構，也就是環境和文化是影響人學習的主要因素。學生是可以透過真實社會的互動情境，學習語文與思考的能力。（柏克、威斯樂，1998）此理論和孔子所謂的「三人行必有我師焉」，以及「近朱者赤、近墨者黑」的道理相同。從讀報互動式的讀書會中，我們共同創造了合作互動的思考情境，成員們也逐漸培養了語言表達及思考的能力。尤其同儕間的互相激勵，更是讓大家進步的重要動力，相信能讓學生們在快樂的環境中學習與成長，是我們教師教學的最大樂趣。

第三節　探究與心得寫作

究竟何種教學方法能幫助學生學習？學生又能接受何種的教學方法？諸如此類的議題總是讓老師、家長與教育改革家傷透腦筋。在教學的現場裡，學生可能在學習的過程中產生迷思的模糊概念，對於一件事實的真相往往有似是而非的答案，而又無法肯定的情況。其實已經有一些老師採用「探究式教學法」來解決這類的教學困境。探究式教學法，顧名思義就是讓學生能夠探究事實的真相，透過討論、辯證、思考、組識以及驗證等方法以釐清錯誤的迷思。過去我們對於探究式教學法都僅僅以為只能用在自然科學實驗的科目上，然而事實並非如此，其實探究式教學法是十分適合用在每一個學科上的。

探究教學法是由學生主動去探尋並尋求解決問題的過程。早期希臘哲學家蘇格拉底所採用的「產婆法」就是此方法的運用，他問學生一些有引導性的問題，引導學生思考，在談話中激起學生內在的興趣，協助學生發展自己的理念，重視學生的思考過程，讓學生自行發現答案。然而，這種方法在學習之前對學習成果已有既定的答案，然後安排情境使學生達到理想的結論，仍然是一種控制的想像，並非開放的探究，但就讓學生自行推論和結論而言，產婆法已略具探究法的雛型。簡單的說，蘇格拉底的教學法，就是教師只負責提出問題，然後在討論與批判之下，不斷地修正觀念，所有的答案都必須由學生自己提出來。教師用一連串相關的問題，去激發學生思考，鋪成一條探求真理之路（the way of truth）。教師所扮演的是知識「接生婆」的角色，而不是「填鴨者」。（林寶山，1998：167）

知識是一種「發現」，強調「引出」、「誘發」，讓學生自行發現真知識，重視的是學生思考的過程，讓學生孕育出各種觀念。現代社會科教學的研究學者一再強調：價值澄清和評價過程是社會科教學的重要目標，但是過去卻常常被忽略。探究式教學法的目的就是要學生澄清價值，以建立正確的價值觀念及判斷能力。個人推動讀報教育的目標不只是要新移民女性能對臺灣的歷史文化和地理環境有充分的了解，更重要的是要培養一個人兼容並蓄、多元的價值觀，並能應用知識解決日常生活中的問題。探究式教學法不只能達成此目標，它對學生的思考力訓練有很大的幫助，在教學過程中，整理資料、分析資料以及最後綜合歸納以及驗證、應用，讓學生進入高層次的思考及解決問題的能力，並能提升知識的持續保留及學習遷移。

近幾年所出現的理論大多是以學習者為中心，由學習者自身的經驗出發，強調學習者自我的主動學習，教師的角色由知識的傳遞者變為引導者，教學目的由成果導向變為過程導向，「探究式教學法」便是以此種觀念為根基，而漸引導學生經由思考、探索進而發明與發現。以思考為導向，經由教師引導而達到學習的目的。實施探究式教學法的好處能讓學生主動建構知識、學習如何學習的方法、配合真實情境教學讓學生成為學習的主體。

探究教學的步驟：蘇克曼所提的探究模式，可以說是今日探究教學中最具代表的教學模式：

（一）教師先選擇某一可引起學生興趣的問題，通常是一種有矛盾事件或是某一類神秘事件。

（二）向學生說明整個探究的過程和規則。

（三）指導學生提出各種與假設有關的問題，並給予回答。但是只對某些能用「是、否」來回答的問題給予答案，而不回答那些需由教師思考的問題。

（四）學生驗證自己所提的各種假設，並逐漸發展暫時性的理論，並將各種理論寫在黑板上。

（五）學生共同討論這些理論的合理性，並由個別學生解釋其理論建立的過程。

（六）理論被接受後，教師指導學生討論理論的應用性和價值。

（七）師生共同檢討分析整個探究的過程有缺失就改進，以增進學生信心。（引自林寶山，1998：170）

綜合上述，探究式教學的使用有賴於教師本身的問話的技巧，配合學生的程度，融入各種所欲達成的目標，如此方才可能造就一場成功的探究式教學。探究教學法是教師在教學歷程中，指導學生主動探究問題並解決問題的教學法。探究教學法強調以學習者的探究活動為主，使學習者在學習過程中，運用個人思考解決問題，以完成學習活動，來培養學生高層次的思考能力和建立正確的價值體系。教師在探究教學法所扮演的角色為引導者，引導學生從事探究活動；而學生的自主性相當高，是積極的思考者。

對新移民女性來說，教導國語的生字、字詞是較枯燥乏味，因為她們的年紀大一些，於是研究者就教她們玩拆字與分析字詞的活動，讓她們從自己學過的知識中再建構起自己的知識，進而內化到她們的知識體系中；課文講解的部分，則使用提問的方式，讓學生自行思考，由既有的概念再加以延伸，最後再作統整，因而達到教學與學習的目的。探究式教學法強調教學過程要以學生的探究活動為主，讓學生自己根據現有的知識資料，積極的從活動中去找尋問題，發現意義，探求答案。這是一種以學生為中心的教學，因此在活動過程中只研究者只是扮演輔助學習或誘導的角色。學生必須自己去獲得知識，習得技能，養成態度。因此，「探究過程」本身必須是教學的重點。

在讀報的教學活動中，研究者也以免洗餐具知多少這個議題作為探究教學的課程設計。免洗筷這個健康的隱形殺手應該廣為宣傳告知，相信我們三十歲以上的臺灣民眾對免洗筷風行的這段歷史應該記得。約在 1981 年左右，政府一度宣導人民使用免洗餐具以避免防止感染 B 型肝炎，當時從高級飯店到巷弄小販，紛紛將可以重複使用的筷子換成用過即丟的免洗筷。1990 年行政院環保署曾依照臺灣外食人口比例估算，全臺灣每天使用大約 280 萬雙免洗衛生筷，一年足足產生有十億雙免洗衛生筷的垃圾量。環保署指出從過去 9 年來臺灣使用免洗筷的數量來看，已經有大幅減少的趨勢，但是 2007 年約使用了 48.53 億雙，依然是很高的數字。

國內一些環保團體，諸如「主婦聯盟」倡導國人少用免洗筷已行之有年，不過總是覺得力不從心。免洗竹筷子在製作中殘留的二氧化硫，可能引發氣喘，對人體造成不良影響。消費者文教基金會也針對市面上流通的免洗筷進行測試，受測試的十種免洗筷中，每一件都測出含有成分高低不等的二氧化硫。消基會也指出，免洗筷在製作過程中，為了保持較好的賣相，通常會經過亞硫酸鹽處理，以防止筷子變黃、發黑及發霉。人體食入亞硫酸後，多數會轉換成硫酸鹽，隨著尿液排出體外，但一般人若是食入過量的亞硫酸鹽，可能會造成呼吸困難、嘔吐、腹瀉等症狀，且亞硫酸鹽會與人體的鈣結合，會有造成骨質流失的危險。消基會進一步提到，有些體質特殊的人，特別是缺乏亞硫酸鹽氧化酵素的人，因為無法將亞硫酸鹽轉換成硫酸鹽，攝食含有超量的亞硫酸鹽的的食物，可能會產生不同程度的過敏反應，誘發氣喘或是呼吸困難。

免洗筷子雖然便利卻不安全，倘若要改變使用免洗筷的習慣，最重要的是要先改變大眾的觀念。環保筷的出現，就是環保觀念的具體展現，也代表著當代臺灣某種意識的覺醒。事實上，以現在的衛生條件，全面使用免洗筷確實是一種資源浪費，而隨身自備環保筷則是最完美的方式，如同環保署廢棄物管理處的中心理念：「資源回收是我們的方式，善待資源才是我們的理想。」

詢問新移民女性是否對免洗餐具這個議題有興趣，還好她們因為報紙的經常性報導，自己、家人、鄰居、朋友也都有在使用免洗筷，所以對此議題並不感覺陌生而表示出有興趣。接著研究者就向她們說明整個探究的過程和規則：

一、引起動機及確定名稱：選擇可引起她們興趣的問題。

二、歸納通則：歸納通則為探究教學法最重要的步驟，目的在指導學生收集資料，加以分析、闡釋，以發展學生求知及思考的能力：

（一）收集資料：電視報導、報紙內容、訪問心得……

（二）分析資料：將同質性高的資料歸為一卷宗夾。

（三）發展假設：指導學生提出各種與假設有關的問題，並給予回答。

三、證明及應用：研究者在此階段將協助學生將自資料分析所得的假設驗證成為通則並加以應用：

（一）驗證假設：學生驗證自己所提的各種假設，逐漸發展成暫時性理論。

（二）應用通則：學生共同討論這些理論的合理性，理論被接受後，再指導學生討論理論的應用性和價值。

四、價值澄清和行動：最後由研究者提出爭論性的問提供新移民女性討論，利用她們感受的表達來引導她們澄清自身的價值，以建立正確的價值體系。

經過這次探究式教學的過程，對研究者和新移民女性又是一次的成功挑戰。它讓我們學會如何去進行探究活動：我們學習觀察、討論、規畫、調查、歸納、研判，也培養出批判、創造等各種能力；特別是以實地調查的方式去進行學習，使我們獲得處理事務、解決問題的能力，了解到探究過程中細心、耐心與切實的重要性。活動中以學生活動為主體、由學生主動建構知識、並配合真實情境教學、學習如何學習的方法。從教學過程中，也了解如何採用探究式教學法結合各種面向的教學來提升學生的學習動機，以及如何營造提升動機的教學環境。

面對全球化的趨勢，臺灣需要更活潑的教育思維與教材。透過讀報教育培養教師善用媒體的能力，活化教師的教學創意，進而提升教師指導學生閱讀與寫作的知能。藉由讀報培養學生的閱讀興趣，進而養成閱讀習慣，營造家庭閱讀氛圍，使閱讀向下紮根。想要提升學生讀寫能力，並培養對社會的關心，把報紙帶進教室吧！配合多元活動的設計，報紙不再只是平面媒介，師生都可以進一步訓練自我思考以及表達能力。報紙的內容貼近生活，學生可以自行從中挑選重要新聞、找出佳句、輪流主播並發表個人評語、訓練口語表達和組織能力。報紙教學點子多，以多元化方式進行讀報分享，學生都表示，方法非常實用。

九年一貫課程的目標，是要培養學生帶得走的能力。就語文領域而言，什麼是語文「能力」？簡單的說，能聽得懂別人的話、能清楚表達想法、能正確讀出文字的音調、能寫出國字並成為有系統的篇章等等，所謂「聽、說、讀、寫、作」正是語文的基本能力。但是為什麼學生聽得懂別人講話的內容，卻不一定能說得像他一樣；能看得懂一篇精采的文章，自已卻未必能寫得出來。這樣的語文學習落差，關鍵在於學生的背景知識不足，生活經驗平庸，導致說話與寫作的內涵空洞無物。為了能彌補這樣的語文學習落差，研究者認為培養學生喜愛閱讀的習慣與興趣，從書本文章中吸取豐富的生活經驗與資訊，應該是提升學生寫作能力的有效策略。

然而，以「課外書本」為閱讀材料，仍然有其教學上的限制。例如：一本書的閱讀時間較長，不適合在課程壓縮的課堂上進行引導；經典名著固然值得反覆閱讀，卻可能跟不上社會時事發生的速度。因此，選擇以「報紙」作為閱讀教學的另類教材，不但文章篇幅長度適中，又能結合社會時事的發生，且接近學生日常的生活經驗。諸多優點是有助於培養學生閱讀習慣，對社會人文事物的關懷，並從中進行閱讀與寫作的引導教學。因此，研究者嘗試以「讀報教育」作為進行學生閱讀與寫作教學的方式。希望能透過讀報教育，提升學生閱讀寫作與批判思考等能力並關懷社會、關心社會脈動；將讀報教育的教學活動，融入相關領域的學習，營造創意教學活動；藉由讀報教育的實施，提升學生語文與寫作能力。

一提到寫心得，學生可能會嚇得手腳發抖，臉色發白。其實要讓學生不排斥是有祕訣的，就是先降低標準。在看完一整版的文章後，總會找到幾篇能引發共鳴的作品。一開始，研究者只要求學生把作品名稱寫出來，然後加上兩三句的看法及想法，經過幾次後，發現學生的心得越寫越多，而且用字遣詞，以及句子的流暢度都進步很多。經過上面的訓練以後，學生因為多看多寫，所以早已經降低對作文的恐懼，甚至喜歡上作文，這時就可以提高標準，在閱讀過後選一個主題加以摹寫，這樣所激盪出來的火花是出人意料的；學生們可以很輕鬆、很自然的把想法從筆尖表達出來，而且都覺得作文不再是一件累人的工作。

為了使學生對文章的架構與分段格式有更深入的認知，配合分段大意的講解，研究者也試著讓學生運用《國語日報》上的文章寫出作文樹。文章的主題是大樹的主幹，而分段大意就是樹枝，所有的樹枝必須從大樹上長出來，不然掉在地上的就是偏題，藉此增進學生審題與擬大綱的能力；在修辭法的教學中，譬喻、擬人、誇飾以及引用法等，都是一篇好文章不可或缺的要角。《國語日報》內琳琅滿目的精采作品，處處都有妙筆生花的佳句，經由作業的寫作與分享，也常為課堂中帶來不同的樂趣。

從外部的刺激與內部的情感相遇後，製造出想法，讓這兩個合而為一的開始，就是思考。倘若沒有外來的刺激，人類的腦筋就不會動。從外界的刺激訊號會刺激神經，製造出慾望，這個慾望訊號傳到腦部，啟動思考發電廠，接著尋覓創新的問題解決方法，所以這個「刺激→思考→問題解決」的過程和寫作的過程類似。要寫作首先要會產生疑問，為了解答這個疑問，自然的產生要做的功課，這功課有時是在思考過程中產生，有時是從外界來的，而做這功課的過程，就是寫作。（南美英，2007b）

從旁觀察世事，可以學習多樣觀點，促使思考力旺盛，引導走向解決問題的道路；因此多看各種事物的人，有能力解決世間各種事，並且在寫作時，可以提出更多實在又有用的替代方案。要如何培養關心世事的習慣？光靠課本和參考書是不夠的，電視新聞、報紙也要認真看，因為關心時事是寫作的能源；閱讀時事與寫作關係密切。由於同一條消息，不同報紙的選擇角度和表現方式是不同的，這樣可以培養學生從多個角度分析問題的能力。寫作能力無法速成，一定要從平常培養學生的閱讀習慣，藉由進行讀報教育，分享閱讀心得及討論時事，增強學生的思考能力和寫作能力。能從讀報中培養學生的寫作能力，一直是研究者深切想要達成的教學目標。

第四節 創造思考與合作編報

今日資訊與科技快速演變，教育改革正如火如荼的進行，學生的學習不再僅限於教科書中的知識與能力的培養，能學以致用才是教育的主流。由教育部所頒訂的各級學校的課程標準中可知在各階段教育的教學目標均重視創意思考、問題解決的學習與養成，以增進學生適應未來生活與終身學習的重要指標。在教育部所頒訂的各級學校課程標準中，均明訂各項關於培養學生創造力與問題解決能力的目標，由此可知在各階段教育的教學目標均重視創意思考、問題解決的學習與養成，以增進學生適應未來生活與終身學習的重要指標。

一個富有創造力的個體，在創造力領域中具有卓越潛能或傑出表現，倘若能因勢利導，讓其豐富的創造力得以發揮，必能將創造力轉化為對於社會人群有貢獻的表現。創造思考教學，是一種生動活潑多元化的教學，不僅是培養學生創造力，而且也要激發學生思考力，學生有了創造力和思考力後，將會提升整個教育的活力。創造思考教學，就是教師透過課程的內容及有計畫的教學活動，在一種支持性的環境下，激發及助長學生創造行為的一種教學模式。就教師而言，是鼓勵教師，因地制宜，變化教學的模式；就學生而言，是在啟發學生創造的動機，鼓勵學生創造的表現，以增進創造才能的發展。也就是說：教師藉由課程和活動，提供一種支持的創造性環境，以激發學生的創造性思考，表現出創造性行為，以增進其創造才能的教學模式。（陳龍安，1996）

今日資訊與科技快速演變，教育改革正如火如荼的進行，學生的學習不再僅限於教科書中的知識與能力的培養，能學以致用才是教育的主流，跳脫傳統知識灌輸的教學模式，讓學生整合科學的原理與科技的運用融入自創的遊戲中，才能達到能力養成的理想。教育部從 1993 年起陸續公布各級學校的課程標準，從中可發現培養學生「創造思考」與「問題解決」能力，均列在課程標準總綱的教學目標中，是各級學校各學科在教學時應該達成的目標，在國小的教學目標中列有「啟迪主動學習、思考、創造及問題解決的能力」（教育部，1993）；在國中的教學目標中列有「啟迪創造、邏輯思考與價值判斷的能力，增進解決問題、適應社會變遷的知能，並養成終身學習的態度」（教育部，1994）；在高中的教學目標中列有，增進創造性、批判思考，及適應社會變遷與終身學習的能力」。（教育部，1996）

由上述各級學校的課程標準可知在各階段教育的教學目標均重視創意思考、問題解決的學習與養成，以增進學生適應未來生活與終身學習的重要指標。創造思考教學主要目標乃在於激發和助長學生的創造力。它是利用創造思考的策略，配合課程，讓學生有應用想像力的機會，以培養學生流暢、變通、獨創及精密的思考能力。而教師在生動的教學中也能享受到快樂、充實與成就。

激發創造思考的教學原則，綜合而言可歸納為下列原則：

一、營造活潑開放的教學情境

創造性的環境是一個可孕育創造者的動機，培養創造者的人格特質，發展創造思考技能，以助長創造行為的環境。創造思考的教學環境應特別注意班級教學中生動、活潑、自由、溫馨、幽默的支持性氣氛，並以學生為主體，尊重、接納學生的意見和想法，營造活潑開放的教學情境，以利於師生的互動，相互的激盪，激發學生源源不絕的創造思考。

二、實施創意多元的教學評量

創造思考的教學評量，命題的方式宜多一些擴散思考或高層次思考的題目，使學生多作發揮。然而，紙筆測驗在教學評量中只是其中之一，對於學生的創意表演、報告、作業、操作……也應該加以重視，並以多元的評量方式激發學生創造認知——流暢性、獨創性、變通性、精密性，產出更多的創造情意——好奇心、挑戰性、冒險心、想像力，並在形成性或總結性各種評量中，以開放性的問題，激發學生創造思考的興趣，提出不平凡的創意點子，鼓勵學生自我學習，以增強其創造思考能力。

三、運用創造思考的教學方法

創造思考是學生的潛能，有賴教師靈活運用各種教學方法，以因應個別的差異。教學中應該善用教學媒體，創意的教學設計，雙向交流的師生互動，有效的予以激發。創造性教學的實踐，教師應提供適當的思考問題，啟發學生對問題的敏感性，激發學生心智的變通性，協助學生對問題作整體的考慮，鼓勵學生奮發力學的精神。教師也應提供包括視覺藝術與寫作的創作機會，並從開放式的發問技巧中，鼓勵學生嘗試新經驗的勇氣，不排斥學生錯誤或失敗的挫折，積極鼓勵學生從事課外活動，引導學生從事跨出教室的學習，以增強其創造思考的動機。

四、調整權威式的教學角色

教師教學態度是影響學生創造思考的關鍵因素，教師應摒除權威性格的教學角色，以更寬廣的包容態度激勵學生。教師要尊重學生任何幼稚甚至荒誕無稽的問題；能欣賞學生表現具有想像與創造性觀念的表現；多多誇獎學生提出的意見；避免對學生所作的事情給予否定的價值判斷；對學生的意見有所批評時，應該要解釋理由。

五、鼓勵學生自由發表和操作

教師在數理、語文、工藝、美術等科的教學中，均應鼓勵學生自由發表和操作。學校應該充實理化儀器設備，使學生有自由實驗的機會；從事作文教學時要少作命題作文，多讓學生自由發表；從事繪畫教學時要少教學生臨摹，多讓學生作自由畫；在工藝教學時，要少教學生模仿，多讓學生創作。關於各科考試的命題，不應著重於知識的記憶，而應著重知識的運用。在課外活動方面，也應儘量給予學生接觸大自然和社會的機會，藉以增廣見識，滿足其好奇心，並激發其研究興趣。（吳宗立，1999）

傳統的教學偏重教師的教學行為，以教材或教學內容為中心。這種思潮常常以二分法的觀念，把教材與學生分成截然對立的兩個極端，而忽略了教師、教材、學生三者不可分割的一體關係。所以創造思考教學強調教師透過課程內容，以影響學生行為的一種教學模式，將教師的教學方法，課程內容及學生行為當作互為影響的互動變項，加以組織，以期產生最佳教學效果。而這當中更不忘以學生為主體，盡力的去引導學生，以達到創造思考教學的主要目的。

培養學生成為二十一世紀的主人翁，「教師」在此過程中扮演了極為關鍵性的角色。當前教育問題，倒不是在於學生存有另有的概念；而是許多學生無法利用現行教育環境所習得的知識，進一步發展出在新情境下應用的新而有意義的關係。傳統的學校教育，偏重分析性邏輯思考的訓練，強調知識與事實的記誦，而忽略了解決問題與創造思考的啟發，甚至被有意的抑制而窒息。為了使學生能夠於輕鬆情境中學習，教師應尊重學生，使學生發揮豐富的想像力，激發創意，啟發學生的創造力，才能培養活潑、充滿創新點子的國民，這也是教育改革的目的之一。

九年一貫課程希望以統整課程、協同教學和合作學習的方式培養學生帶著走的能力。以學生協同學習為主體，啟發多元能力為主要概念，尊重個別差異，適時給予讚美與鼓勵，在團體中合作無間，充分展現自己潛能，在活動中培養自信心，期能自我接納、自我實現。在教補校三年的時間裡，研究者總在思索如何提升學生能力，讓學生在合作情境中充分展現多元潛能，並且讓她們藉由協同合作經驗留下一美好的回憶，因為推動讀報教育，所以也讓研究者興起製作班報的想法。編輯一份完善的班報，學生需具備彙整資料、摘要訊息、組織架構等認知能力，還必須結合所學到的電腦基本素養、美工編排等跨領域的技能。在分組編製刊物的過程中，藉由人際的互動，學習互助合作、溝通分享的能力。簡而言之，編輯刊物能具體實踐九年一貫所強調積極創新的精神，同時也是檢核學生基本能力的多元評量方式。

班報是凝聚全班向心力的一帖良藥，藉由班報上有趣的文字，記錄生活的點滴，激發學生對班級的向心力、同學愛，發展班級特色。在參與班報編輯活動過程中，培養學生尊重、感恩、包容、關懷的情操，並能靈活運用生活素材，開發主題探索。

班報的內容項目是平日班級經營和學習成果的展現：

一、班級特色版面。

（一）感恩禮讚：學生發現班上有好人好事時，將具體事蹟記錄下來讓大家見賢思齊。或是想對別人說聲感謝的話，都可以透過此版傳達出去。

（二）班級新聞站：教室內常有許多糗事、趣事發生，或者學生常有許多天馬行空的點子，彙整起來就是班上的「笑談一籮筐」囉！

（三）親職教育經驗談：提供家長輔導新知，了解孩子內心世界，增進親子情感。

二、學習成果版面。

（一）作品集：配合教學主題，刊出學生的創作或學習成果。例如：進行統整課程時，學生的自創「字謎」、學生自編或改編「寓言故事」、「故事接龍」……等均是好的題材。一方面可與教學配合，另一方面也可讓家長了解班上的教學進度與內容。音樂、美勞、自然、作文等課程或學習成果，也都可以呈現在班報中，提升學生的榮譽心。

（二）專題報導：配合時事，教學內容或是大家關心的話題作深入的探討。如：毒奶粉事件、消費券議題、地球暖化……目的是讓學生能運用採訪、編輯技巧，體驗當記者的感覺。

三、投稿專區版面，開放學生自由投稿，不受拘束發揮自己的潛能，也是學生最喜愛的創作園地。

（一）漫畫屋：以四格或單格漫畫的方式記錄班上的新鮮事。學生獨特的思考方式和幽默感往往令人捧腹大笑。

（二）語文創作：作品集是由老師挑選優秀作品展示，此版稿源是由學生主動投稿，如故事連載、歌詞創作、詞曲改編……等。

班報教學流程：

一、選出編輯小組：第一次的編輯群可由老師依學生專長徵詢學生加入編輯小組。這些學生將來是班報編輯的種子學生，可帶領其他小組編輯班報。編輯小組的成員依功能取向可分為電腦高手、畫畫專家、語文高手等數位，再找一位負責的學生當總編輯。她的功能是負責召集小組，負責催稿及主持討論。編輯小組的成員以6～8人為宜。

二、認識刊物：從報紙、校刊認識刊物的版面配置、內容格式、編輯方向......如果有其他班級的班報作品輔助說明，效果會更理想。

三、小組討論：編輯小組討論時老師的角色很重要，必須提供學生相關資訊，如：編輯技巧，規畫班報主題、版面配置，工作分配，完成時間......老師要扮演鷹架學習的功能，清楚引導學生做出有班級特色的班報。

四、擬定計畫、工作分配：依學生的專長和興趣安排工作，開始做最好一人至二人負責一個版面。例如：有人負責資料收集，有人手寫草稿，有的人負責電腦文字輸入，有人畫插圖。
五、製作：由於學生缺乏編輯經驗，一定會有許多的疑惑。在製作過程期間，老師要隨時掌握編輯進度，不斷地詢問編輯小組是否遭遇到困難，並提供解決問題方法。老師可以結合電腦課指導排版技巧，美勞課指導美編技巧，國語課指導訪問、編寫技巧……充實學生的編輯知能。
六、校稿：編輯小組先進行一校，再由老師或其他同學進行二校。
七、出版：影印出版。（賴秋江，1990）

刊物編製是一種綜合能力表現的活動，班報的編輯是以全語文的教學策略培養編輯能力，以課程統整的方式進行教學活動。老師在實施班報教學時需以統整方式尋求最大的教學效果。例如：結合藝術與人文指導學生美編的技巧；配合電腦教學生打字排版的技巧。最重要的是語文領域教學，以全語文發展學生全方位的語文能力。

每一份班報的完成，凝聚了全班學生的情感與力量。等到學生畢業後，班報中留下來點點滴滴的紀錄，都會成為每個人一生中最美麗的回憶。讓我們一起為學生編織美麗的夢想，留下最純真的回憶，班報就是最好的選擇。至於刊物採訪編輯牽涉到一定程度的專業訓練，並非憑藉短時間的熱情就能達到定期出刊的目的，但是相信有心就不難，只要肯付出，必有甜美的果實可以採收。教學工作如同堆砌一座城堡，可以說是一件既艱鉅又浩大的工程。不只需要投注大量的時間與精力，更是一項良心與愛心的事業。而對一位老師來說在教學的過程中，除了單純的知識傳遞外，我們更應該去想一想，還能給予學生什麼？畢竟，知識的教導並不全然只是為了應付識字罷了。

在讀報的養成過程中，讓學生學習欣賞文章、發現問題、提出自己的見解、進而能分析事物的條理及表現出口語表達的能力；透過讀報，培養表達組織能力，學習組織架構文章，增長見聞並喜愛寫作。從學習規畫班報的內容培養分工合作的精神、培養表達的能力。利用習得的經驗，學習進行採訪活動，製作班報進而體驗看報與發報的樂趣。讀報教育的目的是為語文基礎教育扎根，進而使學生獲致終生「帶得走」的能力，透過親師生三方的協同讀報教學，也可以啟發學生對特定領域的興趣、診斷閱讀的困難、分享讀報的樂趣、對事物價值觀的評判……並可提供教師作為調整教學、學生個別化適應及家庭教育的依據。藉由每日「讀報」習慣的養成，拓展個人視野，汲取他人經驗，內化成為自己生命的光華，學習將所見、所寫、所聽，會口述與他人分享。從報紙的多元化報導，欣賞各國的風土民情，更能瞭解世界一家，成為有國際觀的新國民。

「閱讀」是讓生命精進的重要歷程，這也是研究者推動讀報的教學理念。閱讀除了直接獲得國語文的基礎之外，培養對事物的判斷力外，由閱讀中發現問題、提出問題與解決問題，更能透過知識，增進解決問題的能力。因為閱讀乃是鍛鑄生命質量重要的一環，更是所有領域整合的成果展現。依教師角色而言，唯有透過長期「閱讀」習慣的養成，大量累積閱讀的知識，才能涵化為生命質量的光華；依學生角色而言，唯有透過閱讀的過程，才得以啟發其對特別事物的興趣，發展長才並展現自己的風格。

第六章　讀報互動在新移民女性語文教育上運用的活動設計及其驗證

根據本研究的研究問題，在進行課程活動設計及實務驗證時，蒐集的資料包括三個方面：

（一）成員在讀報課程中的學習表現。

（二）成員對讀報課程的反應、感受與發言內容。

（三）學生的課後作業、學習單。

（四）研究者個人的省思札記。

（五）研究者針對讀報課程與教師同儕間及參與觀察者的討論與建議。

因此，本研究蒐集資料的方式主要有：

一、錄音

因研究者身兼教學者角色，為了增加觀察的細密度與正確性，提供後續資料分析使用，必要時在進行讀報課時進行錄音，將教學方式、師生對話及學生想法錄下，以提供研究者與教師同儕討論、分析教學成效、省思教學目標，作為改進的依據。

二、訪談

訪談方式分為兩種：一為正式訪談，利用半結構式訪談深入了解學生想法；一為非正式訪談，利用下課時間與學生對話或討論課程內容，以了解學生對於讀報課程的學習狀況及想法。

三、問卷調查

以研究者自編「使用報紙現況調查問卷」讓學生填答，用以調查學生對報紙的使用狀況和看法。

四、文件分析

本研究以學生的學習單、課程討論的記錄、受訪者與研究者相關的心得、日記、課堂筆記與協同研究夥伴討論內容摘要等文件資料，與訪談及錄音資料作交叉檢核，當發生矛盾與疑問時，再進一步請教教師同儕、協助參與觀察者或學生，以釐清原意，並作為佐證研究的資料。

五、教師札記

札記內容能提供對事件省思的空間，所提供的資料是呈現研究者個人立場和想法的主要依據。本研究詳細記錄了讀報成員課程活動的對話，並記錄了教學者個人的想法、教學策略、教學省思與感想，明白表達教學者的預設立場，以隨堂札記的方式呈現；另一方面，因研究者就是教學者，以至所持的立場、對問題的評估、使用的策略及理由、教學歷程的感想都是札記的內容。

第一節　朗讀與討論的活動設計及其驗證

從開始運思要用報紙當教材來教新移民女性讀報開始，看報紙就成了研究者每天必備的功課。利用在學校服務的優勢下，每天不用花錢訂報就可以讀到五份報紙。下班後晚上到學校讀報成了每天的功課，研究者像個獵人般到處搜尋想用的資料，內容是以能幫助新移民女性生活適應的新聞素材為前題。說實話，想教的太多，但是時間有限，只好去蕪存菁。報紙的每則報導就像自助餐店的菜色，任由客人自由挑選喜歡的菜色來填飽肚子，在這群新移民女性對中國菜色還不是很懂時，研究者就是擔任引介者的角色，藉由不同的烹飪手法來讓她們愛上中國菜；不要還是只單吃母國的料理而拒絕接受新口味，希望透過研究者的介紹後，讓她們能愛上中國菜，進而自己去開發、研究，成為一位中國菜的料理達人，那將是研究者最期待的成果展現。要讓新移民女性愛上讀報，善用報紙的報導來增加生活知能，一直是研究者讀報教學的主要目標。

剛組讀書會時，曾經以問卷方式調查過 8 個學生平日是否有閱報的習慣，得到的答案竟然只有 2 個學生有閱報習慣，當下心頭涼了半截。讀書會時請成員發表平日沒有讀報的理由，多數都是因為識字障礙，看不懂的太多，所以不會想去讀報。多數成員都是依賴電視新聞來了解時事，這也就是對許多來臺一、兩年的新移民女性而言，聽、說都不成問題，但是要讀跟寫時，就會發生很大難題的原因所在。S8 分享自己讀報的心得，因為先生有讀報習慣，所以自己也跟著讀。開始時，很多字不懂，會用上下文來推測意思，如果推測不出來，就用忽略法，只要不影響文章意思的連貫性就好了；倘若影響到文意的連貫性，就會問老公，當老公被問煩時，就不會再問了。S2 認為藉由讀報，自己在識字方面進步很多，其實也就是熟能生巧，第一次不認識的字，多出現幾次就慢慢記住了。S2 推薦大家要多看報紙，她認為報紙對新移民女性來說，是一份很好的自修教材。S2 的現身說法，讓大家都很期待能透過讀報讓她們快速融入臺灣社會，當然，這也是研究者最大的希望。（發表 S8、S2 摘 2008.09.16）

讀報教育的成果並非一蹴可幾，研究者打算用十個月的時間有計畫的來實施讀報教育，茲將每個月讀報的課程進度作一課程表，讓讀報教育的推動是有計畫性的執行，對整個研究過程也能有完整的記錄與回顧。

表 6-1-1　讀報教學課程活動計畫表

年、月	課程名稱	課程目標	主題活動
9709	閱讀報紙	拉進與報紙的距離。	培養讀報興趣。
9710	朗讀教學	記錄文章要點、朗讀記號教學、學習提問。	1. 能有感情的唸出聲音表情。 2. 馬爾地夫買地遷國。
9711	討論教學	5W1H、菲利浦擷取重點、有技巧的提問討論。	1. 比爾蓋茲退休，投身公益。 2. 消費券問題多。
9712	讀者劇場	學習編劇、看稿演戲。	好戲開鑼 ——哭泣的兔子。

9801--2	故事劇場	學習編劇、背稿演戲。	好戲上場 ——和貓有約定的老鼠。
9801--2	翻譯文章 （寒假中）	閱讀母國報紙並自行選擇翻譯其中的一篇。	能將母國報紙翻譯成國語，並將翻譯的文章朗讀出來。
9803	探究教學	學習主動探尋並解決問題的過程。	1. 男生女生大不同。 2. 免洗餐具知多少。
9804	心得寫作教學	作文樹的引導寫作、善用譬喻、擬人、誇飾法。	1. 臺灣與母國的不同。 2. 寫一封情書給老公。
9805	創造思考教學	激發創造思考的興趣、增強創造思考的能力。	1. 報紙會不會滅亡。 2. 製作六頂思考帽繪本小書。
9806	合作編報教學	以全語言發展學生全方位的語言能力。	出版班報 （讀報成果彙編）。

在 2008 年 9 月讀報課程開始，為了拉近新移民女性與報紙的距離、了解閱讀媒材與培養讀報興趣，先以《讀報教育指南——語文篇》上的內容作為教學內容。（國語日報社，2007）研究者約略介紹報紙誕生的歷史、報紙的版面配置（報頭、報眉、版名、刊頭）、報紙的製作流程（以紙本內容配合觀看高雄縣九曲國小讀報教學網站中報紙製作流程的影音教學檔，最後以故事劇場中的即興創作演出記者追稿、被催稿、編輯苦思排版及每天被要求準時出刊的甘苦談），經過這次的課程，學員們對一份報紙從無到有的過程都能有初步的了解。這樣的課程要在一個月四次的讀書會中完成，幾乎很趕，但是為了能按照既定教學課程計畫表進行，就在在考驗了研究者對教材的篩選能力。

一個月的課程結束，這只是讀報課程的暖身活動，在讀書會中實際訪談成員的心得感想時，多數成員都很喜歡上課的內容，以下是上課記錄內容：

研究者：我想知道在這一個月的課程中，你們的看法、想法。我們先採自由發言，然後再邀請發言，想先初步知道在讀報課程中，你們的心得和感想。

S3：我覺得很好，我對很多事情都以為是這樣就是這樣，很少會想到剛開始的時候。報紙對我來說，很時常看見，但是我都不會去好好使用。很多時候我根本都不會想拿來看，因為看不懂的太多；看電視新聞可以讓我練習說國語，可是很多我也聽不懂，要問老公，也不知道要問什麼？看報紙不會時，就會拿著報紙問老公、問家人，老公和家人教我就比較知道我要問什麼。報紙可以一直讀，讀到懂為止，新聞、廣播說很快，聽不懂時也不知道怎麼問人。（發表 S3 摘 2008.09.30）

S1：我覺得演戲很好玩。我演記者時，我有在想記者的辛苦，每天都要寫新聞給我們看，真的很辛苦。（發表 S1 摘 2008.09.30）

S2：老師很好，要我們學會看報紙，就可以知道社會大事。又告訴我們《國語日報》有注音，我在越南時就很喜歡看報紙，到臺灣看不懂國字就沒有看報紙了。來讀補校後學了注音符號，我只有讀課本，我覺得不夠，現在有注音的報紙了，我可以自己看報紙，我很高興。（發表 S2 摘 2008.09.30）

S6：我不喜歡讀報紙，因為認識很少國字，讀報紙很慢。但是大家一起讀的時候，我就不會討厭了。報紙要經過很多人的努力才能完成，我應該要學會珍惜，聽到大家說讀報可以幫助識字，我會想讀報了。（發表 S6 摘 2008.09.30）

S4：我知道報紙的製作過程後，我才知道報紙的產生也是不容易的。我知道報紙的報頭、報眉、刊頭、版名是什麼時，回家問老公，他不知道，換我告訴他，覺得很有成就感。（發表 S4 摘 2008.09.30）

S5：因為要加班，不能每次都來上課，所以學的不完全。我希望老闆不要叫我加班，我喜歡來上課、學識字，上課時是我最開心的時候。（發表 S5 摘 2008.09.30）

S7：我不知道要講什麼，我來臺灣才一年多，很多事情都不懂。讀報很難，我很怕會讀的不好。（發表 S7 摘 2008.09.30）

S8：我喜歡老師教我們讀報，報紙的內容比較新鮮而且也可以和別人談天，如果我會自己讀報了，我一定能學到很多東西。報紙裡有很多的知識，我想學也學不完。（發表 S8 摘 2008.09.30）

有則故事很能說出研究者的心境：曾經有兩個人被公司派到非洲去推銷鞋，結果兩個人回來後回報的內容都是一樣的，但情緒狀態是完全不一樣的。一個人很沮喪，他說：「這個地方鞋子是推銷不出去的，沒有市場，因為那裡根本沒有人穿鞋。」另一個人則很興奮，眉飛色舞的說：「太棒了！那裡的人都沒有穿鞋，這將是一個巨大的市場呀！」想起當初要教新移民女性讀報，心境的轉折起伏很大，為了擺脫個人讀報的狹隘格局，於是採用團體共讀的方式，希望經由多元方式的讀報教學，激發出她們的讀報興趣。在十個月的讀報教學活動中，研究者自己在媒體素養能力、閱讀教學能力、教材選擇能力，以及教學設計能力也有許多的收穫。在一次一次的教學活動後，看到學生從傾聽能力的進步到說話內容的增加到朗讀文章的流暢到寫作技巧的純熟，讀報雙贏的好處，真的值得有心人勇敢去嘗試。

2008 年 10 月正式進入讀報課程，這個月的內容以朗讀為主，前三堂課由研究者示範教學，最後一堂課就由學生上場實際演練，因為要實際上場演練，研究者發現學生上課認真了許多，會一直提問，一直練習，所以有適度的壓力應該會有助於學生的學習成長。對學生研究者給予溫暖的關心，不停的催化她們，要她們相信自己做得到，研究者對她們有信心。

接下來的四堂朗讀教學活動設計，教學目標設定在讓學生知道朗讀文章與口語交談時有不同的節奏、語氣並能優美、流暢的掌握朗讀時的節奏及能專心注意聽別人說話。我們以 10 月 9 日《國語日報》的〈馬爾地夫買地遷國〉為讀報的教材內容，經由二節課的朗讀記號教學和句型示範唸讀和一節課的示範教學後，接下來的一節課就是成員實際學習的成果演練。

簡單地說朗讀就是以清晰響亮的聲音，正確標準的國語，把語文教材有感情地讀出來。朗讀是朗誦別人的作品，因此在讀的時候，朗讀者必須尊重作者的原味。依據內容的段落、詞句所包含的主旨與情感，原原本本的運用語言技巧，以優美的節奏，高、低、輕、重、強、弱、快、慢的音調，把原作品詞句的意態、語氣，生動的表現出來，進而產生賞心共識的感受。朗讀是一種美讀，可以刺激聽者的興趣，並在情緒上引起共鳴作用。在國語文教學中，朗讀是頗重要的一門課，因為聲音的優美容易吸引學生的注意力，並使學生能更加了解文章內容及情意。透過朗讀，可以把文字透徹地表達，使書面、靜態的字句充滿立體動態感，是教學的最佳示範。學生透過朗讀活動可以增加語文的趣味性，並且學習正確的語音、語法、語調、語氣……充分欣賞文學的美。

朗讀教學活動設計

表 6-1-2　朗讀教學活動設計

<table>
<tr><td>單元名稱</td><td colspan="4">朗朗讀書聲</td></tr>
<tr><td>設計理念</td><td colspan="4">朗讀是一門有聲的藝術，在語文教育中有其重要的價值，熟悉朗讀的技巧，多讀、熟讀不但可以加深對文章精神內涵的了解，學習和儲存大量優美的語詞和句式，也有助於口語和書面語表達能力的提升。本活動介紹朗讀的要點、經由範讀，帶領學生們領略朗讀之美與樂趣，提升說話的質感與能力。</td></tr>
<tr><td>教學目標</td><td colspan="4">1. 能了解朗讀的意義與要領。
2. 能理解並把握文章內容思想，適切表達情感。
3. 能讀準每一個音節的聲、韻、調。
4. 能運用符號輔助朗讀。
5. 能熟悉句型朗讀的技巧。
6. 能專心傾聽別人說話。</td></tr>
<tr><td>參考資料</td><td colspan="4">《名家教你朗讀》、《國語日報》</td></tr>
<tr><td>教學對象</td><td>新移民女性</td><td>教學時間</td><td colspan="2">共四節（160 分）</td></tr>
<tr><td colspan="3">教學活動</td><td>時間</td><td>備註</td></tr>
<tr><td colspan="3">第一節：
一、暖身活動
老太太的故事。（詳見第五章第一節）
二、準備階段：
1. 朗讀輔助記號介紹
①、代表斷句（但是氣不可以中斷）。
②—代表語音拉長，速度稍慢。
③------代表語氣緊湊，速度稍快。
④~~~~~代表輕讀。</td><td>40 分

15

5</td><td>

＊製作朗讀記號紙卡</td></tr>
</table>

⑤ • 代表重讀。 ⑥）代表聲調高起。 ⑦（代表聲調低下。		
2. 句型朗讀示例 ①肯定語氣： 我買了這件黃襯衫。 小英多才多藝，所以被推選作學藝股長。 ②否定語氣： 小明這樣做是不對的。 你不應該偷喝恩恩的奶茶。 ③疑問語氣： 你想喝咖啡還是奶茶？ 這本漫畫並不貴，不是嗎？ ④高興語氣： 太棒了，明天就是我們的畢業旅行了呢！ 想到我中了頭獎，就開心的睡不著覺。 ⑤生氣語氣： 你真是太迷糊了，每次出門都忘記帶錢。 太過分了，小玲又被老公打了。 ⑥哀傷語氣： 我心愛的腳踏車被偷了。 唉！想到你要離開那麼久，我就很難過。 ⑦驚嘆語氣： 什麼？這件裙子要兩萬元？ 好貴的一張票啊！ ⑧鄙視語氣： 像你這麼懶惰，還能有什麼前途嗎？ ⑨生病語氣： 身體虛弱的小娟慢慢的對我說：「該吃藥	20	＊句型朗讀示範句卡

了，請幫我倒杯水吧！」 ⑩哭泣語氣： 阿仁哭著說：「我不要吃藥，藥苦死了！我要找媽媽。」		
第二節：	40 分	
二、發展階段	40	
1. 讓學生一對一進行句型朗讀演練。（注意語氣、找出關鍵字詞：又、更、再、大、小、慢慢的、四字詞語、形容詞……作上朗讀記號）		
第三節：	40 分	
三、綜合階段（一）		＊收集馬爾地夫資料 ＊世界地圖
1. 教師選取報紙文章〈馬爾地夫買地遷國〉作朗讀示範，並提出問題讓學生共同討論發表，以加深對該篇文章的理解力及記憶能力。	20	
①根據報導，你認為造成地球暖化的原因是什麼？	10	
②你覺得自己可以做哪些事來幫忙對抗地球暖化？ （詳見第五章第一節）	10	
第四節：	40 分	
四、綜合階段（二）		
1. 由事先徵求排定的二位同學負責以報紙文章的內容分別進行朗讀演練及討論活動。	40	

為了這次的課程有共讀的報紙，事前已經發給每位學生相同的報紙，經過兩節課的示範教學，學生對朗讀可以說有了初步的概念。S3 若有所悟的說出自己對朗讀的看法，她覺得朗讀就是用

假假的聲音來唸書。（發表 S3 摘 2008.10.14）她一說完，全班都笑了。研究者想這是她們的詮釋，不完全錯也不完全對，至少在裝模作樣時，她們會去思考要怎麼假才會像吧！接下來由研究者選取報紙文章〈馬爾地夫買地遷國〉作朗讀示範，並提出問題讓學生共同討論發表，以加深對該篇文章的理解力及記憶能力。如果您一生有許多次出國旅遊的機會，您一定要光臨馬爾地夫；如果您一生只有一次出國旅遊的機會，那麼您更應該選擇馬爾地夫。馬爾地夫民主共和國位在印度與斯里蘭卡西南方 650 公里的印度洋上。它是由 19 個珊瑚環礁構成 1,190 個島嶼，200 座已開發島嶼中，有 80 座渡假島嶼飯店。國土面積 298 平方公里，群島橫跨印度洋，南北長 800 公里，東西寬 120 公里，橫跨海域，總面積約 107,500 平方公里。馬爾地夫群島共有 1,190 個島嶼，沒有一個高度超過海面兩公尺。澳洲的科學家預測，25 年來印度洋水位已經上升 3.5 公分，以這種上升速度，在一百年內，馬爾地夫這個人間仙境般的熱帶渡假島嶼的大部分地區，很可能最後只留在人們的記憶中了。

第四次的讀書會時間就由二位同學當主持人，示範表演她們的準備教材，研究者只在一旁作觀察員兼作學生。整個教學流程非常順暢，學生的反應也很熱絡，問答之間毫無冷場。示範表演的同學很盡責，事後要了她們的筆記，幾乎都是逐字稿，一字一句都詳實的紀錄。最後給予示範者回饋時，大家都報以熱烈的掌聲，但研究者希望要給予具體的說明，於是研究者將自己的觀察結果說出來。首先先對兩位示範學生的認真態度給予誇獎，一個人敢上臺，就值得鼓勵。而且整個活動的流暢度掌握得很好，在朗讀範讀時，已經將聲音表情融入了，問題的提問也很精準，讓大家對文章能有更清楚的理解。S4 說：「其實我很羡慕她們的國語學得這麼好，還能來教我們，很厲害！」S6 說：「我謝謝她們來教我讀報紙，希望有一天我也能有像她們的表現！」S7 說：「我覺得讀報紙好像變有趣多了，以前不想讀，現在會想去讀，我想要學好國語，自己也要努力才對。」S3 說：「S8 的聲音很好聽，她剛才說的很好，只是說得太快了，如果能說慢一點，我才能更了解她的意思。」（發表 S4、S6、S7、S3 摘 2008.10.28）

下課後我對 S8、S2 兩位示範教學的學生也作了個別訪談，以下是 S8 學生的錄音訪談內容摘錄：

研究者：「你覺得這次的示範教學對自己有什麼收穫？」

S8：「這是我第一次上臺教書，一定很害怕，可是老師一直相信我做得到，我覺得不能讓老師失望，我就有努力去準備。在教的時候，我一直看我的筆記，這樣我比較有把握。現在做完了，感覺很輕鬆，要上臺教書，還是會緊張的。」

研究者：「一份報紙，你是以什麼標準來選出自己想要教的內容？」

S8：「我會先看標題的題目，再以我的興趣為主。像我選的〈只要鼓勵〉這篇文章，都是要我們多鼓勵自己、別人，我覺得我想要去知道內容時，我就會想看；而且這篇文章我可以全部理解，我會比較有把握！」

研究者：「你在準備的過程，有沒有遇到困難？」

S8：「當我選到這篇文章時，我讀的懂，就沒有困難了。在唸讀時，我有去練習老師教的方式，也有去做朗讀記號，唸的方面花了很多時間，但是唸了很多次以後，我對文章的意義更了解了，對我會讀錯的音，我也記得更好、不會忘記。」

研究者：「你平常有讀報嗎？遇到困難時你怎麼辦？」

S8：「先生愛讀報，我也會跟著讀報。遇到困難時，我先用猜的或不管它，如果想知道就會問先生，請先生教我。如果他不在的時候，我會先記在紙上，等他回來時再問他。久了我就慢慢讀的懂報紙，也愈來愈喜歡讀了。」

研究者：「下次有機會，你還願意試一試嗎？」

S8：「我要，我覺得這種機會會讓我成長，雖然有壓力，但是我覺得對自己有幫助，所以我願意再試一試！」（訪談 S8 摘 2008.10.28）

接著是 S2 學生的錄音訪談內容摘錄：

研究者：「你覺得這次的示範教學對自己有什麼收穫？」

S2：「我的膽子變大了，開始時我會怕，後來教完了，覺得也沒有那麼可怕！我對自己的進步感到很高興。」

研究者：「一份報紙，你是以什麼標準來選出自己想要教的內容？」

S2：「我是以比較短的文章為主，我讀得懂的為標準。太長的文章我都不想去看，因為要看很久，我會很煩。」

研究者：「你在準備的過程，有沒有遇到困難？」

S2：「要用朗讀的方式讀文章比較難。因為平常我們就不是這樣講話，所以我練習很久，這是我準備時的困難。提出問題的部分，我是以自己有興趣知道的部分來問大家，大家一起討論時也教了我，讓我更清楚明白我不知道的部分。像我想知道健康的飲食習慣有益健康，我就問大家什麼是健康的飲食習慣？大家回答時，我也在吸收。」

研究者：「你平常有讀報嗎？遇到困難時你怎麼辦？」

S2：「平常有空的時候會把報紙拿起來翻一翻，先找短的文章開始讀，讀得懂時會繼續讀，很多讀不懂時就不想讀了。忙的時候就不會看報紙，因為我沒時間。我會在看電視聽新聞時做一些事，這樣事情才做得完。」

研究者：「下次有機會，你還願意試一試嗎？」

S2：「我會先想看看自己能不能做到，如果我做得到，我會想再試一試！訓練自己的膽子。」（訪談 S2 摘 2008.10.28）

聽完兩位同學的心得發表，研究者知道她們透過這次的學習活動成長許多。在教補校時，研究者都會因為她們識字少而輕忽她們的能力，以為一切的學習活動都應該以識字的多寡來擴充。新移民女性的識字量少，所有的學習活動本應該鎖定於識字教學，但研究者輕忽個別的差異性。透過這次的教學活動，研究者知道多元化的學習活動更有助於學習，也會好好利用同儕的差異性來刺激同儕間的學習，還有對她們用示範教學這個語彙太沉重了，如果能改成讀報分享對示範的學生來說就不會有那麼大的壓力了。（教札 T1 摘 2008.10.28）

第一階段的讀報朗讀課程結束，接著進行第二階段的讀報討論課程，在我們的讀書會活動中，是一種以閱讀共同的讀報材料，討論分享心得為主，其他的學習活動為輔，來達到自我成長的非正規學習組織。對個人而言，讀書會是獲取新知，培養才能，滿足求知慾，促進自我成長、自我實現，進而建立良好人際關係的管道；對社會而言，讀書會是彌補正規教育的不足，促進正規教育的改革，落實終身學習理念，塑造理性祥和社會的利器。

「讀書」是一種獲取新知、自我成長的好方法，「參加讀書會」更是將新知及成長無限延伸的最好方式，透過和他人的分享、討論，促進師生良好互動，拓展了我們對知識的視野，也寬廣我們了解世界的角度。在讀書會裡，我們讀書、讀人、也讀自己。藉由傾聽他人的經驗與想法、注意回應、發表問題、尋找答案，我們與他人的腦力激盪碰撞出許多知性的火花。藉由作筆記，寫下感想心得，我們回頭增添自我人生的智慧，發現生命的光采與趣味。

在讀書會裡我們共讀報紙，每則新聞都有它不同的敘事觀點，每個人都可以有自己的解讀。但在讀書會裡，我們可以掌握一般性的議題，作為開啟討論的基礎。不管是什麼版面的文章，只要有討論的價值，都可以納入讀書會的討論議題，所以可以使用的教材非常多。當研究者在選擇教材時，主要考慮是以時事議題和能增加新移民女性的生活知能為主。在讀書會的討論活動中，不但使學生在談論課本教材之餘，直接接觸了知識並吸收了知識核心，在引導發問、啟發觀察力和分析力的練習下，學生將學習到終身受用的閱讀技巧，學習能力也因此可以提升。在工作、嗜好、日常生活之外，在讀書會開放氣氛中，將心門打開，將框架拿掉，從知性的、感性的、人際的互動中，能夠發現更加開闊的美麗人生。

11 月份我們的讀報課程進入了討論教學，在 10 月份的朗讀教學中，我們除了朗讀外，也練習了提問的技巧，算是已經有了先備經驗，所以研究者希望這樣的課程安排，也能暫時舒緩在朗讀課程進行中的壓力，精神不要一直緊繃，否則因為研究者求好心切而給她們過多的壓力，怕她們吃不消。首先先介紹「5W1H」的閱讀法來強化閱讀新聞的理念，再以〈比爾蓋茲退休，投身公益〉這則報導來介紹。這則報導內容精簡有意義，又有明確的「5W1H」，很容易讓學生明白。以比爾蓋茲全球首富的身分，仍以投身公益為終身志業，身為凡夫俗子的我們更應該以他為楷模學習的對象，效法他的行為，勤做公益，讓我們的社會更美好。

討論教學活動設計（1）

表 6-1-3　討論教學活動設計（1）

<table>
<tr><td>單元名稱</td><td colspan="3">找出新聞中的 5W1H</td></tr>
<tr><td>設計理念</td><td colspan="3">利用 5W1H 的觀念，訓練學生留意文章中重要的訊息和資料，希望透過找 5W1H 的檢核中，能自我檢視閱讀過程是否完全理解，增進閱讀理解能力，幫助閱讀。</td></tr>
<tr><td>教學目標</td><td colspan="3">1. 能找出新聞中的 5W1H。
2. 增進學生聽說讀寫的能力。</td></tr>
<tr><td>參考資料</td><td colspan="3">《國語日報》</td></tr>
<tr><td>教學對象</td><td>新移民女性</td><td>教學時間</td><td>共二節（80 分）</td></tr>
<tr><td colspan="2">教學活動</td><td>時間</td><td>備註</td></tr>
<tr><td colspan="2">第一節：
一、準備階段
1. 毒奶事件摘要說明。（詳見第三章第二節）
2. 第一次先由老師領讀，以朗讀的方式帶領學生共同朗讀〈比爾蓋茲退休，投身公益〉這則報導內容，並請學生做出朗讀記號。
3. 第二次共同朗讀，注意要讀出聲音表情。
4. 第三次默讀，並請學生將將不懂的詞語圈出，共同討論解惑。
二、發展階段
1. 介紹比爾蓋茲的家世背景。
2. 共同討論不懂的詞語，增進閱讀理解能力。
第二節：
三、綜合階段（詳見第四章第二節）
1. WH0：主角是誰？</td><td>40 分

10
10

10

10

40 分

5</td><td>

＊毒奶事件整理資料影本

＊比爾蓋茲家世背景資料

＊5W1H 學習單</td></tr>
</table>

2. WHEN：發生的時間？ 3. WHERE：發生的地點？ 4. WHAT：他做了什麼？ 5. WHY：他為什麼要這樣做？ 6. HOW：事情發生的經過？ 7. 介紹美國總統歐巴馬的生平大事。（詳見第四章第一節）	5 5 5 5 5 10	＊剪報資料影本

一則新聞雖然有這六個基本要素，但是每一則新聞強調的重點各有不同。經過這次的討論教學後，提供給大家讀報的閱讀理解策略，學生都覺得很適用，對於報紙的內容也比較有興趣想去了解。S8 省思自己讀報時不曾去反思報紙的內容報導的意義，她只將報紙視為識字工具，很少會去進一步思考別的問題，經過這樣的過程後，她覺得報紙的可讀性更高，她應該多角度的閱讀報紙，不要只是要識字，相信這樣讀報會更有意義。（發表 S8 摘 2008.11.11）研究者很謝謝 S8 下的這麼好的註解，S8 一直是我讀報教學的得力推銷員，她自己勤於讀報，又不時在讀書會時發表讀報的好處，讓團體成員對讀報很有興趣，相信她們同儕間的影響力必定遠大於我。S8 對研究者的讀報互動教學而言，實在是一個重量級的人物，感謝有她，讓我們的讀報活動能一直順暢的進行下去。

近日全球經濟用萎靡不振來形容一點都不為過，而臺灣也受到此波金融風暴的影響甚劇，國內消費市場景氣低迷，因此政府為搶救我國經濟危機，決定於西元 2009 年 1 月 18 日統一發放等同於新臺幣的消費券，每人均可領價值 3600 元的面額，而許多臺灣民眾對這天上掉下的意外禮物感到欣喜，伴隨著農曆新年的到來，民眾更是對消費券的到來各個引頸期盼。消費券雖可說是一筆意外之財，能讓民眾購買所需，進而刺激國內愈趨不景氣的消費市場。政府為了搶救臺灣經濟不得不出此下策，但這價值新臺幣 3600 元的消費券更進一步的意義，卻是政府舉債向我們的下一代借錢所印製而成的，並非大家所認為的掉下來的禮物。

接下來研究者結合時事議題，以全臺首次發放的消費券為討論主題。她們對外籍配偶是否有資格領消費券這則報導最感到憤恨不平，認為自己受到嚴重的歧視，她們一致認為：「我們因為認同臺灣而嫁來臺灣，為什麼臺灣人都不能接受我們，我們對臺灣也貢獻了很多勞力、生育力，但是臺灣人總是會把我們排除在外。」說到心酸之處，大家都情緒激昂。還好幾天後，政府確定有居留證的外籍配偶也將納入消費券的發放名冊，才平息了眾怒。在討論會時，攸關自己的權益時，討論內容自然就會變熱絡，也比較容易成為抒發不滿情緒的出口，此時主持人能做的只要安慰、傾聽、包容，讓成員感受到溫暖的支持會比給予知識面的資訊來的重要許多。

討論教學活動設計（2）

表 6-1-4　討論教學活動設計（2）

單元名稱	認識消費券
設計理念	配合時事讓學生能知道消費券的緣起、發放對象、管道，了解消費券使用的限制，明白發行消費券可能衍生的問題並從中能夠計畫運用消費券，進行價值判斷和選擇。
教學目標	1. 知道消費券的緣起。 2. 明白消費券的發放對象、管道。 3. 了解消費券的使用限制。 4. 明白發行消費券可能衍生的問題。 5.能夠計畫運用消費券，並進行價值判斷和選擇。

<table>
<tr><td>參考資料</td><td colspan="4">《中國時報》、《聯合報》、《自由時報》、《國語日報》</td></tr>
<tr><td>教學對象</td><td>新移民女性</td><td>教學時間</td><td colspan="2">共二節（80 分）</td></tr>
<tr><td colspan="3">教學活動</td><td>時間</td><td>備註</td></tr>
<tr><td colspan="3">第一節：</td><td>40 分</td><td></td></tr>
<tr><td colspan="3">一、準備階段</td><td></td><td></td></tr>
<tr><td colspan="3">1. 介紹《外配演講賽，談公婆深情飆淚》的新聞內容。（詳見第四章第二節）</td><td>20</td><td>＊剪報資料影本</td></tr>
<tr><td colspan="3">二、發展階段</td><td></td><td></td></tr>
<tr><td colspan="3">1. 介紹消費券、增進學生對消費券的認識。</td><td>10</td><td rowspan="2">＊消費券剪報資料</td></tr>
<tr><td colspan="3">2. 共同發表個人對消費券的理財規畫。</td><td>10</td></tr>
<tr><td colspan="3">第二節：</td><td>40 分</td><td></td></tr>
<tr><td colspan="3">三、綜合階段（菲立普 66 方法）</td><td></td><td></td></tr>
<tr><td colspan="3">1. 政府發消費券的優、缺點？</td><td>10</td><td rowspan="2">＊提問問題字條海報</td></tr>
<tr><td colspan="3">2. 為什麼政府要發消費券，不發現金？</td><td>10</td></tr>
<tr><td colspan="3">3. 對未成年的孩子來說，消費券是自己的還是父母的？</td><td>10</td><td></td></tr>
<tr><td colspan="3">4. 消費券對國家經濟面的影響？</td><td>10</td><td></td></tr>
</table>

當新移民女性知道自己能領 3600 元的消費券時，研究者才敢將消費券政策對社會周邊的影響，應該不只有經濟層面的影響帶入討論中。對於這筆意外之財的個人理財規畫、親子間對消費券的歸屬問題、消費券發放的適當性、消費券發放的方式、是否應該發放消費券、為什麼要發消費券……好多好多的問題都是可以深入探討的。對許多人而言，消費券只是領來花花，花完了就算了，至於對發放消費券的意義毫無所知。新移民女性從擔心不能領到可以領，還有人打趣說：「如果每個月都能領一次，那該多麼好！」聽在研究者的耳裡，心在淌血，國家因為經濟不景氣祭出發放消費券的政

策，對於憂心全球不景氣而拖垮國內經濟的教學者，更應該利用此議題把握機會教育，好好的在此議題上充分發揮。

此次研究者採用美國密西根州立大學教授菲立普(J. D. Phillips)所提倡的菲立普 66 方法，因為當時的小組成員剛好六個人，小組在一分鐘內選出主持人和助理，學習者針對所要討論的問題在六分鐘內獲得一致的解決策略。一共有四題討論問題，扣除主持人和助理，剩下的四人每人要負責上臺報告分配到的一個問題，工作分配完畢後，她們就七嘴八舌的開始討論，研究者就靜靜坐在一旁，觀察她們討論進行的情形。

S1 負責第一題的報告，她說：「政府發 3600 元的優點是對大家的經濟有幫助到，尤其是快過年了，這些錢拿來辦年貨可以過個好年。缺點就是 3600 元太少了，如果每個人發 36000 元會更好。」S1 話一說完，大家笑成一團。S8 發表對第二題的報告，她們都知道發現金的話，有的人會不用，拿去存起來時，就不能刺激消費了。S7 報告第三題，她說：「大家的意見不一樣。有人主張給小孩，跟小孩討論他們想買的東西，就像過年給壓歲錢時，也是讓孩子自己運用。有的人認為小孩不能拿這麼多錢，會給他們 600 元，剩下的拿來買年貨。」S6 發表第四題，她們都已經知道消費券是政府舉債向我們的下一代借錢來的，所以都希望消費券能刺激到買氣，振興經濟；同時也希望國家經濟能夠好一點，她們都很害怕是自己放無薪假和被裁員，因為來臺灣就是想要賺錢過好日子，如果沒賺錢的話，不知道要怎麼生活下去。（發表 S1、S8、S7、S6 摘 2008.11.25）

每回的討論時間，大家都非常熱絡，主要是我們的環境夠安全，討論到最後，也不一定要有一致的看法，也不一定要作結論，只需讓大家在討論進行過程順暢，盡情抒發己見，相互激發不同的思考角度，才能有學習的空間。讀書會的好處，因為沒有標準答案，所以可以暢所欲言、准許每個人的思考獨立。讀書會是藉由共同的主題，彼此討論，交換不同的意見和看法，更珍貴的是能藉由生活與主題相關的經驗，學習到許多生活的智慧，經驗到每個人不同的經歷，藉由不同的背景及思考方向，來探討一個問題。畢竟由「閱讀」到「解讀」，這之中就不是只有「識字能力」而已，還需要懂得「有效閱讀」的方法，其中，討論就是一個不錯的方法。

臺灣首度發放的消費券，在政府官員賣力作秀宣傳下，以及店家推出各種優惠措施全力促銷，加上全國民眾，包括擁有居留權的外籍配偶人人有獎，已掀起一股消費券熱潮。尤其失業者、中低收入戶等弱勢階層，於此景氣寒冬的春節前領到這筆 3600 元的紅包，雖然無助於大幅改善人民窮困的處境，但是也不無涓滴之惠。可是消費券畢竟只是短期的興奮劑，它或許可以帶來短暫刺激消費的作用，卻不是根治經濟病症的藥方。因為消費券而帶來刺激景氣的效果，可以減少或減緩商家倒閉，也能減少或減緩人民失業的風險，此舉當然可以降低因為民怨引發社會動盪不安，如果社會動盪不安，對經濟民生的傷害將會更大。

政府首次發放消費券，不僅只有振興經濟的層面，它還關係到很多經濟學的理論，現在景氣衰退的確造成民間消費萎縮；民間消費萎縮就是需求萎縮，形成市場上的供給面大於需求面，依自由市場經濟的自動調節，此情形會進一步導致供給減少（廠商減產因應），連帶影響就業市場，造成失業率提高。失業率提高，民間消費會更萎縮，如此惡性循環下，經濟景氣會越來越低迷。通常，此種情形下，擴大政府支出是治療的方法，但是擴大政府支出有時緩不濟急，也不是唯一的方法，所以政府發放消費券的政策的確是個刺激景氣的作法。

形塑消費券這個議題的用意，希望新移民女性看見的不僅是每人領到 3600 元的喜悅，也能從經濟知識面切入，來了解國家目前經濟不景氣的危機。雖然這是大環境的整體問題，個人力量無法改變什麼，但至少用 3600 元來刺激買氣，大家都應該配合此政策的推行。當 3600 元花完時，自己該省思的是要如何因應大環境的變化來調整自己的消費方式，讓自己能安然度過這波不景氣的風暴，等待下一個景氣春天的來臨。

第二節　讀者劇場與故事劇場的活動設計及其驗證

在語言習得的情境中，教師通常會要求學生能夠達到閱讀的流利度，然而對於初學者來說，閱讀流利涉及到他本身對於文章的理解程度及詮釋方式，這包括了閱讀時的音量、抑揚頓挫、重音、語調、停頓和速度，如果閱讀不自然，他會產生停頓、結巴的現象。「讀者劇場」擺脫了傳統戲劇過分背誦劇本的限制，透過生動活潑的方式讓孩子們把生活經驗與文本閱讀連繫起來，無拘無束地發揮自己的創意及表達讀後感，更能加強他們對文本內容的理解及對閱讀的興趣。

教師對於如何增進學生閱讀的流利度，應該要有一定的方法和認知。在許許多多增進學生閱讀流利度的方法中，大聲閱讀是教授讀寫能力的基本功夫，藉由讀出聲音來，可以發現學生對於文本的理解程度。當學生具備了流利的閱讀速度時，他們就能不費力氣的去習得更多的單字，並且將注意力集中在理解文章內容上。大部分教師在課堂上最常用的方式，就是請學生共同讀出或是請學生為班上朗誦文章。大家齊聲朗誦容易使老師忽略程度落後者，請學生獨自朗誦又可能因為他的流利度不夠而使得教學流程停滯不前。基於上述考量，讀者劇場應聲而起，藉由讀者劇場的方式，所有的學生都有機會參與練習，不論彼此的程度是多麼參差不齊，都能找到自己的定位以及發展的舞臺。（張宛靜，2007）

讀者劇場目前已經是一股新的潮流，廣泛且簡易地被使用在課堂教學上。倘若依教學功能來論述，它有以下功能：

一、讀者劇場可以增加學生的合作學習

在讀者劇場中，由大家一起朗讀同樣一份劇本，每個人被分配到的部分並不多，有時是全體一起朗誦，對於較害羞的孩子會有較低的焦慮感，不致造成嚴重的心理壓力。在許多活動中，都是需要同儕間互相溝通、合作、分配角色，因此可以培養學生高度參與的動機。（曾惠蘭，2004：4）

二、讀者劇場是一種可以引起學習動機的教學策略

讀者劇場的戲劇成分讓學生將文學中的詩文、散文、新聞專欄、故事、繪本、小說及戲劇等各種文學素材轉換成語言學習，使得原本枯燥的語言文字可以以另一種生動活潑的方式來呈現。每個人都有機會練習到不同角色的對白，成功的進行朗讀活動來增加自己的自信心。〔路易斯・渥可（Lois Walker），2005〕

三、抑揚頓挫的閱讀可以反映出讀者對於語句及句型的了解

學生試著用不同的朗讀方式，來詮釋不同意義，透過音量的高低、重音和語調，讀劇的讀者深入所讀內容，賦予角色及文字生命。當讀劇讀者呈現角色時，他們不但反映文本，同時也重新評估及修正自己對文本內容的理解，更進一步理解到口說語言的多樣性。

四、讀者劇場可以增進學生的閱讀流利度

流利度對閱讀有非常大的影響，閱讀流利度可以提升學生的閱讀理解度，提供學生去分析對話以及溝通意義。不論文本原來所要表達的想像力、幽默感是多麼的精采，一旦缺乏了流利度，優秀的文本充其量也只不過是一堆文字罷了。

五、讀者劇場可以引導學生愛上閱讀

近年來持續推廣讀者劇場教學策略的學者指出，讀者劇場可以引起學生深入了解課文的興趣，同步啟發學童的聽、說、讀、寫訓練，掌握文章內容的精髓。讀者劇場不同於傳統戲劇表演活動，它是以不同情緒的口語表達唸讀出劇本中人物的臺詞，不需多餘的肢體呈現和誇張的舞臺效果，更容易吸引學生的興趣，甚至主動要求演出，從中培養對閱讀的喜愛。讀者劇場是用聲音來演戲，不需要舞臺和道具，學生只要手持劇本唸出對話即可，學生能從中學到根據的情境脈絡，以自身的理解自然去詮釋角色，加上共同學習的效果，讓閱讀變得有趣。（翁聿煌，2009）

閱讀的流利度是指能夠正確並很快的唸出文本的能力，而且流利度可以讓讀者了解他們正在閱讀的內容，透過讀者不斷的讀誦來增加流利度。美國國家閱讀委員會曾建議兩項關於閱讀流利度的教學方式，分別是重複朗讀和個人默讀。在重複朗讀的方式中，讀者劇場是近來最廣泛應用在課堂上的活動。對於初學者來說，他們必須花比較多的精力來認生字，閱讀自然就不通順；即使當學生可以閱讀快速但卻沒有注意到語氣的高低起伏、停頓、速度和語調，他的閱讀也不算流利。流利的讀者可以知道語氣何時該作調整，可以建構出所讀文本的意義，大幅提升閱讀流利度。在讀者劇場的活動中，學生第一次會自己先默讀或由兩人一組來閱讀文章，接著會整組一起練習，並輪流擔任不同角色來體驗不同的感情、情緒，揣摩不同的人格特質，最後在公開的場合表演給觀眾看，所以讀者劇場可以引發學生不斷的閱讀文章，流利度就因應而生了。（張宛靜，2007）

讀者劇場中，聽眾必須在讀者口頭的朗讀表現裡，去欣賞並鍛鍊他們的想像力和創造力。不像傳統的戲劇，讀者劇場不尋求為舞臺演出而提供的寫實表現。因此，讀者劇場並不是提供具象主義的表現，其設計在於喚起觀眾和讀者們心中的戲劇形象。在讀者劇場的本質上，戲劇行動在劇本中描述並且在觀眾和讀者們心中發生。因此，藉著讀者對於劇本的朗讀，使觀眾能想像出他們心中的影像而且經歷戲劇過程。

戲劇教學能創造出一個多元的學習與教學空間。在教育的改革中，教師是主要的關鍵，只有教師能正視到自己在課程發展中的主要角色，並對自己的教學信念、價值、教育理想、實務知能以及外在環境的挑戰，有所省思和了悟，而願意突破習以為常的教學模式，積極投入課程與教學實務的更新，教育的成果才能持續的往前推動與進步，達到讓世界變得更加美好的境地。（甄曉嵐，2003）

戲劇教育是以學生為中心，強調「有目的溝通」與「綜合的語言運用」，讓學生在設定的情境中有機會運用聽說的能力，過程中對發展學生的讀寫能力，也相當有幫助。同時，它也提供一個活發、互動及充滿想像力的空間，讓學生整理及表達自己的想法，對教學主題作出思考及回應，在群體學習的過程中延展個人對事物的認知和態度並增強自信和能力。戲劇教育中的教學活動並不是演技的專業訓練，而是在遊戲中以觀察、模仿、想像進行戲劇的創作，並在其過程中使學生有趣味化實作的戲劇表演學習。現今已經有不少學校嘗試把戲劇元素融入語文教學中，可見戲劇學習對語文教學有一定的影響。

戲劇教學對於提升學生的語文能力和全人發展都有正面的影響，戲劇教學讓學生的聽說能力有所提升，它也訓練出學生的專注力和集中力，更訓練他們學習聽話能聽出重點。在說話方面能做到融入聲音表情、帶有情緒感覺的表達說話內容。演繹方面能運用眼神、形態舉止等方式表達內心的感受並善於運用肢體語言來輔助說話內容。當學生融入人物角色，理解人物角色的內心世界、處境、衝突，對他將來碰到類似情境時的處理能力將有正面提升。在個人修為方面，欣賞話劇能提高學生的剖析力和鑑賞力。至於在劇本的創作、對白的撰寫、分析、想像能力也得到全面的提升。

戲劇教學是可以達成某些教學功能，把戲劇的元素、手法融入正規課程中，透過戲劇教學提升學生的綜合能力及表達能力。研究者希望利用戲劇的表現方式引導學生學習語文，把戲劇元素融入語文教學中，讓學生的學習空間變得廣闊，不再只侷限於識字教學，當學生帶入人物角色去思考，就能多了一分感性，更提高閱讀與趣。舉個例子：音樂教學就是在音樂課讓學生學習樂器、懂得閱讀樂譜、唱歌；但是把音樂融入教學就是聽歌學英文，英語能力相對會有所進步的。劇劇教學也會拉近與生活之間的關係，當戲劇表演融入了生活，語文學習的天地就更多元；當戲劇表演不是那麼遙不可及時，戲劇欣賞才能成為一種另類的閱讀，時時滋養我們的生活，生活的面相也將更開闊。戲如人生、人生如戲不時的虛實交替，面對生命的功課更該隨時有所準備。

近年來，美國許多學術研究調查證實，由於戲劇能將學習的科目主題與內容巧妙地相結合，各種課程，尤其以英語領域早已運用戲劇成為教學與學習媒介。而其中的「讀者劇場」更是輔助學生學習語言的重要工具之一，在英語系國家的語文課程當中，被運用的最廣泛。（張文龍，2003）由此可見，讀者劇場自有它的魅力所在。讀者劇場是一種口述朗讀的劇場形式，由二位或二位以上的朗讀者手持劇本，在觀眾面前以聲音表情呈現劇本內涵。表演時，不需使用戲服、布景或道具，直接以口述朗讀手持劇本的方式，讓觀眾藉由對劇本內涵的想像與朗讀者的聲音表情，欣賞文學劇場的表演。

在讀報互動的教學中，研究者也嘗試將讀者劇場和故事劇場運用於語文學習的課程中，但是仍一直苦於讀書會人數過少。讀書會每次固定出席的人數約 6～8 人，進行朗讀與討論教學時，人數還不會是壓力，到了讀者劇場和故事劇場時，太少人時角色分配受限很大，分組學習的效果也大打折扣。正在苦無對策時，補校隔壁班一年級的陳老師下課找研究者聊天，很想和研究者進行合作教學，讓一年級的學生也能進行讀報活動來開啟她們的視野。研究者興奮到尖叫，謝謝她解決了研究者的難題，她著實的被我嚇了一跳，不明白研究者的反應為何如此激烈，向她說清楚後，她也認為演戲時太少人，很難去運作，於是我們就兩班合成為一班，參與人數大約在 15 人左右。課程由研究者主導，由她擔任協助參與觀察者的角色並提供研究者上課時必要的協助。

在劇本的挑選方面要根據學生的需要，太簡易的劇本無法達到學習效果，對學生而言也毫無挑戰力；太艱澀的劇本讀起來十分吃力，會讓學生的興趣消退，挫敗感大增。因此，劇本的選用一定要依學生的能力量身訂做。分組時也要注意，應該採語文能力混合編組的方向為主，每個小組當中應該包括語文能力較高的和語文能力較有限的學生，以增強合作學習的效果。所以在茫茫報海中選取讀者劇場的語文素材需要多加用心，並不是所有的報紙文章都適合來作讀者劇場的劇本練習。比如說政治新聞、財經新聞……單以敘述觀點的文章就不適合作讀劇的劇本，此類文章枯燥無味，引不起學生讀的興趣，社會版的新聞與真實人生的故事相關比較能引起學生共鳴。另外《國語日報》中兒童文藝版的文章有情節、對話及高潮起伏的衝突性，也很適合成為讀劇的劇本。讀劇的劇本取材廣泛，適用於教學活動的機會非常多，生活題材隨手拈來都可以用讀者劇場的方式呈現，讓學生透過對文本的理解，加上感情的注入，她們就可以把角色詮釋的淋漓盡致。

首先，研究者選用了《國語日報》刊登在 2008 年 11 月 8 日第 11 版兒童文藝的作品──〈哭泣的兔子〉。先將劇本劃分為一連串的學習單元，這包括：

（一）說故事的練習及朗讀文本。

（二）在劇本故事的段落再重讀、複誦（讓學生隨老師重複跟讀）、討論、製作表格（改編為劇本型態）、畫表格、重讀故事（教師提供資訊）、再討論、完成表格。

（三）創作臺詞、格式化劇本（內容包含：角色、場次、臺詞、舞臺指示等）、試讀劇本、重讀初稿（修正格式、文法、生字）、排練。

（四）呈現讀者劇場，當學生練習到可以流暢的閱讀時，就可以讓學生表演了，而沒有表演的學生就是觀眾。

讀者劇場運用於語文課程的教學活動，根據研究者參考書籍所設計提供讀者劇場運用於語文課程的案例。茲將讀者劇場教學活動以五節課呈現，並將教學活動詳述如下：

讀者劇場教學活動設計

表 6-2-1　讀者劇場教學活動設計

單元名稱	哭泣的兔子		
設計理念	讀者劇場中，聽眾必須在讀者口頭的朗讀表現中，去欣賞並鍛鍊他們的想像力和創造力。「讀者劇場」擺脫了傳統戲劇過分背誦劇本的限制，透過生動活潑的方式讓學生們把生活經驗與文本閱讀連繫起來，無拘無束地發揮自己的創意及表達讀後感，加強學生對文本內容的理解及對閱讀的興趣。		
教學目標	1. 認識讀者劇場基本概念與理論基礎。 2. 了解讀者劇場的運用。 3. 透過讀者劇場，培養閱讀的習慣。 4. 配合豐富多元的課程教案設計，啓迪學生運用豐富的想像力，對所學的內容加深印象。		
參考資料	《國語日報》		
教學對象	新移民女性	教學時間	共五節（200 分）

教學活動	時間	備註
第一節：	40 分	
一、暖身活動（詳見第五章第二節）		
1. 要成員一起用喜、怒、哀、樂四種聲音、表情和動作詮釋「我中獎了！」這句話，並共同表演。	5	＊剪報資料三則
2. 學生分三組，發下三則剪報，小組共讀。	10	
3. 閱讀完畢後分配段落，每人唸一段新聞，唸時要注意聲調變化以及音量，必要時可搭配表情和動作。	10	
4. 練習完畢，各組上臺呈現。上臺時注意唸的音量要大聲些，請臺下觀眾注意聆聽，並記錄臺上同學表現的優缺點。	5	
5. 分享與回饋：活動結束後，同儕間發表看法。哪一組報新聞時的聲音和表情、動作最棒？為什麼？	5	
6. 教師總評：教師鼓勵學生剛才的表現，並請學生在平常生活中，注意觀察每個人的聲音和表情！	5	＊〈哭泣的兔子〉故事影本
第二節：	40 分	
二、準備活動		
1. 發下〈哭泣的兔子〉故事影本，由教師朗讀給學生聽。	5	
2. 介紹〈龜兔賽跑〉的故事內容讓學生知道。	5	
3. 接著教師帶領學生朗讀故事。	10	
4. 在結束第一次的朗讀，要再唸第二次。第二次朗讀過程中，學生倘若遇到生字或任何不懂的地方，可以舉手發問，由教師來解釋。	5	

5. 教師幫助學生了解每個生字的意義以及故事內容，並鼓勵學生把每個語詞或成語大聲朗讀。	5	* 大壁報紙 * 紙卡 * 粗麥克筆
6. 要求學生討論角色間的不同，同時問學生，對於每個角色在故事中的個別發展，並請學生們預測結局會如何發展？	5	
7. 最後由教師幫助學生，將生字、詞語、成語、段落與故事情節，同時書寫於大壁報紙上及紙卡上，展現給學生看，讓學生更了解並記得字的意義，也方便隨時作提示用。	5	
第三節：	40 分	
三、發展階段（一）		
1. 複述〈哭泣的兔子〉的故事，反映主題、故事情節及人物。教師請學生們更專注了解劇情的發展，跟著教師重複每一個段落。	10	
2. 由學生自己朗讀〈哭泣的兔子〉這篇故事，鼓勵學生揣摩不同角色的心境。	10	
3. 當學生準備共同閱讀故事時，要讓學生把椅子圍成圓圈，然後開始閱讀。	10	
4. 此時教師針對個別學生，幫助她們對生字的了解和發音的正確性，過程中要求學生把唸過不懂的地方或段落畫起來。	10	* 已經寫好劇情、主題、大綱、場景的海報紙
第四節：	40 分	
二、發展階段（二）		
1. 讓學生參與課程內容結構，從句子中練習詞語。	5	
2. 邀請學生討論她們學習的觀點，讓學生能了解自己的學習過程並貢獻自己的想法。	5	
3. 教師告訴學生劇情、主題、大綱、場景，	5	

發生了什麼事件，並做海報來輔助說明，並決定角色人物最少要有敘述者 1、敘述者 2、兔子和烏龜。		
4. 接著就要讓學生練習自己寫劇本，採用合作的方式進行，老師在旁引導，不給予答案。要創作屬於自己〈哭泣的兔子〉劇本。	5	
5. 藉由腦力激盪法，讓學生合作學習並決定角色對白以及故事如何發展，共同完成劇本。	5	
6. 各自選定角色並在自己劇本的臺詞下用螢光筆劃線，並且各自熟唸自己的臺詞，然後將劇本完整的朗誦出來。	5	＊劇本
7. 當學生完成自己的劇本並朗讀自己的劇本時，教師同時將學生寫作錯誤的部分協助她們改正。	5	＊資料夾
8. 學生進行第二次的劇本朗讀時，教師可以進行修正以完成完整的劇本。	5	
第五節：	40 分	
四、綜合階段		
1. 在讀者劇場的表演課程活動中，由教師作開場人，學生作敘述者的角色，學生拿著自己的劇本在舞臺上大聲的朗讀。	20	
2. 教師對學生進行學習評估： ①過程性的評量：對生字的部分、故事的部分、創作力及聽、說、讀、寫作的能力。 ②總結性的評量：在活動完成後，針對她們口語能力、發音、單字閱讀、書寫能力作的後測。	10	
3. 學生分享讀劇的學習心得、感想。	10	

讀者劇場進行時，我們一共分成三組，每組 4～5 人，由研究者指導兩組，陳老師指導一組。每節上課時間都很緊湊，幾乎是沒有喘息的空間。藉由小組討論來完成劇本，大家興致都很高昂，主要是所選的文章不會太艱澀，兔子與烏龜本身就有的對話，敘述 1 和敘述 2 是旁白介紹，所以是人人有工作，加上要上臺的壓力，看的出大家都卯足了全力。

陳老師敘述：「沒看過她們這麼專心過，大家為了共同完成一件事全力以赴，的確和傳統的講述法有別，一種是被動吸收知識，一種是主動出擊，感覺差異性很大。」她也認為在學生進行讀者劇場的練習過程中，對於語文能力較有限的學生給予個別指導是不容忽視的工作。（訪談 T2 摘 2008.12.30）

以下是第一組完整劇本的呈現：

敘述者 1：烏龜慢慢地從河裡爬上來，忽然聽見一棵大樹下傳來簌簌的哭聲。

敘述者 2：烏龜緩緩的爬過去，近前一看，原來是一隻小兔子。

烏龜（友善的）：「小兔子，是誰欺負你了？」
小兔子（很生氣）：「就是你呀！」

敘述者 1：烏龜聽了，如同丈二金剛摸不著頭腦。

烏龜（溫和的）：「奇怪，我剛從河裡爬上來，我又是第一次看見你，我哪曾欺負你呀！」
兔子（氣急敗壞）：「是你害我被人嘲笑的。」

敘述者 2：烏龜感到十分的莫名其妙。

烏龜（仍然溫和）：「可以告訴我嗎？我是怎麼害你被人嘲笑的？」

兔子：「我討厭你，還假裝不知道。」

烏龜：「我是真的不知道！如果是我的不對，我會向你賠罪的。」

兔子：「都是你們烏龜和我們兔子比賽跑步，結果，我們輸了，害的大家都來嘲笑我。」

烏龜：「喔！原來是這件事！那是我們祖先的事，又不是你自己的事，用不著悲傷的。」

兔子（哭泣聲）：「你不曉得，被人家譏笑，不好受。」

烏龜（思考的表情）：「這樣好了，現在我們兩個再來比賽跑步，你不要輕視我，也不要在半路睡覺，你就會贏，就可以洗刷以前的恥辱。」

兔子（哭哭啼啼）：「我知道你心地好，可是再比賽一次也是沒有用的。」

烏龜（疑惑的表情）：「為什麼會沒用？」

兔子：「既使我贏了你，也沒有辦法教人把從前那件事忘掉。」

敘述者1：烏龜不停地安慰小兔子。

烏龜：「你自己爭氣就好了，祖先再好也不能全靠祖先哪！你就不要再去想那件事了。」

敘述者2：聽了烏龜的話，小兔子心情好多了。

兔子：「謝謝你的安慰。不過，我希望你知道，被人家譏笑，還是會難過的。」

整個讀者劇場是以合作閱讀策略教學促進學生閱讀理解與字彙學習能力，識字能力強的學生多半擔任臺詞多的烏龜和兔子的角色，識字少的學生則是擔任敘述者，大家自動依能力分工，經由反覆不停的讀誦，為了求上臺完美的演出，大家都非常認真。以下是幾位學生發表的看法：

S2 對於丈二金剛、氣急敗壞、莫名其妙、嘲笑、輕視、恥辱、祖先等詞語，經由上課字卡的提示加上讀者劇場的朗誦後，表示這樣的練習有加深她的印象，她還說每次看到老公喝酒回來，她都會氣急敗壞的大罵，真的很討厭他喝酒。（發表 S2 摘 2008.12.30）

S10 才剛加入讀報的行列，她表示讀報的知識很實用，老師的教法讓她覺得很新鮮。不過，上臺時，心跳得很快，幸好有四個人一起上臺，又可以看著唸，她就比較不害怕了。（發表 S10 摘 2008.12.30）

S9 說：「她覺得大家一點都不緊張！理由很簡單，因為我們不必背劇本上的臺詞，我們只要拿著自己的劇本在舞臺上大聲的朗讀就好了。」（發表 S9 摘 2008.12.30）

事實上，有趣的讀者劇場活動中，教師和學生都扮演極為重要的角色。教師引導學生參與、個別指導和學生創作、劇本修改與戲劇文本朗讀的呈現。在活動過程中師生間具有高度的互動性，活動中重視合作式的學習方式，同儕間的相互討論，激發學生間的創造力。從語文和戲劇學習的觀點，讀者劇場的確提供了令人興奮的學習機會，它能以創造性的方法來整合閱讀和寫作教學，是一種開放性並值得推廣重視的教學活動。（張文龍，2003）

至於故事劇場是參與並研究讀者劇場而發展出來另一種新的表演形式。它較讀者劇場更為口語化，敘述者的說明是由角色所分攤，因此劇中人物有時會以第三者的身分，用旁白或獨白來敘述一些情況。演員往往需要穿著劇服，當敘述時，其他演員還可以表現啞劇動作。同時也可以將音樂或歌舞作搭配演出，是較具動態的一種故事敘述戲劇表演。（張曉華，1999）

緊湊的讀者劇場結束後，精采的故事劇場——〈和貓有個約定的老鼠〉就要登場了，因為考慮到新移民女性的語文程度，還是以《國語日報》兒童文藝版的文章為主（此篇文章刊於 2008 年 12 月 26 日）。有讀者劇場的基礎後，要再執行故事劇場的課程教案就不覺得那麼吃力，學生的興致依舊十分高昂。從讀者劇場的課程滿意度調查表中，S4 表示她很喜歡討論時大家的意見交流，自己會向能力強的人學習，了解自己不足之處，比起只是坐著聽課的收穫更多。（問卷 S4 摘 2008.01.07）

為了讓故事劇場有可看性，研究者在選取劇本時，希望故事是要一段圍繞著人物、衝突、掙扎、目標四個核心要素建構而成的、並且有豐富和詳細的敘述。

一、在人物方面

人物是所有故事的核心元素。故事發生在人物的身上；人物是推動故事前進的主要原動力。故事靠著人物經歷衝突和困境所採取的活動來開展情節。沒有人物，所有的劇情設計就不會產生意義。

二、在衝突方面

故事發生在人物身上，然而故事所講的人物所面對的難題和困境。這些難題和困境是構成衝突的主要元素。當引發的衝突越緊張刺激，就越能夠引起讀者的關心和興趣。另一方面，衝突也暗示著敵人的存在；這些對手可能來自於外在或內心，可能是有形的實體（另一個人物角色），或是大自然中無形的力量。光是這些引起衝突的難題和困境，並不足以吸引讀者的目光。讀者真正關心的，是為了解決衝突而必須承擔的風險和經歷的危難。衝突包含人物必須面對的內在困境和外在困難，伴隨衝突而來的則是冒險和危難。

三、在掙扎方面

當人物面對衝突時，一定要採取行動、掙脫逆境。不採取任何行動就沒有故事了。人物在掙扎的過程中，會衡量冒險犯難所需的策略，故事的趣味和張力便由此而生。掙扎能引起讀者的注意。然而，對讀者來說，由人物和衝突引起的掙扎，才是有意義的。

四、在目標方面

人物努力克服衝突所帶來的風險和危難，起因於人物試圖達成或滿足某個目標；這個所要達成的目標，就是故事的主題。如果人物沒有努力的目標，沒有任何需求，他們就不需要為面對衝突而交戰，也沒有理由去承擔風險、克服危難。造成人物奮力付出的理由，也就是整個故事的主題。〔肯德爾．黑文（Kendall Haven），2006〕

〈和貓有個約定的老鼠〉，主角人物個性鮮明，一隻護子心切又有母愛的鼠媽媽、一隻為了保護媽媽而變得勇敢的鼠兒子、一隻講義氣又有同情心的大花貓，大家為了尋找食物這個目標而產生內心的衝突與掙扎，當衝突與掙扎發生時，也是這個故事高潮和轉折的所在。故事的大意是說：洞內的鼠媽媽和鼠兒子想到洞外找食物吃，無奈一隻守候在洞外的大花貓，讓鼠媽媽和鼠兒子無法外出覓食。鼠媽媽因為不忍孩子挨餓，決定冒險一試，鼠兒子不忍媽媽為了他可能犧牲性命而一直裝作不餓，母子互為對方著想的舉動令人動容。鼠媽媽仍決定放手一搏，鼠兒子雖然不想讓媽媽冒險，可是肚子的飢餓讓他也無法再作堅強了。離開洞內的鼠媽媽，以為已經擺脫大花貓的視線，正當喘息時，忽地躍出大花貓，一爪子按住了鼠媽媽。

鼠媽媽苦苦乞求大花貓不要吃她，因為她的孩子還在等媽媽送食物回去，沒有食物，他會餓死的。大花貓也說：「可是我不吃你，我的孩子也會餓死的。」鼠媽媽跟大花貓約定，等她為孩子找到食物後再吃掉她。大花貓陷入了兩難情境，但是惻隱之心讓她答應了鼠媽媽。鼠媽媽從一大戶人家的洞口鑽進去後，許久沒有再出現，在牆外等待的大花貓只好自我解嘲的說：「唉！我怎麼傻到連老鼠的話也相信？」正當大花貓失望的離開時，忽然聽到背後傳來了一個聲音：「大花貓，我來了。」只見全身是傷的鼠媽媽，用嘴巴拖來了一根香腸，有氣無力的說：「香腸咱們倆分了……一半給你的孩子，一半給我的孩子，行嗎？」大花貓什麼也沒說，她把鼠媽媽背在身上，叼起香腸，快速的跑去。

在鼠媽媽家洞口，大花貓放下了鼠媽媽。「回家好好養傷，香腸留給你和孩子吃吧！」大花貓對鼠媽媽說。鼠媽媽說：「不，我說過的，香腸給你的孩子一半。還有，我說過的，找來了食物，你吃掉我。」大花貓說：「你說過嗎？我怎麼不記得了，一定是你記錯了，真的，是你記錯了。」大花貓眼睛濕潤，轉過身，跑了。

鼠兒子從洞裡出來了，一邊幫媽媽清理傷口，一邊鼓勵媽媽要撐住。過了一會兒，大花貓又跑回來了。鼠媽媽和鼠兒子都嚇壞了。鼠兒子並沒有逃跑，他不能扔下媽媽不管，他就那樣定定的看著大花貓。鼠兒子說：「大花貓，你反悔了嗎？」鼠媽媽努力睜大眼睛看著大花貓說：「如果你後悔了，就吃掉我吧！孩子還小，請你放過他吧！」鼠兒子說：「不，吃掉我，放過媽媽」。大花貓笑了說：「我不是來吃你們的，我是來送藥的。」大花貓把手裡的藥丸遞給鼠兒子後轉身就走了。這次她真的走了，再也沒有回來過了。

故事劇場教學活動設計

表 6-2-2　故事劇場教學活動設計

<table>
<tr><td>單元名稱</td><td colspan="4">和貓有個約定的老鼠</td></tr>
<tr><td>設計理念</td><td colspan="4">透過故事劇場的學習，讓學生了解舞臺技巧的呈現方式，從中學習團隊彼此相互的尊重與合作的重要。藉由故事劇場的表演形式，提供學生一個更寬廣的舞臺，讓學生的創意能有所發揮。</td></tr>
<tr><td>教學目標</td><td colspan="4">1. 學習如何透過劇場遊戲和劇場互動的技巧，提升學生表達溝通和解決問題的能力。
2. 利用戲劇教育的方式，整合藝術表達，創造認知的功能。
3. 藉由教育戲劇的實踐，啓動教學的多元化，讓學生們更樂於學習，提升學習效率。
4. 在故事的情境中引發學生發現問題與解決問題的能力。
5. 藉由對故事劇場的認識，帶給學生對於戲劇不同的視野，讓戲劇生活化、生活戲劇化。</td></tr>
<tr><td>參考資料</td><td colspan="4">《國語日報》</td></tr>
<tr><td>教學對象</td><td>新移民女性</td><td>教學時間</td><td colspan="2">共五節（200 分）</td></tr>
<tr><td colspan="3">教學活動</td><td>時間</td><td>備註</td></tr>
<tr><td colspan="3">第一節：
一、準備活動
1. 分享〈走出家暴陰霾，印尼新娘組樂團〉新聞報導。（詳見第四章第一節）</td><td>40 分

10</td><td>

＊剪報資料影本</td></tr>
</table>

2. 發下〈和貓有個約定的老鼠〉故事影本，由教師朗讀給學生聽。	5	＊〈和貓有個約定的老鼠〉故事影本
3. 接著教師帶領學生朗讀故事。	5	
4. 在朗讀過程中，學生倘若遇到生字或任何不懂的地方，可以舉手發問，由教師來解釋。	10	
5. 教師使用大張壁報紙，製作一份空白的表格，內容包含：主題、場次順序、人物、事件、時間地點和說明。	5	＊壁報紙 ＊粗麥克筆
6. 學生認真聽教師朗讀語文素材，並跟隨教師一起朗讀。當需要提供空白表格內所需的資訊時，教師在各部分停頓，並加入補充。	5	
第二節：	40 分	
二、發展活動（一）		
1. 在完成朗讀語文素材及表格後，學生自行形成三小組，每組 5 個人，依照壁報紙上表格中可利用的資訊，進行故事劇場劇本的創作。	40	
2. 設定人物角色。		
第三節：	40 分	
三、發展活動（二）		
1. 在劇本小組的排練期間，我和陳老師分別巡視小組，指導如何進行背誦劇本和加入表情動作，鼓勵所有學生參加劇本角色的練習，並且讓每一位學生都要有工作做。	40	
第四節：	40 分	
一、綜合活動（一）		
1. 好戲開鑼，正式演出。	20	＊小禮物
2. 頒獎活動，給予每個辛苦參與的演出人員熱烈掌聲和教師準備的小禮物。	5	

3. 分享故事劇場學習與演出心得。	10	
4. 教師對學生表演過程進行總評。	5	
第五節：	40分	
二、綜合活動（二）		＊提問問題字條海報
1. 對故事內容進行討論活動：		
①你認為這個故事主要在描述什麼？	8	
②你認為哪裡是這個故事最精采的部分？	8	
③你最喜歡哪個角色？為什麼？	8	
④你對主要人物的印象如何？他們的目標、需求、害怕的事物，和面對的難題是什麼？	8	
⑤如果你可以改變這則故事的話，你會怎麼做？	8	

故事劇場歷經了兩個月的時間才大功告成，主要原因是因為2009年1月19日放寒假到2月12日。2月3日我們在學校舉行團拜，互道恭喜。研究者也準備了15個裝有100元的紅包送給這群學生，祝福她們在新的一年，事事都能百戰百勝、百事可樂。她們想不到自己都那麼大了，還可以領到紅包，大家都笑得合不攏嘴。當天是天公生，很多人忙著回家拜拜，所以聚會的時間很短暫。不用趕回家拜拜的人，大家聊一聊近況，研究者也順便關心她們寒假作業的進度。她們都說要把越南的新聞翻譯成國語還真難，研究者仍鼓勵她們試試看，努力的過程才是研究者想要的結果。寒假期間，研究者也會利用時間打電話關心這群新移民女性，聊一聊生活瑣事並提醒她們別忘了利用時間讀報，要養成她們的讀報習慣，研究者是一刻也不能放鬆。

開學後，生活秩序恢復了正常，我們的讀報互動課程也繼續進行。上學期結束前，大家都知道自己要演的角色了，所以很清楚臺詞要說什麼，只是整個劇本還沒排演過。經過一節的小組排練，研究者和陳老師分別巡視小組，指導學生背誦劇本和加入表情動作來演戲，一星期後好戲就上場了。演戲時，第一組學生拿出她們製作的頭套道具，有鼠媽媽、鼠兒子和大花貓，演戲時戴上頭套，能讓觀眾更清楚角色人物。其他二組演出時，也紛紛向第一組借頭套，有了頭套的輔助說明，讓看戲的觀眾對於人物所扮演的角色更是一目了然。演完戲，大家鬆了一口氣，演員入戲時，觀眾看得入神，演員失常笑場時，觀眾笑得更大聲，把現場弄得笑聲不斷，這就是故事劇場的有趣的地方。

分享時，S2 覺得演的很過癮，在揣摩角色的心境時，覺得很能掌握，畢竟兒童故事不會有太深的內心戲，只要語氣能唸的再傳神，覺得會更好。S6 表示在讀報互動中，她嘗試到許多不同的學習方式，她認為自己一次比一次進步，她覺得要自己去爭取學習的機會。S8 覺得在認字方面，她已經會認許多字了，當加入聲音表情去唸時，說話變得有趣多了，尤其有劇情的故事，更容易融入戲劇的角色。S10 喜歡大花貓不趁人之危的義氣表現，自己曾在最無助的時候被人騙過，所以很欣賞大花貓的做法。S12 剛好有兩個讀低年級的孩子，她在睡前把故事用朗讀的方式唸給孩子聽時，孩子都十分專心，而且都很想知道結局。她也和孩子一起預測結局，孩子都認為鼠媽媽和鼠兒子不會被大花貓吃掉，因為鼠兒子會想到辦法保護好媽媽的，讓她聽了很感動，為了孩子，再苦也願意！S14 喜歡這種上課方式，活潑、好玩，看同學演戲很有親切感。自己現在正在懷孕，同學都很體諒她，不讓她太勞累，她很感謝大家。（發表 S2、S6、S8、S10、S12、S14 摘 2009.02.24）

研究者好奇的詢問是誰想到要做頭套的？S1 說自己本身就有在做手工包包，所以做頭套對她來說並不難，於是她就利用時間做出頭套，她想說戴上頭套道具演戲會比較好看，也比較像在演戲。（發表 S1 摘 2009.02.24）當初，因為想到她們白天要上班，晚上又要上課，為了不想增加她們的負擔，所以不要求她們作道具，沒想到她們自己會準備出道具來增加演出效果，讓研究者很驚訝也很感動。這群「大」學生們，的確有自己的自主性，很多事都可以自己來。針對這一點，研究者更知道要將此優勢在讀報課程中好好的發揮利用。（札記 T1 摘 2009.02.24）

和協助參與觀察員做訪談時，她覺得這樣的上課方式很活潑，也看到了學生另一方面的表現，她認為有些時候讓補校的學生嘗試不同的上課方式也很好，我們不能以為她們是大人了，就覺得教學方法不必求變化了，相信千篇一律的教學方法，久了誰也會厭倦的。她認為研究者的這些活動，是可以幫助學生置身在一個正面的語文學習環境和戲劇表演情境的氛圍中，學生的感受必當不同凡響的。（訪談 T2 摘 2009.02.24）

在對故事內容進行討論活動時，研究者設計幾個問題，目的是要她們學會用更多元的角度來看故事，活動以自由發表的方式進行。討論活動時大家發言踴躍，用演的確實比用說的印象更深刻。

針對第一題：這個故事主要在描述什麼？S10 發表認為這個故事在說鼠媽媽的母愛感動了大花貓，鼠媽媽是一個偉大的媽媽。S8 補充說鼠媽媽遵守約定的行為也是感動大花貓的一個原因。（發表 S10、S8 摘 2009.03.03）

第二個問題：哪裡是這個故事最精采的部分？S6 認為在鼠兒子從洞裡出來，一邊幫媽媽清理傷口，一邊鼓勵媽媽要撐住時，大花貓忽然出現，鼠媽媽和鼠兒子都嚇壞了。她讀到這裡也嚇壞了，很怕大花貓吃掉鼠媽媽和鼠兒子。這時大家都表示和 S6 的心情一樣。S12 覺得鼠兒子保護媽媽那一幕最精采，鼠兒子勇敢的行為讓她很感動，這時大家也都認同 S12 的說法。（發表 S6、S12 摘 2009.03.03）

第三題：最喜歡哪個角色？為什麼？發表時，三個主要人物都有人喜歡。S10 仍舊為大花貓的表現喝采，大花貓看見鼠媽媽為了替孩子找食物受傷仍然沒忘記和大花貓約定的事，同情心就產生了。S15 覺得鼠兒子小小年紀就會保護媽媽，是個勇敢的孩子。S4 最稱讚鼠媽媽，媽媽為了孩子，任何苦都願意接受，事事都是以孩子為優先考慮。自己也是媽媽，很能體會鼠媽媽的心情。自己演鼠媽媽的時候，有幾次都好像在演自己，先生不負責任，不賺錢養家，為了孩子和自己的生活，常常要努力工作，為了孩子，自己再苦也要撐下去。（發表 S10、S15、S4 摘 2009.03.03）在上課時不方便觸及個人隱私，所以下課時，約 S4 談談，只想給她一些鼓勵和溫暖的支持，希望她能勇敢面對人生的挑戰，有問題可以找研究者說一說，抒發生活的壓力。

問題四：對主要人物的印象如何？他們的目標、需求、害怕的事物，和面對的難題是什麼？這一題引發更多人的發言，針對貓本來就要吃老鼠的自然法則，並沒有人責怪大花貓的行為，只是後來大花貓不吃鼠媽媽而讓自己和孩子一起餓肚子，反倒贏得了許多人的同情心。當大花貓陷入兩難情境中，作哪一個選擇對大花貓而言都是天人交戰。此時，學生 S13 對自己的兩難情境也提出分享，她想離婚，可是孩子的監護權歸屬問題，她怕會和孩子分開，留下來，先生及婆家的人都對她不好，幸好同學和工作地方的人對她很好，讓她還覺得有溫暖，她不由自主的紅了眼眶。S2 安慰她不要難過，嫁來臺灣就好好待下去，不要想離婚，多想一些快樂的事。等孩子長大，會明白你的付出，為了孩子再苦也要撐下去。像鼠媽媽一樣，為了鼠兒子，再危險的事她都不怕，最後感動了大花貓。（發表S13、S2 摘 2009.03.03）對於鼠兒子的表現沒有人評論，大家的焦點都是放在大花貓和鼠媽媽的角色上討論。

第五題屬於故事改編的部分，如果可以改變這則故事的話，你會怎麼做？S8 想到一個兩全其美的好辦法，她說：「她會讓鼠媽媽找到一個食物倉庫，裡面的食物夠她和鼠兒子、大花貓和貓兒子吃到撐死，讓他們都不用再為食物煩惱了。」大家拍手叫好，這似乎也反應了現實面她們的生活難題，大家每天都要為生活打拚的心聲。S9 說：「她會安排鼠媽媽死去，因為現實世界沒有都是完美的結局。然後，大花貓答應鼠媽媽的拜託，好好照顧鼠兒子。接著，大花貓回到老鼠洞領養鼠兒子。」（發表 S8、S9 摘 2009.03.03）聽到這樣的結局，讓大家又更熱烈的討論，有人覺得不可能，有人認為可能。當然，研究者並沒有作任何總結，只覺得每一個創作者的想法都該予以尊重，不該給予否定。最主要的是原創者提供出的點子，是可以刺激同學作更多的思考。故事的結局不一定只有一個，事情的處理方式也有許多種辦法。多元的思維方式，可以讓我們看事情的角度更靈活。

一個好的課堂討論是需要事前縝密的規畫，教師要先思考討論的目標，再設計討論的問題，倘若能將教學重點化為問題，會使教學目標更清晰。問題導向的課堂討論教學，讓學生對別人不同的看法，慢慢學習給予尊重；又可以涵養她們獨立創新的思考能力與多元觀看事物的精神。研究者也會尊重個別學生的自由思考論點，常常給予讚賞、鼓勵，深信鼓勵的種子一定會發芽。當學生受到肯定，會更加強她學習的興趣與討論的意願。

協助參與觀察員主動給了研究者一些建議，她覺得課程的時間太短，像演戲的排練時間如果長一點，她們會表現得更好。（教札T2 摘 2009.03.04）研究者很謝謝她的意見，其實研究者也一直在跟時間賽跑，讀報課程的進度，時間一直是很匆促，也還想不出解決的辦法。已經完成了四個主要的讀報學習活動了，學生的回饋反應是鼓舞研究者做下去的最大動力。對於白天要教書，晚上還要教補教和準備讀報教材，又要整理學校教師專業評鑑的檔案資料，雖然累，但是倘若覺得值得，那一切也就甘之如飴了。（教札 T1 摘 2009.03.04）

在讀者劇場和故事劇場中，研究者看中的是無形的教育，訓練學生獨立思考與創意啟發，進而步步紮實的計畫與完美呈現，在這過程中也培養學生欣賞與分享的情意教育。說故事、戲劇表演、知識探索等活動，設計導入閱讀與寫作，讓這場學習彷彿是活生生的探險之旅，由這般趣味的引導，進入寫作訓練，讓學生開始動腦筋而產出獨特的教與學成效。運用戲劇、閱讀、知識分享等等各種元素，希望她們在一場豐富的學習活動中得到趣味與知識經驗，寫作才是她們最終的產出，也因此提升了她們的寫作能力。

在帶領戲劇活動時，要給予學生很大的自由，不可像傳統的教學般，直接傳授知識與信息。要啟發學生能從問題中思考，找出解決的方法；要細心聆聽學生說話，利用問題去引導學生。當學生的意見受到老師重視時，他們便會投入活動當中，願意全心成為參與者。老師上課時要因應學生的反應做出即興的改變，是引導而非執導，如果老師像劇場導演一樣指導學生，學生便會失去投入感。（陳恆輝、陳瑞如，2001）戲劇的精髓是促進人類思想或行為的改變，此觀點在語言的學習上幫助很大，因為透過參與戲劇的表演，有機會將一個不敢、不會口語的人改變成可以用口語表達的人。

作為新移民女性的語文教師，研究者非常重視學生閱讀與寫作能力的培養，因為閱讀會潛移默化人的內在生命，藉由語文課程推動讀報互動，激起學生對新聞事件探索的熱誠。另一方面，又透過學生課程的討論對話，強化其批判與論證能力；讓學生在閱讀報紙中汲取其中的原創思維，關心世界脈動，豐富學生的學識與人文涵養。我們都需要一個知書達禮的社會，只有知書達禮的社會才能長治久安，也只有這樣才能維持生活應有的品質與氛圍。要達到知書達禮的境界，閱讀或許不是唯一的路，卻是舉世公認的手段，閱讀除了要廣泛閱讀外，更需要的是深度閱讀，經過思考、討論、辯證，才能深植於心，真理才會愈辯愈明。因為讀報豐富了研究者的內在生命，帶來真實的生命感動。在與報紙訊息心靈交會的同時，如同找到生命的纜繩，很樂於將這份資產與我的學生們分享。（教札 T1 摘 2009.03.08）

第三節　探究與心得寫作的活動設計及其驗證

現今社會變遷的腳步快速，社會成員更需要懂得獲得活用知識的方法。隨時學習並更新知識，才能敏於情境的變化，迅速理解情境脈絡的意義，並依據特殊情境的需求，將知識進行有效的靈活運用。探究取向的學習意義是只對新知識與問題的挑戰，窮根究底，了解其真相，並思索解決的途徑。換句話說，探究學習的發生，必定是在某些問題或是某種新理念的引導之下，讓學習者感受到增進了解的需要，且進一步規畫探究的方法，以達到解決問題，或建構新知識的目的。（林生傳，1995：175）。

何謂探究？探究就是尋找問題和解決問題的過程。探究教學法和講述教學法是完全不同的教學法。探究是人類一種思考的方式，也是一種尋找資料的方法，更是一種了解事物的過程。學生經由探究的過程，可以發現問題，同時也可以尋找解決問題的方法。探究的主題，可由師生共同協商後決定，或是教師規定一較大的範圍內，自行訂定題目進行研究。激勵學生進行對話性探究，最直接的方法就是透過課程設計或作業安排的方式，提供小組合作學習的機會。至於研究的方法與工具的選定，研究計畫與執行，都是由小組成員合作擬定，教師則居於問題的協同分析者和激勵者的角色，適時提供必要的支援。（陳美玉，1997）建立班級學習氛圍，是所有探究取向教與學的先決條件，因為只有班級內的成員都願意合作、互相支持、彼此關懷，共同為探求知識而論辯，藉探究式學習成為主動學習者，才能達到上述目的。

簡單來說，探究式學習的主要目的是為了讓學生成為主動學習者。透過探究，學生可在多元思維的方式下掌握知識。知識經學生自行探究獲得，才是最可貴的。自我導向的學習是指班級學習應包括事實、原理原則、行動程序的獲得，而不應只限於教科書或是教師所指定教材內容的複製。學習者必須能對自己所學有所知覺，足以從教材內容習得思考的模式、內容的意義，以及在學習過程對於行為的複雜性具有高層的認知。換句話說，自我導向的學習目地主要在協助學習者依教材內容，建構出個人的理解，進行推理，以及習得解決問題與批判反省思考的能力。自我導向學習教學設計重點要讓學習者能高度參與，儘量使學習者的個人經驗與意見，成為架構新知識的主要部分。

讀報課程重視培養學生的思維能力，讓學生透過報紙資料的閱讀，進行分析批判，加強學生對各種能力的培養，以獲取及建構知識。

本階段的課程教學過程中，主要採用了探究式教學方法。學生透過探究式的學習，可以從不同的角度探究問題，學習解決問題的方法，成為主動的學習者。研究者因為研究了新移民女性的議題後，對於臺灣男性迎娶新移民女性的心態多將新移民女性放置在不平等的對待地位，在倡議性別平等的今日顯得多麼得突兀與不當。正好剪報資料內蒐集了2008年10月10日《中國時報》、《國語日報》兩大報報導有關於北一女學生因為學校規定學生進出校門禁穿體育短褲只能穿裙裝制服的規定，讓學生感到困擾，認為學校違反性別平等教育法，引發熱烈討論。研究者也順勢將此討論議題帶進讀書會中，先將蒐集的報紙報導影印給每位學生一份，藉由探究活動讓新移民女性能思考自己女性角色應該受到的平等對待。使學生能了解兩性差異與兩性不平等的對待，因而跳脫性別的宰制，學習做個剛柔並濟的現代人，並且願意為建構平等、和諧的兩性關係而努力。我們探究的主題以「性別刻板印象」為範圍，希望從知識、文化、社會、心理及生理等多方面來提供大家一個健康的兩性空間。

教育部在1998年9月30日公布「國民教育階段九年一貫課程總綱綱要」，決議將資訊、環境、兩性、人權、家政、生涯發展等六大課題融入七大學習領域中（教育部，1998）。「兩性教育」的推動，就是希望透過「教育」的歷程和方法，使「兩性」都能站在公平的立足點上發展潛能，不因生理、心理、社會及文化上的性別因素而受到限制；更期望經由教育上的兩性平等，促進男女在社會上的機會均等，而在兩性平等互助的原則下，共同建立和諧的多元社會。

性別平等教育的推動，必須建基於對多元文化社會所產生的覺知、信念與行動，希望在文化多元的社會和交互依賴的世界中促進文化的多元觀，並希望透過持續不斷的反省實踐，教導學生熟悉自己的文化，認知自己和他人在文化脈絡的存在意義，並且能夠培養自尊自信。基於對多元文化與多元價值的肯定，協助學生認知文化的多樣性，教導學生了解團體成員之間彼此如何形成價值、態度與行為，並且引導學生破除性別歧視、偏見與刻板化印象，以促進各族群的和諧共處。

自盤古開天以來，這個世界、這個社會或這個家就存在著兩性——「男和女」，而這每一個男或女，都是一個獨立自由的個體，也都與生俱有平等的基本人權。它超越任何法律、意識型態及國家，是不分種族與社會，更不容以任何手段或形式加以限制和歧視的。任何社會都是由兩性組成，在傳統的社會中，卻長期存在「男尊女卑」的性別結構與男女不平等的現象。近年來對於臺灣地區人權指標研究發現，除教育權外，其餘女性相關人權，如自由權、人身安全權、工作權、婚姻權、家庭權，以及社會參與權等都不及格。因此，破除性別隔離和追求兩性平等權益，已成為當今社會急須探究的重要課題，而透過教育手段則是促進兩性平等最有效的方法。

每次，只要一提到男女之間的話題，似乎就會多了許多討論的問題。男女之間的差異性是一定存在的，不管是生理或心理。因為性別的不同，所經歷的事情也多少會有些不同，互相的溝通與體諒，互相的調整與磨合，而不是認為自己非贏得勝利不可。藉由北一女學生因為性別作為規範衣著的報導，就是性別刻板印象和性別偏見，於是我們進行了一場有關性別平等的探究活動。一開始我們齊讀了報紙的報導，並隨手把不清楚的詞句做上記號，再共同提問討論。在巡視時，研究者發現 S1、S2、S8、S11 和 S13 五位同學的讀報資料上，有了畫線的記號，資料空白處也事先寫好了提問的題目，研究者很高興，已經有人會課前預習了。（觀察 S1、S2、S8、S11、S13 摘 2009.03.10）

探究教學活動設計（1）

表 6-3-1　探究教學活動設計（1）

<table>
<tr><td>單元名稱</td><td colspan="4">男生女生大不同</td></tr>
<tr><td>設計理念</td><td colspan="4">在這追求兩性平權的時代氛圍中，期許學生能有更彈性的性別角色觀念、更多元的思考觀點，展現豐富的個人特質。現今社會逐漸重視兩性刻板化和性別歧視的問題，為了落實兩性平權教育，本單元活動希望能引導學生思考兩性的不同氣質，討論社會文化中男女性別刻板角色所產生的影響與問題，讓學生學習尊重個別差異，並試著找出打破「性別刻板印象」的方法。</td></tr>
<tr><td>教學目標</td><td colspan="4">1. 了解性別角色的差異。
2. 破除性別角色的傳統迷失。
3. 期盼性別角色間平等對待與相互尊重。
4. 認知性別角色的地位與處境。
5. 學習性別角色間的互動與合作。</td></tr>
<tr><td>參考資料</td><td colspan="4">《中國時報》、《國語日報》</td></tr>
<tr><td>教學對象</td><td>新移民女性</td><td>教學時間</td><td colspan="2">共兩節（80 分）</td></tr>
<tr><td colspan="3">教學活動</td><td>時間</td><td>備註</td></tr>
<tr><td colspan="3">一、準備階段
1. 新菸害防制法上路，腦力激盪討論戒菸的方法。（詳見第七章第二節）
第一節：
二、發展活動
1. 齊讀《中國時報》、《國語日報》報紙的報導內容，並解釋成員們不懂的詞語。
2. 探究自古以來女生需要穿裙子的原因？女生穿裙子時會有哪些不方便？</td><td>40 分
10

5

5</td><td>＊發下剪報影印資料先做課前預習</td></tr>
</table>

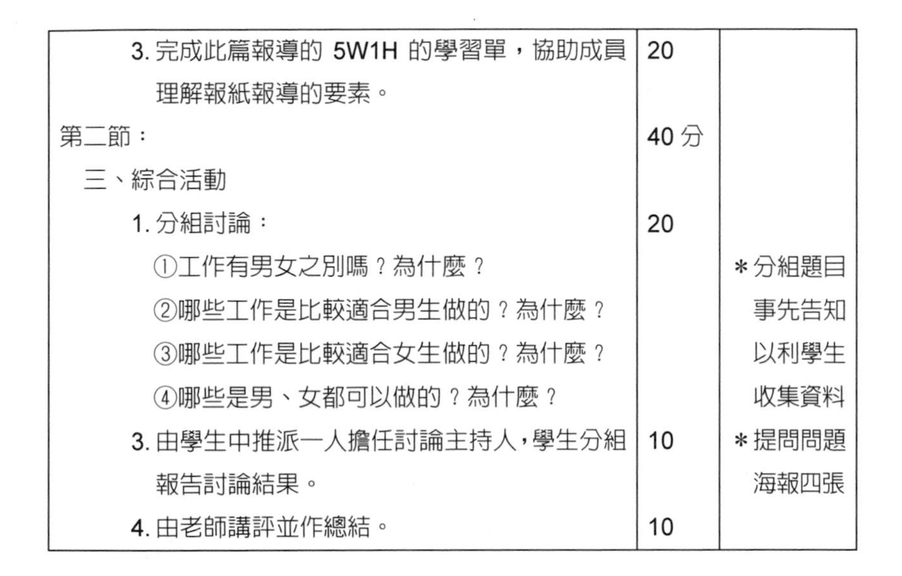

3. 完成此篇報導的 5W1H 的學習單，協助成員理解報紙報導的要素。	20	
第二節：	40 分	
三、綜合活動		
1. 分組討論：	20	
①工作有男女之別嗎？為什麼？ ②哪些工作是比較適合男生做的？為什麼？ ③哪些工作是比較適合女生做的？為什麼？ ④哪些是男、女都可以做的？為什麼？		＊分組題目事先告知以利學生收集資料
3. 由學生中推派一人擔任討論主持人，學生分組報告討論結果。	10	＊提問問題海報四張
4. 由老師講評並作總結。	10	

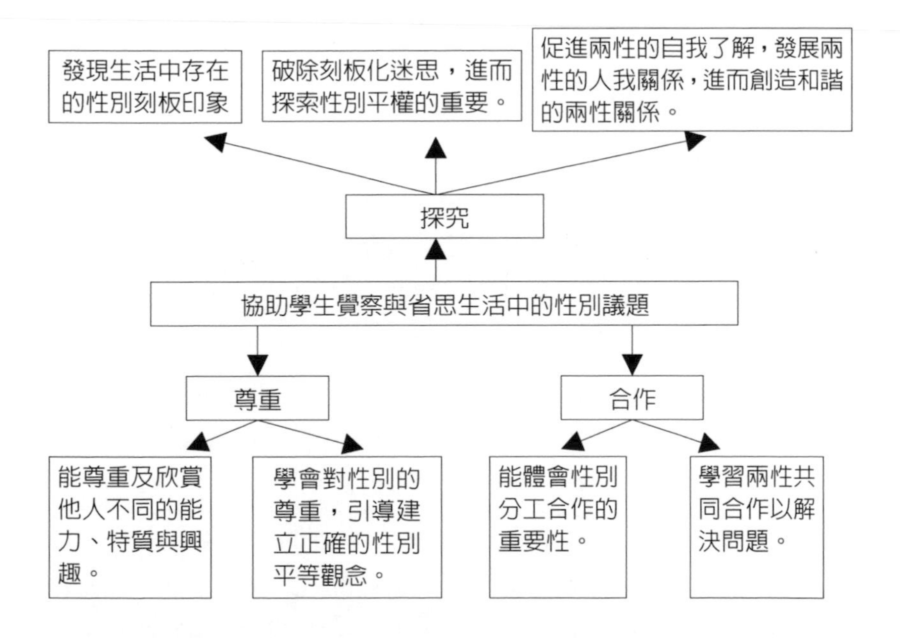

圖 6-3-1　主題核心概念架構圖

提問時，同學不了解女生穿「制服」和「制伏」有什麼關係。研究者向她們解釋這是雙關語，因為高中女生被逼迫穿裙裝的「制服」，倘若不遵守，就會被校規處罰。其實有的高中女生是不想穿裙裝，因為怕被處罰，只好委屈自己被校規「制伏」。她們聽得不是很懂，無法連結到高中女生不想穿裙子也可以成為新聞議題。花了一些時間解釋，高中生活動量大，女生穿裙子有許多的不方便；而有哪些不方便，就成了一個可以探究的話題。討論完後，研究者才反問她們，你們還會想穿裙子嗎？當她們異口同聲說：「不會！」彷彿才看到她們懂得的臉部表情。

兩性平等教育中的民主、平等是現代文明社會的指標之一。綜觀世界各國民情，解嚴後的我國教育，在民意及教育改革的呼聲中，總算鬆綁開放了一些許的空間，注入了多元文化的活水。於是源自人類人權基本需求，或來自法律平等權的保障，或來自兩性彼此間的互動、溝通和省思，往昔角色的刻板、扮演、地位、威權及價值觀，受到各方的質疑、批判、解放、建構等嚴苛的考驗和衝擊。當女生的穿衣權掌握在自己手裡，個人根據自己的喜好來穿裙裝或是褲裝，而不用因為是女生就該穿裙子或是外力壓迫來委屈自己一定要穿裙裝時，是否更符合性別平等與個人自由原則？相信透過讀報活動來推動兩性平等的實行，能減少學生對性別的偏見、歧視與衝突，並經由兩性的了解與尊重，發展更和諧的人際關係與個人潛能。

發表活動時，因為有要求學生要事先準備，所以討論內容豐富許多。S11 從兩性在生理上相對的差異和兩性在心理及行為上的差異發表意見，她說：「在生理上，以男、女性的平均身高來看，男性高。以男、女性的平均體重來看，男性重。以男、女性的力氣來看，男性大。以各年齡層的存活率來看，女性比男性高，所以存活壽命女性比男性來得長。在心理及行為上，女性比較心細；男性比較粗心。女性比較文靜；男性比較好動、好冒險。女性比較柔順；男性比較富攻擊性。女性語言能力較佳；男性空間能力較佳。女性重視感情連繫與家庭；男性重視社會成就與地位。以上兩性在心理與行為上的差異，都是相對性的差異，不是絕對性的差異；大家可以深入思考這些差異的根源為何？」(發表 S11 摘 2009.03.17)

S1 認為在傳統社會文化下，我們總是要求男性勇敢、獨立、理性、果斷、堅毅、主動，要求女性要溫柔、整潔、文靜、被動、同情、依賴，久而久之，逐漸形成男性就是要陽剛，女性就是要陰柔的「性別角色刻板印象」。而這樣的性別刻板印象，如影隨形的伴隨在日常生活中，影響我們的興趣與專長、職業與休閒活動、兩性的關係與互動等。以職業選擇為例，男性多傾向選擇具陽剛味的工作，例如工程師、醫師；女性傾向選擇陰柔的工作，例如老師、護士等。在休閒活動上，男生總認為要從事較為陽剛的活動，女生則會自我設限喜歡從事文靜的活動。甚至對外表的看法，女生被認為應該長得白白淨淨，要有身材曲線，男生的外表則不用太要求。如此一來，很多人可能會被自己或其他人所認為的性別刻板印象給侷限住，不能真正發展自己的潛能，十分可惜。(發表 S1 摘 2009.03.17)

S8 覺得由於男女存在生理先天性的差異，絕大多數國家和社會，普遍存有著「男尊女卑」的事實和現象，我們女生背負著千年傳統「重男輕女」的刻板印象，對我們女生很不公平。其實行業是不受性別的限制的，只要有興趣，應該不要受到被性別刻板印象的影響。(發表 S8 摘 2009.03.17)

S2 說了一個腦筋急轉彎的題目考大家，題目是有一個小孩受傷了，被他的爸爸送到急診室，急診室的外科醫生衝了出來，看到這小孩，神色緊張的說：「這不是我的兒子嗎？」請問：這怎麼回事？看著大家都想不出答案時，S2 問我：「老師，您知道答案嗎？」

我說我也不知道。此時，她很得意的宣布答案，她說：「因為那個急診室的外科醫生是——小孩的娘。」你有性別刻板印象嗎？什麼是性別刻板印象，這就是性別刻板印象。（發表 S2 摘 2009.03.17）

經過這次的討論發表，陳老師覺得大家都進步很多，主要是有先發給學生題目，又要求學生要事先準備，她們確實有付出努力，所以發表的內容有深度多了。陳老師很佩服 S2，S2 的腦筋急轉彎題目，確實對性別刻板印象作了最佳詮釋。（訪談 T2 摘 2009.03.17）

其實，對於 S2 的腦筋急轉彎題目，研究者是知道答案的，可是卻不想承認，主要是想讓 S2 有成就感，如果研究者說知道，只是顯得比學生強，讓研究者的地位永遠是高高在上。如果研究者說不知道，至少 S2 會更樂於分享答案，學生也會更想知道答案。雖然都能知道答案，但是答案由研究者說和由 S2 說，效果應該會是不一樣吧！針對這個題目研究者也問了自己兩個讀高一和國二的女兒，沒想到她們也不知道，說了許多好笑的答案，可惜都不對。答案揭曉後，她們才恍然大悟，這麼簡單的答案，她們竟然想不到。研究者心想：教育中兩性平權的議題畢竟不是課程中的主流文化，所以才會被漠視，導致性別刻板印象一直無法改觀，這是要引以為戒的，不要再用性別刻板印象來規範學生「男生應該如何，女生應該如何」才好。（教札 T1 摘 2009.03.17）

事實上，會選擇這則新聞議題，主要原因是想喚起新移民女性自我角色意識的覺醒，只是研究者不敢直接切入，因為這是她們的痛點所在。社會污名化的結果，把新移民女性都視為來臺賺錢的淘金客。根據研究發現，社會大眾對東南亞外籍配偶看法往往呈現二元對立的好壞區別，加諸媒體不當的報導所致，更加深了大眾對其偏頗的印象；在各管道所提供的教育或社會協助上，也往往隱含了「文化霸權」的宰制思維。藉由讀報互動課程的實施，邀請新移民女性參與課程對話、討論，以女性主義「增權」的觀點來看，讓個體去發展一種能力，培養積極的自我意象，進而肯定自我和族群的概念。此次課程的設計是希望透過探究過程能自我覺察、反省、批判與創新，讓學生了解偏見與刻板印象的形成過程，進而減低偏見與刻板印象，建立正向的態度並能時時檢視自己的思想和行為。（教札 T1 摘 2009.03.18）

因為環境教育也是九年一貫所重視的議題，而報紙對於地球暖化問題的報導已經是常態性的新聞，由於地球環境日益惡化，身為地球公民的我們，是否該深思此一問題的嚴重性，改變生活習慣來減緩地球暖化問題的惡化。剛好在 2009 年 3 月 4 日《中國時報》、《聯合報》、《自由日報》、《國語日報》國內四大報社都對免洗餐具含鉛過量作出報導，呼籲消費者勿貪圖一時方便而危害自身的健康。為了學生的健康，研究者覺得這個議題是很值得學生去探究討論的。消基會表示，鉛對腎臟、神經系統會造成危害，尤其對兒童具高毒性，微量的鉛會導致孩童智力發展遲緩、學習障礙等問題；鉛同時會影響紅血球的合成，阻斷血紅素的合成而引起貧血，倘若食入過量的鉛，長期下來可能會導致慢性鉛中毒；建議消費者外出用餐時，可自行攜帶餐具，不僅不用擔心吃下有害物質，也可以避免公用餐具可能產生的衛生疑慮。

現今新聞媒體、報刊雜誌對新聞事件的即時報導，使得教師和學生獲取有關新聞的資訊幾乎是同時。在這種情況下，單純的知識傳授已不具有特別重要的意義，而對這些新資訊的特點分析、理解及看法則成為教學的重點。傳統講述式的教學方式只是單純知識性的傳遞，但是能力、參與、態度、行為等方面的培養和養成單靠此方法是不可能達到的。因此，在教學方法上必須有所突破，把教學的重點放在教學的過程中而不是教學的結果上，應該注重學生學習方法的獲取而不是知識本身，建立激發學生創造力，培養學生思考的習慣，開發潛能，培養創新的能力。探究式教學是一種不同於傳統講述法的教學方法，教師要在整個課堂上達到引導、分析和總結的作用，這樣的教學不再是教師一個人在教、在講、在灌輸知識，而是師生彼此間在交流，雙方都在動腦筋，都在表達自己的觀點，都在思考，而學生之間的討論和師生之間的交流也是必需的。

完整的環境教育不僅包括傳播環境的相關知識，更重要的還應包括傳授如何體驗和感受環境，如何評價和認識環境，如何參與、分析、解決環境問題等內容，就在環境中教育和為了環境而教育。這次，我們在探究討論環境議題時，研究者把學生分成兩組，進行課外調查，為了讓學生能在環境中對環境問題有切身感受，結合課堂內容，一方面帶學生到校外六間店家調查免洗餐具的使用情況，由此加深學生對免洗餐具造成生態環境危害的認識，從而改變自己的消費行為；另一方面也利用週六下午安排學生到潮州慈濟環保場作一次相關資源回收的教學活動，感恩慈濟師姐鼎力的協助，沒有她們的幫忙，研究者是不可能靠一己之力完成此次的教學活動。

探究教學活動設計（2）

表 6-3-2　探究教學活動設計（2）

單元名稱	免洗餐具知多少
設計理念	大家都知道，垃圾處理不當，會對地球上的水資源及空氣，造成二次傷害，為了避免我們生活環境的再次惡化，垃圾處理已是刻不容緩的議題，藉由此次教學活動，落實學生資源分類與回收的具體實踐。希望能改變學生過度使用塑膠類製品的消費型態，加強學生的環保意識，確實做好環保工作並能珍愛地球。

教學目標	1. 外食時，能自備環保餐具，少用免洗餐具。 2. 鼓勵學生自備環保購物袋，少用塑膠袋。 3. 了解垃圾分類及資源回收的意義。 4. 儘量使用可回收再利用的物質，以減少垃圾產量。 5. 確實做到垃圾分類與回收的工作。		
參考資料	《中國時報》、《聯合報》、《自由日報》、《國語日報》		
教學對象	新移民女性	教學時間	共三節（120 分）

教學活動	時間	備註
一、準備階段		＊剪報資料影本
1.事先閱讀《中國時報》、《聯合報》、《自由日報》、《國語日報》報紙的報導內容。		
第一節：	40 分	
二、發展活動（一）		
1. 正視鉛對人體危害的健康資訊，要學生知道。	10	＊大海報
2. 實地查訪店家使用免洗餐具的情形。	30	
第二節：（參觀慈濟資源回收環保場）	40 分	
三、發展活動（二）		
1. 觀看地球暖化的 DVD 影片。	10	＊DVD 影片
2. 介紹資源回收的類別、名稱。	10	
3. 實際動手做資源分類的工作。	15	＊小禮物
4. 有獎徵答。	5	
第三節：	40 分	
四、綜合活動		＊學習單
1. 學習單的省思。	20	
2. 分享討論：		
①日常生活中，自己要如何做好資源回收的工作？	5	
②免洗餐具對人體的危害和環境的汙染有哪些？	5	

③說一說，在日常生活中如何做才能節能減碳？	5	
④想一想，地球暖化會對人類帶來哪些危機？	5	

表 6-3-3　環保達人自我檢核表

環保達人自我檢核表		總是做到	經常做到	偶爾做到	不常做到	沒有做到
資源回收	資源回收的分類正確					
	瓶罐確實回收					
	廚餘確實回收					
	廢紙確實回收					
維護整潔	維持居家環境整潔					
	維持戶外環境整潔					
	不亂丟垃圾					
	不隨意製造垃圾					
節約資源與能源	節約用水					
	隨手關電源					
	使用充電電池					
	購物使用環保袋					
	重複塑膠袋使用					
	不浪費食物					
	外食自備環保餐具					
	用蓮蓬頭淋浴洗澡					

現代人生活忙碌，常常忙得三餐都無法在家進食，偶爾回家吃飯，餐點也是在外面買回的。不論餐廳或攤販業者，都會提供用了就丟的免洗筷給顧客使用。大家以為免洗筷乾淨、衛生又不會傳染疾病，但是我們不要忽略了，免洗筷是竹子做成的，用一次就丟掉，不但浪費了天然資源，又製造了大量垃圾，增加環境成本的負擔。而有些免洗竹筷製造業者，為避免筷子長霉斑，還加浸防腐劑。許多人每天都有在外用餐的機會，如果我們能隨身準備一雙自用的筷子，而不用免洗筷子，每人每年就可以節省三百多雙竹筷子。而且製造免洗筷的大量竹材是來自東南亞的熱帶雨林，使用免洗筷間接也破壞了雨林生態。讓我們養成隨身攜帶筷子的習慣，千萬別嫌麻煩了！S12 說：「經過調查，我感到應該親身為環保做些事情，出一份力，努力做到少用甚至不用；我也要告訴家人，讓他們知道免洗餐具對他們健康的危害性，外出時自己攜帶環保餐盒和購物袋。」所以考察、調查、訪問是探究環境教育的重要方法，這樣的過程有利於學生了解社會、開闊眼界、讓學生將所學的知識實際運用在生活中。（發表 S12 摘 2009.03.28）

陳老師也對參觀慈濟資源環保場留下深刻的印象，那兒堆積如山的回收物，說明了現代人浪費的習性，垃圾如果都不回收就丟棄，許多可以再利用的資源就浪費了。其實這次的教學活動不只對學生會產生影響，對自己也產生了作用，外食帶環保餐具、購物袋和日常生活中做好資源回收的工作都是她要努力達成的目標。（訪談 T2 摘 2009.03.28）

分享討論時，我們分成兩組，研究者覺得她們討論得很熱烈，此起彼落的討論聲，讓研究者感到這個議題選得很好，大家就像聊天般的講出自己的看法，互相交流意見。唯獨困難的就是擔任報告的人，她們不時的說：「講慢一點，講慢一點。」兩位報告者的筆記夾雜著國字、注音和越南字。研究者和陳老師只負責做課堂巡視和控制時間的工作，時間到時，大家的討論仍嘰哩咕嚕的進行。她們在彼此分享時，盡情發表自己的見解和看法，藉由充分表達、溝通與辯論的討論方式，就已經達到培育學生具有獨立思考、理性分析的能力。

上臺報告的兩位學生，手拿著筆記一直唸唸有詞，研究者過去拍拍她們的肩，要她們放鬆、不要緊張。S11 很有組織力的把同組討論的內容做了完整的報告。S15 多數是看著筆記唸，感覺出她很緊張；不過，當她下臺時，全班報以熱烈的掌聲，同組的成員更比出讚的手勢。（觀察 S11、S15 摘 2009.03.31）研究者彷彿看到一個羞怯的女孩慢慢的轉變成有自信的女人。由於 S15 剛來臺灣才一年多，國語說的還不甚流利，所以對自己的自信心一直很薄弱，經過這幾次的讀書會活動後，她在表達能力上已經有明顯的進步，成員們也一直鼓勵她，大家都像一家人一樣，不要怕講，越講才會越進步。

下課時一起訪談 S11、S15 兩位同學，因為 S11 的國語程度不錯，所以她不覺得有什麼困難，就像上臺唸書，唸完了就下臺。而 S15 覺得這對她是一項挑戰，幸好有同學的支持、鼓勵，不然她真的很怕上臺說話。這次的經驗讓她成長許多，加上 S11 的經驗傳授，她覺得來讀書不是只有識字的收穫，訓練膽子、認識新朋友都是她的收穫。（訪談 S11、S15 摘 2009.03.31）

面對知識型社會的急速發展，教師的教學重點也必須有所調整，應該從以內容為中心的教學方式，轉變成為探究式學習及價值的培養。在探究式學習中，教師的角色應該是學習伴航者，而不是學習領航者；學生也不再是被動的聆聽者，而是主動的學習者。在探究式學習中，教師會鼓勵學生自行找尋問題的答案，學生可以從不同的角度去探究問題，所以大家所獲得的資料和經歷，也會有所不同。學生們要一起合作找尋問題的答案，在過程中讓學生明白什麼是溝通、合作。當她們在職場工作時，便容易與人相處，會懂得尊重不同人士的觀點。（教札 T1 摘 2009.03.31）

讀報教育終於到了心得寫作的教學活動，研究者覺得自己可以喘口氣，不必再為了上課的內容絞盡腦汁了。教作文可是研究者的長項，為了這次的研究，生活裡幾乎沒有休息兩個字，付出了很多的時間，也得到了很多的收穫。走過了，覺得很值得；在當下，只想快點脫離苦海。這是研究者的心聲，因為實際經歷過，所以可以輕而易舉的寫下心得感想。（教札 T1 摘 2009.04.04）一直思索怎麼樣的題目也可以讓新移民女性洋洋灑灑的寫下自己的心得？於是把這幾個月來有關新移民女性的剪報資料影印給她們看，這些報導有正面也有負面，一方面想了解她們的看法；另一方面也想從她們的身上找題目。剛好班上有兩名孕婦，於是靈機一動想知道各國坐月子的習俗文化是否有差異。話匣子一開，來臺較久的越籍學生們開始侃侃而談，到後來已經不再只限於坐月子了。研究者配合她們的談話並把談話內容製作成書面資料，好讓她們能更清楚知道我們讀書會的談話內容不應該只是說完就算了，研究者要她們將自身的感受寫成一篇文章，讓研究者透過閱讀也能了解其中的差異性。

作文的選材也是重要的，必須依據主題，選取寫作材料，與主題無關的材料，再好也要捨棄。 文章的材料平時要儲存一些，例如：閱讀書報、雜誌、細心觀察，有了根基以後，再依據要寫的題目搜集一些資料。研究者認為作文教學應該要回歸到內心的本質上來，以豐富的生活經驗作為作文教學的基礎，把學生帶到具體的情境中，為學生提供生動的語言環境，使抽象的語言變得形象化而又易於理解。學生的生活經驗經由教師「啟發」之後，喚起貯存在長期記憶中的資料作為作文的材料，這樣才能夠「內化」成為學生本身的作文能力。於是研究者積極關注於人我關係的基礎上，在作文教學中搭建一個可以解讀自我生活、情感、思想的舞臺，引導喚起寫作主體的內心感受，並能用自己的話講述個人的生活故事，希望經由敘事而產生自覺，改變行事中錯誤或偏頗的認知，成就有意味的人生。（張嘉貞，2006）

心得寫作教學活動設計（1）

表 6-3-4　心得寫作教學活動設計（1）

<table>
<tr><td>單元名稱</td><td colspan="4">我在臺灣的生活</td></tr>
<tr><td>設計理念</td><td colspan="4">藉由習俗的不同來說明文化的多元、了解因文化所造成的差異後而能尊重並關懷每個群體的文化特色。透過認識自己的文化，並了解其他的文化，進而能尊重及包容不同族群的文化，同時也可以提升學生的國際知識。</td></tr>
<tr><td>教學目標</td><td colspan="4">1. 欣賞並接納他人。
2. 尊重與關懷不同的族群。
3. 尊重每個群體的文化特色，不應有偏見。
4. 消除偏見和歧視、維持族群和諧，達成世界一家。</td></tr>
<tr><td>參考資料</td><td colspan="4">《中國時報》、《聯合報》、《自由日報》、《國語日報》</td></tr>
<tr><td>教學對象</td><td>新移民女性</td><td>教學時間</td><td colspan="2">共二節（80 分）</td></tr>
<tr><td colspan="3">教學活動</td><td>時間</td><td>備註</td></tr>
<tr><td colspan="3">一、準備階段
1. 事先閱讀《中國時報》、《聯合報》、《自由日報》、《國語日報》報紙的報導內容。
第一節：
二、發展活動</td><td>40 分</td><td>＊剪報資料影本</td></tr>
</table>

1. 個人發表對報紙報導的看法。 2. 小組討論臺灣與母國不同的地方。 （詳見第四章第三節） 3. 小組發表討論結果。	10 20 10	*將發表內容製成書面資料影印給學生
第二節： 三、綜合活動 1. 作文樹教學活動。 2. 心得寫作。（回家功課）	40分 40	 400字稿紙

經過多年的跨國婚姻，臺灣目前已經成為一個多元化族群社會的國家，當臺灣邁向多元文化社會的同時，學生更應提升對於不同文化的尊重及欣賞，同時也更應該進一步深入了解其他國家的文化，透過認識了解，彼此互相包容與學習。大家對於這個題目很有感受，對於這段異國婚姻，有人坦言適應得很辛苦；有人認為時間久了，自然就習慣了，既然當初要嫁來臺灣，心理就應該有所準備。所以藉由心智繪圖——作文樹狀的結構圖，讓學生能將自己對異國文化的感受透過思考，用文字敘述出來。為了使學生對文章的架構與分段格式有更深入的認知，要學生知道，文章的主題是大樹的主幹，而分段大意就是樹枝，所有的樹枝必須從大樹上長出來，不然掉在地上的就會離題了，藉此增進學生審題與擬大綱的能力。接著透過心智繪圖的自由聯想，將臺灣與母國的不同這個主題聯想到的相關訊息逐一的以樹枝狀結構，寫在海報紙上，藉著相關素材的集體討論一一呈現。

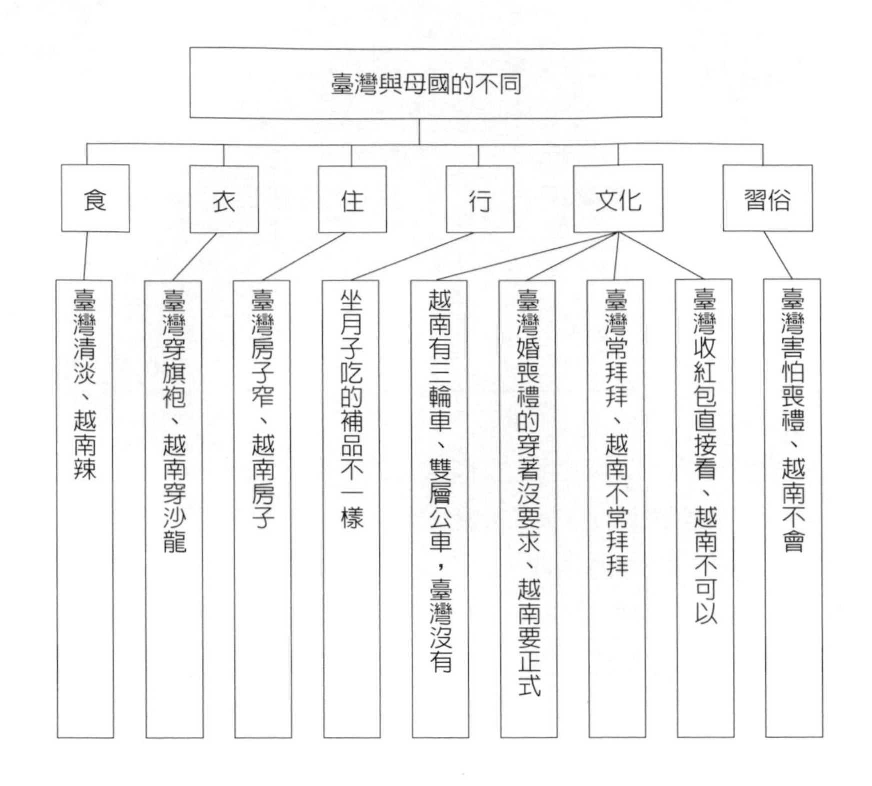

圖 6-3-2　作文樹（1）

收回學生的作文批改，多數人仍懷念家鄉的料理小吃，對於臺灣的食物仍然是吃不習慣。S4 寫出自己的一段難過往事，她說自己是越南人不可以嗎？有一次親戚的喜宴，自己想穿越南的傳統衣服「沙龍」，沒想到婆婆說這樣的衣服太暴露，又說自己是不是要讓所有的人知道自己是越南人，她很傷心，至今她都只能望著那件媽媽親手送給她的「沙龍」掉淚。當初，媽媽以為讓自己嫁來臺灣會讓自己生活好過一些，雖然在這裡不愁吃和穿，可是婆婆好像不喜歡她，讓她覺得日子還是很難過。看了不讓人傷感都難，希望寫作這個出口，能讓 S4 鬱悶的心情得到一些紓解吧！S11 說「剛到臺灣時，只知道說『新娘』是女孩子結婚當天講的，後來常常聽到外籍新娘這四個字時，我才發現是臺灣人叫我們的稱呼。對我來說沒有什麼喜不喜歡，因為我們畢竟不是在臺灣出生，所以改變不了事實。我只想努力工作，讓我家人的生活更好，順利培養小孩長大，因為現在我的孩子還小，還有很長的路要走。」S2 寫說「我從印尼來，我嫁到臺灣已經十年多了，剛開始來臺灣的時候，很不習慣，但是現在已經適應許多，而且，我的老公和他的家人都很照顧我，也對我很好，我在臺灣學了好多東西，例如：認識中文、學寫字和做客家食物，還有我的國語也講得滿不錯。我很高興嫁來臺灣，我才能過現在的生活。」S12 寫著「我從越南嫁來臺灣，剛好八年，我剛來臺灣，有很多困難？我還記得，我剛來那時候，不會說話，字看不懂，生活很不一樣，吃東西也很不習慣，冬天的時候會很冷，交通不方便，我每天在家看電視，做家事，沒事就會想家。先生家中的長輩問我很多，我都聽不懂，只會笑笑而已，那時候我的心理很難過，眼淚快流出來，很想哭，我該怎麼辦才好？該在這裡？還是該回去越南？想一想，後來安慰我自己，每一個人都有他不同的難處，我一輩子也不能靠在爸爸媽媽旁邊，要多多忍耐，勇敢一點，安慰自己慢慢會好的，我就放輕鬆，想不到，一下子已經過了八年了。」（作業 S4、S11、S2、S12 摘 2009.04.22）

批改她們的文章，詞意都還算通順，只是國字書寫的能力仍很弱，有的文章內容夾雜注音，最常犯的是同音字的謬用。如：一服、時後、工做、其時……她們來臺灣的時間長短不一，可是有幸能來讀書的畢竟是少數，生活壓力、經濟負擔、家庭照顧、偏遠地區沒有學習資源，或是夫家不支持，都是讓她們無法跨越識字的這條鴻溝。自從接觸這批新移民女性後，研究者才更懂得珍惜自己的幸福，研究者不需要長久住在國外，畢竟要適應一個新的國家的風土民情、食物，真的是談何容易呀！研究者深覺自己背負的責任重大，不停的鼓勵她們要勤於學習，才是融入這塊土地最快的方法。（教札 T1 摘 2009.04.22）

寫作教學時，教師應尊重學生生活經驗及情感的獨一無二性，以協助學生學習情感表達的過程為主，而不是評價學生寫作能力和寫作內容為主，寫作教學必定少了很多壓力。口語表達或文字發表，不只是互通訊息的重要工具，甚至是一種人類本能的欲望。所以寫作活動應該是表達欲望的滿足，是一件快意無窮的事。作文教學專家孫晴峰認為，教作文，應該給學生開放、自由的環境，讓他們真實、自然的寫作，應該從學生熟悉的、能夠掌握的、樂於寫的題材中，去磨練他們的寫作技巧，讓學生自主的學得清晰的思路，增進思考能力，提升文章的鑑賞能力和寫作技巧，而整個作文教學活動中，教師的角色是「給予充分的資源及引導討論」。（孫晴峰，1993）寫作教學的目標除了教導學生的作文技巧和方法外，更冀望引導學生擁有正確的生活態度與人生觀念，以實質提升學生寫作的內容和優秀的人文素養。我的寫作教學活動，希望能營造作文教學的趣味情境，讓學生能體會寫作的樂趣，想寫、能寫，才能讓寫作教學發揮成效。

第二次的心得寫作，還是從上一次發給她們的《中國時報》、《聯合報》、《自由日報》、《國語日報》的剪報資料中尋找主題。在討論活動時，研究者發現她們對二則新聞討論的最熱烈。這二則新聞的內容都是《聯合報》有關外配嫁來臺灣為夫家無悔的奉獻，其中一則是 2009 年 3 月 15 日報導的主標題是〈新臺灣媳婦，照顧病夫 11 載〉；另一則是 2008 年 11 月 23 日報導的主標題是〈夫死獨育子、11 年辛酸淚，越配情書：不悔成臺灣媳〉。討論時，新移民女性中有人欽佩兩位越配的犧牲奉獻，有人直說她們太傻，11 年的歲月是如何度過的，以後的日子要怎麼過？這個主題撩動了她們的心絃，大家開始反思自己與配偶的關係、互動，再怎麼不好，總還是有個先生可以講講話、吵吵架，當初為了自己親密的另一半，肯拋下原有的一切，離鄉背井來到另一個陌生的國度。從原先的害怕、擔心，到現在習慣、適應，還是要感謝一直陪在身邊的先生，沒有他，臺灣將不會成為生命中最終的依歸。於是研究者要學生們寫一封情書給老公，回憶戀愛時甜蜜的時光，藉著寫作回想當初和先生認識的情形，他的優點，透過自我催化的作用，在夫妻發生口角或生活不如意時，他的好能成為情緒的支柱，巧妙化解夫妻間的衝突、維持家庭氣氛的和諧，讓孩子能在幸福安全的環境下成長茁壯。相信在健全的家庭功能下，新臺灣之子才能有良好的成長環境。

心得寫作教學活動設計（2）

表 6-3-5　心得寫作教學活動設計（2）

單元名稱	寫給老公的情書
設計理念	現代人的家庭關係常有許多問題，不單是男人或女人的錯。而是從傳統文化轉型到現代文化的過程中，究竟家庭中每位成員自心覺察了多少問題。夫妻關係正常，才可能有所幸福感，也才能讓各自的父母與子女生活在一種較為安全的環境中。婦女如果無法處理好兩性關係、夫妻關係中的問題時，受害的往往是孩子。而在這傳統文化轉變的過渡階段，夫妻要改變的方向在哪裡，才能避免親人受到無辜的傷害，或者與家庭關係改變的契機擦肩而過。

<table>
<tr><td>教學目標</td><td colspan="4">1. 能善用甜言蜜語，為夫妻生活增加更多的溫馨。
2. 知道以「善意」對待對方時，就能夠維持好的婚姻品質。
3. 善盡母職，營造美滿的家庭生活，以利下一代的成長。
4. 學會將譬喻法、擬人法、誇飾法運用於寫作中。</td></tr>
<tr><td>參考資料</td><td colspan="4">《聯合報》、《國語日報》</td></tr>
<tr><td>教學對象</td><td>新移民女性</td><td>教學時間</td><td colspan="2">共二節（80 分）</td></tr>
<tr><td colspan="3">教學活動</td><td>時間</td><td>備註</td></tr>
<tr><td colspan="3">一、準備階段
1.事先閱讀《聯合報》、《國語日報》報紙的報導內容。</td><td></td><td>＊剪報資料影本</td></tr>
<tr><td colspan="3">第一節：</td><td>40 分</td><td></td></tr>
<tr><td colspan="3">二、發展活動</td><td></td><td></td></tr>
<tr><td colspan="3">1. 譬喻法教學：
譬喻是借此喻彼，用易知、具體來說明難知、抽象的一種修辭方法。運用聯想力，找出與所要描寫的對象有類似特點的人、事、物來比喻說明。</td><td>10</td><td></td></tr>
<tr><td colspan="3">2. 擬人法教學：
就是把無情的物用有情的人來比喻，讓呆板無趣的事物也能生動感人。</td><td>10</td><td></td></tr>
<tr><td colspan="3">3. 誇飾法教學：
寫作時，把所要描寫人、事、物的特點，誇大鋪張的描述形容，叫做誇飾修辭法。</td><td>10</td><td></td></tr>
<tr><td colspan="3">4. 分組尋找簡報資料影本中的譬喻法、擬人法、誇飾法的報紙報導內容。</td><td>10</td><td></td></tr>
<tr><td colspan="3">第二節：</td><td>40 分</td><td></td></tr>
<tr><td colspan="3">三、綜合活動
1. 作文樹教學討論活動。
2. 心得寫作。（回家功課）</td><td>40</td><td>＊400 字稿紙</td></tr>
</table>

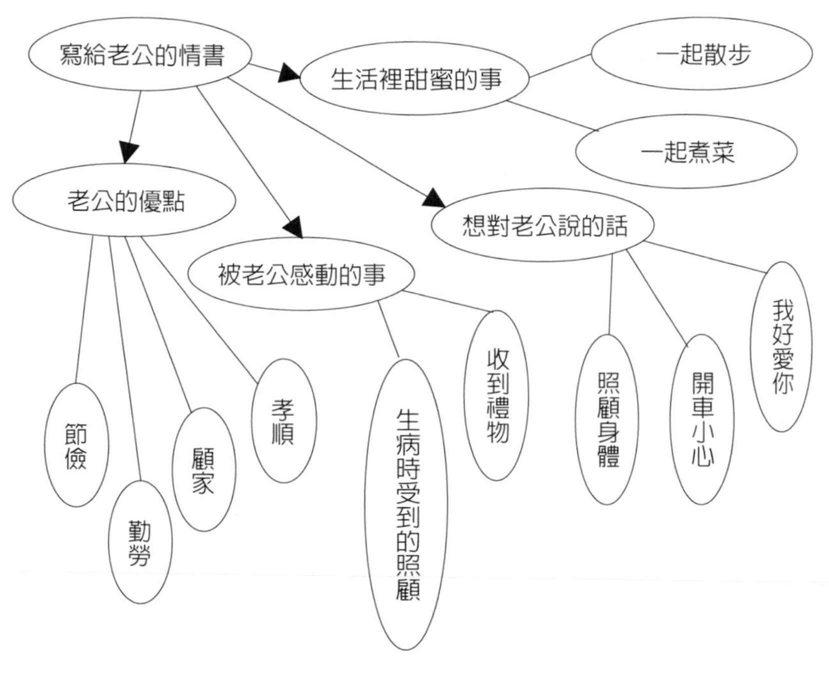

圖 6-3-3　作文樹（2）

這次的心得寫作，教了學生三種簡單的修辭技巧，目的是要她們能運用這三種技巧，增加文章的豐富性；也希望藉由這些技巧的使用能讓她們了解單純的寫作就像一盤普通的料理，沒有特色，倘若加了一些變化，就能讓同樣食材的料理更吸引人的目光，也讓人更能夠留下深刻的印象。我希望每位學生都能運用這三種寫作技巧於文章中，讓讀著情書的老公能感受到老婆真摯的情意，增添夫妻間情感交流的機會。在馬斯洛的需求理論當中，「愛與隸屬」是人們在一切生理需求獲得滿足之後，所追求的一個更高階的心理滿足層面。在夫妻關係裡，要有所謂的親密關係，才能營造一段幸福的婚姻！然而，夫妻之間的親密感是需要靠雙方共同去經營與製造的。所謂的「親密」，不單單只是一種外在行為上的「親暱」，在心理層面而言，那更是一種互信、互賴的感覺！一種覺得對方是可以讓你信任、依靠的感覺！而這樣幸福安全的感受，也就是經營一段美滿婚姻的重要條件！因此，夫妻間親密感的建立與營造是不容忽視的。

研究者認為夫妻間的互動是一件非常重要的事。夫妻之間，如果相互關愛、彼此支持，互不輕忽、情緒穩定，對孩子的態度一致，那麼孩子的性格發展，以及與父母之間的互動，都會朝向好的一面發展。在家庭中，每個人扮演的角色不一樣，也各有各的功能，如果父母之間彼此配合度不夠，或是關係緊張、冷漠，很容易就會傷害到孩子。畢竟夫妻吵架的過程中，傷害孩子最深的，往往不是爭執事件的本身，而是在衝突情況下，父母所展現的激烈手段。不論是拍桌子、摔東西，甚至動手傷害對方，這些畫面，都會像照相般的，在孩子小小的心靈中，印下烙痕，難以抹平，這也不是事後夫妻和好如初，就能完全化解孩子已經深入潛意識的印象。

同時，父母在意見不同的情形下，如何處理彼此的爭執，也會影響孩子的學習行為。所以夫妻之間難免有爭執時，就算吵架，也要儘量控制，緩和自己的情緒，不要被一時的氣憤，衝動得失去理智。的確，人的情緒並不容易控制，然而，只要有了婚姻和家庭，吵架時就不能只顧發洩情緒，不但不能向對方口出惡言，更要顧及在一旁的孩子，否則兒女受到的傷害，將很難彌補。孩子的世界小而單純，相對而言，他們對周遭人事物的感覺與反應也就特別敏銳。不管我們本身有多少缺點，不管我們願不願意，我們就是孩子成長過程中最重要的學習對象之一。所以為了讓孩子健康正常的成長，我們應多省視自己，多注意與配偶的互動，才能建構完整和諧的家庭關係。

這次收回的作業中，她們真的運用了我教的修辭法於文章中，讓研究者覺得很高興，主要的是這次作業結合了考試，將以這次寫作的分數當作期中考的成績，所以這次作業回收率是百分之百。S1 寫說「老公你就像是一棵大樹，保護著在樹上築巢的我和孩子，」沒有你這棵大樹，我和孩子就沒有家了。謝謝你，我愛你。S2 寫說「當我和老公出去散步時，路旁的小花也向我們微微笑，直說我是個幸福的小女人呢！」S3 覺得「老公對自己很好，就連自己想要天上的星星，老公也會幫我摘下。」S4 希望「老公能改掉像獅子一樣兇猛的個性，」這樣的老公才是她想要的。S5 說現在放無薪假的人很多，「老公為了家人的生活，每天就像陀螺一樣轉個不停，」讓自己好心疼，她要老公記得要多休息，別太累了。S6 回想和老公認識時，「老公就像一位無所不能的魔術師」，幫助她解決了許多問題。S7 說剛嫁來臺灣時，「當路上的街燈亮起來，向村莊道過晚安時，」就是她和老公的甜蜜時光，我們手牽著手，一起散步，讓自己覺得好幸福。S8 說老公「就像是一本本的好書」，很喜歡和老公聊天，老公讓自己得到許多知識，謝謝老公。S9 說「當我們吵架時，我的心情，就像在黑暗中微弱燭光的一樣，那麼的無助，希望我們能永遠不吵架。」S10 說「記得剛來臺灣時，每天的心事都只能告訴小鳥，小鳥啾啾啾的叫聲，有時也替自己打抱不平呢！」S11 記得自己剛學中文時，在學習過程中，並沒有當初所想的那樣簡單，於是越學越不愉快，「心情也越來越糟，像千百斤的石頭壓在身上，喘不過氣來。」幸好老公一直鼓勵自己，自己才能一路走下來。S12 每天「看著兩個像天使一樣的寶貝兒子，再辛苦也要給孩子一個溫暖的家。」S13 說每次孩子生病時，「看到你焦急得像熱鍋上的螞蟻，你愛孩子的心，讓我感動的掉下眼淚。」S14 說「老公什麼都好，只是老公的個性比烏龜還慢，老公的慢性子有時會讓人氣死，希望老公動作能快一點，這樣才能做更多的事。」S15 說「老公是陽光，自己是小草，小草如果沒有陽光的照射，就會失去生氣，沒有活力。」（作業 S1～S15 摘 2009.05.05）

讀、寫、講、聽是傳統語文教學的培訓範疇，所以在語文教師的教學生活裡，「寫作」佔據重要一環。文字是人類傳情達意的工具。「寫作教學可以鞏固學生從讀文教學中獲得的語文知識和技能，培養學生觀察、思考和想像的能力，以及寫作的興趣；而寫作教學的最終目標是訓練學生運用書面語去狀物、記事、表情、達意，使他們無論升學或就業，在文字表達方面，都能應付自如。」（香港課程發展會議，1990）這次心得寫作課程的目的是希望新移民女性能認識寫作中常用的譬喻、擬人、誇飾修辭法，培養語文創作的興趣，並提升欣賞評價文學作品的能力。期待能擴展學生寫作視野，增進學生語文知識和賞析能力，養成主動閱讀的習慣。

面對「寫作教學」，研究者認為教師的工作就是營造一個鼓勵表達真感受的氛圍。不過，這個尋找的過程可以學習，但卻不能準確的傳授。在讀報教育課程的實施中，最重視的是學生知識與生命的成長。因為教書不只是研究者的職業，更是研究者的志業，也是研究者不斷成長進步最主要的原動力。對研究者而言，藉由報紙這個觸媒，引導學生一步步走進閱讀的世界，從中接觸不同的知識，提升她們的見識，豐富她們的生命內涵，是研究者感到最快樂的事。這些教學相長的過程，讓研究者的生命更有意義，也是研究者生命中最美好的記憶。（教札 T1 摘 2009.05.05）

陳老師看了學生的寫作內容後，驚訝她們的寫作能力進步了。主要是有分數的壓力，才會讓她們認真寫。她覺得大人的領悟力很強，這個題目讓人感到很溫馨。她說自己和先生已經是老夫老妻了，如果自己還會寫情書給他，他不知道會有什麼反應。學生藉由寫作來表達對先生的感謝，用說的會讓人覺得肉麻，用寫的反而會讓人覺得窩心，效果差很多。學生能寫得這麼好，她們應該是有去請教人吧！可見她們是下過功夫的。她也當面稱讚研究者在教學上的用心，還說能當研究者的學生真是一件幸福的事呀！（訪談 T2 摘 2009.05.06）

第四節　創造思考與合作編報嘗試的活動設計及其驗證

「創意通常不是神聖的靈光，而是像微弱的碳灰，需要用力去搧動火，它才會燒的越旺」。創意無所不在，而且每個人都需要它，但是創意是什麼，如何產生，要產生創意需要哪些條件，似乎常常是每個人心中的一個迷。當社會不斷改變時，因應時代潮流所需要的主要才能也會隨之改變。未來，今日一些無足輕重的智慧，隨著時日遷移而將會變得炙手可熱。今日我們的社會已經從以工商業為主的經濟型態轉變為以服務業為主的社會時，人際智慧的重要性就會隨之提升。同樣地，因應這個轉變快速的社會趨勢，對於具備高度想像力、創意的專門人才也會更形重要。創意、想像力非但只是適應社會的變化而已，更重要的是去創造社會的需求。（潘裕豐，1999）

由於知識經濟需求、社會快速變革和教育改革的趨勢，學生思考力和創造力的要求日益加增。如今教師的工作，也像醫師或其他專業工作者一樣，充滿了專業的挑戰，也就是說需要技巧和意志的融合。除了有心有熱情之外，老師們也需要知性的啟發，超越親身經驗的限制和框架，以便能在方法上有廣闊的視野和能力，發展自己的學習和教學生涯，面對未來層出不窮的考驗。創造思考教學的目的是想要啟發或增進學生的創造力、想像力，不以現有的知識為範圍、不遵循傳統方法思考的能力，教師可以採用「創造教學法」。啟發學生創造的動機，鼓勵學生創造的表現，以增進創造才能的發展。教師透過課程的內容及有計畫的教學活動，在一種支持性的環境下，激發和助長學生創造行為的一種教學方式。創造力高的人在性格上能表現出較高的幽默感、能自得其樂、對工作具有高度熱誠與堅持力、願意冒合理的風險，容忍不明確的情境，對生活懷抱夢想，且對自己有信心。（引自張春興，1994）

創造力的心理特質為何？創造思考教學是培養學生創造思考能力的教學，其目的在透過有變化的教學方式，助長學生的創造表現，培養流暢、變通、獨創及精密的思考能力。（陳龍安，1997）創造思考教學，是一種生動活潑多元化的教學，不僅是培養學生創造力，而且也要激發學生思考力，學生有了創造力和思考力，將會提升整個教育的活力。創造思考教學，就是教師透過課程的內容及有計畫的教學活動，在一種支持性的環境下，激發及助長學生創造行為的一種教學模式。就教師而言，是鼓勵教師因地制宜、變化教學的模式；就學生而言，是在啟發學生創造的動機，鼓勵學生創造的表現，以增進創造才能的發展。也就是說，教師藉由課程和活動，提供一種支持的創造性環境，以激發學生的創造性思考，表現出創造性行為，以增進其創造的才能的教學模式。

華勒士（G. Wallas）在 1920 年代所提出的四階段創作歷程甚具代表性，此四階段為準備期、醞釀期、豁朗期、驗證期。準備期是蒐集有關問題的資料，結合舊經驗與新知識的階段；而處在醞釀期的時候，可能對問題百思而不得其解，雖然表面上是暫時擱置問題，但潛意識仍在尋找解決方案；到了豁朗期，則是突然頓悟而了解問題的關鍵所在；而驗證期則是只將頓悟的觀念付諸施行，以檢證其可行與否。（引自陳龍安，1998）

在每次讀書會的進行中，希望能發展成實施創造思考教學的支持性的環境，也就是一種自由、安全、和諧的情境與氣氛。運用啟發創造思考的原則與策略在每個教學討論活動中，營造活潑自由的教學環境，使學生無懼於自由表達各種意見和想法，運用靈活多樣的教學方法，拓展學生的思考空間保持心胸開放的教學態度，接納學生與眾不同的答案，而不急著作價值判斷，以免扼阻學生的思路；鼓勵學生應用想像力，增進其創造思考能力。創造思考的教學環境應特別注意團體教學中生動、活潑、自由、溫馨、幽默的支持性氣氛，並以學生為主體，尊重、接納學生的意見和想法，營造活潑開放的教學情境，以利於師生的互動，相互的激盪，激發學生源源不絕的創造思考。因此，研究者覺得建立良好的心理環境，師生均感自由安全的教室氣氛，是推展創造思考教學的第一步，也是將讀書會經營成功的要件。

創造思考教學的基本原則，在提供民主和諧的支持性環境，建立良好的教學氣氛，重視與接納學生不同的意見，不馬上判斷並能鼓勵學生去看、聽、嘗試、探索和操作。同時教師也能分享學生樂於創作、勇於創作的喜悅，熱衷學生的想法和表現，進一步鼓勵學生養成獨立學習的習慣，進而提高創造力。因為創造思考教學重視以學生為主體的思考能力和歷程的創造學習，並非特殊或標新立異的教學方法，所以與傳統的教學法並不衝突。

什麼是創造思考教學？

（一）創造思考教學是一種培養學生創造及思考能力的教學。

（二）創造思考教學的特點在推陳出新，而非墨守成規。鼓勵學生有新的想法，有不同的意見，讓學生能用心，想的多、想的新、想的好、想的妙、想的呱呱叫。

（三）在傳統的教學中，教導學生「筆」是用來寫字及畫畫用，一種事物一種用途，一個問題一個標準答案；而創造思考教學是在引導學生「筆」除寫字及畫畫之外，還可以做許多其他用途，一個問題會有許多不同及不平凡的答案，讓學生能夠從不同的角度作思考，「一物多用」甚至可以「廢物利用」。

創造思考教學的特點有：

（一）教學過程中以學生的活動為中心。學生是主角，教師僅是協助輔導的角色。

（二）啟發學生的想像力。

（三）包括教學方法的創新與學生創造力的培養。

創造教學的實施原則：

（一）改變觀念態度：教師要改變傳統教學中教師本位的教學方式，不使用權威性的命令與指示，還要能打破以往教學時的習慣（如：老師說話學生就不能說話）。另外，教師要有耐心，並且接納與尊重學生各種勁爆的想法，更不可盲從。

（二）建立合適環境：教師要能營造一個自由、活潑生動、不過分拘束且民主式的教室氣氛。

（三）辨識創造才能：教師必須有分辨學生的創造力是否具有建設性，或是學生是否具有創造力。

（四）了解發展狀況：教師要能了解學生的新鮮想法是不是有建設性的點子，進而判斷其創造力是強或弱。

（五）改進教學方法：在判斷學生的創造力程度後，教師可根據這些結果設計、組織課程與教材，並在課堂上有技巧地提問，以刺激學生朝更多的方向思考。

教學方法注重激發學生興趣、鼓勵學生表達與容忍學生不同的意見，不急著下判斷，使學生能夠在快樂的學習中更聰明、更靈敏、更能面對問題、解決問題。激發創造思考的教學原則，營造活潑開放的教學情境，創造性的環境是一個可孕育創造者的動機，培養創造者的人格特質，發展創造思考技能，以助長創造行為的環境。

創造思考教學法有很多種，此次的創造思考教學活動設計課程基於以上的論述並配合這次的教學主題——〈報紙會不會滅亡〉（此篇文章刊於 2008 年 6 月 28 日《國語日報》3 版），所以研究者決定以六頂思考帽作為創意思考的教學策略。六頂思考帽是英國學者愛德華・德・波諾（Edward de Bono）所倡導的思考技法之一，主張思考應該明確化和簡單化，因此以六頂不同顏色帽子來扮演六個思考者的角色。主張學習「六頂思考帽」，必先建立一些觀念：

一、如果你扮演一個思考者，你就會是一個思考者

思考應該是活潑有生氣，而不是陰沉、嚴肅的。作出思考者的姿勢，你就會成為一個思考者，但是要確實的去做，不只是假想。

當你作出這個動作，讓自己和旁人知道你打算思考，不久你的頭腦就會跟上你在扮演的角色。

二、「戴上帽子」是一個非常慎重的步驟

任何思考時刻都需要有平靜和孤立的精神狀況，想像某人戴上真正的思考帽時，可以幫助你達成這種精神狀態，而不只是單純的對環境狀況的反應。這裡所強調的是慎重的思考，背景式的思考只是為了應付例行公事，要讓我們從這種例行、應付式的思考，轉入慎重的思考方式，並沒有簡易的轉換信號。思考帽就是一種切實的信號，可以讓自己和他人明白，我們正在思考。

三、意圖（intention）和表現（performance）

如果你有思考的意圖，接著就會有這種表現。你必須先有成為思考者的意圖，這點很重要，因為很少人能做得到。學生必須獲得真正的思考技巧，但是更重要的是培養思考技巧的觀念。能成為一位思考者是一種截然不同的自我形象，這是一種行動技巧，而成為一位思考者並不表示你任何時候的作為都是正確的。一絲不苟的人比較不容易成為優秀的思考者（自以為是、對開發冒險不感興趣、看不到變通之道等等）。成為一位思考者也不表示你就是聰明，也不表示你有辦法解決人們期望你解決的棘手問題，只表示你有意識地希望成為一位思考者。六頂思考帽可以提供一種簡明易懂的方式，轉意圖為表現。

四、「角色扮演」是自我的假期

扮演別人可以使自我脫離正常自我形象的束縛，就如同一位成功的演員，他能脫離自我，完全融入劇中的角色中。思考帽這個大角色被分解為六個不同的小角色，由六頂不同顏色的帽子代表。在任何時候我們都可以選擇其中一頂戴上，接著就扮演這頂思考帽所定義的角色。當你換一頂思考帽時，就必須更換自己的角色。每一個角色都有自己的特色。思考是來自所扮演的角色，而不是由自我出發。

表 6-4-1　六頂思考帽

〔愛德華・德・波諾（Edward de Bono），1996〕

顏色	定義	用意	注意事項
白色思考帽——客觀中立	完全客觀、沒有預設立場的思考者。	不是為了贏得爭論而加入言論中點。	1. 只要求客觀事實與數據，不要任何論述。
紅色思考帽——情緒感覺	和中立客觀完全相反，是情緒性的直覺，不必符合邏輯也不必有理由。	任何的優良的決策都是訴諸情感的，因為情感是我們思考的一部分。	1. 紅色思考帽不該被誇張或濫用，只有在你想以正式的表達方式才使用。
黃色思考帽——正面樂觀	積極、正面、樂觀、建設性的思考者。	對未來充滿不確定性，只有滿心期望成功的人才能成功。	1. 允許幻想、夢想的存在，但要盡力做到為自己的樂觀提出最有力的支持，不必創新。 2. 以正面的觀點滿心期待固然很好，但重點在於如何引導

			出方向及實際的行動評估。 3. 可以根據經驗、有價值的資訊、推論、目前趨勢、猜測來對意見作正面評估。
黑色思考帽 ——邏輯否定	以客觀的方式，指出事物的弱點加以否定，但非關情感的思考者。	對數據與事實的挑戰。許多經驗是非關數據與事實，黑色帽子思考法可以指出哪些建議或敘述不符合這些經驗。	1. 在黑色思考帽下，思考者必須為事情的否定層面提出合乎邏輯且前後連貫的說明。 2. 思考者不必顧慮公平的問題，也不必看到事情的兩面，可盡情發表負面的意見。 3. 設計黑色思考帽的主要用途是改進。如果評估某一方法是可行但有缺點的，就指出錯誤的地方以求改進。
綠色思考帽 ——改變創新	以新的想法與新的看待事物方式的思考者。	利用一些不合邏輯的創意使我們脫離舊觀念，以刺激出較好較合理的意見。	1. 綠色帽子思考法要求的是真正的創意——新方法與更多的選擇。

			2. 不要求成果，只要求一種心力的付出。
藍色思考帽——總攬全局	不可或缺的公正超然與冷靜的思考者。	當思考者離題或討論不合宜時，藍色思考帽指示何時該換帽子，是其他帽子的控制。	1. 討論會中的任何一人都可以隨時擔任此角色。 2. 藍色帽子思考者必須在設定的架構之內，監督討論不致離題。 3. 藍色帽子思考者的任務在於清楚定義、集中思考點。

在教學上，研究者嘗試著用六頂思考帽來設計〈報紙會不會滅亡〉這個議題，它是解讀新聞或導讀時很好運用的問話方式。六頂思考帽的功能如下：

一、戴上白色帽（掌握要義）

新聞的要義是什麼？我看到哪些重點？整理文章的重點及相關數據，大綱要義的整理。

二、戴上紅色帽（優點賞析）

內容當中我特別欣賞與完全認同的是？感受的整理，特別的觸動、情緒的起伏；直覺的想像空間，揣測本文的意涵。

三、戴上黃色帽（個人體驗）

找出與自己經驗的對照和比較，相同或相異處，觀念的釐清和知識的統整。針對內容正向思考的激發，肯定某些論點的適用性，引發對未來的勇氣與希望。給我新的認知與啟發思考的層面。

四、戴上黑色帽（缺失批判）

內容當中我覺得不夠深入或前後矛盾，沒有解答或交代清楚的部分是？讀到自己對問題的彰顯、對潛在危機的預測、理念性的質疑或否定。

五、戴上綠色帽（知識應用）

詮釋題材，創意性的研發新觀念，將問題澄清及延伸閱讀思考的範圍。將所學要點整理並歸納類別，以行動轉化應用在日常生活中。

六、戴上藍色帽（延伸思考）

在行動中檢視成效性或其可行性，作適當調整；引發更廣度的思考項目及深入的探索知識與生命的奧秘。整合所見所聞，擷取不同帽子所引發的整理；判斷其適用性與行動策略。

創造思考教學活動設計

表 6-4-2　創造思考教學活動設計

<table>
<tr><td>單元名稱</td><td colspan="4">用六頂思考帽來讀〈報紙會不會滅亡〉新聞</td></tr>
<tr><td>設計理念</td><td colspan="4">隨著社會快速變遷，現在的人所面臨的挑戰與選擇越來越多。人生是不斷地做決定，而生活就是面對一個個的選擇。每件事情沒有絕對的好，也沒有絕對的壞，它的好或壞全決定於我們是怎麼想的，但是我們該如何在「得到」的快樂與「失去」的失落間作調適？因此，身為教師能給孩子最好的禮物，就是引導他們學會「思考」的方法，培養「思考」的習慣。幫助學生學習以多元角度來「思考」與「判斷」，在面對未來的種種選擇時，不至於「迷失方向」、「人云亦云」。</td></tr>
<tr><td>教學目標</td><td colspan="4">1. 如何多面向去思考一件事情，能仔細的思考問題，能作出正確判斷。
2. 能摒除舊有的想法，試著用這六頂帽子來思考一則新聞。
3. 透過「六頂思考帽」引導「省思」，希望學生將這樣的想法實踐在生活中。</td></tr>
<tr><td>參考資料</td><td colspan="4">《國語日報》、《六頂思考帽》</td></tr>
<tr><td>教學對象</td><td>新移民女性</td><td>教學時間</td><td colspan="2">共四節（160 分）</td></tr>
<tr><td colspan="3">教學活動</td><td>時間</td><td>備註</td></tr>
<tr><td colspan="3">一、準備階段
1. 先發下六頂思考帽的資料課前預習。
2. 將學生分為兩組。
第一節：
二、發展活動（一）
1. 白色思考帽（事實）
①白色給你的感覺？</td><td>

40 分

10</td><td>＊六頂思考帽的資料

＊六頂思考帽的說明圖海報
＊白色、紅</td></tr>
</table>

②白帽子代表思考中的證據、數字和訊息問題。 ③白色思考帽的原則：不可以添加任何事項使其超出真相。 ④練習戴上白色思考帽。 ⑤小組共同討論，共同提出一個以白色思考帽為觀點的例子。		色、黃色、黑色帽子各一頂
2. 紅色思考帽（感情） ①紅色給你的感覺？ 熱情、憤怒、怨恨…… ②紅帽子代表思考過程中的情感、感覺、預感和直覺等問題。 ③紅色思考帽幾乎是白色思考帽的反面。 ④紅色思考帽的原則：探索「到底有哪些情緒捲入這裡？」 ⑤練習戴上紅色思考帽。 小組共同討論，共同提出一個以紅色思考帽為觀點的例子。	10	
3. 黃色思考帽（欣賞） ①黃色給你的感覺。 ②黃帽子代表思考中占優勢的問題，利益所在，可取之處等。 ③和黑色思考帽的不同：一是否定的推論；一是肯定的推論。 ④黃色思考帽的另一面──建設性的思考。 ⑤練習戴上黃色思考帽。 小組共同討論，共同提出一個以黃色思考帽為觀點的例子。	10	
4. 黑色思考帽（批判）		

①黑色給你的感覺？ ②黑帽子代表思考中的謹慎小心，事實與判斷是否與證據相符等問題。 ③練習戴上黑色思考帽。 小組共同討論，共同提出一個以黑色思考帽為觀點的例子。		
第二節： 二、發展活動（二）	40分	＊六頂思考帽的說明圖海報
1. 綠色思考帽（創意） ①綠色給你的感覺。 ②綠帽子代表思考中的探索、提案、建議、新觀念、以及可行性的多樣化這些問題。 ③綠色思考帽的舉例。 ＊雨傘的改良 ＊多功能筆的設計 ④練習戴上綠色思考帽。 小組共同討論，共同提出一個以綠色思考帽為觀點的例子。（生活中的東西，什麼是你最想改良的？你會怎麼改良它？）	10	＊綠色、藍色帽子各一頂
2. 藍色思考帽（統整） ①藍色給你的感覺。 ②藍帽子代表對思考本身的思考。如：控制整個思維過程，決定下一步思維對策，制定整個思維方案等等。 ③藍色思考帽就像……芭蕾舞的編舞者，會告訴芭蕾舞者下一個動作是什麼。因為有他的存在，舞者的動作才能流利、順暢。	10	
3. 運用愛德華・德・波諾創用的思考訓練方法「六頂思考帽」完成思考遊戲——用女人瘦	20	

身舉例。 ①白色思考帽（事實說明）： *為什麼你會想要減肥？ *美食當前時，你會想到減肥這件事嗎？ ②紅色思考帽（感情陳述）： *請形容你變瘦之後，你會有什麼感覺？ *和同學一起分享瘦身成功時的心情如何？ ③黃色思考帽（欣賞角度）： *你覺得林志玲哪裡漂亮？ *你覺得瘦身廣告的設計吸引人嗎？ ④黑色思考帽（批判觀點）： *你知道吃藥瘦身會給身體帶來什麼影響？ *你知道想吃又不敢吃的心情感受很難過嗎？ ⑤綠色思考帽（創意發表）： *假如老闆請你改變瘦身的廣告設計，你認為還可以怎麼改進來提高顧客瘦身的慾望。 *請你幫瘦身設計出新的創意口號。 ⑥藍色思考帽（統整練習）： *你覺得如何改變瘦身的方式，來降低對身體的不良影響及金錢的花費？ *你覺得要如何讓瘦身變成是一件愉快的事情？		*先發下報紙資料研讀 *六頂思考帽說明圖海報
第三節 三、綜合活動（一） 1.六頂思考帽的總結： ①小組用六頂思考帽的觀點討論〈報紙會不會滅亡〉。	40分 20	*白、紅、黃、黑、綠、藍帽各一頂 *學習單

②討論過後，每個人說出二種思考帽的觀點。 第四節 三、綜合活動（二） 1.製作六頂思考帽繪本小書。 ①將已經裝訂好的六種顏色的小書發給學生。 ②請學生將影印資料的內容依照六頂思考帽的顏色貼入小書中。 ③學習的心得感想寫入小書中，並完成美編設計。 2.互相欣賞、觀摩、學習同學的作品。	20 40 分 30 10	＊影印資料 ＊彩色筆 ＊剪刀 ＊膠水 ＊裝訂好的淡粉、白、黃、紅、黑、綠、藍的八頁小書共計15本

下表為進行六頂思考帽創意活動時的小組討論學習單：

表 6-4-3　六頂思考帽討論單

議題： 報紙會不會滅亡	＊報紙會滅亡的觀點	＊報紙不會滅亡的觀點
1. 白帽 哪些是已知的訊息？ （客觀資訊：證據、數字、訊息）	1. 中國時報社日前宣布，將裁減數百名員工。 2. 根據世界報業協會六月初發布的報告美、歐、日等先進國家的報業發行量也節節下滑。	1. 報紙的發行量中國、日本有增加，並不是全部都減少。 2. 報紙的訊息量多，附加價值多於電子媒體。（求職版、廣告版）
2. 紅帽 此刻對這件事的感覺如何？ （情感、感覺、預感和直覺）	1. 由於新的媒體大量出現，又有聲光音效，報紙將會被取而代之。 2. 現代人生活腳步加快，有空讀報的人已經越來越少。	1. 習慣看報紙的人，喜歡靜靜的閱讀，不喜歡被吵鬧。 2. 報紙是從小陪我們長大的好朋友，這是電子媒體取代不了的。

3. 黃帽 這會帶來什麼好處？ （優勢、利益、可取之處）	1. 電子媒體可以減少紙張的浪費，讀的時候也不會被油墨弄髒手。 2. 電子媒體的訊息具備即時性，傳遞更迅速。	1. 觀看電子媒體需要電，用電時會製造二氧化碳，加速地球暖化。 2. 看過的報紙可以拿來擦骯髒的玻璃，量多時還可以拿去賣錢。 3. 電腦看久了，眼睛會不舒服。
4. 黑帽 他可行性如何？ （謹慎小心、有效？事實與判斷是否與證據相符）	1. 電子媒體無法像報紙一樣作深度報導。 2. 報紙攜帶方便，可以反覆閱讀，電子媒體無法做到。	1. 報紙沒有聲光效果，不吸引人閱讀。 2. 報紙不能轉寄，電子報則可以轉寄讓好朋友閱讀。
5. 綠帽 有什麼可能的方法？ （創意發想：探索、提案、建議、新觀念）	1. 訂報送贈品，增加訂報的人口。 2. 將報紙由黑白印刷改成彩色印刷，吸引閱報人口。	1. 對電子報內容作詳盡報導。 2. 讓家家有電腦，網路普及化並降低網路收費，取代人們對於報紙的依賴。
6. 藍帽 （思考下一步、步驟、制訂整個思維方案）	1. 報紙不會滅亡，只是會減少發行量。 2. 多元的社會，訊息管道的獲得方式也很多元，報紙具有的優勢是電子媒體無法取代的。	1. 多元的社會，多元的需求，人們獲取訊息的管道也會各取所需，每一種媒體都有它存在的需求。 2. 報紙不會滅亡，電子媒體是無法取代報紙的地位。

這次的課程，研究者可以說是卯足了全力，因為六頂思考帽曾聽同事提起，但是不曾去仔細研究。為了能給學生完整的概念，研究者教得很多，很怕她們吸收不了。在分組討論時，針對這個議題，她們討論的很認真，對於有豐富生活經驗的大人而言，報紙這個隨時可見的刊物，她們一點也不陌生。只是她們在發表意見時，不知道戴上的是哪一頂帽子，研究者還要再幫她們澄清帽子的顏色，好讓她們能更清楚六頂思考帽的使用原則。研究者不敢把握她們全都懂了，但是她們對這六種思考法都表示出高度的興趣，至少陳老師也有感受到。（教札 T1 摘 2009.05.06）

陳老師對研究者的讀報教學活動一直給予高度的支持，對於所要進行的教學活動，她都只是在一旁觀察協助，我們合作得十分愉快。在每次讀報課程，為了不影響學生下兩節的正課，研究者都得在下一節上課鐘響時，結束這次的課程。陳老師說：「第一次上六頂思考帽的讀報教學結束後，換上她的課時，學生們希望老師仍繼續六頂思考帽的教學，因為她們想了解這六頂思考帽的意思。陳老師因為沒有事先讀過資料，不懂內容，只有當場現學現賣，拿著資料帶著她們邊讀邊解釋。幸好她覺得自己還罩得住，不然就糗大了。從那次後，她感受到學生學習的自主性被喚起，她也驚覺自己該教學生什麼，才能也喚起學生的自主性，達到這樣的結果。」（教札 T2 摘 2009.05.06）

希望了解這次課程學生的看法，在第四次課程時，研究者利用在做繪本小書的時候，找自願訪談的學生來作訪談。因為學生總是說的多，寫的少，每次回收的課程滿意問卷，學生都只作勾選題，在其他意見的部分，幾乎都是空白。她們對課程的滿意度都認為很好或好，讓研究者勉勵自己要更認真的設計出她們想學的課程。只要對識字有幫助，似乎任何的教學活動她們都不會嫌棄。但是身為教師的我們能因為她們都不嫌棄，就用同樣的教學方式一直教她們嗎？讀報教學活動讓研究者省思到教學的盲點，研究者以前的教學方式與其說適合學生，還不如說是適合研究者自己吧！

S8 說：「我不知道思考的方式可以有這六頂思考帽，它幫助我的思考更明確化和簡單化，我現在都會利用這六頂思考帽來練習思考問題，雖然還不是很懂它的意思，我會一直練習的去做，我對這六頂思考帽很難去全部了解，但是我覺得它對我的幫助最大。」S2 說：「讀報課程讓我收穫很多，在老師的教導下，讓我覺得讀報變有趣了。尤其今天做繪本小書時，我很認真的畫，我來臺灣後，就沒有再畫過圖了。以前，在越南的時候，我的圖都被老師稱讚，在畫圖時，我好像回到那個時候，好懷念讀書的時光，我慢慢畫，發現自己的能力也慢慢被喚醒。」S4 說：「一開始，我覺得很難，聽得我的頭都要爆開了。我很笨，老師教的我都學得少、忘得多，但是我加減還有聽的懂一點，可是我還是不是全都知道。我喜歡做繪本小書，至少我有了一本自己畫的小書，我會好好保存的。」聽了 S4 的敘述後，我要她不要看輕自己。求學問，本來就有人學得多，有人學得少，只要一直保持學習的熱忱，不要放棄，慢慢學還是會有收穫的。S1 說：「我們每天總會面對大大小小的問題，並作最適當的判斷、抉擇與處理。我們在作判斷時，往往都會依著舊經驗來處理，導致可能做出不正確的決定。有時在做複雜問題的處理時，因為無法透徹分析問題，做出的決定可能是錯誤的判斷？六頂思考帽會讓我提醒自己不要因為一時的衝動做出不好的決定，它讓我學會冷靜。」S9 認為「思考問題時，一般人常常會帶著情緒、樂觀的想法、悲觀的看法……這些複雜的過程，造成思考受到阻礙而無法做出明確的判斷。『簡單就是美』，其實我們只要簡化我們的思考模式就可解決思考上的障礙。六頂思考帽就是要我們簡化思考模式，它可以讓我們的思考和判斷更加明確。」S11 說「和老公相處久了，就會要求對方要有所改變，當對方無法改變或是忽略時，就會生氣，因為認為對方應該了解自己，不應該犯這種錯。學了六頂思考帽後，我拿老師發的資料給他看，於是我們就約定，要先告訴對方自己現在的思考方式，戴什麼顏色的帽子，戴紅帽子時，對方也要有風度的去包容。一直到現在，我和老公都認為這種方法很有效，不會浪費太多時間在沒有意義的爭執上。」S13 說：「本來我也聽不懂，一直到用女人瘦身作例子時，我才覺得我懂了。我喜歡老師的例子，那些例子都是我們知道的事情，我覺得對我了解六頂思考帽很有幫助。老師的頭腦很好，我喜歡讀報課，輪到要我發表時，會讓我緊張害怕，但是我知道那些對訓練我的膽子是有幫助的。」（訪談 S8、S2、S4、S1、S9、S11、S13 摘 2009.05.26）

這次美好的經驗，讓研究者更真確的體會到讀書會的主角其實是參與的每個人，報紙等素材反而只是配角，藉由真誠的聆聽與分享，我們耕種、灌溉了一方沃土；而這方沃土是需要用時間、用心呵護的，當它的土挖鬆了、肥沃了就適合去栽培各樣不同風貌的奇花異草。在那裡，你可以跟團隊一起思考、共同學習，可以有機會去轉變看事情的角度，可以尋找到自我超越的勇氣，也可以從瞎子摸象的片段中，有機會去揣摩整體的樣貌，更棒的是，你有機會在釐清自己的願景當中，更找到實現共同夢想的可能。（教札 T1 摘 2009.05.26）

愛德華・德・波諾認為思考最大的敵人就是複雜，因為它會導致混亂。如果思考方式簡單明瞭，它就會變得比較有趣而且有效果。六頂思考帽的概念簡明易懂，而且易於運用。六頂思考帽的概念有兩個主要目的：第一個目的是簡化思考，讓思考者一次只做一件事。思考者可以不用同時照顧情感、邏輯、資料、希望和創意，他可以將它們分別處理。六頂思考帽的第二個目的是，它讓思考者可以自由變換思考類型。目前雖然沒有明確的科學資料支持他的理論，但經由深思熟慮的角色扮演活動，確是可以成為一位較成功的思考者。運用波諾的六頂思考帽，將會使混亂的思考變得更清晰，使團體中沒有意義的爭論變成集思廣益的創造，六頂思考帽是一個操作極其簡單經過反覆驗證的思維工具，它給人以熱情、勇氣和創造力，讓你的每一次思考，每一次討論，每一個決策都充滿了新意和生命力。

由於學校今年減班，研究者這一陣子也一直為了究竟該不該離開低年級轉戰別的年級而煩惱，常常是上一分鐘下定決心要去向校長毛遂自薦，下一分鐘又猶豫不決；這一分鐘想好要往新的年級工作領域發展，下一分鐘又畏縮擔憂起來。其實者教低年級已經十年了，總覺得一成不變缺乏挑戰性，也看不見未來的發展，但是真正要下定決心離開一個工作頗為愉快的環境，卻不是那麼容易。因此常常處在矛盾的情緒中，弄得煩躁不已；當研究者運用了六頂思考帽後，才發現原來在不自覺中，已經多次戴上了黃帽和黑帽。雖然研究者分析好了換工作的正面好處和負面缺點，也列出了正、負面的看法，但仍然陷在情緒中無法做出決定。在了解完整的六個帽子的介紹，研究者想藍帽子也許能幫忙做出決定，於是試著站在上方整合、分析，看看研究者所列出的好處和缺點。經過幾次的思考，才發現自己並不很明確的知道為什麼要現在換工作，所列出換工作的好處，較多是一些情緒上的感覺看法，但卻缺少理性的考量，於是決定再給自己一個月的時間思考，以進行更換教學年級的規畫與準備。（教札 T1 摘 2009.05.27）

十個月的讀報課程，不知不覺中即將進入尾聲，課程一開始研究者就決定在讀報課程結束時要送給每位參與的學生一份紀念品，於是安排了出版班報的課程。當時序進入六月，校園裡瀰漫著濃濃的離情，六年級的畢業生已經開始在寫紀念冊了。以前被研究者教過的學生也敦請研究者為他們寫下畢業贈言，看著他們喜孜孜拿著畢業紀念冊離去的背影，這一群說大不大的孩子們，又將邁向人生的另一段旅程。研究者的「大」學生們，還沒能畢業，無法如法炮製的要她們也互寫畢業紀念冊，不如我們就一起出版班報，把我們美好的讀報經驗彙整出來。研究者也和陳老師討論過它的可行性，她舉雙手贊成，她認為發行班報是送給學生最有意義的紀念品！能把學生讀報的成果彙整寫出來，廣為宣傳，讓有補校的學校也可以嘗試去做，嘉惠其他補校的新移民女性。她認為：「國小有很多班級都發行過班報，應該不難。」很高興陳老師能支持研究者的想法，在經過完整的讀報教學活動和評估學生對讀報課程的接受度後，要我們讀書會成員團結合作、群策群力一起出版班報，研究者非常有信心。凡走過必留下痕跡，當讀報成果具體呈現於刊物中時，彷彿也為這次的讀報研究做了最佳的見證。

能營造資源豐富的教室能力，是一個現代化的專業教師必須具備的智能，在豐富的教室內，學習者才能學到何謂多元，何謂包容差異，以及在分歧的意見中，尋求共識的能力。缺乏豐富資源刺激的教學，必然走上灌輸與壓迫，無法讓學習者學得因應社會變遷的能力。此種一元化的壓迫教學法，會因個人無能力在充斥價值衝突的社會中生活有所調適，而使國家陷入高度的危機中。因此，不管是何種階段的教學，都應在師生努力的合作之下，配合社會的演進腳步，營造資源豐富的教室，提供滿足學生成長需求的學習刺激，讓學生可以學得更有活力，教室成為建構豐富知識的學習場所。（陳美玉，1996）相信合作編報能讓在國小補校的語文教學，長久以來都以課本和習作為範圍，學習重點也放在識字量的擴充而有所改變。這種傳統刻板、僵化冷漠的教材教法已不符合時代的需求了。在這多元開放的時代，讓學生能擁有獨立思考、察覺、溝通、創造、批判與解決問題的能力，更具必要性。有了這些體認，教師的積極尋求進修以自我充實，乃是當務之急。讀報互動是以語文知識技能為經，學習活動為緯，進行整體性語文學習。課程中採大量閱讀，接觸不同的觀點，學習各式各樣的表達方法，培養多元思考的能力。藉由對文章的理解，豐富學生的情意內涵，培養學生對文學的喜好，激發閱讀興趣。合作編報是整個語文能力的彙整，學生能激盪出什麼樣的火花，研究者比任何一個人都還期待著。

在校園中的學生刊物形式，大至可以分為兩種：一種是雜誌型；另一種是報紙型。一般而言，雜誌型多為學報或學術刊物；而報紙型的校刊，學刊或班刊，則被廣泛的運用。出刊學生報的目的，是在統合訓練學生對新聞的判斷與規畫能力，其中包含了新聞採訪與新聞寫作、編輯製作與實務，可以說學生報的訓練，就是在使學生能及早適應媒體組織的工作生態，將平日所學，充分與實務結合運用。任何一則新聞的呈現，都不可能是一個人的功勞，報紙、雜誌如此，廣播、電視也是一樣。所以如何從大家的共識中學習經驗，才是重要的。（陳萬達，2001：216-229）

班報的製作對教師而言是一項較重的負擔，它是長程且極具挑戰的教學，但是對學生來說卻有相當助益，對其日後學習影響深遠。這項活動有三大特點：

（一）學生能合作學習——養成寬容態度與團隊精神。

（二）讓學生更活潑的使用語文，發揮語文表情達意的功能。

（三）編輯能力的養成——給學生一把學習的鑰匙。

在實際的合作編報活動中，「時間不夠」是最大的困難。班報的製作活動，是一個整合性的作業，希望學生透過這個活動，學會資訊的檢索，並試著去評估、解釋、組織和綜合資訊，附帶的學習則是圖文整合編排和複製。換句話說，圖文編排複製等的技術性學習，不是主要的目的，那是美術或印刷科的領域。本活動是配合讀報課程而實施，把學生從閱報的人轉變成為編報人，這種角色上的大轉換，對學生而言，就夠緊張刺激的。本班班報的出刊內容仍是以有關語文領域的內容為主，採合作學習的方式完成編報的工作。先挑選班上能力最強的兩人，擔任主編和副主編，共同討論出報名、版式、內容、分組……討論完後，再依學生個人的興趣專長分派工作，如編輯、審稿、校對、打字、美工、排版……並訂定工作進度，切實把握時間，按進度完成。

表 6-4-4　《潮小補校新報》工作進度表

日期	會議	討論內容
0602	第一次會議	決定班報名稱、內容、分組、選出各組負責人。
0609	第二次會議	各組分別工作、主編總攬全局。
0616	第三次會議	各組分別工作、排版、美工插圖、校稿。
0623	第四次會議	班報出刊、發表學習心得。

第一次會議內容紀要

研究者：首先，由於小萍和小霞在讀報課程中多次的精采表現，全班一致推選小萍為主編、小霞為副主編。編報的工作時間只有三個星期，在時間的壓力下，大家都要加快腳步才行。

S8（主編）：我們今天趕快討論出班報的內容，大家才能分開去做。老師說要先有一個可以代表我們報紙的名字，大家開始動腦筋想一想。

S13：我們讀的是補校，就叫《補校報紙》。

S9：也要加進潮州國小，才能代表是我們學校出的報紙。

S1：我們是新移民女性，叫《新移民女性報》，很有特色吧！

S2：如果把大家說的都加起來，就變成了《潮州國小補校新移民女性報紙》，名字會不會太長了？

S8：那要怎麼變短，快點戴上正確的帽子思考。（全班一起笑，這已經變成了班級的默契了。）

S4：《潮小補校新報》，我把長句縮短，大家覺得如何？（全班掌聲響起）

S8：好，這個報名很不錯，有把我們成員的族群特色表現出來，大家都決定了嗎？

全體成員：決定了。

S8：接著是介紹有地方文化的特色團體，我們都知道潮州有名的地方文化特色團體就是明華園，藉由班報的出版來幫明華園作個專訪，讓班報的內容更有可讀性，大家覺得如何？

全體成員：好。

S8：誰去作專訪？

S9：我家就住那裡，我可以去；只是我還想有一個人陪我一起去。

S13：我陪你去。去年過年時，明華園的當家主角孫翠鳳有在潮州國小操場公演，我有去看，現場好多的阿公、阿嬤，人山人海真熱鬧。

S8：會議進行的很順利，已經決定的報名、專訪內容，你們還要增加什麼內容？

S12：老師說可以放入我們寫的文章，為自己留下紀念。

S8：謝謝！幸好有你的提醒，那大家下星期都交一篇自己寫的文章，要已經打好字的。如果家裡有電腦，可以自己在家打字，再存到隨身碟裡，如果家裡沒有電腦的，就在晚上 6 點以後來學校找老師，老師的辦公室有電腦可以用，要交以前的文章，可以跟老師拿回來打字，要寫新的也可以。主題自己決定，想寫什麼都可以。（發表 S8、S13、S9、S1、S2、S4、S12 摘 2009.06.02）

工作分配表

表 6-4-5　《潮小補校新報》工作分配表

工作項目	姓名	聯絡電話	備註
主編	S8		總攬全局、6 月 23 日準時出刊。
副主編	S2		協助主編。
採訪編輯	S9、S13		訪問潮州地方文化明華園。
審稿校對	S8、S2		負責審稿校對。
打字	S10、S11		負責專訪內容的打字工作。
排版	S4		負責排版的工作。
美工插圖	S1		負責美工、插圖的設計。

研究者指導：很高興大家的頭腦都動起來了，剛剛的會議進行的很順利，除了主席能依據會議主題有效率的帶領大家討論外，大家的配合也很重要。大家不要想得太難，有問題可以找人幫助你們，加油！相信《潮小補校新報》一定可以準時出刊的，很期待看到大家努力成果的展現。

這一星期內，研究者晚上都待在辦公室教學生打電腦，看著她們一指一指的敲打鍵盤，口中ㄅ、ㄆ、ㄇ……的唸著，一個晚上也能打出了一百多個字。透過這樣的練習，家裡沒電腦的學生們，也有了跟電腦第一次接觸的機會，她們覺得自己對電腦好像不再一無所知了，心中充滿了喜悅。而研究者這星期陪著她們，對她們的學習精神也給予極大的肯定。倘若她們能夠放下家庭的責任、工作的壓力，其實她們都是樂於學習的一群。

S12、S15 學習電腦打字後接受訪談表示：

S12：和同學一起打電腦很有趣，每次打好一個字時，我就好興奮，我沒有想到自己能用電腦打字了，雖然打得很慢，找注音時要找很久，可是我都不會累，我覺得自己會打字了，我好高興。（訪談 S12 摘 2009.06.04）

S15：用電腦打字讓我覺得自己變厲害了，我在工作看到有人在用電腦時，心裡都好羨慕，我知道會電腦很好，我也很想繼續學電腦。（訪談 S15 摘 2009.06.04）

至於訪問地方文化特色團體的 S9、S13，又遊說了 S8 和 S12 一起去，只是她們想更知道要訪談的內容，於是我們也約在辦公室做了一次討論。

研究者給了她們幾個方向：

（一）預計採訪的日期和時間。

（二）預定採訪地點。

（三）進行採訪時需要的工具與物品。

（四）我對受訪團體工作內容的了解。

（五）我想要採訪的內容有哪些。

（六）個人採訪的心得與感想。

她們聽了，才知道採訪前是要先做功課的，於是她們四個人又再約到小萍家討論，因為小萍家有電腦，小萍的先生又可以給予意見諮詢。看著她們為了一件事投入的精神，研究者也為她們加油打氣並預祝她們採訪成功。

第二次會議，為了使用電腦的方便，我們把上課地點換到辦公室。小萍主編詢問各組進度後，大家就自動分組。S9、S8、S13、S2、S10、S11 為了專訪內容的打字工作，大家七嘴八舌的圍著 S8 的筆記型電腦討論著。S4、S1 用著一臺電腦討論美編、排版的工作、其他的人則圍坐在另一臺電腦邊、為著自己要交的文章努力打字，會的教不會的。研究者和陳老師可以說是忙裡偷閒，也聊起讀報教學後學生的改變，只有聽到學生的呼喊，才起身離開去關心她們。

第三次會議，忙得只有美編和排版的 S1 和 S4，大家的資料都交由她們兩個人去排版，大家都很期待看到我們的班報內容，大家圍著 S1 和 S4 出意見，害的 S1 和 S4 一會兒改這裡，一會兒變那裡，一個晚上忙得不可開交！要在三個星期中合作完成編報，的確是件不容易的事，尤其是對毫無經驗的新移民女性這批學生來說。雖然她們的作品不是很完美，排版也有些缺陷，錯別字也不少，插圖更有些的不協調，不過當作品合併裝訂時，大家既興奮又感動。班報編輯任務，這是個靠團隊力量，充分發揮每個人的專長，才能完成的作業。

S1 和 S4 希望研究者能在美編和排版方面給她們一些意見，我們又花了一個晚上的時間在辦公室裡研究她們已經製作好的班報。從頭到尾研究者只給予她們鼓勵，看完她們的作品，除了肯定她們的用心製作，也想知道她們還想增減什麼。

S1：我想先讓老師看過，我才會比較放心，至少老師會給我們一些意見，讓我們改進。

S4：我覺得 S1 做事很仔細，這次我學到很多，像我不會從網路上抓圖片，S1 會教我，我發現從網路抓的圖片比原本我從電腦裡找的可愛多了。其實，電腦真的很有用，現在又有網路，真的很方便。

S1：為了這次的插圖，我找了很多的網站，看得我的頭都暈了，S4 要我簡單化，看愈多就愈不會選擇了。我想利用插圖寫的文章就是我的心聲，我們嫁來臺灣的心願就是能和自己的家人一起生活，希望臺灣人能把我們當成一家人，不要歧視我們。

研究者：這個創意很好，用圖片的方式來訴說一件事，會比單純用文字來的活潑。這個點子你是怎麼想到的？

S1：我只是想到報紙會在有的圖片旁邊寫字來解釋圖的意思，讓讀者能了解。我在看報紙時也都會先看圖再看字，我覺得圖能幫助我閱讀文字，所以我就學了報紙的方式也用在班報上。

研究者：這次的合作編報，你們有什麼收穫？

S1：我怕做不好，同學們的期待是我的壓力，她們都希望看到班報，所以我的壓力很大。我不知道自己做的好不好，但是我告訴自己要做好，不要讓同學失望。

S4：S1 認真做事的態度是我要學習的地方，我對自己排版的工作覺得很簡單，只是複製、貼上。S1 建議我加上框框，這樣一個人的作品在一個框框裡，比較清楚明白。（訪談 S1、S4 摘 2009.06.18）

研究者：很滿意你們製作的班報，相信同學一樣會滿意的。

當研究者拿著班上同學三個星期努力的成果，心裡有股莫名的興奮。班報的出版主要希望學生發揮創意、揮灑屬於自己的學習生活。藉由班報的發行，能夠讓學生之間的情感交流更加密切；在製作班報的過程中，也能夠強化班級內部的向心力和凝聚力。教育改革是目前極重要的教育政策，但它卻是一條漫長的路。因為教改的原則與精神必需落實到實際的課程與教學中，對學生的日常生活與學習產生有利的影響，才能算是成功。全語文教學讓學生動起來，所以身為教師的研究者更有貫徹此項任務的使命感。

就在 2009 年 6 月 23 日，班報終於出爐了（附錄六）。畢竟是要對外公開的刊物，所以研究者和主編一直保持密切的聯繫。在印製前，研究者仔細幫忙校稿，其餘的都尊重原創者的理念。今天邀請了校長、補校主任來見證班報的發刊活動。我們大家也一人準備了一道拿手好菜，在吃吃喝喝間，笑談這十個月的讀報生活點滴。研究者事先告知校長我們製作了班報，校長當然稱讚不已，說能在補校製作班報，應該是創舉吧！大家都那麼忙，來讀書已經不容易了，怎麼還有時間去討論製作班報的事，真讓人難以相信。該怎麼回答？校長說得沒錯，可是研究者認為有心就不難，讀報互動的課程已經接近了尾聲，這十個月和學生相處下來，研究者發現自我實現的成就感是促成學生進步的最大動力。一旦人的價值被啟發時，再忙再累也都心甘情願。在家鄉菜的情感催化下，每個人總能拋開某些煩惱，舒坦自在的聊天。當研究者要大家分享參加讀報課程後的改變，大家說成一團、嘰哩呱啦，還有人急著插嘴，場面十分熱絡。

S8：我在課程中，透過分享、表達，覺得自己的能力一次一次的加強，對自己也比較有信心。在討論的過程中，我們也能知道對方的想法，找到彼此知心的朋友，擴大我們的生活圈。家人也因為我的進步而不停的鼓勵我，讓我的人生有了更遠的目標，我要繼續讀國中補校、高中補校，我覺得讀書識字對我來說意義更不同。

S2：我很欣賞 S8 的偉大理想，嫁來臺灣後還能來學校讀書是我很珍惜的一件事，除非真的沒時間，不然我都不想缺席。上了讀報課後，我覺得自己比較有膽子了，不會害怕說話。老師給了我們很多不一樣的教學方式，都讓我難忘。要我寫情書給老公，一開始覺得很肉麻，寫完了，我才知道自己要感恩他為家庭的付出；沒有他，自己是沒辦法過像現在的生活的。

S4：以前自己是給報紙看，現在換是報紙給我看，有一點高興啦，只是看的還是太慢、太少了，所以要努力多看一點，這樣進步才會快一點。

S9：我第一次採訪時，明華園的那個人很熱心要告訴我他們的歷史，可是我有很多字聽不懂，寫也寫不出來，當時很難過。幸好S13、S2、S8一起協助我，我們大概花了一小時才完成了專訪。後來那個人建議我們可以上網去找資料，我們去班長家一起努力了兩個晚上才完成這篇專訪。我們把網站的資料弄懂就花了一個晚上，班長的先生幫了我們很多忙，解釋我們不懂的詞語。現在看到這篇專訪，我們的努力就呈現在眼前，有點激動。同學們看不懂的應該會很多，因為我聽班長先生解釋完後，我還是沒有全懂，這點讓我知道自己還要更努力才能學好中文。

S13：去專訪的經驗很奇妙，問別人問題也不容易，我們很多時候都不知道該說什麼，我覺得下次要做專訪的人，事先一定要收集資料，要做好一個專訪是不容易的。

S12：來上課讓我有信心，我和孩子都在讀二年級，有時候我教他、有時候他教我，我把報紙的影本拿給他，他會幫我一起查字典，我們一起猜部首然後查字典，很有趣。這位小老師是我學習上的好幫手，謝謝他。

S1：我很喜歡讀報課程，我和先生說話時有時會說到報紙的新聞，他講政治時，我不喜歡聽，因為他說藍或綠的事時，我都只能聽。當他講有關於越南人的消息，我就有興趣，還會要他拿報紙給我看。像上次有位老先生想死，要外籍看護推他去農藥店買農藥自殺，因為外籍看護不認識中文，老先生告訴農藥店老闆買農藥是要除草用，所以當老先生喝農藥自殺時，外籍看護完全不知道。這件事讓老先生的家人對外籍看護很不諒解，本以為是外籍看護要謀財害命，幸好農藥店老闆作證，外籍看護才沒有被判罪。我每天都花一小時讀報，我會用標題作選擇，只要和越南人有關的新聞，我一定會看，我想知道我們越南人到臺灣後的狀況，希望他們都過得很好。讀報課程的結束，只是上課課程的結束，我會繼續讀報來增加我的中文能力。（發表 S8、S2、S4、S9、S13、S12、S1 摘 2009.06.23）

聽了大家的分享，研究者很慶幸能有機會進行這次的實驗課程，讀報教育由小學生延伸到新移民女性身上，一樣是成效斐然。把班報寄給屏東縣其他有補校的學校時，心中希望能讓其他補校的教學者知道，補校的語文教育除了識字教育外，應該還有其他更多元的教材等待我們去開發。如果教學者認為只有識字教育是補校語文教育的主軸，那無疑將是畫地自限，新移民女性的多元風貌則永遠無法展現。我們藉由讀報互動培養群己關係的能力，課程運用多元的新聞事件為主要媒材，讓參與者產生共鳴、互相交流經驗與共同學習成長。活動設計融合討論、戲劇、寫作、訪問、繪畫等方式，讓參與者除了學習語言、文字之外，藉此打開各種感官去欣賞、體驗與感受，能站在多元的角度、觀點和視野看待不同的人、事、物和族群。經由探究體驗，學習現代公民必備的素養，包含對環境的尊重，了解不同文化的差異、彼此尊重、相互學習、透過合作學習發展經驗與能力，開闊社會的國際視野，培養現代民主社會的適應能力。（教札 T1 摘 2009.06.24）

陳老師對於這段時間以來班上同學所凝聚出的向心力也讚不絕口。課程中的互動過程，讓大家培養出極佳的默契，大家來讀書除了來學知識外，她發現同儕間的情誼也是一種動力，讓大家有精神的依靠。只是她一直覺得我的課程安排的太緊湊，如果能放慢腳步，對學生的助益會更多。以讀書會的模式來作讀報教育，對初來臺灣中文程度不佳的新移民女性的確有所幫助，看到學生的進步，研究者的心裡比誰都還高興！研究雖然結束了，但這段時間帶給她們的收穫，相信她們會牢記在心的。（訪談 T2 摘 2009.06.23）

第七章　相關研究成果的推廣

第一節　為補校教育注入新活力

補校的設立原本是為了早期失學的民眾施以補習教育，現在的對象又加入了新移民女性，所以補校課程的設計原本就應該因應時代和社會變遷的需要而做改變；況且補校學生年齡和性向差異甚大，尤其現在又加入新移民女性族群，更顯出其複雜性。對新移民女性實施讀報教育課程，期望能達成拓展閱讀媒材的深度及廣度，增進學生閱讀理解及批判思考能力。

身為補校教師的一份子，也希望能透過補校三年的養成教育，培養補校學生具備國民十大基本能力（詳見第三章第四節）。但是老實說來，補校教材多以國小教科書為主，多數教師仍以識字教學為重，並未想對補校的教材、教法作變革，畢竟補校教育仍只是屬於一般學校的附屬品。因為可有可無，導致補校教育就只成了狹隘的識字教育，相當可惜。而新移民女性來上補校也很清楚其目的性，只有國語課時人才來的比較多，數學課、生活課、藝術與人文課程的缺課率很高，這已經是目前補校見怪不怪的現象了。有一次，研究者訪談了幾位只上國語的學生，甚至祭出缺課太多，恐怕畢業時會無法獲頒畢業證書的警告，沒想到她們竟然回答說：「我們已經有身分證，有沒有畢業證書都沒關係了！」有幾位學生甚至拿到補校一百小時的認證文件後就輟學了，去電關心後，才知道有了那份證明文件就可以提早辦理身分證。以目前教育政策而論，參加補校教育是新移民女性融入臺灣生活最快的方法，教學者應該思考的是如何設計出適用於她們的課程，引導出她們的興趣，降低她們的輟學率，才是幫助她們最直接的辦法。

時代巨輪不斷向前滾動，生活與工作中，不斷出現新的用品和器具，像手機、電腦、多功能事務機、家用醫療器材……現代化產品。由於科技發達，人們也有了更充裕的時間從事各項藝文、體能和旅遊等休閒活動。因此補校課程除了政府規定必修的國文、數學、自然等學科之外，為了提高學生求學意願、活化教學內容、增加教學樂趣、培養實用技能，也應該開設更多實用性的課程，延聘學有專長的校內外名師教導與示範，讓新移民女性的學習跟的上時代的腳步，讓她們學習的內容更具多元化。

近年來，國內經濟繁榮，社會進步，各項科學知識日新月異。終身學習一詞主要是在強調學習是終身的事，不僅在學校中學習，工作中學習，到老退休後仍要繼續學習，因為學海無涯，想要豐富自己的人生，過更有意義的生活，就要善用時間，透過各種管道來做學習。終身學習涵蓋的不僅是一個人學習的生命長度，學習者在學習上的自我實現更是落實馬斯洛（Maslaw）提出的著名需求層次，心靈的成長賦予個人生命的深度與質感，終其一生加寬、加廣的全方位學習，讓我們能透過補校教育延續出終身學習的使命，這也是補校教育的價值與理想願景。

補校為了推展終身學習，照顧失學或有志向學者，利用現有師資及設備，並且提供社區民眾一個良好的進修管道，提高社區居民的教育水準。在當前「知識經濟」響亮的呼聲中，「知識就是力量」成為改善個人生活品質的新趨勢與新潮流，所以提升全民自我導向的終身學習能力，落實知識經濟發展的終身學習策略，補校扮演著重要的角色。近年來補校教育業務蒸蒸日上，除了獲得社區居民肯定以外，班上同學組成分子也反映了社會各族群的現狀；尤其是東南亞的新移民女性日趨增加後，上起課來就像聯合國開會一般熱鬧。補校學生大家認真學習，課堂中每學會一個步驟她們就互相指導，終身學習的氣氛縈繞在補校教室中。來自不同國度的新移民女性們，更是把握了解中華文化的大好機會，認真學習。多元學習的腳步是不分日夜，她們的學習精神是值得大家稱讚的。面對全球終身學習時代的來臨，投資於知識與學習，以擴展知識社會的內涵，促使人人能在世界社會中安身立命並充分發展潛能，應是世界各國因應全球化各項挑戰的最佳策略。

我們都會想，周遭的人、周遭的事、周遭的物和周遭的環境都改變了，我們要不要改變？為了生存和發展，我們當然要改變。要改變什麼？要如何改變？答案就是再學習再接受教育。人與環境永遠是互動的，所以環境不斷地在改變，人們就得不斷地學習，這就是大家所熟知的「活到老、學到老」的真諦。人們的知識和技能不斷提升，也將帶動整個社會向前、向上、向善發展，這就是學習型社會的形態。倘若補校教育永遠只是拿小學生的課本教育新移民女性來適應臺灣的生活，那將會是件很可笑的事情。以讀報互動的讀書會方式來補充目前補校語文教育上的不足，期許經過這樣的互動，能達成以下的成效：

一、增進成人生活基本知能，提供生活新知，適應生活需求

報紙訊息量大，文章內容不會過於艱深拗口，文字又淺顯易懂，高字頻的字也會常出現，對新移民女性而言是一份絕佳的自學教材。閱讀習慣應該從平時培養，鼓勵新移民女性多利用報紙閱讀，目的是希望新移民女性透過報紙獲得即時新知和時事資訊，並

且有機會閱讀包羅萬象的內容，吸取多元且豐富的知識，培養多角度的思考方式來適應生活需求。

二、提供成人學習多元管道，藉以豐富生活，改善生活困境

在「時事閱讀」的部分，主要在引導新移民女性掌握新聞所提供的語文素材了解「社會參與」、「判斷思考」和「多元觀點」等功能。以期能培養學生閱讀時事的習慣和對時事的分析能力，達到訓練學生文字表達能力。「新知閱讀」的部分，則引導新移民女性了解及運用一份報紙具有的「建構公民素養所需的充分背景知識」，因此鼓勵新移民女性每天讀報，不僅能吸收新知，掌握社會脈動，在面對瞬息萬變的社會，她們也能具備更多元的能力。宏觀的國際視野、正確的社會認知、關懷環境的情操，以及探索新知的興趣，這些課題，也正是影響新移民女性能不能成長為優質公民的關鍵因素。另外，在「多元閱讀」的部分，則是引導新移民女性運用報紙多元的語文學習素材和圖象閱讀素材，鼓勵多元閱讀並強化閱讀習慣，以培養自學能力，達成終身學習的願景。

三、培養成人終身學習觀念，充實生活內涵，提升生活品質

《國語日報》總編輯馮季眉說：「一份好報紙，就是一部好的教科書。」而這也正是讀報教育的核心價值與作用。她強調，讀報教育不僅是提升學生的閱讀與寫作能力，更能將多元文化與公民素養的理念往下扎根。（楊舒婷，2009）現階段而言，讀報教育在新移民女性身上發揮了一定的成效，為補校教育帶來新的能量，但要如何讓更多新移民女性加入讀報活動，發揮更大的影

響力，讓閱讀力、寫作力、文化力、公民素養得以提升，才是讀報教育的最終目標。

四、擴展成人終身教育範籌，提升推廣效能，增加學習機會

新聞素材最貼近日常生活，可以增進知識，擴大視野，和學校教育相輔相成。教師利用報紙結合時事，讓學生了解社會脈動，題材以具有教育意義的知識新聞為優先，並鼓勵學生實際應用於生活中。為鼓勵學生喜愛閱讀，進一步豐富學生閱讀的素材、拓展學生學習的視野，研究者決定將報紙帶進學校教學現場，運用報紙每日提供的最新素材，培養學生天天閱讀的習慣，尤其報紙具有多面向的資訊，能夠彌補教科書內容的不足；而且報紙上的各類新聞時事，可刺激學生思辨能力，進而培養學生成為未來的優質公民。

隨著社會環境的變遷，成人教育的範疇也隨之改變，由過去以掃盲為重，逐漸轉變為終身學習的推動。在傳統社會裡，一個沒受過義務教育的人，都可以勝任許多的工作。但在現代工業的社會裡，職業分工愈來愈細，行業也不勝枚舉，對教育的依賴更是愈來愈大。終身教育的主要立足點，是要讓每一個人，在其一生之中，擁有接受各種不同形式的教育與學習的機會，使更廣大的人群獲得新的知識與技能，以迎合社會快速變遷的需求。因此，人類從幼年到老年的種種學習，都應該受到鼓勵。讀報互動恰好能滿足新移民女性的求知慾望以及增進其生活中所需的知識技能，並為補教教育與終身學習接軌。學習是終身的，不應該因為讀完補校而終止，就像讀報習慣的養成，也不會因為離開學校而停止的。

第二節　促成正規教育的革新

研究者在國小補校工作已經三年了，對於補校教師的所見所聞，多少有一些了解與體會。曾經擔任補校教師的人，多少都會犯了以小學正規教育的方式實施在成人身上的錯誤模式。我們也可以發現從補校教育、成人基本教育、外籍配偶識字班等，每個階段正代表臺灣整個社會面臨的問題、發展的重點及演變的過程，每一個階段，對於臺灣在建立「學習社會」的過程中，有其一定的貢獻。未來臺灣還要面臨「少子化」、「高齡人口增加」的議題，如何面對議題所帶來的衝擊？學習者要有面對新環境的能力，教育工作者是走在教育與訓練的第一線，社會在變遷，不斷地自我學習和充實是十分重要的。

臺灣現行的教育制度分為正規教育和非正規教育兩大體系，其中正規教育分為國民教育、高級中等教育和高等教育三個階段，技術職業教育包括初等技術職業教育和高等技術職業教育兩個階段。非正規教育指的是在正規教育體制外，針對特定目的或對象而設計的有組織的教育活動。它是正規教育以外任何有系統的教育活動，也是針對特殊對象的學習需求而設計的教育活動，透過特定的學習目標，服務有特定學習需求的人士。如：補校、在職訓練、社區發展課程、補習教育、自我成長課程等。

所謂的國民教育，就是由政府撥款，對 6～14 歲的兒童開辦的教育。其中包括小學 6 年、中學 3 年。適齡兒童必須入學，凡拒不送子女入學的家庭，將受到罰款等處罰。高級中等教育，學生在學年齡以 15-17 歲為範圍，分為高級中學 3 年和高級職業學校 3 年兩種。高等教育分為專科學校、獨立學院、大學以及院校研究所。（陳嘉陽，2002）總括來看，臺灣教育事業也存在著一些積弊，如嚴重的升學主義傾向，教學課程分量過重，程度過難，致使惡性補習成風；教師只重視與升學考試有關的教學，輕視德育、體育、群育、美育的教學；重視填鴨式教學，忽視啟發式、聯想式教學；重視集體教學，忽視因才施教的個別化教學。

解嚴後的臺灣，改革呼聲四起，其中對教育改革的期盼尤其殷切。但至目前為止，許多的討論重點仍都擺放在升學制度，師資的養成管道等方面。對於新移民女性的問題，雖然已有許多關心的人士以及民間婦女團體和宗教團體提出過不少的建議，但引發的注意還是相當有限。正規教育系統只提供有限的學習機會，這並不能滿足新移民女性強大的學習需求。因此，提供平等的教育機會和多樣的學習經歷是實現終身學習型社會的關鍵議題。學習能力是每一個人進步的推手，一個人求知欲旺盛、熱情參與學習，可以讓個人成長進步，而且這種學習能力強的個人也較易接納他人的意見，並改進自己的缺失。各級學校教育也應提供彈性多樣的學習內容與型態，以適應個人在不同領域、不同人生階段的學習需求。

為了擴展學生更多元的學習視野，臺北市政府教育局規畫從 2008 年 11 月開始推動讀報計畫，預計在每個行政區選擇兩所學校，共二十四所國小辦理，各校以中、高年級學生為主。教育局表示，希望藉由讀報教育，提升學生閱讀、寫作、時事關懷等公民素養。（吳啟綜，2008）為了豐富閱讀的素材，拓展學生學習的視野，鑑於讀報有助於提升閱讀的深度和廣度，教育局希望藉由推動「讀報教育」，將報紙帶進學校教學現場，運用報紙每日提供的最新素材，可以培養學生天天閱報的習慣；而報紙具有多面向的資訊，也能夠彌補教科書內容的不足；加上報紙上的各類新聞時事，可以刺激學生思辨探究，期能藉由「讀報教育」提升學生閱讀力與思考力，進而培養學生成為未來的優質公民。

《國語日報》從2007年開始推動讀報教育實驗班，為了能了解實際推動的成效，委託臺北市立教育大學課程與教學研究所葉興華教授，擔任調查主持的工作，問卷設計大致上分成閱讀認知、閱讀技能、閱讀情意、公民素養、多元理解等方面的改變。很多人以為閱讀報紙只是提升孩子語文能力，很會寫作文、很會閱讀。事實上，報紙不是只有語文教育，很重要的效果在於：增加公民責任、公民素養，讓孩子們與社會脈動接軌，知道公民素養為何，他們該如何參與社會。讀報也有助於培養多元觀點，新聞報導會採訪不同人的看法，經過討論讓小朋友理解，原來一件事情是有不同觀點的。經由問卷調查後發現：

（一）在閱讀認知上，九成以上兒童贊同讀報能增加自己的字彙，和獲取更多知識。

（二）在閱讀技能上，讀報讓學生學會分類資料、整理重點，並有助於寫作。

（三）閱讀情意方面，讀報提升兒童的閱讀、寫作興趣；增加同儕、家人間的討論話題。

（四）公民素養方面，讀報可以讓兒童更加認識公民責任。

（五）多元理解方面，內容包羅萬象的報紙，有助於兒童培養多元觀點。

（六）讀報可以豐富兒童的閱讀資源。

（七）讀報節數方面，每週讀報兩到三節課，各項贊同度較高。當學生養成讀報習慣後就會主動拿報紙來讀，教師用在指導讀報的時間也可減少。

（八）與家人分享可以提升讀報效果。

（九）北部兒童的肯定度較南部兒童為高。

（十）兒童對讀報教育的肯定度多在九成以上。（諶淑婷，2008）

透過以上兩則新聞的闡述，讀報教育應該被納入正規教育體系中已是不爭的事實。讀報活動對孩子能發揮這麼大的成效，相信對新移民女性也一定有用。另外，在成人教育的部分，婦女經常是正規教育中的不利人口，也是就業和社會中的弱勢族群，因此針對已經離開學校的婦女提供婦女成人教育，當然是有其必要性。為了因應婦女不同的需求，婦女成人教育應該包括下列幾種內涵：補校教育、職業技能訓練、親職教育、社區教育、以及權利認知教育。倘若要全面普遍有效推廣，還要成立常設性的婦女成人教育主管機構，專責師資培養、教材編纂、教法研發等事務。另外也應與多年來在婦女成人教育方面已卓有小成的民間婦女團體加強合作，共同推動此一工作。

經過了一年的讀報教育，研究者用了許多活動帶領新移民女性為自己發聲。在朗讀與討論中，我們學習大聲的唸出文章，努力的表現出抑、揚、頓、挫的語調。從討論教學中，大家意見交流、彼此接納、傾聽，對事情的看法也會比較客觀。經過多次的討論活動訓練後，新移民女性學習用委婉的口氣對家人表達自己的感受，不再是一味隱忍自己的不悅。「菸害防制法」上路後，我們一起腦力激盪說了好多吸菸的壞處。有幾位新移民女性一直想讓老公戒菸，她們覺得這些理由讓自己有心理準備和老公說理，經由大家的集思廣義，理由也比她們自己一個人想的好多了。研究者鼓勵她們回家一定要去做，下次見面時，她們也分享了心得感想：

S2：老公說：「他會努力戒菸，為了我和孩子的幸福，他願意去做。」

S6：他很驚訝說我怎麼知道菸害防制法？我說是老師教的。他很奇怪的問：「不是在教認識國字嗎？幹嘛教這個？」我竟然會回答說：「老師是希望我們全家人都健康，因為二手菸也是有害身體的。」老公很驚訝我進步這麼多，他也答應我會先少抽菸，不讓我和孩子吸二手煙。

S8：老公每次都說他抽菸時很快樂，可以放鬆自己的壓力。我把抽菸的壞處告訴他，他說他知道，他會考慮戒菸。不過，我會常常告訴他，因為我真的不喜歡他抽菸。（發表 S2、S6、S8 摘 2009.03.10）

接著的讀者劇場和故事劇場，我們學習運用演戲活動來增進學生閱讀的流暢性、發展學生人際互動的社交技巧。有位成員分享了自己的改變，她很喜歡參加讀書會，她沒有想到學習方式也可以很活潑，老師教的方法都讓她想不到，雖然會有壓力，但是感覺到自己進步了，覺得很快樂。（訪談 S1 摘 2009.06.02）進行探究與心得寫作時，探究法讓她們知道事情的真相並不一定是眼見為憑，藉由小組合作的方式，了解報紙的報導並不一定是完全正確，要學會去思辨新聞。心得寫作時，很多內心層面的聲音透過文章傳達出來，讓研究者更知道該如何幫助她們。讀報教育是多元的學習活動，發揮知識就是力量的功能。最後進行的創造思考與合作編報的活動，可以說是整個讀報活動的教學成果展，當每一位成員拿到我們合編的刊物時，那分自我實現的滿足感，就是最大的鼓勵。這是一種自我成就感的滿足，也是做為一個人自我價值感的實現。

進行讀報活動時，希望教導新移民女性能學習進行批判性反思，連結學習與學習者的生活經驗，幫助學習者質疑理論與她們自己文化經驗的關係，給予學習者聲音和創造舞臺，讓學習者可以說她們的故事、幫助學習者認為知識是她們可以創造的東西、給予學習者工具以批判參考架構、觀念、訊息和權力形態，並發展批判的意識覺醒。識字教育的目的在於協助學習者了解她們所學習的內容，讓她們的學習植基於日常生活的脈絡，並反省她們個人的經

驗，且能看到社會行動，也就是「批判性識字」，而不僅只是獲得閱讀和讀寫技能。（何青蓉，2003）

三年來，研究者擔任新移民女性的識字教師，嘗試以讀報教育來帶領新移民女性的成長。對於這些漂洋過海而來的姊妹們，有著一份憐惜的情感！只因為我們不了解她們的文化，不尊重她們的文化，潛意識裡大中華文化的優越感歧視著東南亞的文化。一個兼具多元文化的社會應是一個整合的社會而非同化的社會。多元文化是中華文化的特色；漢、滿、蒙、回、藏，各種民族都有各自的文化。中華文化包容各種方言、各種習慣、各種信仰、各種風俗，這些都是中華文化的「多元文化」。但是現在多元文化慢慢地在中華文化裡沒有力量了，中華文化裡彼此不相容，更加造成褊狹、排斥，就愈來愈不像中華有容乃大、兼容並蓄的文化了。反觀現在世界上其他的國家，因為移民的政策，使她們的文化愈來愈多元化，愈來愈引導出她們的世界觀。所以當每個人面對與自己不同膚色、種族、性別和信念的人時，必須學習對不同文化之間的互相尊重與欣賞。電影「海角七號」締造奇蹟，全臺票房突破 7 億元大關，片中處處可見「鄉村 vs.城市」、「傳統 vs.現代」，及「在地化對抗全球化」、「文化帝國與被殖民國家」之間的角力。（張錦弘，2008），我們的家園和地球上的其他土地息息相關，希望經由多元文化教育的薰陶，每個人都能真誠、平等地對待彼此，共同打造一個和諧進步的國家，並且進而以地球村的觀念和胸懷為促進世界和平而努力！

在正規教育的學程中，倘若是老師不多用心給予學生課外知識的補充，那麼學生只能學到課本中侷限的知識，這也就是國中、小學努力推動閱讀活動的主因。培養學生的閱讀能力，如同給了他一對可以飛出低谷的翅膀。閱讀帶來改變的力量，教育更是臺灣與世界競爭的唯一資產。對在初識字階段的新移民女性而言，報紙就是一份很好的閱讀教材，它提供全球視野，掌握地球村的政治焦點、財經脈動，報導各國社會現象，並體察文化特質。閱讀習慣倘若能開始於家庭，那麼閱讀行為的持續更會持久。以報紙作為新移民女性的課外閱讀教材，用讀書會的方式互相成長、學習，的確擺脫了制式化教材的侷限。制式化教材中的老師講、學生聽的方式，對生活經驗豐富的成年人來說，是很難激發出學習熱忱，能夠支持他們繼續學習的主因只有學習動機罷了。讀報教育的成功，剛好能給予在正規教育崗位的工作者省思，如何設計適合學習者的學習教材，才是最有利於學習者的教育方式。

第三節　提供其他社會教育的改善途徑

社會教育包羅萬象，類別繁多，舉凡學校正規教育以外的所有教育計畫與活動都歸屬其範圍。我國教育部社教司的業務職掌在於推動我國各項社會教育，推動重點係以終身學習體系為主軸，並整合具有教育功能的一切機構和體系，包括正規、非正規和非正式的教育，以建立不同型態的學習機制。在規畫上是將幼齡到老年連成一個繼續性的教育時程，同時將家庭教育、學校教育和社會教育連成整體的教育體系，使人人在生命中任何時地，都有學習的管道和機會，且使每個國民從出生到老年的整個人生旅程上能夠持續獲得成長與發展。

以社教司現階段業務發展，均遵照政府教育改革、心靈改革等施政重點在實施，貫以終身教育學習理念，建立多元學習管道，以喚起國民注重學習並參與學習，且重視結合民間團體力量，共同推展社會教育，使我國學校教育、家庭教育、社會教育串成一完整學習體系，達成終身學習社會的理想目標。終身學習的旨趣是在使每一個人在人生的每一個階段，都有適合其需要的教育機會。在縱向而言，包括家庭教育、學校教育與社會教育的銜接；在橫向而言，是正規教育、在職教育與非正式教育的協調。終身學習的社會強調全人發展、重視個人自由、使學習成為一種生活，擴展人生的意義與目標。

當前臺灣社會是一個多元、開放、競爭、而且富裕的社會，也是一個科技發達、資訊豐富、逐漸走向國際化的社會，這些社會特徵自然形成特殊的教育需求，也對現有的教育體制與活動造成不同的衝擊與影響。由於社會多元化，社會大眾在政治活動方面有不同的參與，在經濟行為方面有不同的選擇，在日常生活方面也表現了不同的偏好，而在教育方面，則顯示不同的理念與想法。因此，無論是教育目標、教育內容、教育方法、以至教育設施，都產生了許多爭議。處在這樣一個多元化的社會中，教育的共同理念就是要指導學生尊重並接納別人的想法與意見並作理性睿智的判斷與選擇，期能同中容異、異中求同。

知識爆炸與資訊過多乃是世界性的社會發展趨向。處在這種社會中，教育面臨兩種困境：

（一）教育的內容，尤其是正式的課程與教材，必須兼容各種知識和資訊，以免學生成為井底之蛙而與社會的變遷與發展脫節。

（二）由於大眾傳播媒體發達，知識和資訊傳播的管道多元而且迅速，學校不再是知識與資訊的唯一來源，所以學校喪失了相當程度的吸引力，也失去相當程度的教育功能。

因此，在資訊社會中，學校必須謹慎選擇並組織知識與資訊的內容，透過有效的教學，吸引學生的學習興趣、發揮學校的教育功能。因此，當社會的競爭性愈高，社會大眾與家長對教育的期望就愈為殷切。處在這樣一個高度競爭的社會中，教育的重點就在指導學生正確的學習態度與人生價值，使學生具備競爭的能力，且不迷失在競爭的洪流中。

跨國婚姻涵蓋著移民的遷移歷程，而在遷移的過程中則要面臨許多的挑戰，尤其國際移民的調適問題更是困難，所以其壓力和衝突是可以預見的。嫁入臺灣家庭的新移民女性們，由習以為常的社會與文化環境中抽離出來，獨自進入臺灣社會家庭中，不僅可能會處於與他人及社會文化的隔離，產生與自我及文化等的認同問題；而且她們似乎也會在與環境連結和經驗問題的適應過程中，促使個體處於個人、社會網絡、社區及環境等的邊陲地帶，導致脆弱性與邊緣性的產生。因此跨國婚姻婦女所面臨的困擾，不僅只是角色轉換的問題，更需在語言、風俗、宗教生活、習慣以及社會文化迥異的陌生環境中，獨自奮鬥。（林君諭，2003）

這些新移民有著與臺灣社會不同的生活背景，包含語言文字、生活習慣及風俗文化等，在成為臺灣社會的一份子之後，無論是夫妻溝通、子女教養、家庭經營、人際互動等各方面均需要做極大的學習與調適，才能融入臺灣社會的在地生活，否則極容易發生困難甚至衍生問題。例如：生活適應不良、家庭溝通不易、生育與優生保健的需求、教育程度及認知觀念的落差、教養子女困難、遭受家庭暴力、社會支持網絡薄弱……都將對其自身及臺灣社會造成莫大的衝擊與影響。這其中所涵蓋的不是只有個體間的情愛，尚涉及到日常生活中異文化的遭遇、調適與衝突。S4 曾經發表說：「嫁來臺灣，擁有了愛情，卻失去了全世界。」（發表 S4 摘 2009.04.07）聽了讓人對新移民女性這個族群有著許多的不捨和無限的感慨。

在面對新移民女性議題時，是不是只能把她們歸類成為被照顧，被輔導的對象？要如何讓她們成為社會的一份子，可以發揮她們的多元文化優勢和潛能，為臺灣的多元文化注入更豐富的元素，提升國人多元的人文素養，進而發展與國際接軌的力量。因此，針對社區民眾、新移民家屬及其相關人員等實施的教育訓練與研習，是當前刻不容緩的事情。新移民女性進入本國國度，應將其視為我國的國民，除給予生活上的適應外，更應充分暢通教育學習體系。政府部門應就新移民女性所衍生的問題，投入大量的經費與人力來改善。除了編印在臺生活相關資詢手冊及醫療保健、人身保護諮詢專線外，並開辦各項學習課程與聯誼活動。

為了有效紓解新移民女性所面臨的各項困境，政府實有必要規畫適當的解決方案，而成人教育的實施，則是讓新移民女性融入我國社會的踏腳石。多數研究指出，中文聽、說、讀、寫能力的具備，對新移民女性個人及其家庭與整體社會而言，都有許多正面的影響。（邱琡雯，2003）例如可以增加她們與外界互動的機會，尤其是促進與夫家成員的溝通，再者可幫助教育自己的下一代。所以新移民女性具備識字能力，不僅能增進其生活溝通、與人交流互動的能力，更有助於擴展生活視野，充實文化內涵。

現今對於新移民女性成人教育辦理目標與項目上，已不再像過去僅侷限在增進其語言及生活適應能力等「適應」與「同化」功能上。新移民女性參與成人基本教育的重要性，可從「家庭溝通」、「親職教養」、「人力資源」、「文化傳遞」、「自我發展」等五個面向來看，其中在「自我發展」這部分，更強調生活的基本技能之外，協助其發揮個人潛能，達到解放的層次，以所學的語言能力，重新看世界，

而達到批判創新的功能。也就是說，識字不僅促進新移民女性拓展其生活視野，且能協助其與社會世界互動。（邱琡雯，1990）

教師面對來自不同文化背景的外籍配偶，必須要以尊重、包容、多元文化的觀點，除著重本地文化特色的學習外，並輔以跨國婚姻婦女家鄉的文字或人文風俗加以比較，兩相結合，方能豐富學習內涵、激發學習者學習動機，以利學習成效的提升。藉由雙方文化內涵的互動與交流，讓家人也能了解外籍配偶在文化適應上遭遇的困難與矛盾，並且予以尊重，而孩童亦能了解其母親之文化，並引以為榮。

成人教育的實施，則是讓新移民女性融入我國社會的踏腳石，然而臺灣的新移民女性成人教育從 1999 年推展迄今，雖然提供不少入學機會，但是參與識字教育的新移民女性人數仍屬偏低，目前約七分之一接受國內小學附設識字班課程。換句話說，仍有為數不少的跨國婚姻婦女在臺灣是處於文盲狀況。（李俊男，2004）新移民女性於教育過程中，對其學習產生限制、阻擾、不利、不便或不適應的因素相當多，包括個人層面的語言溝通、家庭工作和心理等因素，以及學校層面的課程規畫和教師教學因素。

新移民女性在臺生活所經常面臨的困擾問題，不是單純的透過識字教育就能解決的。讀報教育的推動，將新移民女性成人教育課程的實施方式，有階段性的分為「朗讀與討論」、「讀者劇場與故事劇場」、「探究與心得寫作」、「創造思考與合作編報」」等四大項，最後嘗試就整個課程實施成效，提出「自我成長」、「家庭生活」、「兩性議題」、「環境資源」、「文化傳遞」等五大項教學目標，以及省思教育目標、規畫適當課程、配合學習需求、編輯自學教材、重視自我成長、增進成人教學知能、提供舒適且支持性的學習環境、尊重新移民女性原生文化、安排適宜的教學活動等內在實質的教學作法，以提供社會教育單位及從事新移民女性的教學工作者改進新移民女性成人教育教學活動的參考。

研究者知道讀報教育總會有結束的一天，但是良好的閱讀習慣確是可以跟隨著一生且受用無窮。希望透過這些讀報活動，能使學生領略到閱讀的樂趣，能在報紙中找到寬廣的世界與無盡的快樂，更希望在學生心中種下的閱讀種子，經過時間的灌溉與培養，能夠不斷茁壯，永續發展，成為學生一生受用不盡的寶藏，使這畝報田生生不息。讓我們一起享受閱讀，「閱讀」會讓人越來越快樂。其實，指導新移民女性讀報，收穫最多的是研究者自己。為了進行多元化的讀報課程，常常到了夜深人靜時，研究者還在修改教案。因為有了這樣的努力過程，研究者覺得自己的教學功力大增；當研究者面臨人生困境、心情沮喪時，六頂思考帽會從腦海中彈跳出來，給自己當頭棒喝，簡化思考，戴上正確的帽子。學生的多元表現，也讓研究者見識到她們的另一種風情，小小的戲劇展現，結合了學生的分析力、組織力、行動力、合作力，這是在講述式教學中很難看得到的表現。讀報活動豐富了研究者的生活世界，來自師生間的互動情誼，更是研究者記憶深處中最甜美的心靈資糧。

第八章　結論

第一節　要點的回顧

在補校第一次用讀書會的方式辦理新移民女性的讀報互動課程，研究者常思索該如何幫助她們？她們為何而來？來到臺灣她們的心中感覺又是什麼？怎樣的景況會讓她們願意長期居住？具備何種能力才能讓她們適應在臺灣的生活？這時彷彿又回到 20 年前在國外遊學的景象，語言能力不太好，卻要在另一個國家生存與求學，需要說著他們的語言，融入同儕的生活步調；享受著黃昏和大太陽的日子，卻常常思念著故鄉的日出與日落，人的熱情與種種，這樣的生活確實讓研究者領悟到語言表達仍是人與人之間最重要的交流。

自從政府在 1990 年代左右開放新移民女性與國人結婚，跨國婚姻的現象便在臺灣形成一種特殊的景象。2007 年結婚登記的新移民女性共有 24,700 對，佔臺灣全年總結婚對數的 18.29%；內政部戶政司統計到 2008 年底止，累計新移民女性人數約 41.3 萬人。目前的人數已經超過臺灣原住民人數，成為臺灣的第五大族群。臺灣目前每 8 名新生兒中就有 1 名是新移民女性所生，這些所謂的新臺灣之子意味著「臺灣人」的面貌正在改變。（蔡清欽，2008）歷經一年的讀書會活動，研究者常思索該教她們什麼？新移民女性與臺灣社會已經有著密切不可分割的關聯性。

為什麼東南亞會有這麼多的女性願意飄洋過海嫁入臺灣成為外來的新移民？迫於外在環境的不適生存，轉而追求更好的生活，原本是人情之常，但這些嫁入臺灣的新移民女性，是否真正覓得了憧憬的幸福樂園？從在家鄉開始，她們便落入聘金被剝奪的命運，任憑仲介說得天花亂墜，蒙騙雙方於股掌之間；進入臺灣後，等著她們的是語言的障礙、風俗文化的差異、宗教信仰不同等問題；雖然她們很努力地想儘快融入臺灣的社會，但延續香火的責任，照顧家庭的重擔，使她們最少要經過四、五年後才有餘力完成學習中文的心願。然而，此時橫亙在眼前的可能還有來自婆家的阻礙，所以真的能克服重重難關的，也不過是幸運的一小部分了。

除此以外，這些新移民女性還要面臨的是下一代教育和自己的就業問題，她們面對的最大困境在於臺灣制度設計沒有整體考量移民問題。本以為嫁給臺灣郎，從此可以脫離貧窮落後的祖國，生活更好，順利培養小孩長大，未料卻又陷入另一個原也是移民組成的臺灣社會對她們的歧視與防範。近來關於新移民子女發展遲緩、適應不良的報導如雨後春筍般出現，教育單位也十分擔憂這群孩子將造成臺灣未來「人口素質」降低，紛紛祭出解決方案。然而，種種關於所謂「新臺灣之子」問題的報導，反映的多是臺灣人對新移民的無知而生的恐懼，並非事實。（夏曉鵑，2005b：23）部分媒體與政府部門斷章取義就推論新移民女性素質低落，隱含著我國人口素質將大受影響的優越意識，卻完全看不見臺灣社會所謂的「尊重多元文化」只是文宣口號的虛情面貌。

新移民女性由於文化差異和生活習慣上的不同，她們定居後所衍生的不僅只是婚姻生活適應、婚後生育及母職角色的適應、文化認同等問題，同時還必須面對種族歧視、階級剝奪、性別壓迫、刻板印象等不利現實環境，使得她們和她們所生的子女在臺灣社會的地位往往被邊緣化。臺灣社會應該敞開心胸接受這些新朋友所帶來的影響；或許這也是一個很好的學習機會，可以藉由公開討論，學習包容，體驗多元，開始超越過去統獨、族群的爭議，重新展現臺灣移民社會的熱情活力。誤會總是因不了解而起，為這些新臺灣之子的母親著想，藉由文化的互動了解、尊重並包容不同的民族性，從她們的角度考慮她們的需要，應是今後民間與政府該做的事。

在全球資本國際化的趨勢下，許多東南亞的女性與臺灣人聯姻而成為新一代的移民，可惜社會大眾對於她們在臺灣的處境所知不多，對她們母國文化也興趣缺缺。為了尋找更好的生活，新移民女性們遠渡重洋來到臺灣，一如當年我們流離失所的祖先，企盼在此安身立命。未料卻仍然必須忍受制度上嚴重的不公平，及在社會上隨處可見的歧視。當臺灣這塊土地還不夠展開胸襟要來擁抱異文化的豐富性時，其中存在著強勢優越的馴化心態，這種「優越的自我」和「低劣的他者」的意識在日常生活中不斷再現。

嚴格探究起來，早期我們對西方世界的媚俗，不也正不斷憧憬著向外移民的諸多可能性，而西方世界高姿態的看待我們卻形成一種強烈的對照。女人對於經濟自主的欲求、身為母親對於子女的疼惜在在超越了族群、國籍、地域等差異。這群真真實實的臺灣媳婦、臺灣下一代的媽媽，如何讓她們早日認同這塊土地，全心全力支持她們培育孩子，卻是我們不得不面對思考的課題。

曾多次訪談她們的需求，她們最希望能多認一些字、能多了解一些事，所以在讀報互動中透過朗讀與討論、讀者劇場與故事劇場、探究與心得寫作、創造思考與合作編報的教學方式，在在希望她們能拓展自立能力，漸進式地開展她們的視覺、聽覺及動覺，開心及快樂地適應這個環境中的環境，學習與人相處及交談，進而可在生活中藉由自己讀報再加深加廣對家庭教育、親職教育、法律常識、生活技能的提升、壓力的調適、善用社會資源等內容的學習，讓她們知道可以如何保護自己與爭取權益。在面對夫妻相處、親子教養、婆媳問題、或工作壓力時，都可以愉悅的接受與處理。

教養「新臺灣之子」的教育工作，新移民女性佔有極重要的份量。當你發現鄰居有一個 5 歲的小孩連基本問候都說不清楚時，當你發現搭上一輛公車，車內談的語言與嘻笑怒罵你都聽不懂時，你就知道事態的嚴重性，這時你會警覺到社會到底發生了什麼事？新移民女性在臺灣落地生根多年，她們早已是臺灣大家庭裡的一份子，同理心是幫助新移民女性學習最好的方式。在面對新移民女性時，除了了解她們可能面臨的處境，提供協助之外，更需為她們建立一個友善的社會環境，讓她們發揮自身的優勢，增加自信心。對於臺灣豐富的多元文化，培養我們的國人以更寬闊的胸襟學習去包容、尊重與欣賞不同的文化，重視新移民文化的傳統價值，也期許她們能為臺灣的文化注入新的泉源，讓臺灣的文化更加多元，充滿活力。

第二節　未來研究的展望

新移民女性多是來自低度開發、經濟較落後的國家，使得她們處於面對種族歧視、階級剝奪、性別壓迫的三重弱勢，造成其社會、經濟地位被邊緣化，對生活造成許多不利的影響。她們背負著「買賣婚姻」的污名，被丈夫視為一件商品、一項所有物。因年齡、認知、文化等種種差異，常伴隨著肢體暴力及性侵害的發生。而她們因為缺乏支持網絡、語言不通、不諳本國法令等，致未能尋求適當的協助。倘若選擇離家，又將面臨生活陷入困境、逾期停（居）留、證件被扣、無法工作謀生、法律訴訟及子女監護等問題。在家庭中的地位，新移民女性的生活層面常受到控制及隔離，可能的原因包括家人擔心她們參與過多課程或活動，會結交不好的朋友，或自我意識提升會不容易控制等。

由於新移民女性無法於短期間內完全適應在臺生活，加上本身年紀尚輕，婚後第一、二年便有了下一代，對於擔任親職角色並無充分準備，衍生對下一代的語言學習、學業發展、生活習慣、人際關係及人格發展等教養問題。新移民之子最容易遭遇到新舊文化的衝突。另外，受教育的過程中，新移民子女可能會遭到同學、朋友的歧視或不同看法等問題。他們的父親教育程度與社經地位並不高，而且都忙於工作，有的本身又是身心障礙者，家庭較為貧困，缺少謀生能力的弱勢族群。加上新移民女性在中文的表達上又有困難，當他們的子女進入學齡階段後，將面臨認同的問題，對於學校與家長間的互動也將產生影響。由於他們的家庭大多居住在農村，或是邊陲地區，學校資源原本就比都市差；倘若缺乏特別的輔導，這些孩童更可能終身陷於貧窮的循環中，不斷複製其不利的社會地位。

希望新移民女性能就近參加成人識字班，認識中文，多半是站在為了能教好孩子的立場，但是對新移民女性的文化劣勢處境卻視而不見；甚至母語教學政策當中，忽視東南亞籍母親的語言，無形中強化臺灣本地父親的語言教育，對這些母親的家庭和社會處境其實有不利的影響。研究者常懷疑的問自己，識字教育成為新移民女性的重要課題，這是新移民女性脫離困境的助力？還是將她們推向更深的困境？替新移民女性開設的識字教育課程內容，如果沒有反省到各種語言文化的階級問題，反而會強化母親的劣勢地位與加強複製父權主義的社會意識形態。

曾經也想過要兼讀新移民女性母國的報紙，以增加她們語文使用的能力。讓新移民女性以母國報紙參與讀報教材的規畫與設計，因為學習者能了解自己的學習需求與能力，倘若能有機會參與教材的設計，將更能融入自己的實際生活需要，對學習動機的引發與學習興趣的提升助益頗大。拜託新移民女性返鄉探親時所帶回的越南報紙，要她們利用寒假選取一則報導把母國的報紙翻譯成中文作為寒假作業。開學時交作業時，她們都說好難。她們選取的標準不是以自己的需求為優先考量，而是以簡單、容易翻譯的文章為主。學生的作業都只交短短的內容，選擇的報導內容篇幅也都是短短的。訪談後發現，第一個困難是學生對於要把越南字翻譯成中文時，翻得出意思卻寫不出來，此時就有很大的挫折感。第二個困難是語法的使用方面，好不容易查字典或問人把中文都翻好了，在要求整個語句的通順方面也很難，花了很多時間也覺得自己翻的不好，為了繳功課，只好努力去做。聽完後，研究者才知道在華語和越語的語言轉換方面，學生認為是有困難的。由於研究者者本身也不具備越語的能力，想要對她們翻譯的文章作修改時，老實說可以對學生提供的指導也有限。只好徵求自願者上臺用越語和華語雙語方式朗讀自己所選的文章，彼此欣賞。此時的我，雖然有二十年的教學經驗，才深刻體會到文盲的痛苦，面對著學生卻完全幫不上忙，真是英雄無用武之地。此點也可以提供給有興趣的研究者繼續研究，在不同語言的轉化方面，教學者應該具備何種能力，才能給予學生實際上的幫助。

我們都知道，新移民女性已經不是小孩，她們擁有豐富的生活經驗，她們很清楚知道自己需要什麼。國小學生的教材內容，對她們而言是不實用的，她們所需的是運用中文將生活經驗與臺灣社會相結合。臺灣郎與新移民女性結婚並孕育下一代，已是臺灣普遍現象，可以想見未來臺灣將會是一個多元族群的社會。相較於今日世界先進國家，對族群共處不再說「大熔爐」，而是以「大碗沙拉」來形容，因為在沙拉裡，番茄還是番茄，芹菜還是芹菜，各自保有自己的特質，不會被改變，只是用沙拉醬來調和出豐富美味，而這種醬料就是族群之間的包容。（紀惠容，2004）我們不能只單方的要求新移民學習我們的語言與文化，我們也應該試圖了解她們的文化，透過了解才能尊重與包容。國小補校教育肩負在地成人教育的機構，面對此多元文化現象，當如何介入、如何因應、又該如何來協助她們，解決新移民女性因為語言、文化、宗教不同而衍生的問題，我們當省思再省思。

當教師能夠視家長的外表、生活方式、教養觀念、語文等等的差異為正常，就能開啟悅納欣賞異文化、營造多元文化教育的大門，接納、欣賞異文化的交會，包括因為族群、社經地位、性別而不同的文化內涵。（陳美如，2004）在和新移民女性這群姊妹淘相處的時間裡，我們彼此透過溝通、了解、互動而發展動態共識，課程一直很順利的在進行。研究者發現與生活面向結合的教材較獲她們的青睞，倘若能現學現賣，不只印象深刻，更能激起強大的學習動機。

在多元文化主義呼聲高漲的今日，一般社會的現實中，主流文化仍具有絕對的支配優勢，使多元文化教育面臨巨大的挑戰。我們都知道文化的相互影響和吸收應該不是單純的「同化」或「合一」，而是一個不同環境中轉化為新物的過程，在新的基礎上產生新的差異。（潘榮吉，2006）臺灣曲折的歷史，留給這塊土地上的人民豐富多樣的文化；而臺灣在不斷走向世界的未來，也勢必將與更多文化相遇。既然如此，以寬容的胸襟面對更多元、更豐富的文化，實為必走之路。在這條路上，應該不斷思考並調整教育與文化之間的互動，一一審視教育的方式、內容、組織，從性別、族群、年齡、階級的角度深刻反省，逐一改善，實踐多元文化的教育，以培養出更多元化的現代公民，共同為公平正義的理想社會努力。多元文化下的教育，除了應確實幫助學生了解其家鄉和社群的文化之外，也應該幫助學生走出自身文化的侷限。在民主社會中，倘若要創造並維護一個為公共利益而運作的公民社區，教育不僅應幫助學生獲得參與公民活動所需的知識、態度和技能，更重要的理想，則是維持社會正義，弭平性別、族群、階級的不平等。臺灣本來就是一個多元文化的社會，在這個美麗的小島上，存在著許多不同的族群、不同的宗教、不同的語言，而不同的地區甚至不同的性別和年齡層等也發展出不同的文化，這是上蒼所賜給我們的文化瑰寶，值得我們珍惜！從多元文化主義的觀點強調我們對於各種不同的文化內涵，都應該給予肯定、尊重，甚至能相互欣賞和學習，才能把臺灣建設成一個文明高尚的社會。（洪泉湖，2007）

以臺灣目前的發展，最有可能大量移居臺灣的移民是東南亞地區人士，而目前相關人口統計顯示確實也是如此。因此國人必須學習與新移民間相互的尊重、包容與欣賞，以利臺灣社會未來持續發展。基於歷史及政經因素，國人對東南亞新移民較易持有貶視態度，而視新移民家長同化、認同臺灣文化為理所當然；國人對新移民女性母國文化的貶視態度及霸道的文化同化觀點將不利於發展社會成員的多元文化價值觀，而且可能損失異文化相互激發創新資源的機會。（夏曉鵑，2005a）學校是形塑社會化制度重要的場所，應該領導順應社會的變遷發展，學校教育可以積極培養下一代的多元文化價值觀，而新移民女性更是學校多元文化教育的最重要生活化資源。

教育發展多元文化環境的營造始於了解與尊重，教師及國人有必要對於東南亞社會文化有更多的認識與了解，尤其是與教育有關、與女性性別概念有關的部分，這對於幫助新移民女性和她們的子女在生活適應、身心發展有最直接的關聯。有研究發現家長參與學校教育有利於提升教育成效、家長參加親職教育可以補救弱勢家庭的劣勢，強調家長參與學校教育、促進親師溝通合作，將是二十一世紀國際教育改革顯著的共同特徵。國內外研究顯示母親往往是學童的最主要的教養者，通常也是家庭中主要監督學童學習的責任人，更常是家庭參與學校親師活動的主要代表。（黃淑苓，2007）新移民女性是家庭中教養子女的主要負責人，也是親師合作的最直接、最重要的教育夥伴，教師必須具備與新移民家長溝通、合作的能力。同時新移民女性既是家庭中教養子女的主要負責人，她們的教養觀念、教養方式，關係著子女的身心發展及生活適應。面對教室中逐年增加的新臺灣之子，跨越語言文化溝通鴻溝，解除不當的刻版印象、歧視觀點，主動邀約新移民女性加入親師合作關係，將是我們培育素質優良的新一代國民，建立多元文化、尊重包容、活力創意新紀元的關鍵所在。

讓新移民子女學習融入臺灣社會，能自信、自尊與快樂的學習，是重要的教育課題。新移民子女因為母親外籍身分與語言隔閡，沒有足夠的學習刺激與學習環境，因此入學的課業表現比不上其他孩子，甚至被貼上能力不佳的標籤。新移民家庭的孩子們在學習的道路上，比其他一般家庭的子女需要更多家人、朋友及老師的接納、支持、鼓勵與關懷，教育工作者應本著教育的良知良能，正視新移民子女教育問題，打破民眾對於新移民子女的負面標籤與迷思，協助此批新弱勢族群學生，希望能發展學生的多元智慧，激發多元能力的學習，讓新移民子女能快樂的學習、健康的成長。

藉由讀報互動的學習，研究者才是最大的受益者，除了結交了一群來至異國的姊妹淘，更由認識她們中了解要在異國生活真的大不易，除了移民國的政策是否人道、移民國的人民態度、社會接受度、家人的支持系統、自身的人格特質……因為想幫助她們藉由讀報大量識字，研究者嘗試了許多不同的教學活動。回首一年的來時路，有歡笑也有淚水，這個研究幕落了，研究者肩上的使命才要開始，未來要繼續給予這群新興族群最大的關懷，也要繼續去研究除了讀報活動外，還能幫助她們自導式的學習策略，因為對於成人而言，唯有不停的學習，才不會被社會淘汰。在知識經濟的時代中，唯有掌握知識，才能掌握絕對的優勢。

在整個讀報課程的過程中，原本也想要嘗試多讀國內各種不同的報紙，透過不同報紙對於同一件事件的報導，了解因為詮釋的角度不同而產生的差異，以釐清事實真相。只可惜在實施上，由於時間的限制加上新移民女性的中文程度不佳，一直無法對各大報的報導作比較性閱讀，只能依課程需要和針對新移民女性的需求，對選取的新聞事件配合教學作深入的介紹。期許以此多元的教學方式，刺激新移民女性的閱報興趣，提供自學式教材，以激發新移民女性「主動參與學習」或「進行自我學習」的動機，期能從生活閱讀中，培養良好的讀書習慣，有效增進語文能力。我們無法改變報導的內容，但是我們可以透過討論，藉由多角度的思考來釐清、面對事實的真相，經過適當的引導後，進而思索新聞報導是否有偏頗之處，把新聞轉變為正向的學習教材。以讀書會模式進行讀報互動課程只是一種基礎性的課程設計，等將來學生中文程度增加後，則可以將讀報課程設計成為進階課程，由點擴展到面，以培養閱讀習慣於生活中。有研究發現，成人教育教師的教學型態與學生成就動機、學習態度、學業自我概念等學習行為具有顯著正相關。（王瑞宏，1995）因此如何改善教師對課程、教材、教法的選擇與運用，以提升學習者語言溝通能力、對學習的自信心與興趣，減輕焦慮與壓力的情境，避免挫敗感，將是未來讀報進階課程實施時，更應該積極努力和注意的課題。

至於國內發行的《四方報》，對於新移民、移工來說，他們來自東南亞的各個角落，到了臺灣之後，又分散到臺灣的四面八方，《四方報》就是要連結起四方的越南人，提供一個交流資訊、交換心情的平臺。《四方報》的內容包括越南新聞、臺灣新聞、語言學習、文化藝術、美食、醫療健康、法令宣導、生活資訊……彌補了越南朋友在臺灣因為語言文字不通所造成的資訊落差。當我們到了他鄉異地時，不論我們對當地文字熟悉與否，閱讀母國的語言文字都是一種排解鄉愁、平撫心緒、獲取資訊的重要管道。學生紛紛表示《四方報》是她們自修中文的最佳教材，《四方報》除了提供在母國及臺灣的時事新聞、生活資訊之外，還能聽見越南人真正的聲音，讓我們以母語發聲，說出真正的心事。在「說出自己的心事、閱讀別人的心事」這樣的過程中，穩定初來乍到的不安，知道自己並不孤單，找到歸屬感。因為《四方報》是雙語報，所以學生比較讀的懂。研究者希望她們能彼此互相傳遞母國的消息，倘若在讀中文的過程中遇到了困難，可以讓問題成為課堂上的討論教材，提供大家一起學習，研究者願意盡己所能的幫助她們解決疑惑。

無論我們喜不喜歡，我們都必須承認一件事，臺灣的族群形態正在改變中，婚姻與勞動移民，正在改寫著「新臺灣人」的定義。然而，臺灣社會迎接這群新住民的方式不是鮮花與擁抱，而是疑懼、偏見與迷思。媒體充斥了「假結婚、真賣淫」的污名報導，專家與官員擔憂新移民女性孕育的臺灣未來主人翁，是拉低人口素質、造成社會問題的遲緩兒。研究發現文化適應、經濟壓力以及與外界資源系統間的溝通障礙與衝突，才是造成新移民女性在教養子女時的主要困境。新移民女性無法充分地操控臺灣本地的語言，造成她們文化調適、轉譯社會意義上的阻礙，並且難以透過語言建立與學校、社區的連結，來協助孩子的成長與學習。事實上新移民女性對於國語的學習，也未必是受限於個人能力，經常是因為資源與權力上的不足。反思我們的社會是否提供了充分的資源來協助這群新移民女性以適應新的社會文化環境？並不然！因此，教育部應更積極地推動新移民女性學習本地語言的成人教育，學校老師也有必要進行多元文化的再教育，避免在學校教育上獨尊主流的文化價值，而輕忽了新移民女性帶來不同文化經驗上的貢獻。二十一世紀初的今天，婚姻與勞動移民的浪潮帶來新一批的臺灣居民，她將會為臺灣的未來創造更豐富的人口面貌與文化願景，讓我們一起享受多元文化為臺灣帶來的改變，共同開啟地球村的新生活面貌。

參考文獻

王宏仁（2001），〈社會階級化下的婚姻移民與國內勞動市場——以越南新娘為例〉，《臺灣社會研究》6，177-221。
王海山主編（1998），《科學方法百科》，臺北：恩楷。
王財印、吳百祿、周新富（2004），《教學原理》，臺北：心理。
王淑芬（1999），《不一樣的教室：如何推展班級讀書會》，臺北：天衛。
王瑞宏（1995），《成人基本教育教師教學型態與學生學習行為關係之研究》，國立高雄師範大學成人教育研究所碩士論文，未出版，高雄。
方彰隆（2003），《讀詩會結知己：實務運作手冊》，臺北：爾雅。
——《天下雜誌教育基金會策劃、編著》（2008），《閱讀動起來》，臺北：天下。
內政部移民署（2009），〈外籍配偶人數按國籍分與大陸（含港澳）配偶人數統計〉，內政部入出國及移民署全球資訊網，檢索日期：2009.06.20，網址：http：//www.ris.gov.tw/ch4/static/st-9-95.xls。
丹尼斯・喬登（2006），《這樣閱讀最輕鬆》，臺北：風信子。
中國成人教育協會（1995），《成人教育辭典》，臺北：成人教育協會。
古文（2008.04.01），〈報紙當教材　北縣讀報教育起跑〉，《國語日報》1版。
玄順英（2008），《解決所有媽媽都會擔心的孩子問題》（徐鳳擎譯），臺北：奧林。
江雪齡（1996），《邁向二十一世紀的多元文化教育》，臺北：師大書苑。
行政院教育改革審議委員會（1966），《教育改革總咨議報告書》，臺北：行政院教育改革審議委員會。
何青蓉（1995），《從學習者經驗論析我國成人識字教育之規畫》，高雄：國立高雄師範大學成人教育研究所。
何青蓉（1999），《成人識字教材教法》，高雄：復文。
何青蓉（2001），〈讀書會功能指標之建構〉，《高雄師大學報》12，23-50。
何青蓉（2003），〈跨國婚姻移民教育初探——從一些思考陷阱談起〉，《成人教育》75，2-10。

何青蓉（2007），《成人識字教育的可能性》，高雄：復文。
何淑津（2000），〈讀書會的春天〉，《國立中央圖書館臺灣分館館刊》6（6），58-64。
余秋雨（1998），《余秋雨臺灣演講》，臺北：爾雅。
吳宗立（1999），《創造思考的激發與教學》，高雄：高市文教。
吳啟綜（2008.09.17），〈推動讀報教育　北市 11 月加入〉，《國語日報》1 版。
呂美紅（2000），《外籍新娘生活適應與婚姻滿意及其相關因素之研究——以臺灣地區東南亞新娘為例》，私立中國文化大學生活應用科學研究所碩士論文，未出版，花蓮。
李俊男（2004），《東南亞外籍配偶識字教育方案學習障礙之研究》，國立中正大學成人及繼續教育學系碩士論文，未出版，嘉義。
李義、林秀麗（2008.10.24），〈走出家暴陰霾　印尼新娘組樂團〉，《中國時報》4 版。
宋鎮照（1997），《社會學》，臺北：五南。
奈莉・麥克瑟琳（1999），《鞋帶劇場：輕輕鬆鬆玩戲劇》（馮光宇譯），臺北：成長。
邱天助（1997），《讀書會專業手冊》，臺北：張老師。
邱天助（1995），〈臺灣區讀書會的現況與未來發展〉，《社教雙月刊》68，6-15。
邱天助（1998），《讀書會備忘錄：新學習運動》，臺北：洪健全基金會。
邱琡雯（1990），〈在臺東南亞外籍新娘的識字/生活教育〉，《北縣成教輔導月刊》18，8-15。
邱淑雯（2000），〈在臺東南亞外籍配偶的識字/生活教育〉，《社會教育學刊》29，197-219。
邱琡雯（2003），《性別與移動——日本與臺灣的亞洲新娘》，臺北：時英。
周美珍（2001），〈新竹縣外籍新娘生育狀況探討〉，《公共衛生》28-3，255-265。
周慶華（2003），《閱讀社會學》，臺北：揚智。
周慶華（2004），《語文研究法》，臺北：洪葉。
林生傳（1995），《新教學理論與策略》，臺北：五南。
林玫君（1994），《創作性兒童戲劇入門》，臺北：心理。

林君諭（2003），《東南亞外籍新娘識字學習之研究》，國立臺灣師範大學社會教育研究所碩士論文，未出版，臺北。

林美琴（1998），《讀冊作伙行：讀書會完全手冊》，臺北：洪健全基金會。

林美琴（1999），《兒童讀書會 DIY》，臺北：天衛。

林美琴（2000），《新閱讀文化——從兒童讀書會的閱讀功能談起》，臺中：臺中圖書館。

林美琴（2008），《兒童閱讀新勢力：兒童讀書會與班級共讀》，臺北：天衛。

林振春（2001），〈全民閱讀與讀書會〉，《社教雙月刊》101，23-27。

林淑玟（2003），《你問問題我回答：認識兒童讀書會》，臺北：民生報社。

林基興（2005），《閱讀力：收集、解讀、思考、判斷能力的源頭》，臺北：圓神。

林葳葳（1995），《名家教你朗讀》，臺北：國語日報社。

林寶山（1998），《教學原理與技巧》，臺北：五南。

肯尼士・古德曼（1998），《談閱讀》（洪月女譯），臺北：心理。

肯德爾・黑文（2006），《寫作創意新思考》（黃郇媖譯），臺北：東西。

彼得・史托克（2002），《國際遷徙與移民：解讀「離國出走」》（蔡繼光譯），臺北：書林。

柏克、威斯樂（1998），《鷹架兒童的學習——維高斯基與幼兒教育》（谷瑞勉譯），臺北：心理。

南美英（2007a），《晨讀十分鐘》（張鶴雲譯），臺北：天下。

南美英（2007b），《我們的孩子在生活中愉快的學寫作》（寧莉譯），高雄：核心。

香港課程發展會議（1990），〈小學中國語文科小一至小六課程綱要〉，《中學課程綱要》，香港：香港印務局。

紀惠容（2004），〈不分芋仔和蕃薯，我們是大碗沙拉〉，《勵馨電子報第223 期》。檢索日期：2009.06.14，網址：http://www.goh.org.tw。

洪蘭（2005），《知書達禮：講理就好 3》，臺北：遠流。

洪蘭、曾志朗（2006），《見人見智》，臺北：天下。

洪蘭（2006），《裡應外合：讓孩子在開放尊重的生活文化中學習》，臺北：遠流。

洪蘭（2008），《通情達禮：品格決定未來》，臺北：遠流。

胡幼慧主編（1996），《質性研究：理論、方法及本土女性研究實例》，臺北：巨流。

段秀玲、張淯珊（2001），《大家一起來閱讀》，臺北：幼獅。
俞名芳（2003），《班級讀書會理念融入本國語文教學實施型態之研究》，國立花蓮師範學院國民教育研究所碩士論文，未出版，花蓮。
柯華葳（2006），《教出閱讀力》，臺北：天下。
洪泉湖（2007），《臺灣的多元文化》，臺北：五南。
孫海燕、劉伯奎（2004），《口才訓練十五講》，北京：北京大學。
孫晴峰（1993），《炒一盤作文的好菜》，臺灣：東方。
夏曉鵑（2002），《流離尋岸：資本國際化下的「外籍新娘」現象》，臺北：臺灣社會研究雜誌社。
夏曉鵑（2005a），〈新移民與多元文化專題〉，《輔導季刊》97，6-27。
夏曉鵑（2005b），《不要叫我外籍新娘》，臺北：左岸。
翁聿煌（2006.03.14），〈讀者劇場，引導學生愛上閱讀〉，《自由時報》A6 版。
梁玉芳（2004.07.26），〈外籍配偶將成為臺灣的第五大族群〉，《聯合報》3 版。
張兵（2008），《3 歲決定孩子的一生》，北京：朝華。
張文龍（2003），〈表演藝術戲劇教學於九年一貫藝術與人文領域之探索〉，《課程與教學》6（4），117-131。
張文龍（2004），〈讀者劇場——戲劇運用於語文課程的好幫手〉，《臺灣「教育、戲劇與劇場」研討會論文集》，臺北：財團法人跨界文教基金會。
張芳全（2004.11.07），〈誰來關心外籍配偶與新臺灣之子？〉，《中央日報》9 版。
張宛靜（2007），〈讀者劇場於英語教學得運用〉，《網路社會學通訊期刊》，66，檢索日期：2009.01.12，網址：ej@mail.nhu.edu.tw。
張春興（1994），《教育心理學》，臺北：東華。
張春興（2007），《教育心理學：三化取向的理論與實踐》，臺北：東華。
張振成（1999），(發展讀書會建立書香世界)，《社會資料雜誌》251，7-9。
張國珍（1991），《我國成人識字教育之研究》，國立臺灣師範大學社會教育研究所碩士論文，未出版，臺北。
張嘉貞（2000），《書蟲讀書會：書蟲啃光我的書》，臺北：富春。
張嘉貞（2006），《作文教學與故事敘寫》，臺北：五南。
張曉華（1999），《創作性戲劇原理與實作》，臺北：成長文教基金會。
張錦弘（2008.10.20），〈從海角七號看多元文化〉，《聯合報》C3 版。
張燦鍙（2003），《文化：臺灣問題的根源》，臺北：前衛。

郭少棠（2008），〈反叛與成長：身分的危機與尋覓〉，明報通識網 L.I.F.E，檢索日期：2008.11.08，網址：http: lampful.com。
郭進隆（1994），《第五項修練：學習型組織的藝術與實務》，臺北：天下。
陳心怡（2007），《越南籍新住民華語語音偏誤及教學策略研究》，國立臺東大學語文教育研究所碩士論文，未出版，臺東。
陳美玉（1996），《教師專業：教學理念與實踐》，高雄：麗文。
陳美玉（1997），《教師專業學習與發展》，臺北：師大書苑。
陳美文（2007.02.04），〈民國一百年　新臺灣之子　4 個學生就有 1 位〉，《中國時報》4 版。
陳美如（2004），〈側寫一位教師與異文化的相遇：從理解、行動到發現〉，《教育研究月刊》117：22-33。
陳淨怡（1999），〈認識讀書會〉，《警光》513，7-9。
陳源湖（2003），〈從多元文化教育觀點論述外籍新娘識字教育的實踐〉，《成人教育》75，20-30。
陳崑福（2008.11.02），〈外配演講賽　談公婆深情飆淚〉，《聯合報》C2 版。
陳萬達（2001），《現代新聞編輯學》，臺北：揚智。
陳嘉陽（2002），《教育概論》，臺北：五南。
陳龍安（1996），《創造思考教學的理論與實際》，臺北：心理。
陳龍安（1997），《創造思考教學》，臺北：師大書苑。
陳龍安（1998），《創意點子手冊》，臺北：師大書苑。
陳恆輝、陳瑞如（2001），《戲劇教育：讓兒童在戲劇中學習和成長》，香港：嘉昱。
陳柏霖、陳書農（2007），〈從多元文化教育觀點談學校與政府對外籍配偶及其子女的教育策略〉，私立玄奘大學社會科學院教育人力資源與發展學系主編，《弱勢族群議題省思與對策》，臺北：師大書苑。
許慧貞（2001），《打造兒童閱讀環境》，臺北：天衛。
教育部（1993），《國民小學課程標準》，臺北：教育部。
教育部（1994），《國民中學課程標準》，臺北：教育部。
教育部（1996），《高級中學課程標準》，臺北：教育部。
教育部（1998），《國民教育階段九年一貫課程總體綱要》，臺北：教育部。
教育部（2001），《國民中小學九年一貫課程暫行綱要》，臺北：教育部。
教育部（2003），《國民中小學九年一貫課程綱要：語文學習領域》，臺北：教育部。

教育部（2004），《教育部普通高級中學公民與社會課程暫行綱要》，臺北：教育部。

國語日報社（2007），《讀報教育指南——入門篇》，臺北：國語日報社。

國語日報社（2008），《讀報教育指南——語文篇》，臺北：國語日報社。

《國語日報》（2008.02 .29），〈社論：以開放胸襟迎向移民社會〉，《國語日報》2 版。

《國語日報》（2008.06.27），〈社論：培養閱讀國民〉，《國語日報》2 版。

《國語日報》（2008.06.30），〈比爾蓋茲退休　投身公益〉，《國語日報》2 版。

《國語日報》（2008.10.09），〈大海吞噬土地，馬爾地夫擬買地遷國〉，《國語日報》2 版。

黃正傑（1990），《成人教育課程設計》，臺北：師大書苑。

黃定國（2008），《投資唯心論》，臺北：聚財資訊。

黃富順（1995），《成人心理與學習》，臺北：師大書苑。

黃淑苓（2007），《新移民子女教育》，國立臺中教育大學教育學系暨課程與教學研究所主編，臺北：冠學。

程良雄（2001），〈新世紀新希望：閱讀運動與讀書會〉，《社教資料雜誌》270，1-4。

曾蕙蘭（2004），〈在教室中實施讀者劇場〉，《翰林文教月刊》10：3-6。

楊艾俐（2003），〈臺灣變貌：下一代衝擊——新臺灣之子〉，《天下雜誌》271：100-102。

楊舒婷（2009），〈讀報教育　成功推動二次教改〉，《公民新聞報導團》，檢索日期：2009.06.24，網址：www.peopo.org/npoemba/trackbacks/30439。

鄒文莉（2006），《教室裡的迷你劇場：增進孩子英語讀寫能力的讀者劇場教學資源》，臺北：東西。

路易斯・渥可（2005），《RT 如何教——讀者劇場》（李晏戎譯），臺北：東西。

甄曉嵐（2003），〈教師的課程意識與教學實踐〉，《教育研究集刊》49（1），66-94。

愛德華・德・波諾（1996），《六頂思考帽》（江麗美譯），臺北：桂冠。

——《遠見雜誌》（2007），〈專題報導：450 萬成人不看書，臺灣怎來競爭力〉，《遠見雜誌》254，25-27。

趙鏡中（2004），〈閱讀與討論：讀書會基本功〉，《讀書會的經營與運作》，臺中：臺中圖書館。
廖正宏（1995），《人口遷移》，臺北：三民。
廖順約（2006），《表演藝術教材教法》，臺北：心理。
齊若蘭、游常山、李雪莉（2003），《閱讀：新一代知識革命》，臺北：天下。
蔡奇璋（2004），《外籍配偶參與子女的學習障礙及解決途徑之研究》，國立中正大學成人及繼續教育研究所碩士論文，未出版，嘉義。
蔡佳慧（2008.11.06），〈美國第一位黑人總統〉，《蘋果日報》1 版。
蔡清欽（2008.11.05），〈臺灣之子每 8 名新生兒中有 1 個〉，《臺灣新生報》6 版。
劉兆文，陳心怡（1999），〈從閱讀認知歷程談有效的教學策略〉，《教師天第》102，80。
劉美慧、陳麗華（2000），《多元文化課程發展模式及其應用》，《花蓮師院學報》10，101-126。
鄭雅雯（1999），〈南洋到臺灣：東南亞外籍新娘在臺婚姻與生活探究——以臺南市為例〉，國立東華大學與族群關係研究所碩士論文，未出版，花蓮。
潘榮吉（2006），〈從多元文化視野檢視外籍配偶在臺處境〉，中華民國社區教育學會主編，《外籍配偶與社區學習》，臺北：師大書苑。
潘裕豐（1999），〈啟發兒童的創意——創造性思考在教學上的應用〉，《1999 年資優教育研究學術研討會論文集》，臺北：中華資優教育學會。
賴秋江（2000），〈魔龍班刊的誕生與製作〉，《教育實習輔導季刊》21：70-73。
諾拉・摩根、茱莉安娜・薩克森（1999），《戲劇教學：啟動多彩的心》（鄭黛瓊譯），臺北，心理。
諶淑婷（2008.11.14），〈讀報教育　學童肯定度逾九成〉，《國語日報》1 版。
繁運豐（1999），《公共圖書館讀書會實施現況之研究：以臺北市立圖書館為例》，國立臺灣大學圖書資訊學研究所碩士論文，未出版，臺北。
謝幸芳（2001），〈多元文化課程的省思〉，《教育社會學通訊》29：29-33。
鍾屏蘭（2007），〈聽說讀寫的多元統整教學〉，《2007 第二屆語文與語文教育研究學術研討會》，臺東：國立臺東大學語文教育研究所。
鍾重發（2004），《臺灣男性擇娶外籍配偶之生活經驗研究》，國立嘉義大學家庭教育研究所碩士論文，未出版，嘉義。

簡靜惠（2001），《以素質精神經營讀書會群》，臺北，洪健全基金會。
譚光鼎、劉美慧、游美惠（2008），《多元文化教育》，臺北：高等教育。
釋證嚴（1991），《證嚴法師靜思語》，臺北：九歌。

附錄

一、學生基本資料

項目編號	國籍	年齡	學歷	工作	先生年齡	先生學歷	先生工作	結婚幾年	子女人數	家庭成員組織
S1	越南	30 歲	高中	家管	36 歲	國中	水泥工人	9 年	1 子	婆歿與公公住
S2	印尼	30 歲	國中	搬運工人	47 歲	國中	貨運司機	12 年	1 子 1 女	與公婆同住
S3	越南	30 歲	高中	賣泡麵	35 歲	國中	賣泡麵	8 年	1 子 1 女	小家庭
S4	越南	32 歲	國中	家管	42 歲	國中	清潔隊員	6 年	無	小家庭
S5	越南	25 歲	國小	家管	32 歲	國中	油漆工人	3 年	1 子	與公婆同住
S6	越南	25 歲	高中	家管	36 歲	高中	做生意	2 年	無	與公婆同住
S7	越南	26 歲	國中	賣早餐	30 歲	高中	製造工人	6 年	1 子	與公婆同住
S8	越南	31 歲	高中	作業人員	43 歲	國中	農業	7 年	3 子	與公婆同住
S9	越南	21 歲	高中	家管	30 歲	高職	板金工人	2 年	1 子	與公婆同住
S10	越南	33 歲	高中	家管	36 歲	國小	沖床模具	8 年	女 1	小家庭
S11	越南	25 歲	國中	洗髮小妹	32 歲	高職	送貨人員	3 年	無	小家庭

S12	越南	31 歲	國中	臨時工人	45 歲	國中	養蝦	10 年	1 子 1 女	小家庭
S13	越南	22 歲	國小	家管	31 歲	高中	做飼料公	1 年	1 子	與公婆同住
S14	越南	27 歲	國中	家管	36 歲	國中	養豬工人	7 年	1 女	與公婆同住
S15	菲律賓	37 歲	高中	家管	43 歲	大學	補教業	8 年	1 女	小家庭

二、資料編碼表

學生小玄					
代碼	資料類型	時間	地點	記錄方式	編碼
S1	上課發表	2008.09.30	教室	錄音	發表 S1 摘 2008.09.30
		2009.10.07	教室	錄音	發表 S1 摘 2008.10.07
		2008.11.04	教室	錄音	發表 S1 摘 2008.11.04
		2008.11.25	教室	錄音	發表 S1 摘 2008.11.25
		2008.12.23	教室	錄音	發表 S1 摘 2008.12.23
		2009.02.24	教室	錄音	發表 S1 摘 2009.02.24
		2009.03.17	教室	錄音	發表 S1 摘 2009.03.17
		2009.04.07	教室	錄音	發表 S1 摘 2009.04.07
		2009.06.02	教室	錄音	發表 S1 摘 2009.06.02
		2009.06.18	教室	錄音	發表 S1 摘 2009.06.18
		2009.06.23	教室	錄音	發表 S1 摘 2009.06.23
	下課訪談	2008.10.28	教室走廊	錄音	訪談 S1 摘 2008.10.28
		2009.05.26	教室走廊	錄音	訪談 S1 摘 2009.05.26
	上課觀察	2009.03.10	教室	摘記	觀察 S1 摘 2009.03.10
	回家作業	2009.05.05	家中書房	紙本	作業 S1 摘 2009.05.05

學生小霞					
代碼	資料類型	時間	地點	記錄方式	編碼
S2	上課發表	2008.09.16	教室	錄音	發表 S2 摘 2008.09.16
		2008.09.30	教室	錄音	發表 S2 摘 2008.09.30
		2009.10.07	教室	錄音	發表 S2 摘 2008.10.07
		2008.10.28	教室	錄音	發表 S2 摘 2008.10.28
		2008.11.04	教室	錄音	發表 S2 摘 2008.11.04
		2008.11.11	教室	錄音	發表 S2 摘 2008.11.11
		2009.12.02	教室	錄音	發表 S2 摘 2008.12.02
		2008.12.30	教室	錄音	發表 S2 摘 2008.12.30
		2009.02.24	教室	錄音	發表 S2 摘 2009.02.24
		2009.03.03	教室	錄音	發表 S2 摘 2009.03.03
		2009.03.17	教室	錄音	發表 S2 摘 2009.03.17
		2009.04.07	教室	錄音	發表 S2 摘 2009.04.07
		2009.06.02	教室	錄音	發表 S2 摘 2009.06.02
	下課訪談	2009.06.23	教室	錄音	發表 S2 摘 2009.06.23
		2008.10.28	教室走廊	錄音	訪談 S2 摘 2008.10.28
		2009.05.26	教室走廊	錄音	訪談 S2 摘 2009.05.26
	上課觀察	2009.03.10	教室	摘記	觀察 S2 摘 2009.03.10
	回家作業	2009.04.22	辦公室	紙本	作業 S2 摘 2009.04.22
		2009.05.05	家中書房	紙本	作業 S2 摘 2009.05.05

學生小梅					
代碼	資料類型	時間	地點	記錄方式	編碼
S3	上課發表	2008.09.30	教室	錄音	發表 S3 摘 2008.09.30
		2008.10.07	教室	錄音	發表 S3 摘 2008.10.07
		2008.10.28	教室	錄音	發表 S3 摘 2008.10.28

S3	上課發表	2008.11.04	教室	錄音	發表 S3 摘 2008.11.04
		2009.04.07	教室	錄音	發表 S3 摘 2009.04.07
	回家作業	2009.05.05	家中書房	紙本	作業 S3 摘 2009.05.05

學生小幸					
代碼	資料類型	時間	地點	記錄方式	編碼
S4	上課發表	2008.09.30	教室	錄音	發表 S4 摘 2008.09.30
		2008.10.07	教室	錄音	發表 S4 摘 2008.10.07
		2008.10.28	教室	錄音	發表 S4 摘 2008.10.28
		2008.11.04	教室	錄音	發表 S4 摘 2008.11.04
		2008.11.11	教室	錄音	發表 S4 摘 2008.11.11
		2009.03.03	教室	錄音	發表 S4 摘 2009.03.03
		2009.04.07	教室	錄音	發表 S4 摘 2009.04.07
		2009.06.02	教室	錄音	發表 S4 摘 2009.06.02
		2009.06.18	教室	錄音	發表 S4 摘 2009.06.18
		2009.06.23	教室	錄音	發表 S4 摘 2009.06.23
	下課訪談	2009.05.26	教室走廊	錄音	訪談 S4 摘 2009.05.26
	問卷調查	2009.01.07	辦公室	紙本	問卷 S4 摘 2009.01.07
	回家作業	2009.04.22	辦公室	紙本	作業 S4 摘 2009.04.22
		2009.05.05	家中書房	紙本	作業 S4 摘 2009.05.05

學生小翠					
代碼	資料類型	時間	地點	記錄方式	編碼
S5	上課發表	2008.09.30	教室	錄音	發表 S5 摘 2008.09.30
		2008.10.07	教室	錄音	發表 S5 摘 2008.10.07
		2008.11.11	教室	錄音	發表 S5 摘 2008.11.11
		2009.04.07	教室	錄音	發表 S5 摘 2009.04.07
	回家作業	2009.05.05	家中書房	紙本	作業 S5 摘 2009.05.05

學生小香					
代碼	資料類型	時間	地點	記錄方式	編碼
S6	上課發表	2008.09.30	教室	錄音	發表 S6 摘 2008.09.30
		2008.10.07	教室	錄音	發表 S6 摘 2008.10.07
		2008.10.28	教室	錄音	發表 S6 摘 2008.10.28
		2008.11.25	教室	錄音	發表 S6 摘 2008.11.25
		2009.02.24	教室	錄音	發表 S6 摘 2009.02.24
		2009.03.03	教室	錄音	發表 S6 摘 2009.03.03
		2009.04.07	教室	錄音	發表 S6 摘 2009.04.07
	回家作業	2009.05.05	家中書房	紙本	作業 S6 摘 2009.05.05

學生小玉					
代碼	資料類型	時間	地點	記錄方式	編碼
S7	上課發表	2008.09.30	教室	錄音	發表 S7 摘 2008.09.30
		2008.10.28	教室	錄音	發表 S7 摘 2008.10.28
		2008.11.25	教室	錄音	發表 S7 摘 2008.11.25
		2009.04.07	教室	錄音	發表 S7 摘 2009.04.07
	回家作業	2009.05.05	家中書房	紙本	作業 S7 摘 2009.05.05

學生小芳					
代碼	資料類型	時間	地點	記錄方式	編碼
S8	上課發表	2008.09.16	教室	錄音	發表 S8 摘 2008.09.16
		2008.09.30	教室	錄音	發表 S8 摘 2008.09.30
		2008.10.21	教室	錄音	發表 S8 摘 2008.10.21
		2008.11.11	教室	錄音	發表 S8 摘 2008.11.11
		2008.11.25	教室	錄音	發表 S8 摘 2008.11.25
		2008.12.02	教室	錄音	發表 S8 摘 2008.12.02
		2009.02.24	教室	錄音	發表 S8 摘 2009.02.24

S8	上課發表	2009.03.03	教室	錄音	發表 S8 摘 2009.03.03
		2009.03.17	教室	錄音	發表 S8 摘 2009.03.17
		2009.04.07	教室	錄音	發表 S8 摘 2009.04.07
		2009.06.02	教室	錄音	發表 S8 摘 2009.06.02
		2009.06.18	教室	錄音	發表 S8 摘 2009.06.18
		2009.06.23	教室	錄音	發表 S8 摘 2009.06.23
	下課訪談	2008.10.28	教室走廊	錄音	訪談 S8 摘 2008.10.28
		2009.05.26	教室走廊	錄音	訪談 S8 摘 2009.05.26
	上課觀察	2009.03.10	教室	摘記	觀察 S8 摘 2009.03.10
	回家作業	2009.05.05	家中書房	紙本	作業 S8 摘 2009.05.05

學生小珍					
代碼	資料類型	時間	地點	記錄方式	編碼
S9	上課發表	2008.12.30	教室	錄音	發表 S9 摘 2008.12.30
		2009.03.03	教室	錄音	發表 S9 摘 2009.03.03
		2009.06.02	教室	錄音	發表 S9 摘 2009.06.02
		2009.06.23	教室	錄音	發表 S9 摘 2009.06.23
	下課訪談	2009.05.26	教室走廊	錄音	訪談 S9 摘 2009.05.26
	回家作業	2009.05.05	家中書房	紙本	作業 S9 摘 2009.05.05

學生小蘭					
代碼	資料類型	時間	地點	記錄方式	編碼
S10	上課發表	2008.12.30	教室	錄音	發表 S10 摘 2008.12.30
		2009.02.24	教室	錄音	發表 S10 摘 2009.02.24
		2009.03.03	教室	錄音	發表 S10 摘 2009.03.03
	回家作業	2009.05.05	家中書房	紙本	作業 S10 摘 2009.05.05

學生小妹					
代碼	資料類型	時間	地點	記錄方式	編碼
S11	上課發表	2009.03.17	教室	錄音	發表S11摘2009.03.17
	上課觀察	2009.03.10	教室	摘記	觀察S11摘2009.03.10
		2009.03.31	教室	摘記	觀察S11摘2009.03.31
	下課訪談	2009.03.31	教室走廊	錄音	訪談S11摘2009.03.31
		2009.05.26	教室走廊	錄音	訪談S11摘2009.05.26
	回家作業	2009.04.22	辦公室	紙本	作業S11摘2009.04.22
		2009.05.05	家中書房	紙本	作業S11摘2009.05.05

學生小鮮					
代碼	資料類型	時間	地點	記錄方式	編碼
S12	上課發表	2009.02.24	教室	錄音	發表S12摘2009.02.24
		2009.03.03	教室	錄音	發表S12摘2009.03.03
		2009.03.28	環保場	錄音	發表S12摘2009.03.28
		2009.06.02	教室	錄音	發表S12摘2009.06.02
		2009.06.23	教室	錄音	發表S12摘2009.06.23
	下課訪談	2009.06.04	辦公室	錄音	訪談S12摘2009.06.04
	回家作業	2009.04.22	辦公室	紙本	作業S12摘2009.04.22
		2009.05.05	家中書房	紙本	作業S12摘2009.05.05

學生小草					
代碼	資料類型	時間	地點	記錄方式	編碼
S13	上課發表	2009.03.03	教室	錄音	發表S13摘2009.03.03
		2009.06.02	教室	錄音	發表S13摘2009.06.02
		2009.06.23	教室	錄音	發表S13摘2009.06.23

S13	上課觀察	2009.03.10	教室	摘記	觀察 S13 摘 2009.03.10
	下課訪談	2009.05.26	教室走廊	錄音	訪談 S13 摘 2009.05.26
	回家作業	2009.05.05	家中書房	紙本	作業 S13 摘 2009.05.05

學生小歇					
代碼	資料類型	時間	地點	記錄方式	編碼
S14	上課發表	2009.02.24	教室	錄音	發表 S14 摘 2009.02.24
	回家作業	2009.05.05	家中書房	紙本	作業 S14 摘 2009.05.05

學生小銀					
代碼	資料類型	時間	地點	記錄方式	編碼
S15	上課發表	2009.03.03	教室	錄音	發表 S15 摘 2009.03.03
	上課觀察	2009.03.31	教室	摘記	觀察 S15 摘 2009.03.31
	下課訪談	2009.03.31	教室走廊	錄音	訪談 S15 摘 2009.03.31
		2009.06.04	辦公室	錄音	訪談 S15 摘 2009.06.04
	回家作業	2009.05.05	家中書房	紙本	作業 S15 摘 2009.05.05

研究者兼觀察員					
代碼	資料類型	時間	地點	記錄方式	編碼
T1	自我省思	2008.10.07	教室	札記	教札 T1 摘 2008.10.07
		2008.10.28	家中書房	札記	教札 T1 摘 2008.10.28
		2008.11.04	家中書房	札記	教札 T1 摘 2008.11.04
		2008.11.11	家中書房	札記	教札 T1 摘 2008.11.11
		2009.02.24	教室	札記	教札 T1 摘 2009.02.24
		2009.03.04	辦公室	札記	教札 T1 摘 2009.03.04
		2009.03.08	家中書房	札記	教札 T1 摘 2009.03.08

T1	自我省思	2009.03.17	家中書房	札記	教札 T1 摘 2009.03.17
		2009.03.18	辦公室	札記	教札 T1 摘 2009.03.18
		2009.03.31	辦公室	札記	教札 T1 摘 2009.03.31
		2009.04.04	辦公室	札記	教札 T1 摘 2009.04.04
		2009.04.07	家中書房	札記	教札 T1 摘 2009.04.07
		2009.04.22	辦公室	札記	教札 T1 摘 2009.04.22
		2009.05.05	家中書房	札記	教札 T1 摘 2009.05.05
		2009.05.06	家中書房	札記	教札 T1 摘 2009.05.06
		2009.05.26	家中書房	札記	教札 T1 摘 2009.05.26
		2009.05.27	家中書房	札記	教札 T1 摘 2009.05.27
		2009.06.24	家中書房	札記	教札 T1 摘 2009.06.24

協助觀察員陳老師					
代碼	資料類型	時間	地點	記錄方式	編碼
T2	下課訪談	2008.12.30	教室走廊	錄音	訪談 T2 摘 2008.12.30
		2009.02.24	教室走廊	錄音	訪談 T2 摘 2009.02.24
		2009.03.04	辦公室	摘記	訪談 T2 摘 2009.03.04
		2009.03.17	教室走廊	錄音	訪談 T2 摘 2009.03.17
		2009.03.28	環保場	錄音	訪談 T2 摘 2009.03.28
		2009.05.05	辦公室	錄音	訪談 T2 摘 2009.05.05
		2009.05.06	辦公室	錄音	教札 T2 摘 2009.05.06
		2009.06.23	辦公室	錄音	訪談 T2 摘 2009.06.23

三、研究同意書

研究同意書

您好：

我是匡惠敏，目前就讀國立臺東大學語文教育在職進修碩士班，將從事一項學術論文研究。研究主題是「新移民女性的語文教育——讀報讀書會的運用與實例」。

本研究採質性研究方法，預計研究時間從 2008 年 9 月到 2009 年 6 月止，在研究者任教的補校班級進行研究與資料收集。為了讓研究更形完整，不失偏頗，研究過程中，我會在您的允許下，與您進行多次的訪談和課堂討論歷程分享，請您給予建議與教學分享，同時將透過錄音以蒐集訪談資料。

本研究目的在於將讀報教育帶入實際現場教學，以了解研究者任教班上的學生對於新聞事件的想法，對您所提供的教學意見不會做任何價值性的判斷。研究內容僅作為學術用途，凡所提及的人物都採用化名方式處理，以維護您的權利。而研究歷程中所蒐集的相關資料、錄音內容等，在研究過程中僅供研究者與指導教授查看，並作妥善保管，待研究完成後，經您的同意交還或銷毀，絕不作研究之外的其他用途。

最後，再次致上最誠摯的謝意，謝謝您的配合與協助。

敬祝

身體健康

匡惠敏敬上 97.09

同　意　書

經由研究說明後，我已經閱讀以上敘述說明並且願意參加此項學術研究。

簽名：＿＿＿＿＿＿＿＿＿＿日期：＿＿＿＿＿＿＿＿＿＿

四、使用報紙現況調查問卷

使用報紙現況調查問卷

您好，這份問卷的目的，在於了解您個人對於報紙新聞的使用習慣與看法，以提供老師未來發展相關課程教學活動的參考，您所填的每一個答案都非常的重要。請您就平時使用報紙的狀況，以及對新聞事件的看法，填寫以下問卷的內容。本問卷不記名，填答資料僅作研究分析的用途，請您安心作答。

敬祝

萬事如意

匡惠敏敬上 97.09

個人基本資料

請在符合的項目□中打「 V 」，並將補充內容填在______中。

填答人性別：□男性　□女性

職業類別：□工　□商　□農　□自由業　□其他____________

家庭經濟狀況：□富裕　□小康　□普通　□貧困

---

1. 請問您家裡有沒有訂報紙？報紙名稱是？

（請填寫報紙的完整名稱）

□有，____

□沒有

2. 請問您看不看報紙？

□完全不看，沒有閱讀報紙的習慣。（勾選此項者跳至 2-1）

□看，有目的的進行閱讀。

□看，無目的的隨意翻閱。

□看，但是依照自己的喜好閱讀，喜歡看才看。

2-1 沒有閱讀報紙的習慣是什麼原因？

□沒時間　□看不懂　□沒興趣　□其他（請說明原因）________

＜答完此題，請跳答第 4 題＞

3. 最常在哪裡閱讀報紙？

□家裡　□學校　□圖書館　□其他________________________

4. 看到或聽到報紙、網路或電視上的新聞事件，會不會和孩子分享討論？

□會，常常　□會，偶爾　□不會

5. 您比較關心哪一種類型的新聞？（可複選）

□政治　□社會　□國際　□兩岸　□財經　□影視娛樂

□體育　□家庭／生活／流行資訊　□休閒旅遊　□科技新知

□醫療保健　□藝術文學　□教育　□其他__________________

6. 您比較不喜歡哪一類型的新聞？（可複選）

□政治　□社會　□國際　□兩岸　□財經　□影視娛樂

□體育　□家庭／生活／流行資訊　□休閒旅遊　□科技新知

□醫療保健　□藝術文學　□教育　□其他__________________

7. 您認為新聞報導的內容都是正確的可信的嗎？為什麼？

□是。因為____

□不是。因為____

8. 面對新聞報導，身為消費者的您認為報紙新聞內容的選取應該考慮哪些原因？

____

◎非常感謝您！您的填答是未來課程發展與研究不可或缺的助力。

五、課程滿意問卷調查表

課程滿意度問卷調查表

日期：　　　　　　　　　　課程名稱：

您的參與是這次課程成功的重要因素。請您利用一些時間回答下列問題，將您寶貴的意見提供給講師，這不僅有助於您了解自己的學習心得，對於本次課程的進步與改善更有助益，謝謝您的合作。

關於課程方面	很好	還好	普通	不好	很差
1. 學習目標說明清楚	☐	☐	☐	☐	☐
2. 學習內容條理分明	☐	☐	☐	☐	☐
3. 學習內容對自己有幫助	☐	☐	☐	☐	☐
4. 發下的報紙文章容易閱讀	☐	☐	☐	☐	☐
5. 有充分時間完成學習目標	☐	☐	☐	☐	☐
6. 有達成小組討論互動的學習效果	☐	☐	☐	☐	☐
7. 讀報活動滿足我對知識的需求	☐	☐	☐	☐	☐
8. 我對讀報活動的感受	☐	☐	☐	☐	☐
關於講師方面	很好	還好	普通	不好	很差
1. 準備充分	☐	☐	☐	☐	☐
2. 內容介紹有組織、有計畫	☐	☐	☐	☐	☐
3. 溝通技巧	☐	☐	☐	☐	☐
4. 鼓勵學生積極參與	☐	☐	☐	☐	☐
5. 幫助學員克服學習障礙	☐	☐	☐	☐	☐
6. 提供學員正向的鼓舞和肯定	☐	☐	☐	☐	☐

其他建議：

您的意見是本次課程進步的最大動力，希望本課程內容能對您有實質的幫助。

六、《潮小補校新報》

《潮小補校新報》創刊號——讀報成果發表

發報日期：2009.06.23

＊在地文化報導——明華園

記者：小珍、小草

明華園歌仔戲團的創辦人陳明吉先生，生於 1912 年，卒於 1997 年，享年八十有六，子孫滿堂，子媳全部投入歌仔戲，無一例外。家族成員們一齊為歌仔戲與明華園而努力，是戲界的傳奇，更是佳話，也是使明華園日益茁壯的主因。明華園 1929 年 10 月由陳明吉先生在屏東潮州創立，到現在已有超過八十年的歷史，和所有臺灣的歌仔戲團一樣，明華園歌仔戲團胼手胝足歷經歌仔戲的繁盛興衰。明華園創立之初，正值日本統治臺灣，當時的形成和發展屢次受到日本統治當局的壓迫，尤其是在 1937 年盧溝橋事變後，隨著「皇民化運動」的積極推行，更是雷厲風行，許多劇團被迫解散，或接受改造成為穿和服由西樂伴奏的改良劇。

雖然如此，陳明吉先生從未一日萌生暫停或改行的心念，反而投注更多的心血、財貨，期盼劇團活得久、活得好，這種獻身式的打拚，以及對歌仔戲的熱愛與堅持，為劇團種下根深蒂固的基礎，也形成了劇團的良好本質，使明華園能度過低迷，在臺灣光復後與所有的劇團共造歌仔戲四十、五十年代的黃金歲月。

陳明吉先生有如一部活字典，學貫生、旦、淨、丑，集編、導、演於一身，性格中充滿了好奇心及開創性，為傳統的歌仔戲中不斷注入新血，其八面玲瓏、多采多姿的劇團經營方式，贏得許多讚譽，並榮獲教育部的民族藝術薪傳獎，同時也被中華文化復興運動總會禮聘為諮議委員。辭世後，他的生平事蹟被列入國史館記錄。質樸的他常表示明華園能有今天，是靠「神明保佑、朋友牽成、後生打拚」來的，語多謙遜，態度沉潛內斂，凡事不敢居功，並時時刻刻感念別人的關懷與照顧。由於陳老先生的領導，全家族人的努力，明華園徹底改變了國人對歌仔戲的認知，讓歌仔戲能名揚海內外。

＊學生作品集
忙碌了一天，終於到了晚上，在這寧靜的晚上，可以到補校來學習真是一種福氣，在這裡可以充實自己，感受到知識的魅力。下了課還可以欣賞到美麗的夜空，皎潔的月光、閃閃發亮的星星，清涼的晚風徐徐吹來，真是愉快。(小梅)
美麗是每個女人的最愛，我發現讀書能讓我越來越美麗。回憶進補校之前，我是個八點檔的忠實觀衆，每天當個電視大人，也把時間浪費掉了。現在的我，生活過得很充實，每天有固定的時間，在課堂上聽老師講課吸收很多新知識，真是受益良多。還有班上的同學，每個素質都很好，他們都是我的良師益友，要跟他們學習的地方真的很多，現在雖然不知道自己能學多久，但是相信我會超越自己，會一個月比一個月更有自信。(小香)
開始我就沒有打算念補校，因為工作很忙，但是先生鼓勵我，說我太無聊，要我去讀書，所以我只好硬著頭皮來讀書。進了補校，我才發現原來讀書是這麼有趣的一回事，雖然我聽得似懂非懂，但我也學到了許多生活常識。我覺得學校裡的老師都很關心學生，也很有耐心的教導我們這一群新移民學生，但是上學後有苦有樂，每天放學回到家總有寫不完的作業，並且有很多作業都是我看不懂的，真希望老師能把回家作業減少一點，就不會上班累得要死，回家作業又要寫到很晚，很不習慣，不知道能不能讀到畢業？但是我在上課中，也交到幾個朋友，讓我覺得生活比較充實。一想到考試，就覺得很緊張，不知道怎麼辦？只能讓一切順其自然吧！（小珍）
讀書可以說是我求取知識、智慧、經驗和充實自己最有效便捷的途徑，因為書中記載著人類的思想情感，因此我覺得讀書是一件快樂的事。讀書的苦不同於世事任何一件苦事，它是苦中帶甜的。這一年來學到很多，譬如：查字典、成語、造句，數學使人頭腦更清晰，其中印象最深刻的是第一次打電腦，居然把滑鼠整個拉起來，像牽牛一樣，本來只要按一下，結果變成三、四下。還有讀報課，大家一起討論，許多快樂的事，讓同學們笑開懷。總而言之，我們能有機會來讀書、寫字、學習，這些都要感謝老師，不吝嗇的在休息時間來教我們，老師辛苦了。(小玄)

到了學校，我就會想到，多認識一些字真的很快樂。有家人、老師的鼓勵，我要繼續努力。為了能來讀書，也付出相當的代價，把工作辭掉。剛開始每天夜晚，睡夢中都出現在上課的畫面。我希望能把在校所學的，應用在生活上。國語課能學到很多成語，能幫助我們增加知識。這段期間印象深刻的事，就是每次考試前，我就會很用功，希望能把老師教過的，全部都記起來，寫在考卷上。我的成就就是考一百分，有老師認真、耐心、苦心的教學，才有我今天的成就。補校老師真的很辛苦，白天教學，晚上加班教補校的同學。老師辛苦您們了，謝謝您們。（小妹）

小時候家裡環境不是很好，媽媽生我們兄弟姊妹七個小蘿蔔頭，一家九口，全靠父親一個人辛苦賺錢來養活我們。媽媽有重男輕女的觀念，因此我們家男生從小可以順利上小學讀書，到小學畢業再去做學徒賺錢幫助家計；而我們姊妹讀書卻是不正常的，要看媽媽的態度，媽媽說家裡忙，我們就在家幫忙做家事，如果不忙，我們才去學校讀書，總是像打魚一樣，三天打魚，兩天曬網，有一天沒一天的。到了三年級，姊姊們長大，跟鄰居的女孩子外出做女工，有的學做衣服、有的去工廠，那時候媽媽的氣喘時常發作，媽媽不准我去讀書，也不准我出外工作，留我在家做家事。

等我長大後嫁來臺灣，結婚生了孩子，忙著照顧家裡，想讀書也不可能，現在孩子讀國小了，我也在工廠找了一份工作，家裡生活有了改善，我興起想讀書的念頭，於是下定決心去潮州國小讀補校。讀書的興趣讓我從頭學起，注音、國字、數學、常識，這些對我都有很大的幫助，慢慢的我認識了更多的字，會做以前不會做的事情，譬如去郵局、銀行存款、上網買車票、認路、坐車……現在想起來自己也感到安慰和快樂。

我們不是臺灣人，學起來並不容易，老是記不住。老師們認真的教，我想只要我們努力、有恆心的學，相信總是有成果的。時代在進步，我們的知識、智慧、才幹、能力也必須跟得上時代才可以，活到老學到老，相信大家一定有進步的。（小萍）

這一年來，每天來上課，使我增加不少知識，老師們各個都很盡心，且不厭其煩的教我們，沒有嫌棄我們學不快，真是感謝！雖然白天要上班，晚上上學，回家又有許多事要做，但是想起上課的情形，覺得很愉快。尤其和

同學相處，互相關照，不會的也有人會教我，讀報課一起演戲、寫劇本、動腦筋，玩得很快樂！求學有甘有苦，點滴在心頭，希望能完成三年學業，也祝老師們健康快樂！（小玉）
來補校讀書已經兩年了，以前是因為家裏環境不好，所以無法繼續讀書，現在再怎麼辛苦，也要把這個未了的心願完成。我很了解讀書的可貴，所以要把學習的辛苦，轉變成生活上的快樂。我們這班同學來到學校就讀，大家精神上都很快樂，學習功課都很認真，所以我在這班很快樂。這一學期已經快要過完，但是同學仍然很認真在學習課本的知識，在老師指導下，希望能把三年學業讀完。如果能把辛苦當成快樂，就沒有所謂甘苦，不管快樂或辛苦，都要把每學期的課程完成。我們要互相加油，共同勉勵，不要怕學習，要發揮古時候人講的活到老學到老的精神。自從結婚後，就努力賺錢，讓孩子受好的教育，從來就沒有想到，自己還能夠再回到學校。我要感謝我家熱心的鄰居，本來只是說說而已，她就說「我載妳去報名」，就這樣我才踏入夢想成真的學校讀書。剛到學校的時候，因為我比較害怕，心裡總覺得會趕不上進度，晚上睡不好，上課腦袋空空的，我的緊張，老師也有感受到。有一天老師對我們說：「你們來這裏，並不是要考一百分。」我才恍然大悟，想一想也對，老師對我的心理建設，還有不厭其煩的教導，漸漸的使我心情放輕鬆，學校的環境也能適應了。來到學校將近二年，現在我認識很多字，還有忘了差不多的國字，也重新回到我的腦海裏，這種學習成果的喜悅，真是無法用語言所能表達。最後，我要感謝補校老師們的辛苦。老師我愛您，並祝身體健康、萬事如意。（小霞）
上了補校，讓我的日子過得辛苦、忙碌又緊張，古人說「活到老，學到老」，我很慶幸能有機會接觸多元化的課程，而讓我感到最困難的就是考試，沒時間讀書，在學習上難免有挫折，老師的用心教導，讓我感到非常有福氣，還有同學們之間的互動及鼓勵，也豐富了自己的生命，帶來更多的改變。（小蘭）
時光似箭，光陰如流水，一去不回，轉眼進補校快二年了。自從進入補校之後，生活過得緊張、忙碌，尤其到考試更辛苦。但是老師們用心、耐心的教導，讓我學習到許多的新知識，也得到許多的新體驗。讀書，除了增加

知識外，還交到許多來至同鄉的朋友，讓我生活更充實。總之二年來的學習，只能用感恩來形容。我要感謝補校老師們的辛苦，他們在晚上休息時間還要來教我們，我要謝謝他們。（小幸）

光陰似箭，轉眼間補校生活已經過了三分之二，在這段時間裡，可說是有甘也有苦。只是，時間永遠不夠用，在課業的學習上備感壓力。但是一想到在學校裡，可以學習豐富的知識，每位老師都很用心的在教我們，同學之間又可互相學習，彼此分享社會上的經驗，這樣一想，還是甘比苦多一些，所以我才會想來補校讀書的。（小翠）

人生中有很多的第一次，上補校對我而言，也是第一次。因為我的家裡窮，沒有讀過書，也因為有了這個第一次，成為我人生的轉捩點，讓我有所改變，才會踏出讀書的第一步。到社會上工作是自己的決定，白天忙工作，晚上忙讀書，來補校讀學，希望能把不認識字這美中不足的缺憾，好好的彌補。上學雖然辛苦，但很感謝身邊的親朋好友，一直默默支持我的就學之旅。（小草）

進了補校有如搭上一班列車，老師耐心的教導聲，同學的鼓勵與歡樂聲，也有同學在中途先下車的辛酸史，這其中的酸甜苦辣，只有自己知道，但願我能繼續搭乘這班永難忘懷的列車直到終點站。讀書，除了用功學習，沒有其他更好的方法，把握當下不退轉的學習心，一定能有所成就。感恩老師的諄諄教誨，讓我在補校獲得許多知識，這將是我人生另一個轉捩點。（小鮮）

我們的故事才剛要開始，我們的心願就像臺灣的媽媽們一樣，好好照顧家人，偶爾有點自己的時間，做一些自己想做的事情，我們就心滿意足了。（小玄、小幸）

＊老師的話

隨著全球化的開展，科技及交通的便捷，國與國之間的距離縮短，加上外籍勞工的引進及新移民女性人數的增加，對臺灣經濟發展、社會變遷及文化造成很大衝擊。這些新移民有著與臺灣社會不同的生活背景，包含語言文字、生活習慣及風俗文化等，在成為臺灣社會的一份子之後，無論是夫妻溝通、子女教養、家庭經營、人際互動等各方面均需要作極大的學習與調適，才能融入臺灣社會的在地生活，否則極容易發生困難甚至衍生問題。要新移民女性了解臺灣的文化與認同自己的文化，此部分唯有透過學習，來了解彼此文化的基本概念。

藉由讀報互動課程，可以幫助學生走出自身的侷限，了解與支持學習的多樣性，培養自我概念，邀請新移民女性參與課程對話、討論、教案設計，以女性主義「增權」的觀點來看，讓個體去發展一種能力，培養積極的自我意象，進而肯定自我和族群概念，培養群際關係的能力。我用報紙作教材，教導新移民女性學習用多元觀點看事情，活動設計融合了討論、戲劇、繪畫、書寫、訪問等方式，讓參與者除了慣用的語言、文字之外，藉此打開各種感官，去欣賞、品嚐、體驗、感受，站在多元的角度、觀點和視野看待不同的人、事、物和族群，培養適應現代民主社會的能力。經由多元課程的設計，培養對新聞的思辨能力、對兩性的認知、對環境的尊重，將時事議題與生活經驗，以增進她們對閱讀的興趣，透過合作學習培養經驗與見識，開闊社會的國際視野，充實現代公民必備的能力素養。

七、外籍配偶人數（按國籍分）與大陸（含港澳）配偶人數

製表日期：98 年 4 月 30 日

資料來源：戶政司網站

年度	總計	外籍配偶（原屬）國籍									
		合計		越南		印尼		泰國		菲律賓	
		人數	%	人數	%	人數	%	人數	%	人數	%
93	336,483	121,804	36.2	68,181	20.26	24,446	7.27	8,888	2.64	5,590	1.66
94	364,596	130,899	35.9	74,015	20.3	25,457	6.98	9,675	2.65	5,899	1.62
95	383,204	134,086	34.99	75,873	19.8	26,068	6.8	9,426	2.46	6,081	1.59
96	399,038	136,617	34.24	77,980	19.54	26,124	6.55	8,962	2.25	6,140	1.54
97	413,421	139,248	33.68	80,303	19.42	26,153	6.33	8,331	2.02	6,340	1.53
98（4 月）	417,749	140,180	33.56	80,953	19.38	26,185	6.27	8,206	1.96	6,455	1.55

年度	外籍配偶（原屬）國籍							
	柬埔寨		日本		韓國		其他國家	
	人數	%	人數	%	人數	%	人數	%
93	4,356	1.29	2,163	0.64	751	0.22	7,429	2.21
94	4,541	1.25	2,339	0.64	762	0.21	8,211	2.25
95	4,514	1.18	2,467	0.64	797	0.21	8,860	2.31
96	4,502	1.13	2,640	0.66	838	0.21	9,431	2.36
97	4,423	1.07	2,774	0.67	876	0.21	10,048	2.43
98（4 月）	4,386	1.05	2,812	0.67	898	0.21	10,285	2.46

年度	大陸、港澳地區					
	合計		大陸地區		港澳地區	
	人數	%	人數	%	人數	%
93	214,679	63.8	204,805	60.87	9,874	2.93
94	233,697	64.1	223,210	61.22	10,487	2.88
95	249,118	65.01	238,185	62.16	10,933	2.85
96	262,421	65.76	251,198	62.95	11,223	2.81
97	274,173	66.32	262,701	63.54	11,472	2.77
98（4月）	277,569	66.44	265,989	63.67	11,580	2.77

說明：1. 本表大陸、港澳地區配偶係指向本署申請入境之人數。
2. 本表外籍配偶含歸化（取得）國籍（自78年7月起統計）及外僑居留，惟歸化（取得）國籍者在尚未申請取得臺灣地區居留證前與外僑居留會有重複列計情形。

國家圖書館出版品預行編目

新移民女性的語文教育 ： 讀報讀書會的運用與實例 / 匡惠敏著 . -- 一版. -- 臺北市 ： 秀威資訊科技, 2010.02
面 ； 公分. -- (語言文學類 ; AF0126)
BOD 版
參考書目 ： 面
ISBN 978-986-221-376-6(平裝)

1. 漢語教學 2. 語文教育 3. 讀書會

802.03 98023679

社會科學類 AF0126

東大學術⑰

新移民女性的語文教育

——讀報讀書會的運用與實例

作　　者 / 匡惠敏
發 行 人 / 宋政坤
執行編輯 / 胡珮蘭
圖文排版 / 蘇書蓉
封面設計 / 陳佩蓉
數位轉譯 / 徐真玉　沈裕閔
圖書銷售 / 林怡君
法律顧問 / 毛國樑　律師
出版印製 / 秀威資訊科技股份有限公司
台北市內湖區瑞光路 583 巷 25 號 1 樓
電話：02-2657-9211　　傳真：02-2657-9106
E-mail：service@showwe.com.tw
經 銷 商 / 紅螞蟻圖書有限公司
台北市內湖區舊宗路二段 121 巷 28、32 號 4 樓
電話：02-2795-3656　　傳真：02-2795-4100
http://www.e-redant.com

2010 年 2 月 BOD 一版
定價：400 元

讀　者　回　函　卡

感謝您購買本書，為提升服務品質，煩請填寫以下問卷，收到您的寶貴意見後，我們會仔細收藏記錄並回贈紀念品，謝謝！

1.您購買的書名：＿＿＿＿＿＿＿＿＿＿＿＿＿＿

2.您從何得知本書的消息？

□網路書店　□部落格　□資料庫搜尋　□書訊　□電子報　□書店

□平面媒體　□ 朋友推薦　□網站推薦　□其他＿＿＿＿＿

3.您對本書的評價：(請填代號　1.非常滿意 2.滿意 3.尚可 4.再改進)

封面設計＿＿　版面編排＿＿　內容＿＿　文/譯筆＿＿　價格＿＿

4.讀完書後您覺得：

□很有收獲　□有收獲　□收獲不多　□沒收獲

5.您會推薦本書給朋友嗎？

□會　□不會，為什麼？＿＿＿＿＿＿＿＿＿＿＿＿＿＿＿＿＿＿

6.其他寶貴的意見：＿＿＿＿＿＿＿＿＿＿＿＿＿＿＿＿＿＿＿＿＿

＿＿＿＿＿＿＿＿＿＿＿＿＿＿＿＿＿＿＿＿＿＿＿＿＿＿＿＿

＿＿＿＿＿＿＿＿＿＿＿＿＿＿＿＿＿＿＿＿＿＿＿＿＿＿＿＿

＿＿＿＿＿＿＿＿＿＿＿＿＿＿＿＿＿＿＿＿＿＿＿＿＿＿＿＿

讀者基本資料

姓名：＿＿＿＿＿＿＿＿＿＿　年齡：＿＿＿　性別：□女　□男

聯絡電話：＿＿＿＿＿＿＿＿　E-mail：＿＿＿＿＿＿＿＿＿＿

地址：＿＿＿＿＿＿＿＿＿＿＿＿＿＿＿＿＿＿＿＿＿＿＿＿＿

學歷：□高中(含)以下　□高中　□專科學校　□大學

□研究所(含)以上　□其他＿＿＿＿＿＿＿

職業：□製造業　□金融業　□資訊業　□軍警　□傳播業　□自由業

□服務業　□公務員　□教職　□學生　□其他＿＿＿＿＿

請貼
郵票

To：114

台北市內湖區瑞光路 583 巷 25 號 1 樓

秀威資訊科技股份有限公司　　　收

寄件人姓名：

寄件人地址：□□□

(請沿線對摺寄回,謝謝!)